KNAUR

Über die Autorin:
Kirsten Nähle unterhielt schon als Kind ihre Familie mit eigenen Geschichten. Am Schreiben fasziniert sie, dass sie und ihre Leser gefahrlos Abenteuer erleben können. Nach ihrem Studium in Köln hat der Tectum Wissenschaftsverlag ihre Magisterarbeit im Fach Geschichte publiziert. Ob als Journalistin oder PR-Redakteurin, ob in Köln, Basel oder Würzburg, die Autorin hat stets auch beruflich geschrieben. Seit 2011 wohnt Kirsten Nähle in ihrer Wahlheimat Würzburg, die sie zu ihrem ersten Kriminalroman inspiriert hat.
Außerdem übersetzt sie Romane aus dem Spanischen und schreibt Kurzgeschichten, die sie regelmäßig auf der »Offenen Lesebühne Würzburg« präsentiert. »Der Rosenkavalier« hat es auf die Shortlist (Top 5) des lit.Love Schreibwettbewerbs 2018 geschafft und ist somit Teil des eBooks »LiebesGeschichten 2018«.

N

Kirsten Nähle

ZWÖLF SÜNDEN

KRIMINALROMAN

KNAUR

Besuchen Sie uns im Internet:
www.knaur.de

Aus Verantwortung für die Umwelt hat sich die Verlagsgruppe Droemer Knaur zu einer nachhaltigen Buchproduktion verpflichtet. Der bewusste Umgang mit unseren Ressourcen, der Schutz unseres Klimas und der Natur gehören zu unseren obersten Unternehmenszielen. Gemeinsam mit unseren Partnern und Lieferanten setzen wir uns für eine klimaneutrale Buchproduktion ein, die den Erwerb von Klimazertifikaten zur Kompensation des CO_2-Ausstoßes einschließt. Weitere Informationen finden Sie unter: www.klimaneutralerverlag.de

FSC
www.fsc.org
MIX
Papier aus verantwortungsvollen Quellen
FSC® C014496

Originalausgabe Mai 2021
Knaur Taschenbuch
Ein Imprint der Verlagsgruppe
Droemer Knaur GmbH & Co. KG, München

Redaktion: Ilse Wagner
Covergestaltung: Annette Dascher
Coverabbildung: Collage aus mehreren Motiven von mauritius images/Rudi/Alamy und Shutterstock.com
Satz: Sandra Hacke
Druck und Bindung: GGP Media GmbH, Pößneck
ISBN 978-3-426-52588-3

4 5 3

NEPOMUK

Ich laufe, aber im Gegensatz zu den anderen werde ich nicht am Ziel ankommen.

Meine Beine fühlen sich an, als lägen sie in Ketten. Die Fußsohlen brennen. In den Waden spüre ich ein fast unerträgliches Ziehen. Hinzu kommt dieser heftige Wind, der mir bis auf die Knochen dringt.

Ich senke den Kopf und versuche, gleichmäßig zu atmen. Es fällt mir schwer, denn eine unsichtbare Hand hat sich mir um den Hals gelegt. Ich glaube zu ersticken.

Die Tränen, die ich seit Minuten zu unterdrücken versuche, fließen mir jetzt doch über die Wangen und trocknen im Wind. Ich laufe weiter, die Löwenbrücke hinauf. Die Menge jubelt. Es interessiert mich nicht.

Ich bin wütend. Vor allem auf mich selbst. Was habe ich mir damals nur gedacht? Verfluchtes Geld!

Ich lasse den Blick über die Menschen zu beiden Seiten der Brücke schweifen. Wo ist sie? Sie muss hier sein. Wenn nicht, laufe ich keinen Meter weiter, das schwöre ich.

Jetzt sehe ich sie. Meine Lisa. Ich bleibe stehen, versuche zu lächeln. Sie erwidert das Lächeln, winkt mir zu, ruft »Papa«. Die anderen Läufer ziehen an mir vorbei.

Jemand rempelt mich an, zischt mir ein »Lauf doch weiter, du Idiot« zu.

Langsam setze ich mich wieder in Bewegung. Seitenstechen erinnert mich an meine Unsportlichkeit. Schlimmer ist der Schmerz, der sich durch die Füße bohrt. Mein Herz rast, und ich kriege kaum Luft.

Wie kann man nur freiwillig am Stadtlauf teilnehmen? Mehr als sechstausendsechshundert Starter sind es in diesem Jahr.

Mir wird übel, bestimmt muss ich mich gleich übergeben. Meine Klamotten sind schweißnass, was nicht nur an der Anstrengung liegt.

Die Strecke am Mainufer entlang kommt mir endlos vor. Was wohl geschieht, wenn ich hier und jetzt einen Herzinfarkt erleide?

Da ist sie. Die Alte Mainbrücke. Nur noch wenige Schritte bis zu meinem Ende. Die Anfeuerungen der Zuschauer nehme ich gedämpft wahr. In meinen Ohren pocht es. Ich kann das nicht. Wie soll ich das durchziehen? Vielleicht spreche ich einen der Polizisten an? Nein. Das geht nicht. Ich habe es meiner Frau versprochen.

Keuchend bleibe ich stehen, alles dreht sich. Fast sprengt mir das Herz den zu engen Brustkorb. Ich schwanke, kämpfe mich trotzdem durch die Menge zu meiner Linken. Zur Statue des Nepomuk. Ich stütze mich am Sockel des Heiligen ab und schlucke mehrmals, um die Magensäure, die meine Speiseröhre heraufkriecht, zurückzudrängen.

Schon bald ist mein Speichel aufgebraucht, der Mund trocken. In Erwartung des ersten Schwalls beuge ich mich nach vorn, und es dauert nicht lange, da drängt die saure Flüssigkeit durch Rachen und Mund aus mir heraus.

Niemand beachtet mich, alle Blicke sind auf die Läufer gerichtet.

Ich schaffe das. Es wird schnell vorüber sein. Ich atme tief ein, steige auf die Mauer und drehe mich um.

Jetzt erst sehen sie mich, zeigen auf mich und schreien. Einige von ihnen rennen in meine Richtung.

Ich schau auf zu Nepomuk, dann schließe ich die Augen.

Ein Mann ruft mir etwas zu. Egal. Ich bin bereit, für sie zu sterben.

Freitag, 28. April 2017

VICTORIA

Victoria Stahl stellte ihren Mini auf dem Parkplatz vor der Polizeiinspektion Würzburg ab.

Erneut starrte sie auf die SMS, die Haller ihr um 6:30 Uhr geschrieben hatte.

Kommen Sie um acht Uhr gleich bei mir im Büro vorbei. Es ist wichtig!!! Drei Ausrufezeichen und nicht mal ein »Bitte«. Es ging bestimmt um den Baumann-Fall.

Nicht gut.

Sie hetzte über den mit Pfützen übersäten Parkplatz und fluchte, weil sie wieder einmal den Schirm nicht eingepackt hatte. Dabei lag er auf dem Schuhschrank im Flur, gleich neben der Haustür, aber sie hasste Regenschirme mehr als den Regen selbst. Das Problem war, dass sie die Dinger immer irgendwo vergaß.

Sie betrat das Gebäude und ignorierte den Gruß des Kollegen am Empfang.

Jetzt muss ich wie ein begossener Pudel beim Chef antreten.

Ein Blick auf die Armbanduhr entlockte ihr den Anflug eines Lächelns. Eine Viertelstunde hatte sie noch.

Sie flitzte die Treppe hinauf bis zum zweiten Stock und verschwand hinter der ersten Tür, die links vom Flur abging.

Victoria war froh, dass niemand an den breiten Waschbecken stand. Sie lauschte, um festzustellen, dass in den Kabinen keine der Kolleginnen einem dringenden Bedürfnis nachging. Dann rupfte sie zwei Blatt Papier aus dem Spender und trocknete sich damit das Gesicht und die Spitzen ihrer vor Nässe triefenden schulterlangen Haare. Sie benötigte ein drittes Blatt, um die vom Regen unter den Augen verteilte Mascara vollständig zu entfernen.

Da sie immer noch fünf Minuten bis zum Meeting mit dem Chef hatte, beschloss sie, sich einen Kaffee zu gönnen. Auf dem Weg in die Küche legte sie Handtasche und Trenchcoat an der Garderobe in ihrem Büro ab und warf mit einer Mischung aus Trotz und Traurigkeit einen Blick auf den leeren Platz gegenüber von ihrem Schreibtisch. Wenn es nach ihr ginge, bliebe der Stuhl weiterhin unbesetzt. Die zwei Idioten, die zuletzt dort gesessen hatten, konnten ihrem Vorgänger Klaus Mücke bei Weitem nicht das Wasser reichen.

»Grüß Gott, Victoria.« Kriminalkommissar Kilian May schenkte sich gerade eine Tasse Kaffee ein. »Auch einen?«

Sie nickte. »Ja, gern. Schwarz, bitte.«

»Weiß ich doch.«

Sie bemühte sich um ein Lächeln und hoffte, es wirkte nicht allzu ermutigend. Sie hegte die Vermutung, dass Kilian in sie verschossen war – was ihr schmeichelte, denn einige Kolleginnen schwärmten für den Sonnyboy. Seine lockere Art führte allerdings dazu, dass die meisten in der Abteilung ihn unterschätzten – zu Unrecht, wie sie fand.

Vor ein paar Monaten, kurz nach der Trennung von ihrem Mann, hatte Kilian sie gefragt, ob er sie mal auf einen Drink einladen könne. Höflich, aber bestimmt hatte sie abgelehnt und gesagt, dass sie noch nicht bereit sei, wieder zu daten. Das war sie bis heute nicht. Männer konnten ihr gestohlen bleiben.

Sie bedankte sich für die Tasse, die Kilian ihr reichte, und bemerkte den erwartungsvollen Blick aus seinen dunklen Augen.

Mit einem Räuspern wandte sie sich ab. »Ich muss los. Haller wartet auf mich.«

Kilian zwinkerte ihr zu. »Viel Glück. Er hat nicht die beste Laune heute.«

Das glaubte sie sofort. Ihr Chef war selten gut gelaunt.

Rolf Haller, Erster Kriminalhauptkommissar, betrachtete von der Fensterfront seines geräumigen Eckbüros aus die Talavera. Auf dem Parkplatz oberhalb der Mainwiesen hatten Schausteller vor wenigen Wochen die Besucher des Frühjahrsvolksfestes mit Achterbahn, Autoscooter und Zuckerwatte begeistert.

Victoria fühlte sich beim Anblick von Hallers Büro immer an amerikanische Filme erinnert, in denen sich ein junger, aufstrebender Anwalt nichts sehnlicher wünscht, als ein Eckbüro mit Aussicht auf die Skyline seiner Stadt zu ergattern. Nur war das hier nicht New York, sondern Würzburg. Und ihr Chef kein junger Mann, sondern Anfang fünfzig, mit grauem, schütterem Haar und einem beachtlichen Bierbauch.

Sie nahm einen großen Schluck aus der Kaffeetasse und atmete tief durch, bevor sie mit der freien Hand an die Bürotür klopfte. »Sie wollten mich sprechen?«

Haller drehte sich zu ihr um. »Ah, Frau Stahl, ja, kommen Sie rein. Und schließen Sie bitte die Tür.«

Sie zog die Augenbrauen hoch, kam aber seiner Bitte, die eher wie ein Befehl klang, nach.

In ihrer Abteilung galt die Kultur der offenen Büros, was die Kommunikation unter den Beamten fördern sollte. Wenn Haller auf einer geschlossenen Tür bestand, dann meist, damit so wenig wie möglich von seinen Wutanfällen nach draußen drang.

»Setzen Sie sich doch«, meinte Haller, auf einen Stuhl deutend, wobei er selbst stehen blieb.

»Nein, danke.« Sie lief ein paar Schritte in den Raum hinein und stellte sich vor den Schreibtisch ihres Chefs, die geschlossene Tür zu ihrer Rechten. Sie sah Überraschung in seinen Augen und triumphierte innerlich.

»Wie Sie möchten. Ich will mit Ihnen über den Baumann-Fall sprechen.«

Victoria hielt die Luft an.

»Sie haben sich über meine Anweisungen hinweggesetzt. Ich hatte unmissverständlich klargemacht, dass Sie sich darauf konzentrieren sollen, weitere Beweise gegen den Geschäftspartner des Toten zu sichern. Stattdessen sind Sie ohne Absprache nach München gefahren. Ein klarer Verstoß gegen die Dienstvorschriften.«

»Wir hatten den Falschen im Auge. Und ich hatte recht. Der Mörder von Baumann …«

Haller unterbrach ihre Verteidigungsrede. »Das spielt keine Rolle. Es geht darum, dass Sie sich schon zum zweiten Mal gegen mich, Ihren Vorgesetzten, gestellt haben. Ein weiteres Mal werde ich nicht mehr dulden!«

Haller hatte gegen Ende seiner Tirade die Stimme erhoben. Sein Gesicht war mit jedem Satz etwas röter geworden.

Victorias Hand krampfte sich um die Kaffeetasse. »Meine Intuition sagte mir, dass mit diesem Handelspartner aus München etwas faul ist. Wäre ich nicht dorthin gefahren, hätten wir den Fall nicht gelöst.« Auch sie war nun lauter geworden.

Eine Kollegin auf dem Flur gaffte durch die Glastür, lief aber sofort weiter, als sie den Blicken der beiden begegnete.

»Das können Sie nicht wissen. Es geht hier auch nicht um Ihre Aufklärungsquote, denn die ist, ehrlich gesagt, der einzige Grund, warum Sie noch hier sind. Aber ich habe Ihre ständigen Alleingänge satt!«

Victoria stellte die Kaffeetasse hin und stützte sich mit beiden Händen auf dem Schreibtisch ab. Sie atmete einmal tief durch und sammelte ihre Gedanken. »Ohne mich hätten wir den Täter nicht gekriegt, das wissen Sie genau. Alle in dieser Abteilung waren dermaßen auf diesen Müller fixiert, dass der Mörder fast davongekommen wäre.«

»Weil die Beweislage eindeutig war. Alles sprach für Müller als Täter.«

»Nein. Eben nicht alles.« Sie gestikulierte aufgebracht und setzte zu einer weiteren Ausführung an.

Haller kam ihr zuvor. »Schluss jetzt! Ich diskutiere das nicht länger mit Ihnen.« Er schrie. Die Kollegen in den Nachbarbüros zerrissen sich sicher schon die Mäuler. »Das ist Ihre zweite und letzte Abmahnung. Ignorieren Sie erneut meine Anordnung, sorge ich für Ihre Versetzung.«

Sie schwieg, aber in ihrem Inneren brodelte es. Haller hatte ihr schon einmal mit einem Disziplinarverfahren gedroht. Doch würde sie nur Dienst nach Vorschrift machen, liefe hier gar nichts. Da war sie sich sicher.

»Noch was«, fügte Haller hinzu. »Sie sind Sonntag bei *Würzburg läuft* im Einsatz, da Kullmann ausfällt.«

»Was, Sonntag? Aber ich …«

»Ich bin noch nicht fertig!«

Sie zuckte zusammen.

»Sie haben ab heute einen neuen Partner.«

Sie glaubte, ihren Ohren nicht zu trauen. Perplex starrte sie ihren Chef an. Das war doch Absicht, sie erst jetzt darüber zu informieren.

Haller lief zur Tür, um sie zu öffnen und dem Gespräch somit ein Ende zu setzen. »Sie lernen ihn gleich in der Einsatzbesprechung kennen.«

Frustriert schnappte sie sich ihre Tasse und verließ, ohne Haller eines weiteren Blickes zu würdigen, den Raum. Ihr Kaffee schmeckte auf einmal bitter.

DANIEL

»69,1 Prozent Aufklärungsquote. Fast vier Prozentpunkte über dem bayerischen Landesdurchschnitt.« In der Stimme des Personalchefs schwang unverhohlener Stolz mit. Er schwärmte schon seit zwanzig Minuten von der Polizeiinspektion Würzburg. »Was die Sicherheit angeht, steht unsere Stadt weit vorn. Das verdanken wir vor allem der personellen Aufstockung in den letzten Jahren.«

Daniel hörte geduldig zu, obwohl man ihn von dem Job nicht überzeugen musste. Er war ganz scharf darauf, loszulegen. Diese Stadt würde sein Neubeginn sein, er spürte es. Dabei hätte er nie gedacht, dass er mal aus seiner Heimatstadt wegziehen würde.

Er war froh, dass eine junge Mitarbeiterin der Personalabteilung die Bürotür öffnete und ihr Gespräch unterbrach. »Ich soll Herrn Freund in seine Abteilung bringen. Die Besprechung startet gleich.«

Der Personalchef nickte und entließ die beiden.

Die junge Frau zwinkerte Daniel verschwörerisch zu. »Hat er es wieder übertrieben mit den Heldengeschichten?«

»Ist okay, war ja interessant.«

Sie kicherte. »Er ist schon so lange dabei, dass er sich ein wenig zu sehr mit unserer Inspektion und seinem Job identifiziert.«

Daniel fand die junge Frau sympathisch und witzig. *Von wegen die Franken haben keinen Humor.* Der Meinung seiner Freundin, die Menschen in der neuen Heimat seien alle ein wenig griesgrämig und distanziert, konnte er sich bislang nicht anschließen.

Sie betraten einen Meetingraum mit Tageslicht, der mit Beamer, Leinwand und einem Fernseher – vermutlich für Videokonferenzen – ausgestattet war. Einige Personen hatten bereits auf Stühlen Platz genommen, andere standen beieinander und unterhielten sich.

Seine Begleitung führte ihn quer durch den Raum zu fünf seiner neuen Kollegen.

»Ach, Herr Freund, da sind Sie ja.«

Daniel erkannte seinen neuen Chef, den ältesten Mann der Gruppe, der lächelnd auf sie zukam.

Die Mitarbeiterin der Personalabteilung wünschte Daniel einen guten Start und verabschiedete sich.

»Darf ich Ihnen die Kollegen vorstellen?« Haller machte ihn mit der Gruppe bekannt.

Daniel beobachtete die Reaktion der vier anderen Männer auf seine dunkle Hautfarbe genau. Alle begrüßten ihn freundlich, einer jedoch lächelte nicht. *Das muss ja nichts heißen,* versuchte Daniel sich zu beruhigen. *Vielleicht hat er nur einen schlechten Tag.*

Fünf Minuten später hatte sich der Raum gefüllt. Fast alle Sitzplätze waren belegt. Daniel blieb auf Bitten Hallers als Einziger mit ihm vor der Leinwand stehen. Mit seinen 1,93 Meter überragte er den Chef um einen halben Kopf.

»Grüß Gott zusammen«, begrüßte Haller die Anwesenden im Raum. »Ich möchte Ihnen allen zunächst einen neuen Kollegen vorstellen.« Er wandte sich Daniel zu, der ihm mit einem Nicken dankte. »Kriminaloberkommissar Daniel Freund aus Köln. Er hat sich auf unsere freie Stelle beworben.«

Alle Augenpaare waren auf ihn gerichtet. Daniel lächelte freundlich in die Runde. Keine argwöhnischen oder feindseligen Blicke, stellte er fest, nur erwartungsvolle Gesichter. Beruhigt atmete er durch.

»Herr Freund hat trotz seines jungen Alters von neunundzwanzig Jahren eine Menge Erfahrung, gerade im Bereich der Banden- und Jugendkriminalität. Ich freue mich, dass er unser Team ergänzt, und bin mir sicher, er wird sich schnell einarbeiten.«

Beim letzten Satz hatte Haller die Augen halb zusammengekniffen und nach links in den Raum gestarrt. Neben der zweiten Stuhlreihe stand eine Blondine in Jeans und langer weißer Bluse. Die Arme hatte sie vor dem Körper verschränkt, die Lippen zusammengepresst. Ihr Blick war eisig.

»Mit Kriminaloberkommissarin Victoria Stahl bekommen Sie eine unserer Besten als Partnerin«, sagte Haller und deutete auf die eindeutig verärgerte Kollegin. »Frau Stahl, Sie zeigen Herrn Freund nach der Sitzung bitte Ihr gemeinsames Büro.«

Daniel suchte den Blick seiner neuen Partnerin, diese fixierte aber weiterhin Haller.

»Ich freue mich, Victoria.« Daniel hoffte, es war auch in Bayern üblich, dass sich die Kollegen untereinander duzten. »Sicher kann ich einiges von dir lernen.«

Jetzt sah sie ihn doch an, zwar immer noch grimmig, aber zumindest nickte sie ihm kurz zu.

»Nun denn, willkommen bei uns«, schloss Haller die Vorstellungsrunde ab. »Herr Weber, der Einsatzleiter von der Schutzpolizei, wird uns mit der Planung für den Stadtlauf vertraut machen. Danke, Herr Freund. Sie können sich gern setzen.« Er selbst nahm in der ersten Reihe Platz.

Daniel beschloss, sich neben seine neue Partnerin zu stellen.

Herr Weber hatte inzwischen den Beamer eingeschaltet und trat neben die Leinwand, die die Laufstrecke zeigte. »Wir hatten letztes Jahr gehäuft Taschendiebstähle und Rangeleien unter den Zuschauern. Daher haben wir die Zahl der Beamten um vierzig aufgestockt. Neben Schupo und Kripo ist die Bereitschaftspolizei im Einsatz.«

Es gab zwei Streckenverläufe. Eine Route führte um den Ringpark herum, die längere schloss Löwenbrücke und Alte Mainbrücke mit ein.

»Die längere Strecke ist für die Wettbewerbe am Nachmittag, zum Beispiel den Hauptlauf«, erklärte Weber. »Wir haben demnach dieses Jahr zwei Routen zu sichern – wenn auch nicht zeitgleich. Der Verkehr über die Löwenbrücke wird gesperrt.« Weber erläuterte schließlich noch die Ressourcenverteilung. »Sammelpunkt ist wie immer der Residenzplatz.«

»Warum die erweiterte Strecke?«, fragte Victoria verwundert. »Das verkompliziert den Einsatz, und wir haben mehr Brennpunkte, was die Sicherheit angeht.«

Weber stimmte ihr zu. »Schon, aber was die Absicherung auf der Alten Mainbrücke angeht, hilft uns die Erfahrung vom Firmenlauf. Die längere Strecke dient einer besseren Verteilung, denn jedes Jahr melden sich mehr Personen für die Nachmittagsläufe an, und die Zuschauerzahlen steigen.«

Daniel bemerkte, wie seine Partnerin neben ihm den Kopf schüttelte. Er teilte ihre Bedenken. Kurz zögerte er, denn es war sein erster Tag. Sollte er da schon Kritik äußern? Andererseits hatte er eine Menge Erfahrung, was solche Veranstaltungen anging.

»Ich bin zwar neu in Würzburg und kenne daher den Firmenlauf nicht, aber ich entnehme Ihren Ausführungen, dass dieser nur über eine Brücke führt, der Stadtlauf aber über zwei …«

»Und die Löwenbrücke ist länger und vor allem breiter«, warf Victoria ein. »Hier werden sich sehr viele Zuschauer einfinden.«

Daniel wusste nicht, ob er sich über die argumentative Unterstützung freuen oder eher beleidigt sein sollte, weil sie ihn unterbrochen hatte. Aber er ließ sich nicht beirren, sondern fuhr fort: »In Köln hatten wir einige Veranstaltungen, die Brücken mit einschlossen. Auch wenn die Brücken über den Rhein viel länger und breiter sind, scheinen mir die für morgen geplanten Ressourcen an diesen Stellen zu knapp. Wie die Kollegin richtigerweise anführt, werden sich die Menschen vor allem auf den Brücken einfinden, um den Lauf zu beobachten. Ich schlage daher vor, hier mehr Beamte abzustellen.«

»Bei allem Respekt, Herr Freund«, entgegnete Weber, »ich bin mir sicher, genug Einsatzkräfte auf den Brücken eingeplant zu haben. Außerdem finden sich vor allem am Ringpark jugendliche Störer ein. Hier kann ich keine Leute abziehen.«

»Aber Herr Freund hat schon recht«, wandte jetzt ein Kollege aus den hinteren Reihen ein. »Wenn ich an den letzten Lauf denke, haben Taschendiebe die Enge auf der Mainbrücke schamlos ausgenutzt.«

Im Saal war zustimmendes Gemurmel zu vernehmen.

Haller stand auf und trat nach vorn. »Ich denke auch, ein paar mehr Beamte auf den Brücken schaden nicht. Danke für Ihren Rat, Herr Freund. Aber – hier gebe ich Herrn Weber recht – wir sollten diese vom Mainufer abziehen statt vom Ringpark. Und ich möchte, dass wir vor allem die Löwenbrücke stärker sichern.«

Damit hatte Haller das letzte Wort gesprochen, die Versammlung löste sich auf.

»Und, zeigst du mir unser Büro?« Daniel lächelte die neue Kollegin an. »Ich habe ein paar kleine Kisten in meinem Wagen, die ich gern auspacken möchte.«

Sie erwiderte das Lächeln nicht, sondern nickte nur und bedeutete ihm, ihr zu folgen.

Ganz schön wortkarg und kühl. Vielleicht bin ich nun doch der ersten echten Fränkin begegnet.

SUSANNE

Ihr Termin beim Fraunhofer Institut für Silicatforschung war interessant gewesen. Die Forscher hatten ein Material für Sensoren vorgestellt, das sich auf Textilien drucken ließ und erlaubte, Herzschlag und Atmung beim Joggen zu messen. Sie hatte den Text bereits während der Pressekonferenz so gut wie druckfertig in ihr Notebook getippt. Für heute lag nur noch die Finalisierung ihres Features an.

In der Lokalredaktion der *Würzburger Nachrichten* ging sie die Mails durch, die in ihrer Abwesenheit eingetroffen waren, doch die Anzahl hielt sich in Grenzen.

Susanne seufzte. Sie war hektischere Arbeitstage gewohnt. Im neuen Job ging es um einiges ruhiger zu, als sie es kannte – und mochte. Anders als die meisten Kollegen liebte sie es, wenn die Telefone in der Redaktion heiß liefen, Deadlines näher rückten und sich die Aufgaben auf ihrem Schreibtisch stapelten. Nichts fand sie schrecklicher als Langeweile. Erst unter Druck lief sie zur Hochform auf. Das war schon zu Schulzeiten so gewesen.

Ein vorsichtiges Klopfen an ihrer Bürotür riss sie aus ihren Gedanken.

Sie hob den Blick. »Herr Lauer!«

Ihr Chef zuckte kurz mit den Mundwinkeln und hüstelte. »Wie läuft es mit dem Feature? Schaffen Sie die Deadline heute?«

Susanne schluckte ihren aufkommenden Ärger hinunter. Sie hatte nie eine Deadline gerissen. Auch nicht in den letzten drei Wochen, in denen Hermann Lauer Chefredakteur war.

Seine Vorgängerin hatte sie eingestellt und war immer überzeugt von ihrer Arbeit gewesen. Sie hatte nie gefragt, ob Susanne einen Abgabetermin einhielt.

Dagmar Schimpf hatte vor einem Monat den Chefposten aus persönlichen Gründen aufgegeben, was alle in der Redaktion geschockt hatte, denn sie war nicht nur kompetent, sondern auch beliebt gewesen.

Susanne hatte den Eindruck, dass ihr neuer Chef sie unterschätzte. Sie wusste nur nicht, warum. An der Qualität ihrer Arbeit lag es sicher nicht. Immerhin hatte sie letztes Jahr als sechsundzwanzigjährige Volontärin den Deutschen Lokaljournalistenpreis in der Kategorie Nachwuchs erhalten.

»Klar. Ich bin schon dran. Ich schicke es innerhalb der nächsten Stunde ans Layout.«

Lauer nickte und drehte sich wieder um, aber das war die Gelegenheit, ihren Chef von sich zu überzeugen.

»Herr Lauer?«

Er wandte sich erneut ihr zu, die Stirn gerunzelt.

»Ich kann die Vorberichterstattung zur Bundestagswahl übernehmen. Ich dachte an eine Interview-Serie mit allen Kandidaten der Region. Das habe ich beim *Kölner Stadt-Anzeiger* vor der NRW-Landtagswahl gebracht und viel positive Resonanz erhalten.«

Lauer überlegte kurz. »Dafür ist eigentlich Tremmel, unser Politikexperte, zuständig. Konzentrieren Sie sich erst einmal aufs Feature, dann sehen wir weiter. Es stehen so viele Termine in den kommenden Wochen an, ich fürchte, da werden Sie vorerst keine Zeit für anderes haben.«

Herr Lauer verließ Susannes Büro. Verwundert wandte sie sich wieder dem Rechner zu. Wenn sie nur hier war, um Pressekonferenzen abzuhaken, ohne eigene Ideen umsetzen zu können, konnte sie gleich wieder gehen.

Die Stimme ihres ehemaligen Chefs in der Lokalredaktion des *Kölner Stadt-Anzeigers* schrillte in ihrem Kopf. »Sie schmeißen allen Ernstes Ihre Zukunft bei uns hin, um für ein Blatt in der fränkischen Provinz zu schreiben?«

Susanne arbeitete aber nicht für eine Provinzzeitung, sondern für die führende Tageszeitung in Mainfranken, und sie hatte nach Abschluss ihres Volontariats eine neue Herausforderung gesucht. Die *Würzburger Nachrichten* waren ihr Sprungbrett für eine Karriere bei der *Süddeutschen Zeitung* oder bei der *Frankfurter Rundschau.* Aber nun hatte sie das blöde Gefühl, dass sie auf ihren Ex-Chef hätte hören sollen.

VICTORIA

So, das ist der letzte.« Der neue Kollege stellte den dritten Karton auf seinem Schreibtisch ab.

Victoria ignorierte ihn demonstrativ. Schließlich hatte Haller nichts davon gesagt, dass sie freundlich zu dem Neuen sein musste. Ihre letzten beiden Partner waren nach einer Weile freiwillig gegangen. Es war nur eine Frage der Zeit, bis dieser hier auch aufgab.

Sie hämmerte den Bericht zum Baumann-Fall in den Computer. Währenddessen füllte Daniel eine Schublade nach der anderen mit Inhalten aus den Kisten. Wenigstens erledigte er das einigermaßen leise.

»Du hast einiges zu tun, was?«

Als sie ihn genervt ansah, deutete er auf die Akten, die sich auf ihrem Schreibtisch stapelten.

»Mhmm, mhmm«, murmelte Victoria und wandte sich wieder ihrem Bildschirm zu.

»Vielleicht kann ich dir gleich damit helfen«, bot Daniel an. »Ich brauche nicht lange mit dem Zeug hier, dann kann's losgehen.« Er stellte ein paar Ringordner in das kleine Regal an der Wand.

»Ich komme schon klar«, antwortete Victoria, ohne ihn anzusehen. Sie brauchte niemanden, der ihr in die Arbeit pfuschte, und schon gar keinen Aufpasser. Haller hatte dem Neuen sicher aufgetragen, ihr auf Schritt und Tritt zu folgen und ihm alles zu berichten, was sie tat.

Der Kollege lachte auf. »Würzburger Kickers? Sag bloß, die gehört dir.« Er deutete auf eine kleine Fahne im Regal.

Verflucht noch mal! Sie sprang auf und rannte zu ihm hinüber. »Nicht drücken!«

Zu spät. Er hatte bereits den Knopf am Fuß des Fahnenmasts betätigt. Die Hymne der Würzburger Fußballprofis tönte durchs Büro: »Die Schuhe sind geschnürt, der Platz ist abgestreut, und alles wartet auf uns're Kickers …«

Er grinste. »Du hast ja doch so etwas wie Humor.«

Victoria warf ihm einen düsteren Blick zu und stellte mit einem weiteren Knopfdruck die Musik ab. »Die gehört einem ehemaligen Kollegen und Freund. Er hat sie hier vergessen, als er in Rente gegangen ist.«

»Vergessen?! Ein echter Fan vergisst so etwas doch nicht.«

Hat er auch nicht. Ich habe ihn gebeten, sie hierzulassen, als Erinnerung an unsere gemeinsame Zeit, aber das geht dich gar nichts an.

»Jedenfalls gehört sie nicht dir, also lass die Finger davon.« Sie lief zurück an ihren Platz, um sich wieder ihren Akten zu widmen. Sie hatte Besseres zu tun, als Babysitter zu spielen. Wobei der Neue ja schon ein Riesenbaby war. Sie unterdrückte ein Grinsen.

Daniel nutzte die einmal gewonnene Aufmerksamkeit. »Wenn die da stehen bleiben darf, dann nur in Begleitung.«

Victoria warf ihm einen Blick zu, der unmissverständlich ausdrückte, dass sie weder verstand, was er meinte, noch, dass es sie interessierte.

Doch sein Grinsen wurde nur breiter.

»Warte.« Daniel kramte in einer seiner Kisten und holte einen kleinen Gegenstand hervor.

Victoria stöhnte. *Was für ein Idiot!*

Er stellte die Fahne mit dem FC-Köln-Logo neben die andere ins Regal und drückte den Knopf. Die Hymne der Geißböcke ertönte.

»Du nervst!« Verärgert stand sie auf und lief zur Tür. Wie sollte man sich da auf die Arbeit konzentrieren?

Daniel stellte die Musik ab. »Hey, lauf nicht gleich davon. Ich höre schon auf.«

Sie winkte ab. »Ich brauche eh noch einen Kaffee.«

»Super, ich komme mit. Ich habe zum Einstand Kuchen in die Küche gestellt. Hat meine Freundin gebacken.« Er folgte ihr durch den Flur.

»Ich esse nichts Süßes.«

»Da entgeht dir aber was. Meine Freundin backt ausgezeichnet.«

Victoria zuckte gleichgültig mit den Schultern. »Wie ich die Kollegen kenne, ist sowieso nichts mehr da.«

Sie behielt recht, denn in der Küche war nur noch ein Stück Kuchen übrig.

Daniel riss die Augen auf. »Echt jetzt?! Das ist keine halbe Stunde her, dass ich ihn hingestellt habe.«

Sie konnte sich ein Lachen nicht mehr verkneifen. Der Gesichtsausdruck des Kölners war aber auch zu komisch.

»Schön, dass ich dich doch noch zum Lachen gebracht habe«, meinte Daniel und bot an, den Rest des Kuchens zu teilen.

Victoria schüttelte den Kopf und schenkte sich Kaffee ein.

»Kein Wunder, dass du so schlank bist«, urteilte Daniel. »Ich könnte den ganzen Tag lang futtern. Ich habe immer Hunger.«

»Was verschlägt dich nach Würzburg?« Victoria biss sich auf die Lippe. *Nur nicht zu viel Interesse zeigen.*

»Die Liebe«, antwortete Daniel, sah sie dabei aber nicht an.

Sie musterte ihn. *Möglich, dass du einer Liebe gefolgt bist. Aber da ist noch etwas anderes. Ich finde schon noch heraus, was.*

»Köln war wohl ein raues Pflaster, wie? Wenn ich mir so deine Narbe anschaue …«

Victoria bemerkte, wie der Neue zusammenzuckte und sich dann mit dem Daumen über das Wundmal am Kinn fuhr. Es war genauso lang wie seine Unterlippe und hob sich deutlich auf der hellbraunen Haut ab.

»Was, meinst du die hier?«

Welche Narbe sollte sie sonst meinen? Falls er noch andere hatte, dann zumindest keine an sichtbaren Körperstellen.

»Die ist vom Kickboxen. Ist ein paar Jahre her.«

Er mied bei seiner Antwort den Augenkontakt. Er log, und sie konnte Lügner nicht ausstehen.

»Ich gehe dann mal zurück an die Arbeit«, sagte Victoria und ließ ihn in der Küche stehen.

In ihrem Büro griff Victoria zum Handy. Ihre Tochter musste bereits aus der Schule zurück sein. Sie ließ es lange klingeln, doch Marie ging nicht ran. Dafür sprang die Mailbox an.

»Hi, mein Schatz. Ich werde heute Abend nicht so spät zu Hause sein. Wenn du möchtest, können wir was zusammen kochen. Marie, leider klappt es am Sonntag mit dem Besuch von Oma nicht. Ich muss für einen Kollegen einspringen. Es tut mir leid. Wenn du magst, ruf mich zurück. Bis später.«

Es klopfte an der Bürotür. Sie war verwundert, Kilian zu sehen und nicht den neuen Kollegen. *Wobei … warum hätte der anklopfen sollen, ist ja auch sein Büro,* dachte sie und bemerkte, wie Verdruss in ihr aufstieg.

Sie winkte Kilian herein.

»Und? Was hältst du von dem Neuen?«, fragte Kilian und ließ seinen Blick über Daniels Schreibtisch schweifen. »Bin gespannt, wie er sich so schlägt.«

»Bist du deshalb hier? Ich habe echt viel zu tun, also …«

»Nein, natürlich nicht, entschuldige. Es geht um den Einsatz am Sonntag. Ich habe gerade mit Weber gesprochen, und er meinte, Benedikt und ich sollen unsere Position auf der Mainbrücke mit dir und Daniel tauschen. Da er ja so viel Erfahrung mit der Sicherung von Brücken hat.« Kilian verdrehte die Augen.

Victoria zuckte mit den Schultern. »Von mir aus. *Würzburg läuft* ist mir ziemlich egal, wenn ich ehrlich bin.«

Kilian lachte. »Lass das nicht den Chef hören. Also dann, ich gebe Weber Bescheid … und schon bin ich wieder weg.«

Victoria hob die Hand zum Abschied, besann sich dann aber eines Besseren. »Kilian? Warte mal.«

Überrascht sah der Kollege sie an.

»Hast du noch Kontakt zu deiner Ex in der Personalabteilung?«

Er nickte.

»Du könntest mir einen Gefallen tun.«

Kilian grinste.

Sonntag, 30. April 2017

DANIEL

Er stand auf der Südseite der Brücke in Höhe der Statue der Heiligen Jungfrau Maria. Plötzlich spürte er eine Veränderung in der Menge. Ein paar Zuschauer rannten unter dem Absperrband hindurch auf das Feld der Läufer.

Daniel folgte ihnen, um sie aufzuhalten. Da entdeckte er den Mann auf der Mauer der Ausbuchtung, die die Brückenstatue umschloss. Für den Bruchteil einer Sekunde lähmte ihn der Schock. Dann fasste er sich wieder.

»Halt, bleiben Sie stehen!« Daniel sprintete los. Die Menschen wichen zur Seite und ließen ihn passieren.

Bitte, spring nicht.

Der Mann hob den Blick zur Statue und schloss die Augen.

»Tun Sie das nicht!« Auf einmal hatte Daniel diese Bilder im Kopf. Ein anderer Ort, ein anderer Einsatz. Jemand, der Hilfe benötigte und den er im Stich gelassen hatte.

Heute nicht. Nur noch wenige Meter.

Der Mann breitete die Arme aus, als versuchte er zu fliegen.

»Ich kann Ihnen helfen.« Daniel blieben die Worte im Hals stecken.

Das helle Shirt des Mannes flatterte im Wind. Es erinnerte Daniel an die weiße Flagge der Kapitulation. An eine kampflose Übergabe zum Schutz des eigenen Lebens. Doch dieser Mann wollte nicht leben.

Als Daniel an der Mauer ankam, sah er den Körper auf dem Wasser aufprallen.

Scheiße! Er spürte, wie sich etwas um seinen Magen schlang, dann langsam in seinem Inneren hochkroch und ihm die Kehle zuschnürte. Sein Puls beschleunigte sich, und er schnappte nach Luft. Vor seinen Augen flimmerte es. Es fühlte sich an, als flösse ihm Eis durch die Adern.

Er krallte sich mit den Fingern an der Mauer fest, bis sie schmerzten. Neben und hinter ihm drängten sich die Schaulustigen, alle riefen sie durcheinander. Aus dem Augenwinkel registrierte er einen Jugendlichen, der sein Smartphone auf den Fluss richtete, in der Hoffnung, den Todeskampf des Mannes zu filmen.

Daniel zwang sich, die Augen zu schließen und ein paarmal tief durchzuatmen, um die aufkommende Übelkeit zu unterdrücken und den Schwindel in den Griff zu bekommen. Dann tastete er nach seinem Funkgerät.

»Main für 10/75. Wir haben einen Springer auf der Alten Mainbrücke. Möglicherweise bewusstlos. Treibt flussabwärts Richtung Veitshöchheim. Notarzt und Wasserwacht werden benötigt«, gab Daniel keuchend an die Kollegen durch.

Dann wies er die Schaulustigen an, sich zurückzuziehen. »Polizei Würzburg. Verlassen Sie umgehend die Brücke. Bitte alle zurückweichen. Machen Sie den Einsatzkräften Platz. Bei Zuwiderhandlung müssen wir Sie gegebenenfalls wegen Behinderung der polizeilichen Maßnahmen in Gewahrsam nehmen.«

Sein Atem kam zur Ruhe. Die Menschen folgten langsam seiner Anordnung. Einige Läufer schimpften. An eine Fortsetzung des Laufs war angesichts des Chaos auf der Brücke nicht zu denken.

»Ich setze mich mit Weber in Verbindung«, rief Victoria, die mit einem uniformierten Kollegen bei ihm eintraf. »Wir brauchen Verstärkung, um die Brücke zu räumen und zu sperren. Bis dahin müssen wir uns die Presseleute, die heute hier sind, vom Hals halten.« Dem Uniformierten trug sie auf, nach Zeugen zu fragen und die Personalien festzustellen.

Daniel hörte Polizeisirenen. Wenige Minuten später tauchte an beiden Seiten der Brücke die angeforderte Verstärkung auf. Die schnelle Reaktion der Einsatzleitung beeindruckte ihn.

»Der Lauf wird fortgesetzt, aber nur noch über die kurze Route«, informierte Victoria ihn nach ihrem Telefonat. »Weber lässt auch die Löwenbrücke räumen. Er hat Angst vor Nachahmern. Wir hatten schon Fälle von Mutproben unter Studenten, die sich zum Brückenspringen verabredet haben.«

»Der Mann war definitiv zu alt für einen Studenten. Ich hätte ihn eher bemerken müssen und auch, was er vorhat. Ich hoffe nur, er überlebt«, meinte Daniel zerknirscht und zeigte den Kollegen die Stelle, von der aus der Mann gesprungen war. Einer teilte ihm mit, die Spurensicherung sei unterwegs.

»Die Chancen sind gering.« Victoria klang ernüchternd. »Die Strömung ist heute sehr stark, und es sind schon viele im Main ertrunken. Aber gib dir nicht die Schuld. Wir hätten bei dem Gedränge hier mehr Einsatzkräfte gebraucht.«

Sie benötigten fast drei Stunden, um den Tatort zu sichern, mit der Spurensicherung zu sprechen und Zeugenaussagen aufzunehmen.

»Die Wasserwacht hat sich gemeldet.« Ein Kollege nahm Daniel und Victoria zur Seite. »Sie haben den Mann gefunden. Er konnte nur noch tot geborgen werden. Die Kollegen sind vor Ort. Die Staatsanwaltschaft ist benachrichtigt.«

»Wissen wir etwas über seine Identität?«, fragte Daniel.

Der Kollege bejahte. »Wir haben zwar keine Papiere beim Toten gefunden, aber über die Startnummer haben wir einen Namen. Stephan Walder, wohnhaft in Lengfeld. Laut Abfrage beim Einwohnermeldeamt lebt er zusammen mit einer Dorothée Walder.«

»Okay, danke«, antwortete Daniel. »Fahren wir hin, Victoria?«

Sie nickte, aber ihre Miene verriet, dass sie lieber allein gefahren wäre.

VICTORIA

Sie parkten vor einem Haus im Lengfelder Neubaugebiet. Wohnungen in Würzburg waren knapp, vor allem im Zentrum. Deswegen hatte man hier im Nordosten der Stadt eine ganze Reihe moderner Mehrfamilienhäuser hochgezogen. Spielplätze und Kitas sollten vor allem Paare mit kleinen Kindern aus der Stadtmitte locken. Seufzend drückte Victoria auf die Klingel mit dem Schild »Walder«. »Übernimmst du das?«

Der Kölner nickte nur. Er schien bedrückt. Sicherlich hatte er sich seinen ersten Einsatz in Würzburg anders vorgestellt.

Sie musste ein zweites Mal klingeln, bevor ein vorsichtiges »Ja, bitte, wer ist da?« durch die Gegensprechanlage tönte.

»Frau Walder? Kriminalpolizei Würzburg, würden Sie uns bitte hereinlassen?«

Schweigen. Victoria meinte, förmlich spüren zu können, wie die Frau den Atem anhielt.

»Frau Walder«, insistierte Victoria. »Bitte, es ist wichtig.«

Jetzt erst erklang das Summen des Türöffners, und sie betrat zusammen mit Daniel den Hausflur.

»Erster Stock«, rief jemand von oben.

Sie nahmen die Treppe und hielten vor einer Tür, in der eine pummelige und blasse Blondine in Leggins und Strickpullover stand. Misstrauen blitzte in ihren Augen, unter denen sich dunkle Schatten abzeichneten. Sie fragte, ob sie sich ausweisen konnten. Ihr Tonfall verriet, dass sie sie anderenfalls nicht hereinlassen würde.

Nahezu synchron zückten Victoria und Daniel ihre Ausweise. Zögerlich machte Frau Walder den Weg in ihre Wohnung frei. Ein langer Flur führte ins Wohnzimmer.

»Um was geht es denn?«, fragte Dorothée Walder, ohne ihnen einen Sitzplatz anzubieten.

Daniel räusperte sich. »Es ist, glaube ich, besser, wenn Sie sich setzen.«

Frau Walder rührte sich nicht vom Fleck.

»Wollen Sie mir nicht endlich sagen, was los ist? Warum sind Sie hier? Hat etwa mein Mann Sie ...« Dorothée Walder unterbrach ihren Redeschwall.

Victoria bemerkte ein Flackern in ihren Augen. War es Angst? »Hat Ihr Mann uns was?«

Frau Walder presste entschlossen die Lippen aufeinander und verschränkte die Arme vor der Brust.

»Frau Walder, wir müssen Ihnen leider mitteilen, dass vor ein paar Stunden ein Mann von der Alten Mainbrücke gestürzt und dabei verstorben ist. Wir gehen momentan davon aus, dass es sich bei dem Mann um Ihren Ehemann handelt.« Daniel ließ seine Worte wirken.

Dorothée Walder starrte ihn an, ihr Gesicht wurde noch blasser. Dann drehte sie sich um und sank ein paar Schritte weiter auf die dunkelblaue Couch. Sie sah ihre beiden Besucher nicht an, ihr Blick war auf den Couchtisch gerichtet. Genauer gesagt auf das Smartphone darauf. *Merkwürdige Reaktion,* dachte Victoria. *Keine Nachfrage, wie es zu dem Sturz gekommen ist.*

»Frau Walder, haben Sie verstanden, was ich Ihnen gesagt habe?«, fragte Daniel ein paar Sekunden später, die Victoria wie eine Ewigkeit vorkamen.

Dorothée Walder fixierte weiterhin den Tisch. Sie wirkte nervös.

»Wir verstehen, dass das ein Schock für Sie ist«, fuhr Daniel fort. »Haben Sie ein Foto von Ihrem Mann, damit wir den Verstorbenen identifizieren können?«

Frau Walder griff zum Smartphone. Ihre Hand zitterte, als sie Daniel ein Foto zeigte.

Dieser nickte, um der Frau zu verstehen zu geben, dass er ihren Mann wiedererkannt hatte. »Es tut mir sehr leid. Ich muss Ihnen außerdem mitteilen, dass Ihr Mann – wie mehrere Zeugen gesehen haben – von der Brücke gesprungen ist. Können Sie uns sagen, ob er in letzter Zeit Probleme hatte? Im Job oder privat, oder ob er depressiv war?«

Die Frau schüttelte den Kopf. Falls sie die Anspielung auf Eheprobleme verstanden hatte, ließ sie es sich nicht anmerken.

»Wann haben Sie Ihren Mann zuletzt gesehen?«

»Heute Mittag. Gesprungen, sagen Sie? Das verstehe ich nicht. Das ergibt keinen Sinn.« Sie schien mit den Gedanken weit weg. »Kann ich meinen Mann sehen?«

»Nach der Obduktion«, sagte Victoria. »Wir geben Ihnen Bescheid. Ich empfehle jedoch, bis zur Überbringung an den Bestatter zu warten. Nur in absoluten Ausnahmefällen gewährt das rechtsmedizinische Institut Angehörigen den Zutritt. Ich lasse Ihnen meine Karte sowie die Telefonnummern eines Seelsorgers und einer Psychologin da.« Sie legte alles auf den Tisch.

»Das Mädchen auf dem Foto, ist das Ihre Tochter?«

Daniels Frage überraschte Victoria. Frau Walder hob endlich den Blick.

Daniel war zum Kamin getreten und deutete auf ein gerahmtes Bild auf dem Sims. Victoria schätzte das Mädchen auf sechs Jahre.

Frau Walder nickte, Tränen in den Augen.

»Wo ist Ihre Tochter jetzt?« Victoria versuchte, behutsam zu klingen.

»Bei meiner Mutter«, antwortete Dorothée Walder hastig. »Darf ich Sie bitten zu gehen? Ich möchte allein sein.«

»Können Sie Ihre Mutter benachrichtigen, damit sie herkommt? Es ist besser, wenn jetzt jemand bei Ihnen ist.«

»Ich rufe sie an.«

»In Ordnung.« Victoria gab dem Kollegen das Zeichen zum Aufbruch, dann fiel ihr etwas ein. »Wie lange läuft Ihr Mann schon beim Stadtlauf mit?«

Frau Walder starrte sie mit offenem Mund an. »Beim Stadtlauf? Warum sollte er das tun? Mein Mann hasst Sport.«

»Traurig, wenn sich ein Familienvater umbringt«, meinte Daniel auf der Rückfahrt und zog einen Schokoriegel aus seiner Jackentasche. »Ich meine, es ist immer traurig, aber der Mann hatte doch alles. Wie kann er seine Familie im Stich lassen?«

Man kann einem eben nicht in den Kopf schauen, dachte Victoria. Sie erinnerte sich an einen Fall, der erst vor sechs Monaten den Ort Marktbreit südlich von Kitzingen erschüttert hatte. Ein Mann war mit seinen zwei Kindern von einer Autobahnbrücke in den Tod gesprungen.

Sie konnten vielleicht von Glück reden, dass sie nur einen Toten zu beklagen hatten.

»Die Ehefrau verheimlicht irgendetwas«, murmelte Victoria mehr zu sich selbst.

»Wieso glaubst du das? Auf mich wirkte sie einfach nur geschockt.«

»Sie hatte Angst. Ich frage mich, wovor. Und wieso springt der Typ ausgerechnet bei *Würzburg läuft* statt an einem Tag, an dem er ungestörter wäre? Jemand hätte ihn vom Springen abhalten können. Zudem hasste er Sport. Wie passt das zusammen?«

»Du hast recht. Es ist ein ungewöhnlicher Suizid. Aber ich habe schon andere narzisstische Selbstmörder erlebt, die ihren Abgang gern zur Schau stellen. Sie genießen die Aufmerksamkeit, sogar im Angesicht des Todes.« Daniel nahm einen weiteren Bissen. Vielleicht half ihm die Schokolade beim Nachdenken. »Möglicherweise weiß seine Frau nicht alles über ihn, und er hat mit dem Laufen angefangen, ohne jemandem davon zu erzählen, aus Schiss, sich beim Stadtlauf zu blamieren oder es nicht durchzuziehen.«

Sie gab ihm recht. Schließlich hatte auch sie nicht alles über ihren Noch-Ehemann gewusst.

Im Büro fassten sie die Zeugenaussagen zusammen. Victoria erklärte sich bereit, den Bericht über die Befragung der Witwe zu übernehmen, da Daniel noch seinen Aktenvermerk mit eigenen Beobachtungen zum Vorfall anfertigen musste.

Um 22:30 Uhr betrat Victoria ihre Wohnung in der Zellerau. Sie fand Marie auf dem Balkon, wo sie genüsslich an einer Zigarette zog.

»Seit wann rauchst du?« Victoria war entsetzt.

»Reg dich ab, ist nur gelegentlich.« Marie verdrehte die marineblauen Augen, die sie von Victoria geerbt hatte, und machte keinerlei Anstalten, die Zigarette auszudrücken.

»Himmel, du bist Sportlerin. Wie kannst du dir nur die Gesundheit mit den Dingern ruinieren?«

»Du hast jahrelang geraucht.«

»Ich habe aufgehört. Aus gutem Grund. Damit fängt man erst gar nicht an. Solange du hier wohnst, verbiete ich dir das Rauchen.«

»Na super. Vielleicht sollte ich zu Papa ziehen«, murmelte Marie und schnippte die Zigarette mit einer theatralischen Geste über das Balkongeländer.

»Wie bitte?« Die Erwähnung ihres Noch-Ehemanns brachte Victoria auf die Palme.

»Ach, nichts.« Marie fuhr sich durch die langen blonden Haare. Schwarzer Kajal und roter Lippenstift ließen sie älter aussehen. Das eng anliegende Oberteil betonte ihre Weiblichkeit, die mit der Zierlichkeit ihres restlichen Körpers kontrastierte.

Victoria folgte ihrer Tochter in die Küche. »Hast du schon was gegessen? Es tut mir leid, dass ich so spät dran bin.«

Marie schüttelte den Kopf. »Habe keinen Hunger.«

»Es gibt Reste, Käsenudeln. Die habe ich gestern für uns gekocht, aber du bist spät nach Hause gekommen. Darf ich wissen, wo du gesteckt hast?« Victoria bemühte sich, ihrer Stimme den Ärger nicht anmerken zu lassen.

Marie zuckte mit den Schultern. »Bei einer Freundin.«

»Und da kannst du nicht wenigstens anrufen? Oder erreichbar sein? Herrgott noch mal, du bist vierzehn! Weißt du eigentlich, was für Sorgen ich mir gemacht habe?« Sie hörte selbst, dass sie doch verärgert klang.

»Hab ich halt vergessen, und mein Akku war leer. Na und? Chill mal! Ich habe doch schon oft am Wochenende bei Melli übernachtet. Du hast eh keine Zeit für mich.«

»Ich hatte Dienst heute, wie du weißt. Gestern aber nicht.«

»Wir wollten heute zu Oma. Immer geht deine Arbeit vor. Zum Kotzen!«

»Tut mir leid. Wirklich. Wir holen das bald nach. Okay?«

»Kannst du ja machen. Ich war heute bei Oma – allein. Aber ist auch egal. Sie erkennt eh niemanden mehr.« Damit ließ Marie sie stehen und lief hinaus in den Flur. Das Letzte, was Victoria von ihr vernahm, war das Zuschlagen der Zimmertür.

Seit wann ist die Kommunikation mit ihr so schwierig?

Seufzend nahm Victoria die Käsenudeln aus dem Kühlschrank und schenkte sich ein Glas Silvaner ein. Dann widmete sie sich der Lektüre des Stapels Zeugenaussagen, den sie im Büro ausgedruckt hatte.

DANIEL

Er verließ gegen 20:30 Uhr das Büro und fühlte sich, als hätte er selbst am Stadtlauf teilgenommen.

Er war erleichtert gewesen, dass Victoria den Bericht über den Besuch bei der Witwe übernahm. Er sehnte sich danach, nach Hause zu seiner Freundin zu kommen und den Tag zu vergessen.

Morgen würde er zusammen mit Victoria alle gesammelten Zeugenaussagen durchgehen, obwohl der Fall klar war und sie ihn bestimmt bald abschließen konnten.

Oder nicht? Irgendetwas störte ihn, und die Kommentare seiner Partnerin ließen ihn nicht los. Immer wieder hatte er den Mann vor Augen, dessen letzten Blick hinauf zur Statue und den Sprung. Leider auch das Gefühl von Ohnmacht und Versagen, das ihn sekundenlang gelähmt hatte.

Gut, dass ich mich rechtzeitig wieder gefangen habe.

Trotzdem fragte er sich manchmal, ob er dem Beruf noch gewachsen war. Er hatte gehofft, mit dem Abstand zu Köln würde alles besser werden.

»Du kommst spät«, begrüßte Susanne ihn in ihrer gemeinsamen Altbauwohnung in der Sanderau. Die zentrale Lage direkt am Ringpark verdankten sie einem Kontakt bei ihrem neuen Arbeitgeber.

»Schatz, du glaubst es nicht, aber es ist schwieriger als in Köln, hier eine vernünftige Wohnung zu finden. Und die Preise …«, hatte Susanne ihm zu Beginn ihres neuen Jobs bei den *Würzburger Nachrichten* am Telefon erzählt. Zu der Zeit übernachtete sie in einem Hotel und befürchtete, auch bei seinem Nachzug drei Monate später noch keine feste Bleibe zu haben. Glücklicherweise dauerte dieser Zustand nur zwei Wochen an, und Daniel war froh, dass Susanne, was Wohnung und Einrichtung anging, seinen Geschmack teilte. Schon in Köln hatten sie in der Nähe des Parks am Aachener Weiher gewohnt. Seitdem liebten sie Spaziergänge im Grünen.

Er holte zwei Kölsch aus dem Kühlschrank und küsste seine Freundin auf den Mund. »Entschuldige bitte. Es war ein furchtbarer Tag.«

»Du Armer. Du kannst es mir gleich erzählen, aber erst gibt es Makkaroni. Ich habe gekocht und sterbe vor Hunger.«

Sie hatten zu Beginn ihrer Beziehung vor drei Jahren vereinbart, immer erst nach dem gemeinsamen Abendessen über die Arbeit zu sprechen. Zuerst wollten sie genießen und abschalten. Ein voller Magen, so waren sie sich einig, erleichterte selbst unangenehme Gespräche.

»Das war sehr lecker, danke fürs Kochen«, sagte Daniel eine halbe Stunde später, und nachdem er das Geschirr gespült und aufgeräumt hatte, kuschelten sie sich auf das Sofa.

»Du zuerst«, forderte Susanne ihn auf. »Geht es um den Selbstmord beim Lauf heute? Du warst doch auf der Alten Mainbrücke im Einsatz, oder?«

Gegen seinen Willen musste er schmunzeln. Wie erwartet, wusste sie schon Bescheid, obwohl sie heute nicht gearbeitet hatte. Sicherlich war in den sozialen Netzwerken und lokalen Radiosendern darüber berichtet worden.

»Ich war nicht nur da. Ich hätte es verhindern können.«

Sie umarmte ihn und schwieg, damit er seinen Bericht fortsetzte.

»Ich meine, klar, wenn einer sich umbringen will, lässt sich das meist nicht verhindern, aber trotzdem … wenn ich nur schneller reagiert hätte.«

»Ich frage mich, wie er es geschafft hat, das bei der Masse an Leuten durchzuziehen. Hat denn keiner was gesehen und ihn aufgehalten?«

»Na ja, die Leute haben auf den Lauf geachtet. Außerdem hat sich der Mann, bevor er gesprungen ist, übergeben. Zeugen, die das gesehen haben, gaben zu, sich da erst recht weggedreht zu haben.«

»Typisch«, warf Susanne kopfschüttelnd ein. »Alle schauen weg, statt zu helfen.«

»Danach ist alles so schnell gegangen. Er ist auf die Mauer und rückwärts runter.«

»Und wo warst du?«

»Schräg gegenüber. Wir waren zu wenige auf der Brücke. Es war schwierig, die Zuschauer hinter der Absperrung zu halten.«

»Schräg gegenüber wovon? In den Medien haben sie nicht gesagt, wo genau der Mann gesprungen ist. War es von der Mitte der Brücke?«

Daniel wunderte sich über die Frage. Als ob das eine Rolle spielte. »Ich stand auf der Südseite. Der Mann ist von der Nordseite gesprungen. Bei der Statue des heiligen Nepomuk.« Zumindest hatte das ein Kollege von der Spurensicherung erwähnt. Er selbst kannte sich nicht aus mit den Brückenheiligen und hatte auch nicht auf den Namen am Sockel geachtet. »Weißt du, was merkwürdig ist?«

»Was denn?«

»Du weißt, ich habe schon bei ein paar Selbstmorden ermittelt, auch bei einem von der Mülheimer Brücke. Viele von denen, die springen, werden von anderen, die versuchen, sie zu stoppen, in Panik versetzt und springen dann sofort. Der heute nicht. Er schien fast gelassen, hat zu diesem heiligen Nepomuk aufgeschaut, die Augen geschlossen und sich erst dann fallen lassen.«

»Ich dachte, alles ging so schnell?«, fragte Susanne, eindeutig verwirrt. Ihre journalistische Neugier war längst geweckt.

»Ja, zu schnell, um ihn aufhalten zu können, aber trotzdem: Dieser Blick … er wirkte so gefasst. Außerdem springen die meisten vorwärts, mit dem Gesicht zum Wasser. Der von heute ist rückwärts runter.«

»Mhmm«, murmelte Susanne und kräuselte ihre mit Sommersprossen übersäte Nase. »Wahrscheinlich hat er den Gedanken schon lange mit sich herumgetragen und seinen Selbstmord genau geplant.

Er hat sich sicher auch nicht umsonst den Tag von *Würzburg läuft* ausgesucht.«

»Genau das aber wundert meine Kollegin. Sie glaubt, dass an dem Suizid was faul ist.«

Susanne grinste. »So, so, deine Kollegin. Wie heißt sie, wie alt ist sie und das Wichtigste: Wie sieht sie aus?«

Daniel lachte. »Du brauchst dir keine Sorgen zu machen. Victoria Stahl ist zwar ganz hübsch, aber auch ein wenig älter als ich. Außerdem ist meine neue Partnerin eine ziemliche Kratzbürste.«

»Was, ihr versteht euch nicht?« Susanne klang besorgt und kuschelte sich enger an ihn.

Er strich ihr durch das lange rotblonde Haar. Ihr Geruch stieg ihm in die Nase, und wie immer beruhigte er ihn. »Sie ist eher ernst, eine echte Fränkin, und ich glaube, sie arbeitet lieber allein.«

»Schade. Und warum denkt sie, etwas stimmt nicht mit dem Selbstmord?«

»Sie findet es merkwürdig, dass sich jemand während einer Veranstaltung umbringt. Es stimmt zwar, dass die meisten Brückenspringer nicht gesehen werden wollen, aber es gibt immer wieder Ausnahmen. Außerdem meint sie, die Witwe verheimliche etwas.«

»Glaubst du das auch?«

Er dachte über das Gespräch am Nachmittag nach. »Ich bin mir nicht sicher. Eigentlich wirkte die Frau auf mich nur geschockt. Aber sie hat uns auch erzählt, dass ihr Mann Sport hasste. Da ist es schon eigenartig, dass er ausgerechnet an einem Lauf teilnimmt, nur um sich von der Brücke zu stürzen. Außerdem war er weder depressiv, noch hatte er sonst irgendwelche Probleme, es sei denn, die Frau lügt. Und auf mich wirkte sie aufrichtig.«

»Mag sein, dass ihr beide recht habt«, meinte Susanne.

Daniel sah sie fragend an.

»Die Frau könnte euch die Wahrheit über ihren Mann gesagt, aber nicht alles erzählt haben.«

Montag, 1. Mai 2017
(Tag der Arbeit)

VICTORIA

Stephan Walder war Datenschutzbeauftragter in einer Würzburger IT-Firma«, begrüßte Victoria den Kollegen, der um acht Uhr das gemeinsame Büro betrat. »Und wir haben eine Akte über ihn.«

Sie saß seit einer Stunde vor dem Rechner und recherchierte Hintergründe zum Opfer.

»Aha«, meinte Daniel, zog seine Lederjacke aus und startete den Rechner. »Bist du immer so früh im Büro?«

»Nein, aber ich konnte nicht schlafen. Dieser angebliche Suizid lässt mir keine Ruhe.« *Du hingegen hast bestimmt den Abend mit deiner Freundin genossen und den Fall schon abgehakt wie jeder andere hier.* »Walder war elf Jahre lang in der Firma, bevor sie ihn rausgeschmissen haben.«

»Nach elf Jahren? Was hat der Kerl angestellt?«

»Angeblich hat er Betriebsgeheimnisse ausgeplaudert. Die Firma hat ihn deswegen vor zwei Jahren angezeigt, und es gab einen Prozess. Allerdings wurde er nicht verurteilt.«

»Okay. Und danach? Haben sie ihn wieder eingestellt?«

Sie schnaubte. »Ach was! Jetzt mal ehrlich: Würdest du in eine Firma zurückgehen, die dich verklagt hat?«

»Das heißt, Walder war seitdem arbeitslos? Oder hat er woanders angefangen?«

Sie zuckte mit den Schultern. »Auf seiner Webseite präsentiert er sich als selbstständiger Datenschutzbeauftragter.«

»Fragt sich nur, wie erfolgreich er nach der Klage noch war. Sein Ruf dürfte einen ziemlichen Schaden genommen haben. Vielleicht war das ja das Motiv für seinen Selbstmord.«

Victoria murmelte nur ein »Ja, schon möglich«. Sie war nicht überzeugt.

Daniel schlug vor, die Zeugenaussagen durchzugehen.

»Das habe ich bereits erledigt.« Victoria schob den Stapel mit den Ausdrucken über die zusammenstehenden Schreibtische zu ihm rüber. »Diejenigen, die Walder beim Sprung gesehen haben, sind sich einig, dass es Selbstmord war, ihn keiner geschubst oder gedrängt hat. Ein paar Zeugen haben bemerkt, wie das Opfer die Laufstrecke verlassen hat, andere wiederum, dass er sich übergeben hat, aber sonst ist niemandem etwas Besonderes aufgefallen.«

Victoria beobachtete Daniels Reaktion. Falls er sich darüber ärgerte, dass sie die Aussagen allein durchgegangen war, ließ er es sich nicht anmerken. Stattdessen las er konzentriert in den Akten. Sie drängte ihn nicht. Er würde keine neuen oder anderen Schlüsse ziehen. Bestimmt aber erleichterte es ihn, zu lesen, dass nicht ein Zeuge der Meinung gewesen war, einer der Polizisten auf der Brücke hätte den Suizid verhindern können.

Sie wandte sich wieder dem Rechner zu und fütterte die Suchmaschine mit Anfragen nach Selbstmorden bei ähnlichen Veranstaltungen in Deutschland.

Nach einer Weile meldete sich Daniel wieder. »Diese Aussagen greifen etwas zu kurz. Es wäre interessant, zu wissen, ob den Zuschauern an den anderen Stellen der Laufstrecke etwas an Walder aufgefallen ist. Er wird vor seinem Sprung mindestens eine halbe Stunde gelaufen sein.«

»Das habe ich schon überprüft«, warf Victoria ein. »Leider ist sein Chip, der die Laufzeit misst, verloren gegangen, vermutlich im Wasser. Laut Organisationsteam hat sich Walder erst am Morgen für den Lauf angemeldet und ist um dreizehn Uhr dreißig an der

Residenz gestartet. Wir können demnach davon ausgehen, dass er der Strecke des Hauptlaufs gefolgt ist.«

Daniel nickte. »Eben. Dann hätte er zum Beispiel auch von der Löwenbrücke springen können. War die Entscheidung für die Mainbrücke spontan, oder hat er es genau so geplant?«

Victoria setzte zu einer Antwort an, als ihr Telefon klingelte. Die Rechtsmedizin.

»Die Obduktionsergebnisse liegen seit heute früh vor«, informierte sie den Kollegen nach dem Gespräch. »Wir können sie zwischen fünfzehn und sechzehn Uhr abholen.«

Sie kamen erst gegen halb fünf von der Polizeiinspektion los. Haller hatte Daniel kurz vor ihrem Aufbruch zu einem Vieraugengespräch in sein Büro gebeten.

»Ich möchte gern, dass Sie mir die gestrigen Ereignisse aus Ihrer Sicht schildern«, begründete der Chef sein Anliegen.

Gewiss hatte Haller den Neuen auch nach der bisherigen Zusammenarbeit mit ihr gefragt. Was, wenn sich Daniel über sie beschwert hatte? Für seine Einarbeitung war bisher ja keine Zeit gewesen.

»Und, wie war's?«, fragte Victoria Daniel auf dem Weg zum Parkplatz. Sie bestand darauf, ihr Auto zu nehmen, keinen Dienstwagen, und darauf, dass sie fuhr. Auf ihre Frage hin zuckte der Kollege nur mit den Schultern.

Beim Anblick ihres Minis stieß er ein kurzes Lachen aus. »Mal sehen, wie ich mich da hineinfalte.«

»Du kannst gern mit den Öffentlichen fahren«, brummte Victoria. *Sei froh, dass ich dich mitnehme. Bislang bist du in dem Fall keine große Hilfe.*

»Ich fahre sogar fast täglich mit der Bahn zur Arbeit«, entgegnete Daniel und nahm auf dem Beifahrersitz Platz. »Meine Freundin und ich haben ein gemeinsames Auto. In der Regel nutzt sie es, da sie mehr unterwegs ist. Würzburg ist ja nicht so groß, dass man unbedingt ein Auto braucht, um zur Arbeit zu kommen.«

Victoria rümpfte die Nase. »Köln erreicht auch nur gerade so die eine Million Einwohner.«

Sie kämpfte sich durch den zäh fließenden Verkehr auf dem Berliner Ring. Um diese Uhrzeit brauchte man manchmal fast eine Stunde von einem Ende Würzburgs zum anderen, da nur wenige Straßen das Zentrum mit den Stadträndern verbanden. Würzburg war eine der Stauhochburgen Deutschlands. Sie wunderte sich trotzdem. Heute war Feiertag. Vermutlich war wegen der Erster-Mai-Veranstaltungen so viel los.

»Kennst du Köln?«, fragte Daniel nach einer Weile.

»Nicht wirklich. Ich war nur einmal als Kind mit meinen Eltern da. Ein Wochenende. Ich erinnere mich an den Dom, und das war's.«

Er lachte. »Auch wenn du das Wichtigste dann schon gesehen hast, solltest du unbedingt noch mal hin, jetzt, wo du Kölsch trinken darfst.«

»Wer braucht Kölsch, wenn er Silvaner hat«, konterte Victoria trocken, ohne eine Miene zu verziehen.

»Okay, machen wir einen Deal. Ich probiere deinen Silvaner, dafür lade ich dich auf ein Kölsch ein. Habe noch einen Vorrat zu Hause.«

Victoria schwieg. Der Kollege quatschte ihr zu viel. Ihre Gedanken waren schon bei der Obduktion. Hoffentlich hatte die Rechtsmedizin etwas Neues für sie.

»Dorothée Walder«, sagte Daniel, als sie eine Viertelstunde später vor dem Institut für Rechtsmedizin der Universität Würzburg parkte.

»Was?«

»Da.« Daniel deutete durch die Windschutzscheibe auf Frau Walder, die aus dem Gebäude stürmte.

Victoria hatte ihr gleich nach dem Anruf des Rechtsmediziners Bescheid gegeben, dass sie ihren Mann sehen konnte. Anscheinend war auch sie spät dran gewesen. Sie war kreidebleich. Ihre fettigen, ungekämmten Haare hatte sie zu einem Pferdeschwanz gebunden. Sie reagierte nicht auf Victorias Gruß. Stattdessen zog sie ein Handy aus ihrer Handtasche, das mit der Melodie von Beethovens *Neunter Sinfonie* einen eingehenden Anruf ankündigte. Frau Walder hauchte ein nervöses »Ja, bitte?« in das Mobiltelefon und rauschte an ihnen vorbei.

Verdutzt starrte Victoria ihr nach, bevor sie ihrem Kollegen in das Gebäude folgte.

Professor Dr. Manfred Huber war ihr Lieblingsrechtsmediziner. Sie kannten sich seit Jahren. Victoria schätzte seine Gründlichkeit und seine Gelassenheit, beides vermutlich seiner langen Berufserfahrung geschuldet.

Vor ein paar Wochen hatte sie ihm ein verletztes Mädchen zur Untersuchung gebracht. Während Victoria das Wimmern der Kleinen kaum ertragen konnte, hatte Manfred anscheinend ungerührt festzustellen versucht, ob das Mädchen körperlich misshandelt worden war. Außerdem tat er Victoria oft den Gefallen, als einer der beiden Ärzte die Obduktion zu übernehmen, wenn es sich um einen ihrer Fälle handelte. Sie würde es nie zugeben, aber mit seiner Kompetenz trug er einen wesentlichen Teil zu ihrer hohen Aufklärungsrate bei.

»Grüß Gott, Victoria«, begrüßte der Neunundfünfzigjährige sie jetzt mit einem Lächeln, das den kühlen Sektionssaal mit Wärme füllte. Sie wusste, die Falten hinter seiner Brille waren eher seinem häufigen Schmunzeln als irgendwelchen Sorgen geschuldet.

Mittlerweile fühlte Victoria sich vertraut mit den Räumlichkeiten, auch wenn sie sich nie an das grelle Licht der Neonröhren gewöhnen würde. Vor den hohen Milchglasfenstern standen sechs in den Boden gemauerte Seziertische aus Stahl. Daneben lagen, sauber aufgereiht und auf hohen Tischen, die Werkzeuge. Sie erkannte Gummihammer, Schere und ein paar Zangen. Die weiß gekachelten Wände des Raumes säumten eine Zeile mit mehreren Waschbecken, zwei Kühlschränke, drei Organwaagen, Regale mit Reinigungsmitteln und Aluminiumschränke für weiteres medizinisches Material.

»Wen hast du mir denn heute mitgebracht?«

Victoria verstand genau, dass Manfred auf die zuletzt eher kurzlebigen Partnerschaften in ihrem Job anspielte.

»Das ist Oberkommissar Daniel Freund. Mein neuer« – sie zögerte – »ein neuer Kollege aus Köln.«

Manfred zwinkerte Daniel zu. »Na dann, viel Glück!«

Sie bemerkte das Fragezeichen im Gesicht des Kölners und wandte sich Manfred zu. »Frau Walder ist uns eben entgegengekommen. Sie schien sehr gestresst.«

Manfred zog sich Latexhandschuhe über und lief zu dem einzigen Seziertisch, bei dem sich unter dem weißen Tuch ein Körper abzeichnete. »Ja, die Dame war äußerst hartnäckig. Sie hat förmlich darum gebettelt, ihren Mann sehen zu dürfen. Du weißt, wie ungern ich Angehörige hier hereinlasse. Dann aber hat sie mehr auf ihr Handy als auf ihren Ehemann geschaut.«

Victoria war neben ihn getreten. Sie wappnete sich innerlich gegen den süßlichen Geruch, als er das Tuch über dem toten Körper von Stephan Walder zurückzog. Während ihrer Ausbildung hatte sie sich regelmäßig beim Anblick einer Leiche übergeben. Sie warf einen Blick auf Daniel, der den Leichnam unbeeindruckt betrachtete.

»Der Körper war nur ein paar Stunden im Wasser. Wir sehen typische Treibverletzungen, zum Beispiel an Nase, Händen und Ellbogen.« Manfred deutete auf Hautabschürfungen an den entsprechenden Körperstellen des Toten. »Bei der Todesursache gehe ich von atypischem Ertrinken aus.«

»Was bedeutet?«, fragte Daniel.

Manfred hob vorsichtig den Schädel des Leichnams an und deutete auf eine große Wunde am Hinterkopf. »Gleich nach seinem Sturz ins Wasser muss er auf Stein aufgeschlagen sein. Ein Schädel-Hirn-Trauma hat zu einer raschen Bewusstlosigkeit geführt. Er ist schnell erstickt, die Atemöffnungen unter Wasser. Daher fehlen typische Ertrinkungszeichen wie die trockene Lungenblähung.«

»Die Strömung war recht stark.« Victoria dachte laut nach. »Möglicherweise wurde er gegen die Mauer der Kleinschleuse getrieben. Gibt es Zeichen von Fremdeinwirkung? Oder einen Hinweis auf Drogen?«, fragte Victoria. Die Kriminaltechnik hatte nichts dergleichen in dem Erbrochenen feststellen können.

Manfred schüttelte erneut den Kopf. »Sieht für mich klar nach einem Suizid aus. Aber ich wollte euch noch etwas anderes zeigen.« Er deckte den Oberkörper des Toten wieder zu und lief ein paar Schritte zum Ende des Tisches. Dort zog er das Tuch bis zu den Knien der Leiche hoch. »Fällt dir etwas auf, Victoria?«

Sie betrachtete die Füße und die behaarten Schienbeine von Walder. »Worauf willst du hinaus?« Sie bemerkte selbst, wie ungeduldig sie sich anhörte.

»Schau genauer hin«, forderte Manfred sie auf.

Mit einem Stöhnen wandte sie den Blick erneut dem Toten zu, aber Daniel kam ihr zuvor.

»Die Füße sehen irgendwie merkwürdig aus«, meinte er. »Es ist keine Fußwölbung zu erkennen.«

Manfred strahlte. »Dein neuer Partner gefällt mir.« Er zwinkerte ihr zu.

Genervt stützte Victoria ihre Hände in die Hüften. »Und?«

»Plattfüße!«, rief der Mediziner so begeistert, als hätte er soeben das Penicillin entdeckt. »Die sieht man gar nicht mal so häufig.«

»Ist das angeboren?«, fragte Daniel.

»Eher selten. Meist ist eine Bindegewebsschwäche aufgrund von

Übergewicht oder mangelndem Training die Ursache. Irgendwann sind die Bänder und Muskeln, die das Längsgewölbe aufrechterhalten, zu schwach.« Manfred lief zum Instrumententischchen am Kopfende der Leiche und kam mit einem Stück Gips zurück. »Voilà. Ich habe mal einen Fußabdruck gemacht. Wie ihr seht, zeigt er die ganze Sohle. Auch das Innengewölbe berührt den Boden.«

Victoria ahnte langsam, worauf er hinauswollte. »Das ist sicher schmerzhaft, oder?«

»In vielen Fällen nicht. Mit Krankengymnastik und speziellen Einlagen kriegt man Plattfüße meist in den Griff. Aber natürlich kommt es auch auf den Schweregrad an, und unser Patient hier hat mindestens Stufe drei.«

»Das heißt? Komm endlich zum Punkt, Manni!«

»Ungeduldig wie immer.« Er grinste spöttisch. »Die Achillessehne ist verkürzt. Ich glaube nicht, dass er viel zur Verbesserung seiner Muskulatur getan hat. Bestimmt hat er Einlagen oder orthopädische Schuhe getragen.«

»Dann hätte er auch gestern spezielle Laufschuhe tragen müssen, richtig?«, meinte Daniel.

Diesmal nickte Manfred. »Genau. Aber das ist es ja. Er hatte nur Turnschuhe an, ohne Einlagen. Das war auf jeden Fall schmerzhaft. Entweder ist euer Mann hier masochistisch veranlagt …«

»… oder er hatte gar nicht vor, am Lauf teilzunehmen«, vollendete Victoria den Satz.

Kaum hatten sie das Institut verlassen, klingelte Victorias Handy. Auf dem Display las sie den Namen ihres Noch-Ehemanns Tom. Sie lehnte den Anruf ab. Der hatte ihr noch gefehlt.

»Kompliment«, sagte der Kollege neben ihr, der einen Schokoriegel auspackte.

Sie sah ihn fragend an.

»Na, du hattest recht. An dem Fall ist etwas faul.«

Sie betätigte die Fernbedienung zum Öffnen ihres Minis. Der Geruch nach Reinigungsmitteln und Tod hing ihr noch immer in der Nase. »Wie kannst du jetzt etwas essen?«

»Wieso? Ich habe Hunger. Möchtest du auch? Ich habe noch einen in meiner Jacke. Echte Bioschokolade.«

Kopfschüttelnd stieg sie in den Wagen. Erneut klingelte ihr Handy. Es war der Chef. *Der hätte ja ruhig mal den Neuen anrufen können.* Sie gab ihm eine Zusammenfassung von ihrem Besuch bei der Rechtsmedizin.

»Sehr schön, dann können wir den Fall ja schnell abschließen.« Haller klang zufrieden.

»Das sehe ich anders. Wir sollten noch einmal mit der Witwe sprechen. Die verhält sich merkwürdig. Und Sie müssen zugeben, die Sache mit den Plattfüßen ist auffällig.«

»Haben Sie mir nicht eben gesagt, es gibt keine Anzeichen für Fremdeinwirkung?«

»Ja, schon, aber …«

»Ein klarer Fall von Suizid. Das wird auch die Staatsanwaltschaft so sehen.« Victoria spürte die Ungeduld ihres Chefs. »Sie machen den Bericht fertig, und dann kommt der Fall zu den Akten. Wir haben Wichtigeres zu tun. Letzte Nacht wurde erneut am Heuchelhof eingebrochen. Sie und Freund übernehmen das.« Haller legte auf.

»Schlechte Neuigkeiten?« Daniel sah sie mitfühlend an.

»Wir sollen den Fall abschließen.«

»Ich kann mal mit ihm reden.«

Sie ignorierte sein Angebot. Es würde ohnehin nichts nutzen. »Wo musst du hin?«, fragte Victoria und startete den Motor.

Ihr Handy klingelte schon wieder. Sicher nur noch mal Tom. *Der kann warten.*

Ihr Beifahrer biss in den zweiten Schokoriegel.

Scheint eine Sucht zu sein.

»Ich werde morgen auf jeden Fall mit Haller reden«, sagte Daniel entschieden.

Gut. Soll sich mal ein anderer beim Chef unbeliebt machen. Vielleicht werde ich den Neuen schneller los als gedacht.

SUSANNE

Sie parkte ihren Yaris Hybrid vor dem Verlagsgebäude der *Würzburger Nachrichten.* Trotz des Feiertags hatte sie zwei Termine in der Stadt wahrgenommen. Da Daniel heute auch arbeitete, störte sie das nicht.

In der Redaktion saßen nur wenige Kollegen vor ihren Rechnern. Vereinzelt war das Klappern der Tastaturen zu hören. *Ganz meine Musik,* dachte Susanne und ließ sich auf ihren Bürostuhl fallen.

Nur eben Mails checken, dann ab ins Fitnessstudio.

Sie fand fünfzehn Meldungen in ihrem Postfach, darunter Pressemitteilungen, weitere Terminankündigungen und eine Mail mit der Absenderadresse waechter@sozialesgewissen.org.

Susanne klickte auf die rechte Maustaste, um die Nachricht als Spam zu markieren. Ihr Blick fiel auf den Betreff. Nepomuk.

Sie stutzte. *Zufall?* Es gab nur eine Möglichkeit, es herauszufinden. Susanne öffnete die Mail und las.

> Stephan Walder hätte schweigen und Geheimes wahren sollen.
> Profitgier ist die Krankheit unserer Zeit, die selbst Vertrauliches verkauft.
> Kläglich die Justiz versagt, nur ein Helfer des Überwachungsstaats.
> Den Blick hinauf zum Patron Nepomuk gehoben, starb der Schuldige wie der Heilige:
> Gepeinigt, gestürzt, ertränkt.
> Die Wächter
> PS: Liebe Frau Riehl,
> Ihre Artikel beim *Kölner Stadt-Anzeiger* zeigen: Sie sind mutig, intelligent und investigativ. Nicht wie all die anderen alteinge-

sessenen und gekauften Journalisten bei den *Würzburger Nachrichten*, die Ihr Talent unterschätzen. Wir geben Ihnen eine Story an die Hand, mit der Sie endlich die Ihnen zustehende Anerkennung erhalten werden. Schreiben Sie über uns. Teilen Sie der Öffentlichkeit mit, dass wir ab jetzt für Gerechtigkeit sorgen.

Ein wohliges Prickeln lief Susanne über den Nacken. Ein Gefühl, das sie immer bei einer guten Story erfasste. Sie klickte auf den Print-Button. Das mit dem Fitnessstudio würde sie auf einen anderen Tag verschieben.

VICTORIA

Sie setzte den Kollegen an seiner Wohnung am Friedrich-Ebert-Ring ab. Der Abstecher in die Sanderau kam ihr gelegen. Sie fuhr nur wenige Straßen weiter und hielt vor dem Seniorenzentrum Sonnenhang.

Wenigstens ein Mal im Monat, so hatte sie sich vorgenommen, würde sie ihre Mutter besuchen, was selten war, bedachte man, dass sie in derselben Stadt wohnte. Auch dieses Mal musste sie sich überwinden, das Altenheim zu betreten. Nach jedem Besuch plagten sie Gewissensbisse.

Vor knapp zwei Jahren war bei ihrer Mutter Alzheimer diagnostiziert worden. Victoria und Tom hatten sie zunächst zu sich nach Hause geholt. Auch ihre Schwester, die in Ochsenfurt wohnte, bot sich an, aber ihre Mutter bestand darauf, in der Stadt zu bleiben. Es war schon schwer genug für sie, die eigene Wohnung aufzugeben.

Nach einem halben Jahr hatte Victoria sich eingestanden, dass die Pflege sie überforderte. Schuld war nicht nur ihr Job mit den vielen Überstunden und Einsätzen an den Wochenenden. Vielmehr litt ihre Mutter neben der Vergesslichkeit zunehmend an Wahrnehmungsstörungen.

So war es schon vorgekommen, dass sie ihre Familie nicht erkannte, sie gar für gefährlich hielt. In einer dieser Episoden war sie nachts aus dem Haus geschlichen, geflohen vor ihren Entführern, wie sie panisch erklärte, als man sie Stunden später am Mainufer auffand.

Nun lebte sie seit über einem Jahr im Heim, und ihr Zustand verschlechterte sich langsam, aber merklich. Sicherlich trugen auch die Medikamente, die man ihr hier gab, um sie ruhigzustellen, dazu bei. Hätte Victoria es geschafft, sie länger zu Hause zu pflegen, dann ginge es ihr vielleicht besser. Jetzt wusste Victoria vor einem Besuch nie, ob ihre Mutter sie überhaupt erkennen würde. Lichte Augenblicke wurden immer seltener.

Immerhin ist es ein einladendes und gemütliches Altenheim, versuchte Victoria sich einzureden, während sie durch die Flure schritt.

Sie warf einen Blick in den Aufenthaltsraum, wo mehrere Senioren Karten spielten oder sich unterhielten. Eine Dame saß vor dem großen Flachbildfernseher, in dem irgendeine Vorabend-Soap lief. Auf einer Couch aus rotem Samt starrten ein Mann und eine Frau traurig vor sich hin. Rasch wandte sich Victoria ab. Ihre Mutter schien nicht hier zu sein.

Victoria schätzte das Angebot des teuren Heims durchaus. Den Bewohnern standen eine Terrasse und ein großer Garten zur Verfügung, außerdem eine Bibliothek, ein Internetcafé, ein Friseursalon, Maniküre sowie Räume für Krankengymnastik und Sport.

Leider konnte Victorias Mutter kaum noch etwas davon genießen. Doch eine günstigere Einrichtung kam nicht infrage. Schon hier war das Personal knapp. Nicht auszudenken, wie es anderswo aussah. Man hörte nichts Gutes über die aktuelle Betreuungssituation.

Victoria lief in den ersten Stock und klopfte an die Zimmertür ihrer Mutter. Keine Reaktion. Sie zögerte, bevor sie das Einzelzimmer betrat.

Das Reich ihrer Mutter umfasste zwanzig Quadratmeter. Bett, Nachttisch und Kleiderschrank hatte sie mitgebracht. Die gerahmten Familienfotos, die die Wände zierten, und die Orchideen – die Lieblingsblumen ihrer Mutter – verliehen dem Raum Individualität und Geborgenheit. Der Tisch am Fenster und die Fernsehkommode waren Eigentum des Heims.

Die Toilettenspülung rauschte. Kurz darauf führte eine blonde Frau Victorias Mutter aus dem kleinen Bad, das zum Zimmer gehörte.

Beim Anblick von Victoria fuhr die Pflegerin leicht zusammen. »Huch, haben Sie mich erschreckt.«

»Bitte entschuldigen Sie. Ich hatte geklopft, aber nachdem keine Antwort kam, bin ich reingegangen.« Sie begrüßte ihre Mutter mit einem Kuss auf die Wange und nahm sie behutsam am Arm. Sie wirkte zerbrechlich. Älter als die zweiundsechzig Jahre, die sie war.

»Danke. Ich kümmere mich dann jetzt um sie«, sagte Victoria zur jungen Pflegerin und sah ihre Mutter an.

»Okay. Sie hat einen guten Tag heute«, meinte die junge Frau, bevor sie das Zimmer verließ. »Sie hat nach Ihnen gefragt.«

Victoria führte ihre Mutter zum Tisch. »Setz dich, Mama. Wie geht es dir? Was hast du heute so gemacht?«

Ihre Mutter lächelte. Ein positives Zeichen. Auch erkundigte sie sich nicht, wer die Besucherin war.

Wäre Marie doch jetzt hier.

»Gymnastik. Und Fernsehen. Aber das Programm taugt ja heute nichts mehr.«

»Wieso? Was hast du denn geschaut?«

Ihre Mutter kniff nachdenklich die Augen zusammen. Dann gab sie auf. »Ach, ist doch egal, ist sowieso immer dasselbe«, meinte sie mit einer wegwerfenden Handbewegung. Gespräche waren mitunter schwierig, denn fragte man nach den falschen Dingen – an die sich ihre Mutter nicht erinnerte –, wurde sie wütend.

Victoria sehnte sich nach der Frau, die ihre Mutter einmal gewesen war: unternehmungslustig, humorvoll und belesen.

»Wo ist Tom?«

Die Frage überraschte Victoria, obwohl sie damit hätte rechnen müssen, dass ihre Mutter die Trennung schon wieder vergessen hatte. »Wir sind nicht mehr …« Sie stockte. Warum sollte sie ihre

Mutter unnötig belasten? Sie hatte Tom immer sehr gemocht. »Er arbeitet noch.«

»Länger als du? Dass ich das mal erlebe.« Ihre Mutter lachte auf. Sie war heute erstaunlich gut drauf. »Er war vor ein paar Tagen hier.«

»Wer, Tom?«

Ihre Mutter nickte. »Ja. Ein schöner Mann. Halt ihn bloß fest.«

Gewiss irrte sich ihre Mutter und erinnerte sich an einen Besuch aus der Zeit, als sie und Tom noch ein Paar gewesen waren.

»Möchtest du etwas trinken?« Victoria versuchte, das Thema zu wechseln. »Ich kann uns einen Tee holen.«

Ihre Mutter winkte ab. »Ich hatte genug zum Essen.«

Victoria vergaß immer, dass das Abendessen hier bereits um siebzehn Uhr serviert wurde.

Ihr Handy klingelte. Es war Tom – schon wieder. Mit einem Schnauben schaltete sie das Gerät aus, obwohl sie wusste, dass sie ihn irgendwann zurückrufen musste. Wenn er es so oft versuchte, war es sicher wichtig. Aber heute nicht. Heute ertrug sie seine Stimme nicht.

»Kannst ruhig rangehen«, meinte ihre Mutter. »Auch wenn es sicher wieder die Arbeit ist.«

Victoria schenkte ihr ein Lächeln. »Ist nicht so wichtig. Ich hole mir eben einen Tee, es dauert nicht lange.«

Keine zehn Minuten später war sie wieder zurück. Ihre Mutter sah durch das Fenster hinaus in die Dunkelheit. Sie wirkte nervös, als Victoria sich zu ihr setzte.

»Alles in Ordnung, Mama?«

»Bitte gehen Sie!« Die Stimme ihrer Mutter zitterte, sie musterte Victoria aus zusammengekniffenen Augen. »Ich bin müde und möchte ins Bett.«

Danach spazierte Victoria am Main entlang. Es war recht frisch, doch der Regen hatte ausgesetzt, und der Wind pustete sie angenehm durch. Nur wenige Jogger und Radfahrer waren auf den Wiesen unterhalb des Ludwigkais unterwegs. In ein paar Wochen würden sich Studentengruppen und Liebespärchen unter den hohen Laubbäumen tummeln. Dann öffnete auch der Mainstrand seine Pforten, um den Einheimischen ein wenig Karibikfeeling zu vermitteln.

Victoria liebte Würzburg, und doch fiel es ihr heute schwer, sich auf den Zauber ihrer Stadt einzulassen. Ihre Gedanken schweiften immer wieder zum Walder-Fall. *Vielleicht sollte ich der Witwe noch mal einen Besuch abstatten oder sie beschatten,* dachte sie. *Irgendetwas stimmt da nicht.* Nach einem Blick auf die Uhr entschied sie sich dann doch, nach Hause zu fahren. Marie wartete bestimmt schon auf sie.

Als sie in ihre Straße einbog, erkannte sie Toms Auto. Sie sah sich um, aber keine Spur von ihrem Noch-Ehemann. Dann war er wohl schon in der Wohnung, und da er keinen Schlüssel mehr hatte, musste Marie ihn reingelassen haben.

Na super! Ich hätte ihn doch gleich zurückrufen sollen. Nun würde Tom ihr den Feierabend verderben.

In Zeitlupe drehte sie den Schlüssel im Schloss und war froh, den Flur leer vorzufinden.

Sie huschte ins Bad. Sie würde Tom noch früh genug sehen. Vielleicht verließ er die Wohnung freiwillig, wenn sie nicht auftauchte? Sie seufzte. Pures Wunschdenken. Sie kannte Toms Geduld und seine Hartnäckigkeit.

Sie kämmte ihr zerzaustes Haar und zog ihren Lippenstift nach. Die Schatten unter den Augen versuchte sie mit Make-up zu überdecken. Anschließend war sie bereit für die Begegnung.

Ihr letztes Treffen war einige Wochen her. Sie vermied es, zu Hause zu sein, wenn Tom ihre Tochter zu sich holte. Das Ganze lief noch ziemlich chaotisch ab. Da Tom selbstständig war, entschied er spontan, wann er Lust und Zeit hatte, Marie zu sehen. Hoffentlich setzte sie mit der Scheidung eine klare Aufteilung des Sorgerechts durch. Dann blieben ihr solche Überraschungsbesuche in Zukunft erspart.

Sie fand Marie und Tom am Esstisch im Wohnzimmer. Sobald ihre Tochter sie erblickte, stand sie auf und lief ohne ein weiteres Wort in ihr Zimmer.

»Marie …« Victoria berührte Marie am Arm, um sie aufzuhalten.

Doch ihre Tochter riss sich los, in ihren Augen standen Tränen.

»Was ist denn los?« Die wechselnden Launen ihrer Tochter machten Victoria ratlos. Einmal war sie wütend, dann traurig, manchmal abwesend. *Verfluchte Pubertät!*

»Und was willst du hier?!«, schnauzte Victoria Tom an. Nicht nur, dass er hier unangemeldet auftauchte, es schien so, als redete Marie mit ihm eher als mit ihr. Was konnte sie ihm sagen und ihr nicht?

»Hallo, Vickie«, antwortete Tom und stand auf. »Wie geht es dir?« Er klang aufrichtig besorgt.

»Als würde dich das interessieren!«

Er seufzte und strich sich durch sein volles dunkles Haar. Selbst mit vierzig sah er noch verdammt gut aus. Aber sie brauchte sich auch nicht zu beklagen. Sie hatte kaum Falten, und die meisten hielten sie für jünger als sechsunddreißig Jahre. Trotzdem spürte sie Wut darüber in sich aufsteigen, dass sie sich immer noch zu ihm hingezogen fühlte.

»Warum gehst du nicht ans Telefon?«, fragte Tom. »Ich habe es mehrmals bei dir versucht.«

Sie schwieg und blieb demonstrativ im Türrahmen stehen, in der Hoffnung, sie würde ihn dazu bewegen, ihre Wohnung zu verlassen. Tom kam ein paar Schritte auf sie zu. Sie verschränkte die Arme.

»Du hast es tatsächlich vergessen, oder?«

Sie las Mitleid in seinem Blick. »Vergessen? Was denn?«

»Maries Auftritt beim *U20 Poetry Slam.*«

Verflucht, war das heute gewesen? Wieso hatte sie nicht daran gedacht?

Sie lief zum Sofa und ließ sich darauffallen.

»Sie ist Zweite geworden. Sie ist echt gut, Vickie.«

»Klar ist sie das. Sie ist meine Tochter.« Sie rieb sich die Schläfen. Das hatte sie echt versaut.

»Dann solltest du ihr das öfter zeigen.« Toms Stimme klang jetzt vorwurfsvoll. »Übrigens ist sie auch meine Tochter.« Mit diesen Worten ließ er Victoria mit ihrem schlechten Gewissen allein.

Dienstag, 2. Mai 2017

DANIEL

Mitten in der Nacht schreckte er hoch. Schweißgebadet saß er im Bett, sein keuchender Atem unterbrach die Stille. Wieder hatte er sie schreien hören. Und wieder hatte er nichts tun können. Gut, dass Susanne einen tiefen Schlaf hatte und sie daher nichts von seinen wiederkehrenden Albträumen mitbekam.

An Schlaf war jetzt nicht mehr zu denken. Walder kam ihm in den Sinn – und das, was Susanne ihm am Abend berichtet hatte. Verständlich, dass sie Feuer und Flamme war und sich nach einer Titelstory sehnte. Sie hatte einige davon in Köln geschrieben. In Würzburg wartete sie auf ihre erste echte Herausforderung.

Er hatte versucht, seiner Kollegin von der Nachricht der Wächter zu erzählen, aber nur die Mailbox erreicht. Er hatte sich dagegen entschieden, aufs Band zu sprechen. So aufwühlend die Neuigkeit auch war, war sie kein Grund, Panik zu schüren. Vielleicht war der Absender nur ein Wichtigtuer. Irgendwie hoffte er das sogar.

Die Wächter. Klang wie eine Sekte. Mal sehen, was Victoria davon hielt.

Wenige Stunden später betrat Daniel das gemeinsame Büro. Victorias Gesichtsausdruck nach zu urteilen, hatte sie auch nicht viel geschlafen. Er warf einen vorsichtigen Blick in den Flur und schloss dann leise die Tür hinter sich.

»Was ist los?« Victoria gab sich nicht die Mühe, ihr Misstrauen zu verbergen. »Wenn du kündigen willst, können das ruhig alle mitkriegen.« Lag da Hoffnung in ihrer Stimme?

»Aber dann würdest du die News des Tages verpassen«, konterte Daniel, bemerkte jedoch, dass seine Worte nicht so selbstsicher wie sonst klangen. Zu sehr belastete ihn sein Versagen auf der Brücke.

»Da bin ich ja mal gespannt.« Victoria gähnte demonstrativ.

Daniel holte den Ausdruck der E-Mail aus seiner Tasche und legte ihn auf ihren Schreibtisch. Mit einem Lächeln beobachtete er, wie sich ihre Pupillen mit jedem Wort, das sie las, weiteten.

Am Ende starrte Victoria ihn mit Augen so groß wie Untertassen an. »Ich hatte recht! Sie haben Walder zum Suizid genötigt.«

»Wir sollten das dem Chef zeigen«, schlug Daniel vor.

Die Kollegin erhob sich. Mit einem Blick durch die Glastür vergewisserte sie sich, dass niemand draußen stand. »Woher kennst du diese Susanne Riehl? Sie ist anscheinend noch nicht lange bei den *Würzburger Nachrichten*.«

Daniel grinste. »Sagen wir mal, ich konnte schon immer gut mit der Presse. Und sie ist der Grund, warum ich in Würzburg bin.«

»Sie ist deine Freundin?!« Victoria schien eher entsetzt als überrascht zu sein.

Er nickte, nicht ohne Stolz. »Bei den Namen Nepomuk und Walder hat sie eins und eins zusammengezählt.«

»Du hast ihr den Namen des Opfers genannt? Einer Journalistin? Schon mal was von Dienstgeheimnis gehört?!«, zischte Victoria ihn an.

»Ach, nun komm aber mal runter«, versuchte Daniel, sie zu beschwichtigen. »Erzähl mir nicht, die Kripo Würzburg arbeitet nicht mitunter mit den Medien zusammen. Ist doch überall ein Geben und Nehmen.«

Sie starrte ihn entgeistert an. »Selbst wenn, dann gehe ich nicht mit ihnen ins Bett! Haller hasst Journalisten. Wenn er herausfindet, dass du mit einer von denen über unsere Fälle plauderst …« Sie schüttelte den Kopf.

Daniel schluckte. Er hatte ein wenig mehr Anerkennung von seiner Partnerin erwartet. Schließlich hatten sie jetzt einen Grund, mit dem Fall weiterzumachen. »Was hätte ich denn deiner Meinung nach tun sollen? Die Mail ignorieren?«

Victoria seufzte ergeben. »Nein. Aber wir können damit jetzt nicht einfach so zum Chef spazieren. Ich bin ohnehin sicher, er stempelt die Mail als Wichtigtuerei von ein paar Spinnern ab.«

»Was machen wir dann? Ich will rausfinden, was dahintersteckt.« Daniel war sich sicher, dass es seiner Partnerin genauso ging.

»Erst müssen wir uns um diese Einbruchserie kümmern. Ich brauche nicht noch mehr Ärger mit dem Chef.« Victoria schnappte sich ihren Trenchcoat und bedeutete ihm, ihr zu folgen.

Daniel fragte nicht, was sie mit »noch mehr Ärger« meinte. Ihm war gestern schon aufgefallen, dass ihr das Gespräch zwischen ihm und Haller missfallen hatte. Warum, konnte er sich nicht erklären, denn es war nur um ihn und seine Beobachtungen auf der Mainbrücke gegangen.

Haller hatte ihm den Rücken gestärkt und sich für die schnelle und umsichtige Reaktion nach dem Sprung bedankt. Außerdem hatte er sich nach seiner psychischen Verfassung erkundigt. Es kam häufiger vor, dass Beamte nach einem solchen Vorfall seelischen Beistand durch die psychosoziale Notfallversorgung brauchten. Daniel gab Haller die Abläufe auf der Mainbrücke so genau wie möglich wieder, verschwieg aber seine Panikattacke. Nicht auszudenken, was geschehen würde, wenn irgendjemand davon erfuhr.

»Geht es um die Ladeneinbrüche am Heuchelhof?«, erkundigte Daniel sich, als sie im Mini die Mergentheimer Straße Richtung Heidingsfeld hinunterfuhren.

Victoria nickte. »Schon der dritte Einbruch innerhalb von zehn Tagen. Die Kollegen mussten den mutmaßlichen Täter letzte Woche laufen lassen. Der Verdacht hat sich nicht erhärtet. Jetzt dürfen zur Abwechslung wir mal ran.« Ihr letzter Satz triefte vor Sarkasmus.

»Wieder eine Bäckerei?«

»Nein. Ein kleiner Lebensmittelladen am Place de Caen. Ich bin daher gar nicht sicher, ob der Fall mit den ersten beiden Fällen zusammenhängt.« Victoria bog links ab in die Heuchelhofstraße, die in das gleichnamige Wohngebiet auf einer Anhöhe führte. Ihm waren schon von Weitem die zahlreichen Hochhäuser aufgefallen.

Sie parkten an der Grundschule und liefen zu Fuß zum Place de Caen, einer Art Marktplatz des Viertels. Daniel registrierte zwei Banken, eine Bäckerei, eine Apotheke, ein Blumengeschäft und einen Lebensmittelladen. Über ein paar Treppenstufen gelangte man zu einer Pfarrkirche. Es gab imposantere Kirchen.

»Ziemlich trostlose Gegend«, meinte Daniel.

»Du hättest den Platz mal vor seiner Renovierung sehen sollen. Glaub mir, es hat sich hier viel getan.«

Er folgte der Kollegin in den kleinen Lebensmittelladen.

»Grüß Gott!«, begrüßte Victoria die einzige Person im Geschäft, die ein paar Becher Joghurt in das Kühlregal räumte.

Daniel erntete auf sein »Guten Morgen« einen irritierten Blick des Mannes. Ob wegen der unfränkischen Begrüßung oder wegen seiner Hautfarbe – das vermochte er nicht zu sagen.

»Victoria Stahl, Kriminalpolizei Würzburg. Sind Sie der Inhaber?« Als sie ihre Dienstmarke vorzeigte, lächelte der Mann.

»Ja, Balan mein Name. Haben Sie was Neues?« Die Satzmelodie seiner Frage klang osteuropäisch, Daniel tippte auf rumänisch.

Victoria schüttelte den Kopf. »Nein, wir sind hier, um Ihnen ein paar Fragen zu stellen.«

Sofort verfinsterte sich der Blick des Mannes, den Daniel auf Anfang sechzig schätzte. »Schon wieder? Ihre Kollegin war bereits gestern hier.«

»Der Kollege und ich übernehmen den Fall. Der Einbruch fand in der Nacht von Sonntag auf Montag statt?«

Der Inhaber nickte. »Sie haben den Schaden an der Eingangstür ja gesehen. Wird heute repariert.«

»War das der erste Einbruch in Ihrem Laden?«

Balan öffnete eine weitere Palette mit Milchprodukten. »Ja. So etwas hab ich noch nie erlebt! Dreißig Jahre hab ich jetzt diesen Laden, hab ihn zusammen mit meiner Frau aufgebaut. Der liebe Gott hab sie selig.« Beim letzten Satz warf der Mann einen Blick zur Decke.

»Was wurde gestohlen?«, mischte sich Daniel ins Gespräch ein.

»Die Tageseinnahmen vom Samstag. Fast viertausendfünfhundert Euro.« Balan schnaubte. »Aber das ist nicht alles. Verwüstet haben sie mir den Laden. Ich hab gestern den ganzen Tag nur aufgeräumt. Die Leute haben keinen Respekt mehr.«

Die Einbrecher hatten auch in den Bäckereien Sachschäden hinterlassen.

»Warum haben Sie die Kasse am Samstag nicht geleert?«, fragte Victoria.

»Meinen Sie, das ärgert mich nicht? Mache ich meistens, aber nicht immer. Hatte am Abend was vor mit meinem Enkel und keine Zeit mehr.«

»Wer wusste, dass Sie die Tageseinnahmen nicht immer gleich mitnehmen? Haben Sie Angestellte?«

Der Inhaber warf Daniel einen empörten Blick zu. »Sie glauben doch nicht, dass einer von meinen Leuten dahintersteckt? Das ist ausgeschlossen, das habe ich Ihrer Kollegin schon gesagt.«

»Wir bräuchten bitte trotzdem eine Liste Ihrer Angestellten«, beharrte Victoria.

»Ich weiß. Warum wiederholen Sie sich alle? Ich hab sie hier.« Er holte einen Zettel aus der Kasse hervor. »Sind nur vier. Aber die Arbeit können Sie sich sparen. Alles anständige Leute.«

Victoria nahm die Liste entgegen. »Und Samstag waren Sie allein im Laden?«

»Wo denken Sie hin? Samstags haben wir am meisten Kundschaft. Frau Schenk und Herr Orlow waren mit mir hier. Wohnen beide im Ort.«

Sie bedankten sich. Durch die kaputte Ladentür kam ihnen ein etwa zehnjähriger Junge entgegen.

»Alexander«, rief Herr Balan, »was machst du hier? Warum bist du nicht in der Schule?«

»Hab heute erst später Unterricht.«

Ob der Junge der Enkel ist, von dem Balan gesprochen hat?, fragte sich Daniel.

»Lass uns gehen«, raunte Victoria ihm zu.

»Ich weiß, wer das war«, sagte Alexander, an Balan gewandt. Mit dem Zeigefinger deutete er auf die Tür, die Victoria gerade öffnen wollte.

»Und wer war es?« Daniel ging vor Alexander in die Hocke und schenkte ihm ein aufmunterndes Lächeln.

»Die Rumänen waren das«, murmelte Alexander. »Marian und seine Leute.«

»Was?! Das glaub ich nicht«, polterte Balan. Vielleicht fühlte er sich persönlich beleidigt, dass Alexander seine Landsmänner beschuldigte.

»Sie kennen diesen Marian?« Daniel stand wieder auf.

»Na klar. Ist zwar ein Rebell, aber so etwas trau ich ihm nicht zu. Der Junge hat letzten Sommer ein paar Wochen in meinem Laden gejobbt.«

Was ihn dann doch verdächtig macht.

Balan lief zu Alexander und packte ihn grob am Arm. »Alex, wie kommst du denn auf Marian? Hast du was gesehen?«

Der Junge zuckte bei der Berührung zusammen.

»Wenn du etwas gesehen hast, kann uns das weiterhelfen«, erklärte Daniel.

Alexander riss sich von Balan los und rannte an Victoria vorbei aus dem Laden.

»Werden Sie Marian jetzt verhaften?«, fragte Balan.

»So schnell geht das nicht, Herr Balan«, antwortete Victoria. »Aber wir würden diesem Marian gern einen Besuch abstatten. Sie haben doch sicher die Adresse?«

Victoria eilte über den Place de Caen zu ihrem Wagen zurück.

»Zu diesem Marian kommen wir doch sicher zu Fuß«, rief Daniel ihr zu.

»Schon, aber nicht mehr heute.«

»Wohin fahren wir dann?«

»Nach Lengfeld. Ich möchte noch mal mit der Witwe sprechen. Und es schadet sicher nicht, Walders ehemaligen Kollegen einen Besuch abzustatten.«

Daniel grinste. Hatte er sich doch nicht geirrt, was die Prioritäten seiner Partnerin anging. Walder war der eindeutig interessantere Fall.

»Einverstanden«, meinte Daniel, obwohl ihm mittlerweile klar war, dass sie auf seine Einwilligung pfiff. »Ich glaube ohnehin, dass der Junge gelogen hat.«

»Ganz sicher sogar«, antwortete Victoria. »Nur warum?«

SUSANNE

Sie hatte diesen »Ausflug« am Vormittag nicht mit ihrem Chef abgesprochen. Der hätte die Recherche doch nur abgelehnt. So hatte sie einen Arzttermin vorgeschoben, den konnte sie sich nach drei Monaten ohne Krankheit oder andere Unterbrechungen im Job schon mal leisten.

Was sie vorhatte, war riskant. So weit war sie noch nie für eine Story gegangen. Sie sammelte ihre Gedanken, dann klingelte sie. Hoffentlich war jemand zu Hause.

»Walder.«

Susanne atmete erleichtert auf. Sie hatte Glück. »Guten Morgen, Frau Walder. Mein Name ist Hannah Gruber. Ich bin Polizeipsychologin. Die Kripo Würzburg schickt mich.«

»Ich brauche keine Hilfe, danke.«

Sie hatte sich auf diese Antwort vorbereitet. »Das verstehe ich. Aber denken Sie bitte auch an Ihre Tochter. Lassen Sie sie mich wenigstens kurz mal ansehen. Der Verlust des Vaters in diesem Alter ist ein gravierender Einschnitt für ein Kind.«

Sie musste sich gedulden, bevor Frau Walder reagierte. »Sie haben eine Schweigepflicht, oder?«

»Ja, natürlich.«

»Auch gegenüber der Polizei?«

»Selbstverständlich.« Susanne biss sich auf die Unterlippe und betrat den Hausflur.

Im ersten Stock hielt Frau Walder ihr eine Visitenkarte vor die Nase. »Die Kripo hat mir die Kontaktdaten einer Frau Ruf gegeben.«

Das Misstrauen Frau Walders erstaunte sie. »Ich weiß. Frau Ruf ist meine Kollegin. Sie ist krank, deswegen haben die Oberkommissare Freund und Stahl mich geschickt. Ich hoffe, das ist okay für Sie.«

Die namentliche Erwähnung der Kommissare schien die Frau zu beruhigen. Susanne betrat die Wohnung.

»Lisa ist in ihrem Zimmer.« Frau Walder schritt voraus und öffnete die zweite Tür rechts im Flur. Zusammen begaben sie sich in das kleine Kinderzimmer.

Lisa saß auf ihrem Bett. Ihr Kopf ruhte auf einem Stofftier, das Susanne als Schäferhund identifizierte.

»Sie liebt Hunde«, sagte Frau Walder, und es klang fast wie eine Entschuldigung. Die Kleine schaute ein wenig schüchtern zu der Besucherin auf.

»Geht sie schon zur Schule?«

Die Mutter verneinte. »Erst im September. Eigentlich sollte sie heute im Kindergarten sein, aber sie wollte nicht hin. Dabei ist sie immer gern dort.«

Susanne bemerkte Tränen in den Augen der Frau. »Ist es möglich, dass ich allein mit Ihrer Tochter spreche?«, bat sie.

Frau Walder zögerte, stimmte dann aber zu Susannes Erleichterung zu. »Versuchen Sie es, aber sie spricht momentan kaum.«

VICTORIA

»Das glaube ich jetzt nicht«, rief Daniel und stieg aus dem Wagen. Sie folgte seinem erstaunten Blick. Eine rothaarige Frau kam aus dem Haus der Walders. Daniel lief über den Hof auf sie zu. Victoria verschloss den Mini und folgte ihm.

»Susanne, was machst du hier?«

Die Rothaarige lächelte und begrüßte Daniel mit einem Kuss. Daniel löste sich – unangenehm berührt – von ihr und deutete auf Victoria.

»Das ist Victoria Stahl, meine Partnerin. Victoria, das ist Susanne Riehl, meine Freundin.«

»Freut mich«, sagte Susanne.

Victoria nickte nur. War sie etwa bei Frau Walder gewesen? *Wieso sollte die Witwe eine Journalistin ins Haus lassen?*

»Ich habe mit der Kleinen gesprochen, Walders Tochter«, sagte Susanne Riehl, als hätte sie Victorias Gedanken erraten.

»Wie? Einfach so?«, fragte Daniel mit hochgezogener Augenbraue.

»Na ja, leicht war es nicht.«

»Was haben Sie der Witwe erzählt?« Victoria bemerkte selbst, wie scharf ihr Ton war. Es gefiel ihr nicht, dass ihnen jemand zuvorgekommen war. Und dass Susanne Riehl anscheinend mehr wusste als sie.

Die Journalistin wich der Frage aus. Sie schaute zu einem der Fenster im ersten Stock – *Walders Wohnung,* dachte Victoria.

»Lisa Walder wurde entführt«, erklärte Susanne. »Zwei Tage vor dem Stadtlauf. Ihre Mutter hat bestätigt, dass sie erst seit gestern Abend wieder zu Hause ist.«

Victoria hielt die Luft an. Das war es!

Daniel sprach aus, was sie dachte. »Jetzt wissen wir, warum Walder gesprungen ist. Sie haben ihn gezwungen.«

»Wir müssen Ehefrau und Tochter für eine Aussage mitnehmen.« Sie klingelte und warf einen Blick auf die Journalistin. *Die hat echt Nerven! Wie hat sie Frau Walder dazu gebracht, zu reden?*

»Susanne, wir brauchen deinen Laptop, um herauszufinden, wer hinter der E-Mail steckt«, sagte Daniel.

»Jemand aus unserer IT-Abteilung sitzt schon dran«, entgegnete Susanne.

»Sie müssen uns den Rechner trotzdem bringen«, beharrte Victoria. »Er ist ein Beweismittel.«

Die Journalistin nickte und drückte Daniel zum Abschied einen Kuss auf die Wange. »Die Story ist übrigens in spätestens zwei Stunden online.«

Zu viert saßen sie am Nachmittag in dem kleinen Vernehmungsraum. Frau Walder mit ihrer Tochter auf der einen Seite, Daniel und Victoria ihnen gegenüber.

Victoria hatte entschieden, Haller doch von ihren neuen Erkenntnissen im Fall Walder zu berichten. Nicht auszudenken, wenn ihr Chef die Neuigkeit aus der Zeitung erfuhr. Jedoch hatte sie behauptet, eine Journalistin der *Würzburger Nachrichten* hätte ihr die E-Mail der Wächter sowie die Ergebnisse ihrer Recherchen am späten Vormittag zugespielt. Sie verschwieg die Verbindung des Kollegen mit der Journalistin. Daniel schuldete ihr etwas. Andererseits wären sie ohne Susanne Riehl in dem Fall vermutlich nicht so weit gekommen.

Haller war verständlicherweise trotzdem wütend, dass die *Würzburger Nachrichten* die Informationshoheit übernommen hatten. Gern hätte er selbst über eine Pressemitteilung gesteuert, wann die Medien was schrieben.

Dorothée Walder reagierte entsetzt, als sie erfuhr, dass die Psychologin in Wirklichkeit Journalistin war. »Ich werde die Dame anzeigen. Was fällt der ein, sich als Psychologin auszugeben!«, schimpfte sie, aber Victoria ahnte, dass Frau Walder sich am meisten über sich selbst ärgerte. Schützend hatte sie einen Arm um ihre Tochter gelegt. Lisa hatte ihren Kopf an die Brust ihrer Mutter sinken lassen. Auf ihrem Schoß hielt sie einen Stoffschäferhund an sich gedrückt.

»Sie hätten, gleich nachdem Sie von der Entführung erfuhren, zu uns kommen sollen«, entgegnete Daniel, wohl in der Hoffnung, die Frau würde von einer Anzeige absehen. Denn auch wenn die Vortäuschung falscher Tatsachen für sich allein kein Straftatbestand war, so hatte die Journalistin durch Lisas Befragung eine Diensthandlung als Polizeipsychologin vollzogen und sich somit der Amtsanmaßung schuldig gemacht. »Ohne Frau Riehl säßen wir jetzt nicht hier, Frau Walder«, fuhr Daniel fort, »da Sie es unterlassen haben, eine Straftat anzuzeigen. Auch Sie haben sich strafbar gemacht.«

Der Kollege bluffte. Doch die Drohung schien zu wirken. Frau Walders Schultern sackten herab.

»Was hätte ich denn tun sollen?«, flüsterte Frau Walder. »Der Anrufer hat gedroht, Lisa was anzutun. Ich habe immer noch Angst um sie.« Sie warf vorsichtig einen Blick auf ihre Tochter.

»Ich glaube nicht, dass Lisa noch in Gefahr ist, aber wir können jemanden zu ihrer Sicherheit abstellen«, versuchte Victoria, sie zu beruhigen. »Jetzt aber mal der Reihe nach. Wann haben Sie den ersten Anruf erhalten?«

»Freitag, so gegen sechzehn Uhr dreißig. Lisa hat an dem Tag um vierzehn Uhr dreißig ihre Ballettstunde. Ich hatte mich schon gewundert, wo sie bleibt. Sie fährt immer mit dem Bus zurück, da die Ballettschule Seidel bei uns in Lengfeld ist und der Bus quasi vor unserer Haustür hält. Ich verstehe nicht, wie jemand Lisa ungesehen mitnehmen konnte.«

Die Befragung des Mädchens würde Daniel und Victoria in diesem Punkt hoffentlich weiterbringen. Dorothée Walder tat Victoria leid. Als Mutter konnte sie deren Schuldgefühle nachempfinden. Die hatten Frau Walder schon geplagt, als Daniel sie in der Wohnung nach der Kleidung fragte, die ihre Tochter am Freitag getragen hatte. Leider hatte Frau Walder diese umgehend nach Lisas Rückkehr gewaschen und so mögliche Spuren entfernt. Mit viel Glück würde die Spusi trotzdem etwas finden.

»Hat man Sie auf dem Handy oder dem Festnetz angerufen?«

»Festnetz. Ich bin rangegangen, mein Mann war noch im Büro.«

»War der Anrufer männlich oder weiblich?«, fragten Victoria und Daniel fast gleichzeitig.

»Keine Ahnung.« Frau Walder kämpfte mit den Tränen. »Die Stimme war verzerrt.«

»Was hat der Anrufer gewollt?«

»Er sagte, dass er Lisa habe und er ihr was antue, wenn wir nicht tun, was er sagt, oder wenn wir die Polizei rufen. Dann fragte er nach unseren Handynummern. Am Ende meinte er, er würde sich wieder melden. Bei mir hat er das erst gestern Abend getan, nachdem ich in der Rechtsmedizin war. Er forderte meine Bestätigung, dass der Tote mein Mann ist. Um achtzehn Uhr habe ich Lisa dann am Residenzplatz abgeholt.«

»Keine Geldforderung«, stellte Daniel fest.

Frau Walder schüttelte den Kopf.

»Wir müssen vom Tatbestand des erpresserischen Menschenraubs ausgehen.«

Frau Walder runzelte die Stirn.

»Wir glauben, dass Lisas Entführung dazu diente, den Suizid Ihres Mannes zu erzwingen.«

»Aber wer? Und warum?«

»Hatte Ihr Mann eine Ahnung, wer der Anrufer war?«

Wieder schüttelte Frau Walder den Kopf.

»Ihr Mann hat normalerweise Einlagen getragen, oder?«, erkundigte sich Victoria.

»Ja, woher wissen Sie das? Allerdings hatte er keine Einlagen für die alten Turnschuhe, die er Sonntag trug. Sport war wie gesagt nicht seins. Stephan hat mir noch versprochen, dass jetzt alles gut wird. Dass er unsere Lisa zurückbringt. Wieso musste er dafür sterben?« Frau Walder begann, laut zu schluchzen, und erschreckte ihre Tochter.

»Mami, können wir jetzt nach Hause?«

»Gleich, mein Schatz.« Frau Walder drückte Lisa einen Kuss auf das Haar. »Ist es möglich, dass Sie Lisa an einem anderen Tag befragen?«

»Es wäre besser, wenn wir das heute machen«, sagte Daniel. »Der oder die Entführer laufen immer noch draußen herum.«

Frau Walder nickte ergeben.

»Ihr Mann hatte sein Handy auf dem Weg ins Zentrum dabei?«

Frau Walder bejahte Victorias Frage.

»Wir haben keines bei ihm gefunden. Ist er mit dem Auto gefahren?«

»Nein, mit dem Bus.«

»Warum?«

»Er sagte, er habe wenig Zeit und deshalb Angst, wegen der Parkplatzsuche zu spät zum Treffpunkt zu kommen.«

»Dann wusste Ihr Mann, dass das Zentrum wegen des Stadtlaufs voller Menschen sein würde?«, erkundigte sich Daniel.

Frau Walder zuckte mit den Schultern. »Keine Ahnung.«

»Der Entführer hat ihn vermutlich nach dem Eintreffen an der Residenz noch mal angerufen und ihm gesagt, dass er sich für den Lauf nachmelden soll. Die Frage ist, was mit dem Handy passiert ist. Möglicherweise ist es im Main verloren gegangen.«

Victoria stimmte dem Kollegen zu, hoffte aber, dass Stephan Walder es vorher entsorgt hatte. Falls es noch eingeschaltet war und die SIM-Karte enthielt, waren sie vielleicht in der Lage, es über das Netz des Mobilfunkbetreibers zu orten. Auch die Verbindungsnachweise halfen unter Umständen weiter. Allerdings benötigten sie hierfür erst einmal einen richterlichen Beschluss. »Ich gebe Kilian und Benedikt Bescheid. Sie sollen morgen das Gebiet um die Residenz absuchen. Heute ist es leider zu spät, es wird bald dunkel.«

DANIEL

Als Victoria aus dem Raum gegangen war, fiel ihm etwas ein. »Ihr Mann stand vor einiger Zeit vor Gericht.«

Erstaunt sah Frau Walder ihn an. »Ja, aber spielt das eine Rolle? Das ist lange her.«

»Es könnte trotzdem das Motiv für die Entführung sein. Ihr Mann wurde freigesprochen, vielleicht passte das einigen Leuten nicht. Was genau hat man ihm vorgeworfen?«

»Ich weiß auch nicht alles. Stephan hat nie darüber gesprochen, und ich war nicht immer bei den Gerichtsterminen dabei. Soviel ich weiß, soll er Geschäftsgeheimnisse und Kundendaten an die Konkurrenz verkauft haben.«

»Warum der Freispruch? Gab es einen anderen Verdächtigen?«

»Der Prozess wurde eingestellt. Wegen eines Verfahrensfehlers.«

Es klopfte, und nach Daniels Aufforderung betrat eine junge Brünette den Vernehmungsraum.

»Verena Glöckner«, stellte sie sich der Witwe vor, »ich unterstütze die Befragung Ihrer Tochter.«

Daniel hatte die auf die Befragungen von Kindern spezialisierte Kollegin angefordert. Frau Glöckner begrüßte die Erwachsenen, bevor sie sich mit einem aufmunternden Lächeln zu dem Mädchen hinunterbeugte. »Und du musst Lisa sein.« Sie nahm den freien Stuhl neben der Kleinen, sodass diese zwischen ihr und der Mutter saß.

Eine Minute später kam auch Victoria zurück in den Raum.

»Frau Glöckner«, begrüßte Victoria sie. »Wir haben von der Zeugin Frau Dorothée Walder erfahren, dass Lisa am Freitagnachmittag nach dem Ballettunterricht entführt worden ist. Sie war bis Montagabend in den Händen der Täter. Wir möchten mit Ihrer Hilfe erfahren, an was sich das Mädchen erinnert.«

Frau Glöckner nickte. »Haben Sie Lisa ärztlich untersuchen lassen?«, fragte sie, an die Mutter gewandt. »Nur um auszuschließen, dass sie missbraucht wurde.«

Frau Walder starrte Frau Glöckner mit weit aufgerissenen Augen an. Der letzte Rest Farbe wich ihr aus dem Gesicht. »Nein, ich … Sie meinen … das glaube ich nicht. Sie ist unversehrt, also körperlich.«

»Ich würde Sie beide trotzdem gern nach unserem Gespräch in eine Klinik bringen. Um sicherzugehen.«

Die Mutter schluchzte wieder und nickte.

»Lisa, Liebes, kannst du dich an deine Ballettstunde erinnern? Habt ihr was Neues gelernt?«

Das Mädchen sah seine Mutter an.

»Ist schon gut, Schatz, erzähl der Frau alles, was dir einfällt.«

»Wir haben Spagat geübt.«

Daniel atmete erleichtert aus. Er war froh über die Anwesenheit der Kollegin. Wer weiß, ob sie ohne sie etwas aus der Kleinen herausbekommen hätten. So gut er sich aufgrund seiner beruflichen Erfahrung mit der Psyche von Jugendlichen auskannte, fand er die Kommunikation mit kleinen Kindern schwierig. Vor allem, wenn sie etwas Traumatisches erlebt hatten.

»Hast du eine Freundin, mit der du zusammen in die Ballettstunde gehst?«

Mutter und Tochter nickten fast gleichzeitig.

»Nora«, flüsterte Lisa.

»Saß Nora mit dir im Bus nach Hause?«, fragte Frau Glöckner weiter.

Kopfschütteln. »Mama, ich mag jetzt gehen.«

»Gleich, Liebes, es dauert nicht mehr lange.«

Daniel lugte zu seiner Partnerin, die sich ungewöhnlich geduldig zurückhielt. Vielleicht war auch sie froh, dass sie das Gespräch nicht allein führten. Oder sie fühlte mit der Mutter mit. Hatte Victoria Kinder? War sie verheiratet? Viel wusste er nicht von ihr. Victoria hingegen hatte Susanne kennengelernt, auch wenn ihm eine andere Art erstes Treffen lieber gewesen wäre.

»Nora wird immer abgeholt«, erklärte Lisas Mutter. »Sie wohnt quasi am anderen Ende der Stadt.«

Frau Glöckner nickte. »Dann bist du also allein nach Hause gefahren. Waren viele andere Menschen im Bus, Lisa?«

Die Kleine verneinte und senkte den Blick.

»Was ist, Schatz?«, fragte die Mutter. »Du kannst es mir ruhig sagen.«

»Der Bus ist nicht gekommen. Ich bin gelaufen.«

»Was?! Aber warum hast du nicht angerufen?«

»Ihre Tochter hat ein Handy?«, fragte Daniel.

»Ja, für den Notfall.«

»Ich hatte vergessen, es aufzuladen«, flüsterte Lisa.

»O Gott!« Frau Walder stützte den Kopf in die Hände und massierte sich die Schläfen. »Ich hätte den Akku vorher kontrollieren sollen«, stöhnte sie leise.

»Machen Sie sich keine Vorwürfe, Frau Walder. Wir müssen uns jetzt darauf konzentrieren, die Täter zu finden.«

Die Verspätung des Busses hatte den Entführern in die Hände gespielt. Sehr wahrscheinlich hatten der oder die Täter das Mädchen schon eine Weile beobachtet und auf den richtigen Moment gewartet.

»Hat dich jemand im Auto mitgenommen oder unterwegs angesprochen?« Die Kollegin Glöckner nahm die Befragung wieder auf.

»Ein Auto hat angehalten. Die Frau ist ausgestiegen und hat gemeint, sie fährt mich nach Hause. Aber ich habe Nein gesagt. Ich wollte nicht einsteigen.« Ein banger Blick zur Mutter.

»Schon gut, Schatz, es ist nicht deine Schuld.«

»Was ist dann passiert?«

»Sie hat sich vor mich hingehockt und mir was auf den Mund gedrückt.«

»Wo war das?«, mischte Daniel sich abrupt ins Gespräch. Das Mädchen zuckte zusammen.

»Lisa«, versuchte es Frau Glöckner, »weißt du, wo das Auto gehalten hat? Ist dir auf dem Weg was aufgefallen?«

»Ich weiß es nicht mehr. Ich bin von einer Haltestelle zur nächsten gelaufen.«

Daniel sah Victoria an, die ihm zunickte. Sie würden alle Anwohner entlang der Busstrecke befragen müssen.

»Kannst du uns sagen, wie die Frau ausgesehen und wo sie dich hingebracht hat?« Frau Glöckner legte behutsam die Hand auf Lisas Arm.

Das Mädchen zuckte mit den Schultern. »Ich war in einem Zimmer mit Spielzeug.«

»Hat die Frau was Böses mit dir gemacht?«, fragte Frau Walder alarmiert.

»Sie hat mir Essen und Trinken gebracht und manchmal mit mir gespielt. Sie war nett.«

Daniel bemerkte, wie seine Partnerin erleichtert aufseufzte.

»Kannst du die Frau beschreiben, Lisa?«, fragte Daniel. »War sie so groß wie deine Mutter oder wie Frau Glöckner? Hatte sie helle oder dunkle Haare?«

Das Mädchen überlegte. »So groß wie sie.« Lisa deutete auf Frau Glöckner. Etwa ein Meter siebzig, notierte Daniel sich in Gedanken. »Und sie hatte ganz schwarze Haare wie Schneewittchen.«

Daniel lachte. »Prima. Wie lang waren denn ihre Haare?«

»Bis dahin.« Lisa hob ihre kleine Hand zum Kinn. »Und sie hatte ganz helle Augen.«

»Frau Walder, ich glaube, es wäre sinnvoll, wenn Lisa die Frau einem Phantombildzeichner beschreibt«, meinte Victoria.

»Muss das heute sein?«, protestierte Frau Walder, »Lisa wird langsam müde, und ich muss noch die Beerdigung organisieren.«

Frau Glöckner stimmte ihr zu. »Ich glaube auch, für das Mädchen ist es besser, sie kommt an einem anderen Tag noch mal hierher. Außerdem rate ich wirklich dazu, Lisa schnellstmöglich ärztlich untersuchen zu lassen.«

»In Ordnung«, lenkte Victoria ein. »Den Zeichner müssen wir ohnehin aus München anfordern. Aber ich bitte Sie, morgen Vormittag für das Phantombild in die Inspektion zu kommen.«

Mittwoch, 3. Mai 2017

DANIEL

Haller hatte für acht Uhr morgens eine Lagebesprechung angesetzt. Daniel betrat den Meetingraum. Kilian May und sein Partner, Kriminaloberkommissar Benedikt Strobl, saßen am Tisch, beide eine Tasse Kaffee vor sich. Eine Kollegin mit kurzen dunklen Locken starrte auf den Bildschirm eines Rechners. Da Daniel sie nicht kannte, stellte er sich vor.

Sie gab ihm die Hand. »Miriam Leitner, IT.«

Haller gesellte sich wenige Minuten später zu ihnen und setzte sich ans Kopfende. Alle warteten.

»Wissen Sie, wo Stahl bleibt?«, fragte Haller, an Daniel gewandt.

»Nein, sie müsste jeden Augenblick hier sein.«

Haller schnaubte und zückte sein Handy, als Victoria gehetzt den Raum betrat.

»Entschuldigung für die Verspätung.« Victoria gab keine weitere Erklärung ab, was Haller mit hochgezogenen Augenbrauen quittierte.

Daniel bemerkte die dunklen Augenringe seiner Partnerin. Offenbar schlief sie wenig oder schlecht. Er schenkte ihr ein aufmunterndes Lächeln, doch sie schien es nicht wahrzunehmen.

»Ich nehme an, Sie haben alle den Artikel in den *Würzburger Nachrichten* gelesen.« Haller warf die aktuelle Ausgabe der Zeitung auf den Konferenztisch. Die Headline *Stadtlauf-Springer – es war kein Selbstmord* zusammen mit der Unterzeile *Rache an Familienvater wegen Geheimnisverrats* sprang ihnen auf der Titelseite entgegen. Darunter waren Walder vor Gericht sowie die Stelle auf der Alten Mainbrücke, von der er gesprungen war, abgebildet.

Susanne berichtete über Lisas Entführung, Walders Gerichtsverhandlung und den Freispruch. Die Wächter allerdings erwähnte sie an keiner Stelle.

Daniel lobte gedanklich die Scharfsinnigkeit und das Verantwortungsbewusstsein seiner Freundin. Das Pseudonym der vermutlichen Täter half ihnen, Personen, die die Entführung fälschlicherweise für sich beanspruchten, auszuschließen und die echten Wächter zu identifizieren.

»Gruß von unserer Presseabteilung«, fuhr Haller fort. »Sie kann sich vor Medienanfragen nicht retten. Die Staatsanwältin hat mich auch schon kontaktiert, was heißt, der Fall hat oberste Priorität.«

»Die Journalistin hat gestern Nachmittag ihren Laptop vorbeigebracht«, sagte Miriam. »Ich habe mich gleich drangemacht, aber wenig Chance, die IP-Adresse rauszufinden. Der Absender hat die Mail schlauerweise verschlüsselt, das heißt, anonym über das Tor-Netzwerk im Darknet versendet.«

»War ja klar, dass er es uns nicht einfach macht«, kommentierte Victoria.

Die IT-Expertin zuckte entschuldigend mit den Schultern. »Ich versuche es weiter und werde mich auch im Netz und Darknet umhören, ob jemand in anderem Zusammenhang von diesen Wächtern gehört hat. An den Fall Walder erinnere ich mich übrigens gut. War lange Gesprächsthema bei der IT. Schon ein Hammer, dass der Kerl damals davongekommen ist.«

»Wie sehr muss man sich technisch auskennen, um die Herkunft der Mail auf diese Weise zu verschleiern?«, fragte Daniel.

»Man muss kein ausgewiesener Experte sein, aber sich schon eine Weile damit beschäftigen.«

»Was ist mit der Tochter von Walder?«, mischte sich Haller ins Gespräch. »Konnte sie den Täter beschreiben?«

»Die Täterin«, korrigierte Victoria. »Ja. Ein Meter siebzig groß, kinnlanges schwarzes Haar und helle Augen. Ihre Mutter bringt sie heute Vormittag fürs Phantombild vorbei.«

»Haben wir Zeugen der Entführung oder das Autokennzeichen?«

»Bislang nicht. Das Mädchen kann noch nicht lesen«, erklärte Victoria. »Wir müssen die Anwohner entlang der Busstrecke befragen. Obwohl ich bezweifle, dass uns das weiterbringt, denn wenn jemand etwas gesehen hätte, hätte er das sicher gemeldet.«

»Ihr Pessimismus hilft uns nicht«, knurrte Haller.

Victoria ging nicht darauf ein. »Wir konnten das Handy des Opfers nicht orten. Ich habe Kilian und Benedikt daher gebeten, es bei der Residenz zu suchen. Möglicherweise hat Walder es vor dem Lauf entsorgt. Daniel und ich übernehmen die Befragung seines ehemaligen Arbeitgebers.«

Haller nickte. »Am Nachmittag befragen Sie dann zu viert die Anwohner. Ich werde die Gerichtsakte zum Fall Walder anfordern. Frau Stahl, Sie und Freund sind nach wie vor auch für den Heuchelhof zuständig. Nächste Lagebesprechung morgen um dieselbe Uhrzeit.«

Haller und die Kollegen verließen den Raum.

Daniel zog seine Partnerin zur Seite. »Lass mich zum Heuchelhof fahren, um mit Marians Eltern und mit Balans Angestellten zu sprechen. Du fährst inzwischen zur IT-Firma. So verlieren wir keine Zeit.«

Erstaunt sah Victoria ihn an.

»Ich habe über die Aussage dieses Jungen im Laden nachgedacht. Der Fall erinnert mich an einen ähnlichen in Köln. Wir können uns dann später mit Kilian und Benedikt treffen.«

Endlich nickte Victoria, wenn auch zögerlich. »Nimm einen Dienstwagen. Sei spätestens um zwölf Uhr dreißig an der Ballettschule.«

Daniel blickte an der grauen Fassade des zwölfgeschossigen Hochhauses empor. Marian Kristesku wohnte mit seiner Familie im siebten Stock. Daniel stieg in den Fahrstuhl. Eine Wolke aus Nikotin und Schweiß hüllte ihn ein. Er versuchte, während der Fahrt nur flach zu atmen.

Endlich hielt der Aufzug an. Daniel zählte sechs Haustüren im Flur. Auch hier roch es nach kaltem Zigarettenrauch. An den Wänden bröckelte der Putz ab. Die Wohnung der Kristeskus befand sich am Ende des rechten Flurs.

Auf sein Klingeln hin öffnete eine Frau um die vierzig. Marians Mutter, nahm er an.

»Guten Tag. Kriminalpolizei Würzburg. Dürfte ich bitte reinkommen?«

Frau Kristesku blinzelte nervös und rief dann etwas auf Rumänisch in die Wohnung hinein. Er verstand nur das Wort *poliție*. Dann ließ sie ihn bei geöffneter Tür stehen.

Eine Minute später schlurfte jemand durch den Flur. Ein kleiner Mann in Unterhemd postierte sich vor Daniel und sah ihn argwöhnisch an.

»Herr Kristesku, ich möchte Ihnen ein paar Fragen zu Ihrem Sohn Marian stellen. Darf ich reinkommen?«

»Was hat er getan?«, fragte der Mann in gebrochenem Deutsch.

»Das wissen wir nicht. Deswegen bin ich hier.«

Der Mann trat zur Seite, um Daniel hineinzulassen.

»Marian ist in der Schule, nehme ich an?«

Der Vater nickte. »Wir gehen ins Wohnzimmer.« Er deutete zum Ende des Flurs.

»Hat Marian Geschwister?«

»Einen Bruder. Jünger. Ist auch in der Schule.«

Eng für vier Personen, befand Daniel, der neben Küche, Bad und Wohnzimmer nur zwei Türen erspähte, die vermutlich zu den Schlafzimmern führten. Er setzte sich in einen Sessel gegenüber der Couch, auf der Herr Kristesku neben seiner Frau Platz nahm.

Dann wandte er sich an den Vater, da er nicht sicher war, wie gut Frau Kristesku Deutsch sprach. »Wie alt ist Marian?«

»Fünfzehn.«

»Wissen Sie, wo Ihr Sohn in der Nacht von Sonntag auf Montag war?«

»Na, im Bett. Denke ich.«

»Und was sagt Ihre Frau?«

»Marian war hier. Zum Abendessen. Dann ist er auf sein Zimmer gegangen. Zum Lernen«, antwortete Frau Kristesku in fehlerfreiem Deutsch.

»Jemand behauptet, gesehen zu haben, wie Marian in den Supermarkt am Place de Caen eingebrochen ist.«

Herr Kristesku sprang vom Sofa auf, um seiner Empörung Luft zu machen. »Wer erzählt das? So etwas tut mein Sohn nicht!«

»Beruhigen Sie sich bitte. Wann kommt Marian aus der Schule, damit ich mit ihm sprechen kann?«

Herr Kristesku setzte sich wieder und linste Hilfe suchend zu seiner Frau.

»Heute hat er bis dreizehn Uhr Unterricht«, antwortete sie. »Aber meistens trifft er sich danach mit Freunden, um Hausaufgaben zu machen.«

»Dann komme ich heute Abend noch mal vorbei.« Daniel bemerkte, wie der Vater die Mundwinkel nach unten zog. »Haben Sie ein aktuelles Foto von Marian, das Sie mir leihen können?«

Die Frau erhob sich und verließ den Raum. Einen Moment später kam sie zurück und überreichte ihm ein Familienbild. Auf dem Foto standen die Eltern hinter den beiden Söhnen und hatten ihnen die Hände auf die Schultern gelegt. Herr Kristesku blickte stolz in die Kamera, seine Frau lächelte. Ein etwa Zehnjähriger grinste frech, Marian selbst sah gelangweilt aus.

»Schönes Bild. Haben Sie eigentlich zurzeit Urlaub, Herr Kristesku?« Daniel versuchte, die Frage so beiläufig wie möglich klingen zu lassen, und bemerkte, wie Kristesku trotzdem rote Flecken im Gesicht bekam.

»Ja, habe ich, aber das geht Sie nichts an.«

Daniel verabschiedete sich.

Frau Kristesku begleitete ihn zur Tür.

»Er ist arbeitslos«, flüsterte sie.

Daniel nickte. Das hatte er sich schon gedacht.

»Noch nicht lange. Er hat immer gearbeitet, auf dem Bau. Aber jetzt ist er krank und kann nicht mehr so wie früher.«

»Das tut mir leid.«

Balans Angestellter Orlow wohnte nur einen Häuserblock entfernt, doch so weit kam Daniel gar nicht. Auf dem Weg an einem Spielplatz vorbei glaubte er, seinen Augen nicht zu trauen. Auf einer der Schaukeln saß Marian. Von wegen Schule! Er rauchte einen Joint, den er an einen Gleichaltrigen auf der Schaukel neben sich weiterreichte. Ein Dritter hing am Geländer, machte ein paar Klimmzüge und ließ sich fallen. Seine Freunde lachten.

»Zu viel Salat, Alter!«, rief Marian.

Bis auf die drei Jugendlichen war niemand auf dem Spielplatz.

»Darf ich auch mal ziehen?« Daniel hatte die Frage an Marian gerichtet, dem offensichtlichen Anführer der Clique.

»Wer will das wissen?«

»Na, ich. Was ist jetzt mit dem Joint?«

Marian lachte dreckig. Die anderen beiden schwiegen. Der mit dem Joint hielt die Tüte in der Hand, zog aber nicht mehr daran. Er schien die Entscheidung des Anführers abzuwarten.

»Ist unser Stoff, kriegste nicht einfach so«, meinte Marian, sprang von der Schaukel herunter und baute sich vor Daniel auf.

»Wo hast du das Zeug her?«

»Hat mir mein Arzt verschrieben.« Der Fünfzehnjährige grinste und drehte den Schirm seiner Baseballkappe nach hinten.

»Die Russen sagen, ihr wart das mit den Einbrüchen am Place de Caen.« Ein Schuss ins Blaue, aber den Versuch war es wert.

»Scheiße, bist du 'n Bulle?!« In Marians Augen flammte Furcht auf. Seine Freunde fegten wie von der Tarantel gestochen davon. Bevor Marian es ihnen gleichtun konnte, hielt Daniel ihn an der Jacke fest.

»Ich denke nicht, dass ihr das wart.« Er sah den Jungen eindringlich an. »Ich glaube vielmehr, der vermeintliche Augenzeuge hat gelogen. Setz dich hin und denk nach. Wer will dir das anhängen und warum?«

Marian ließ sich auf die Schaukel fallen. Seine Selbstsicherheit war wie weggeblasen. »Die Russen. Die waren das bestimmt selbst. Sie verlangen von ihren neuen Mitgliedern Einbrüche als Mutprobe, als Voraussetzung, in die Clique aufgenommen zu werden. Dann hängen sie es anderen an.«

Das hatte Daniel sich gedacht. Genauso war es bei einem seiner Fälle in Köln gewesen. Einbruch war fast noch eine harmlose Mutprobe, da nicht lebensgefährlich. Er hatte schon erlebt, dass Jugendliche auf S-Bahnen surften oder Autobahnen überquerten, um ihren Mut zu beweisen. Ein Schauder erfasste ihn beim Gedanken an die nahe gelegene A3.

»Wer sind die? Ich brauche Namen.«

»Alle kenne ich nicht. Seit dem letzten Fight gehe ich denen aus dem Weg. Sind mir zu krass drauf.«

»Kennst du einen Alex oder Alexander?«

»Nee.« Marian schüttelte den Kopf. »Aber den Anführer, Konstantin. Konstantin Orlow.«

VICTORIA

Haben Sie einen Termin?«, fragte die Assistentin der Geschäftsführung vorwurfsvoll, nachdem sie sich als Frau Krüger vorgestellt hatte. Die auffallend geschminkte Frau hätte eher in ein Modemagazin oder auf einen Laufsteg gepasst. Ihre sorgsam gefeilten Fingernägel waren karminrot lackiert und farblich auf ihren Lippenstift abgestimmt. Die hellbraunen Haare hatte sie zu einem Pferdeschwanz gebunden, und ihre Wimpern waren so dicht und gleichmäßig, dass sie falsch sein mussten.

Auf dem Flur zum Vorzimmer war Victoria ausschließlich Angestellten in den Zwanzigern begegnet. Wie Walder als Enddreißiger hier reingepasst hatte?

»Den brauche ich nicht.« Victoria zückte ihren Ausweis.

Der Mund der Assistentin klappte auf und wieder zu. In ihrem Köpfchen schienen die Zahnräder langsam ineinanderzugreifen. »Geht es um Stephan Walder?«

»Kannten Sie ihn?«

»Ja, sicher, so gut man sich eben als Angestellte hier kennt.«

Interessant, dachte Victoria. »Könnten Sie jetzt bitte Ihren Vorgesetzten informieren? Ich habe ein paar Fragen an ihn.«

»Wir haben zwei Geschäftsführer, Herrn Schneider und Frau Meisner. Demnächst sind es sogar drei.« Sie biss sich auf die Unterlippe, vermutlich hatte sie etwas erzählt, das noch nicht offiziell war.

»Frau Krüger, entschuldigen Sie meine Ungeduld, aber es ist wichtig, dass ich mit den beiden spreche.«

»Frau Meisner ist in einem internen Meeting. Aber ich werde Herrn Schneider Bescheid geben.« Sie verließ den Raum und klopfte an der geschlossenen Tür des Nachbarbüros an.

Nach einer leisen Unterhaltung gesellte sich Frau Krüger wieder zu Victoria. »Herr Schneider ist am Telefon, nimmt sich aber gern nach dem Gespräch Zeit für Sie. Ich bringe Sie in einen unserer Meetingräume.«

Victoria folgte ihr.

»Wir haben dreißig Festangestellte. Mitunter arbeiten wir auch mit freien Mitarbeitern und Partnerfirmen zusammen«, erläuterte Frau Krüger ungefragt.

Die meisten Beschäftigten teilten sich zu zweit ein Büro. Ein paar wenige saßen in Einzelbüros, vermutlich die leitenden Angestellten. Etliche Urkunden, die den Erfolg der *ICS Information, Communication & Solution GmbH* belegten, zierten die Wände. Auf einer las Victoria *Innovationspreis IT 2012,* auf einer anderen *Top-Ausbilder IT 2011*.

Sie passierten mobile Polstermöbel und bunte, rechteckige Stellwände.

»Unsere Brainstorm-Landschaft«, erläuterte Frau Krüger stolz. »Wir haben auch einen Kicker. Teamaktivitäten und Pausen nehmen wir hier sehr wichtig.«

Victoria sah einen Wasserspender und einen Getränkeautomaten mit Softdrinks.

»Hier hinein.« Sie betraten einen kleinen Raum mit Tisch, Stühlen, Beamer und Fernsehbildschirm, auf dem ein Imagefilm der Firma lief. »Möchten Sie etwas trinken? Kaffee, Cappuccino, Latte macchiato … Tee?«

»Ein stilles Wasser, bitte.«

Frau Krüger tauchte wenige Minuten später mit dem Getränk und in Begleitung eines großen, dunkelhaarigen Mannes Anfang vierzig auf. Er trug einen grauen Anzug ohne Krawatte. Die obersten beiden Knöpfe seines weißen Hemds waren geöffnet. Entweder hatte er keinen Haarwuchs auf der Brust, oder sie war rasiert.

»Schneider«, stellte er sich vor und wartete, bis die Assistentin den Raum verlassen hatte. Bevor er die Tür schloss, schaute er der jungen Frau nach. *Typisch Mann,* dachte Victoria.

»Es geht um Stephan Walder?« Herr Schneider setzte sich ihr gegenüber. »Tragische Sache. Ich habe Frau Krüger angewiesen, der Witwe Blumen zu senden.«

»Hatten Sie nach dem Prozess noch Kontakt mit Walder? Immerhin hat er Ihrer Firma geschadet.«

»Nein, hatte ich nicht. Obwohl Walder ein langjähriger und treuer Mitarbeiter war. Daher waren wir so schockiert, dass gerade er uns hintergangen hat. Sein Tod kam für uns überraschend. War es sicher kein Selbstmord? Das mit der Entführung scheint mir doch eine sehr ungewöhnliche Methode zu sein.«

»Momentan müssen wir davon ausgehen, dass Herr Walder nicht freiwillig gesprungen ist.«

Er nickte. »Wie kann ich Ihnen helfen?«

»Sie könnten mir erklären, was genau Ihre Firma macht und warum Sie Walder verklagt haben.«

»Selbstverständlich. Die ICS entwickelt maßgeschneiderte Softwarelösungen für Banken und Versicherungen. Schwerpunkte sind Marketing und Unternehmenskommunikation. Einzelne IT-Lösungen decken auch das Controlling ab.«

»Welche Aufgaben hatte Walder?«

»Er hat die EDV-Programme überwacht und sich um die Einhaltung aller Datenschutzbestimmungen gekümmert. Mitarbeiter und Kunden hat er regelmäßig geschult. Der Geschäftsführung hat er auf Basis laufender Analysen des Datenschutzniveaus Verbesserungsvorschläge gemacht. Der Bereich wird zunehmend komplexer. Neue gesetzliche Regelungen, Big Data …«

»Und Walder hat sein Wissen und seine Position missbraucht?«

»Das kann man laut sagen. Er hat sensible Daten von einem unserer wichtigsten Klienten an dessen Konkurrenten verkauft. Marketingpläne und -kampagnen, Kundeninformationen, unveröffentlichte Unternehmenskennzahlen. Es war für uns der Super-GAU. In finanzieller Hinsicht, vor allem aber imagemäßig.« Sein Blick verfinsterte sich. »Wir haben den Kunden verloren. Ich musste Leute auf die Straße setzen, um die Firma zu retten. Noch heute leidet unser Ansehen darunter. Vertrauen ist das Wichtigste in einer Geschäftsbeziehung.« Der letzte Satz klang wie aus einer Imagebroschüre.

»Woher wussten Sie, dass es Walder war? Kam damals niemand anderes infrage?«

»Nein. Auch wenn unsere Mitarbeiter je nach Abteilung Zugriff auf Kundendaten haben, hatte nur Walder den Zugang zu allen entsprechenden Informationen. Er und die Geschäftsführung.«

»Wie ist das Ganze aufgeflogen?«

»Eine Mitarbeiterin hat Walder in einem Restaurant mit der Geschäftsführung des besagten Konkurrenten gesehen. Nur zwei Wochen später launcht diese Firma eine Werbekampagne, die nahezu eins zu eins der unseres Kunden entspricht. Zufall? Wohl kaum.«

»Was geschah dann?«

Es klopfte. Nach Schneiders »Ja, herein« betrat eine schlanke Frau im Hosenanzug den Raum. Sie war etwa in Victorias Alter.

»Frau Meisner ist meine Geschäftspartnerin und für Personal und PR zuständig. Ich kümmere mich um Strategie und IT«, erklärte Schneider. »Sarah, Frau Stahl ist von der Kriminalpolizei. Es geht um Walder.«

Als die Geschäftsführerin den Namen hörte, flackerte Wut in ihren blauen Augen auf. Dann schien sie sich daran zu erinnern, dass der ehemalige Angestellte tot war. Sie strich sich durch den Pony ihres Pagenschnitts und nahm neben Schneider Platz.

Dieser lächelte Victoria zu. »Entschuldigen Sie, wie war noch mal Ihre Frage?«

»Was ist nach dem Launch der Kampagne passiert?«

»Wir haben Anzeige wegen des Verrats von Betriebsgeheimnissen erstattet, zunächst gegen unbekannt. Ihre Kollegen haben damals die Firmenräume der Wettbewerbsfirma untersucht und auf einem USB-Stick weitere sensible Unterlagen entdeckt. Spätestens da war klar, wer die Daten weitergegeben hat, auch wenn Walder und die Firma das bis zuletzt geleugnet haben.«

»Es muss Sie beide geärgert haben, dass Walder freigesprochen wurde.«

»Diese unfähige Staatsanwältin hat einen Fehler gemacht«, sagte Frau Meisner. »Nur wegen ihrer Inkompetenz ist Walder davongekommen. Freispruch aufgrund eines falschen Datums in einer Akte, das muss man sich mal vorstellen!«

»Schon gut, Sarah.« Schneider war der Ausbruch offensichtlich peinlich. »Mit dem Urteil vor etwas mehr als einem Jahr war nicht unbedingt das letzte Wort gesprochen. Das Amtsgericht hat eine Neuaufnahme des Verfahrens in Aussicht gestellt, allerdings zog sich die Entscheidung in die Länge. Nun, jetzt hat sich die Sache wohl erledigt.«

»Ich muss Sie das leider fragen: Wo waren Sie beide am vergangenen Freitag zwischen vierzehn Uhr dreißig und sechzehn Uhr dreißig?«

Frau Meisner starrte Victoria ungläubig an. »Glauben Sie allen Ernstes, wir haben etwas mit dem Tod von Stephan Walder zu tun?«

Victoria war die Frau äußerst unsympathisch. »Reine Routine.«

»Natürlich«, antwortete Herr Schneider und zückte sein Smartphone. »Ich sehe gleich mal in meinem Kalender nach.«

»Da muss ich Frau Krüger fragen.« Frau Meisner seufzte ungehalten. »Bei all meinen Terminen kann ich das jetzt nicht so genau sagen.«

»Aber ich«, sagte Schneider triumphierend. »Da hatten wir einen Kunden bei uns im Haus. Ab vierzehn Uhr. Das Meeting dauerte fast drei Stunden.«

»Und Sie waren beide bei diesem Termin?«

»Ich bin erst nach vier dazugestoßen, da es in dem Gespräch hauptsächlich um technische Fragen ging.« Frau Meisner rutschte auf dem Stuhl hin und her. »Zuvor war ich in meinem Büro.«

»Das wird Ihre Assistentin ja sicher bezeugen können. Ich bräuchte bitte die Namen der Personen, mit denen Sie das Meeting hatten. Und außerdem eine Liste aller Angestellten sowie Ihrer Kunden und Partnerfirmen, denen Walder geschadet hat.«

»Selbstverständlich«, antwortete Schneider betont freundlich, doch ihr entging nicht der unsichere Blick, den er mit seiner Partnerin tauschte.

Victorias Handy klingelte, als sie aus dem Gebäude trat. Es war Marta. Sie zögerte einen Augenblick, dann ging sie ran.

»Ist es wichtig? Ich habe wenig Zeit«, begrüßte Victoria ihre Schwester.

»Das ist ja nichts Neues. Wann hast du schon mal Zeit?«

Victoria entfuhr ein Stöhnen. »Entschuldige bitte. Wie geht es dir … und meinen Neffen?«

»Alles roger. Florian hängt nur momentan ständig vor der Wii statt über den Schulbüchern. Er findet das meiste öde, vor allem seine Eltern. Und Sebastian möchte am liebsten täglich zum Fußballtraining. Samstag hat er ein Turnier. Falls Marie und du Zeit habt, kommt doch vorbei. Das würde ihn sicher freuen.«

Sie hatte ihre zwölf- und zehnjährigen Neffen seit Monaten nicht gesehen, obwohl ihre Schwester nur eine halbe Stunde von Würzburg entfernt wohnte.

»Ich glaube nicht, dass ich Marie dazu bewegen kann. Sie ist momentan … schwierig.«

»Deswegen rufe ich an. Marie hat sich gestern bei mir gemeldet. Sie war ziemlich aufgebracht.« Martas Stimme klang liebevoll, fast mütterlich.

Victoria spürte Wut in sich aufsteigen. Warum sprach Marie mit ihrem Vater und ihrer Tante statt direkt mit ihr? Nun durfte sie sich auch noch anhören, was für eine Rabenmutter sie war.

Schon damals, als Marta von Victorias – zugegebenermaßen ungeplanten – Schwangerschaft erfahren hatte, war sie entsetzt gewesen. »Du bist noch so jung. Warum lässt du dir jetzt ein Kind andrehen?! Hattest du nicht vor, beruflich durchzustarten?«

Victoria hatte ihre Entscheidung für Marie nicht ein einziges Mal bereut. Und bis vor einem halben Jahr auch nicht ihre frühe Ehe mit Tom. Zwar hatte sie nach der Geburt eine dreijährige berufliche Pause eingelegt, ihren Traumjob aber nie aufgegeben. Marta hingegen war bis heute nicht in ihren Job als Psychologin zurückgekehrt. Sie ging ganz in ihrer Mutterrolle auf, die sie perfekt beherrschte. Das Arbeiten überließ sie ihrem Mann, einem gut verdienenden, aber langweiligen Programmierer.

»Sie ist in der Pubertät. Das legt sich wieder«, antwortete Victoria so gelassen wie möglich.

»Sie hat mir erzählt, dass du sehr viel arbeitest.«

»Auch das ist vorübergehend. Ich muss nur diesen einen Fall abschließen.«

»Es gibt immer irgendeinen Fall, den du abschließen musst. Du steigerst dich zu sehr hinein.«

»War's das jetzt?« Victoria stieg in ihren Mini. »Ich muss los.«

»Marie hat mir erzählt, du hast ihren Poetry-Slam vergessen. Du weißt doch, wie wichtig das für sie ist.«

Auch das noch!

»Das war nur ein Mal, Marta. Ich mach's wieder gut.«

»Pass auf, dass du sie nicht auch noch verlierst.«

Das war der Funke, der etwas in ihrem Inneren explodieren ließ. »Was willst du damit sagen?! Dass ich Schuld am Ende meiner Ehe habe?«

»Nein, natürlich nicht.« Ihre Schwester ruderte schnell zurück.

»Aber wenn du nicht so viel gearbeitet hättest, wäre es vielleicht nicht passiert.«

»Entschuldigst du ihn etwa?«

Sie hörte, wie Marta den Atem ausstieß. »Nein, aber es war ein Ausrutscher. Eine Midlife-Crisis.«

»Ein dreimonatiger Ausrutscher? Wer weiß, wie lange er es noch mit seiner Assistentin getrieben hätte, hätte ich sie nicht in flagranti erwischt!« Was mischte Marta sich überhaupt in ihre Ehe ein?

»Du hast zu der Zeit quasi im Büro gelebt. Tom ist kein schlechter Kerl. Er liebt dich.«

»Ich lege jetzt auf.«

»Du liebst ihn auch noch. Willst du dich wirklich scheiden lassen? Denk mal an Marie. Sie ist genauso alt, wie du warst, als Papa uns verlassen hat. Es hat dich kaputt gemacht.«

»Eben. Ich will ihr weitere Enttäuschungen durch ihren Vater ersparen.«

»Tom würde euch nie verlassen, das weißt du.«

Victoria legte auf. Es reichte. Immer wieder verteidigte Marta ihn. Genau wie ihren Vater früher. Ihre Schwester war achtzehn Jahre alt gewesen, als dieser seine Familie wegen einer anderen Frau hatte sitzen lassen. Im Gegensatz zu ihr selbst hatte Marta den Kontakt zu ihrem Vater immer aufrechterhalten. Victoria war nicht einmal zu seiner Beerdigung vor acht Jahren gegangen.

Aber in einem Punkt hatte ihre Schwester recht. Marie durfte nicht unter ihrer Arbeit leiden. Heute Abend würde sie versuchen, früh nach Hause zu kommen. Daniel hatte ihr den Weg zum Heuchelhof erspart. So hatte sie Zeit für einen Kinobesuch mit ihrer Tochter.

Sie wählte Maries Nummer, erwischte aber nur die Mailbox. Sie verstaute das Handy in ihrer Handtasche und fuhr los. Hoffentlich wurde der Nachmittag erfreulicher.

Daniel, Kilian und Benedikt erwarteten sie vor dem Ballettstudio, jeder einen Döner in der Hand.

»Ich habe dir auch einen mitgebracht«, begrüßte Daniel sie und streckte ihr das in Alufolie verpackte Fladenbrot entgegen. »Ich hoffe, du magst Döner.«

Sie bedankte sich mit einem Nicken und bemerkte erst jetzt, dass ihr Magen knurrte. »Wie lief es am Heuchelhof? Bist du weitergekommen?«

Daniel grinste. »Ja. Ich denke, ich weiß, wer für die Einbrüche verantwortlich ist. Erzähle ich dir später in Ruhe.«

Sieh an, dachte sie, *das hätte ich ihm nicht zugetraut. Da bin ich ja mal gespannt.* Oder bluffte er nur? Seine Vorgänger hatten auch versucht, sie zu beeindrucken, doch das war meistens schiefgegangen. Möglichst unauffällig schielte sie zu Kilian. Sie musste ihn unbedingt fragen, wie lange er brauchte, um an die Personalakte des Kölners zu kommen. Besonders interessierten sie seine Einsätze, denn die Narbe hatte er sich bestimmt nicht beim Kickboxen zugezogen. Warum aber belog er sie?

Kilian bemerkte ihren Blick und zwinkerte ihr zu.

Schnell wandte sie sich seinem Partner zu. »Habt ihr Walders Handy gefunden?«

»Ja. Im Residenzgarten.« Benedikt fuhr sich durch die blonden Haare, die immer leicht zerzaust waren, so als käme er gerade aus dem Bett. »Ein älteres Samsung-Modell, wie es seine Frau beschrieben hat. Allerdings ohne SIM-Karte und ziemlich beschädigt.«

»Was ist mit den Verbindungsdaten?«

»Haben wir. Die letzten Anrufe kamen über ein Prepaid-Handy. Registriert, aber mit Pseudonym.«

Verflucht noch mal! Im Juli würde zumindest in Deutschland ein neues Gesetz in Kraft treten. Dann war es Pflicht, bei Erwerb einer Prepaid-Karte einen Personalausweis oder ein anderes zur Identifikation geeignetes Dokument vorzulegen. Die Daten würden vom Anbieter gespeichert werden. Aber das half ihnen jetzt herzlich wenig.

Sie wies Benedikt an, das Kartenhandy orten zu lassen, auch wenn es wahrscheinlich nicht mehr genutzt wurde.

»Ich habe soeben mit dem Phantombildzeichner telefoniert«, sagte Kilian. »Er sitzt dran, meint aber, wir sollen nicht zu viel erwarten. Das Mädchen ist bei vielem unsicher, außer bei der Augenfarbe Blau und der Frisur.«

Kein Wunder. Schon Erwachsene taten sich mit Personenbeschreibungen schwer. Das bewies die Erfolgsquote von Phantombildern bei der Ermittlung von Straftätern, die gerade mal bei fünfzig Prozent lag.

»Auch das Alter ist schwierig, aber wahrscheinlich ist die Frau recht jung, da sich Lisa nicht an Falten erinnert.«

»Wir geben es trotzdem raus. Was haben wir schon zu verlieren?« Victoria deutete auf die gegenüberliegende Straßenseite. »Da ist die Haltestelle, wo Lisa normalerweise in den Bus einsteigt. Wir folgen der Busstrecke bis zu ihrem Zuhause. Daniel und ich übernehmen die Häuser auf dieser Seite, ihr die anderen. Mal sehen, wie weit wir heute kommen.«

Die Bilanz nach fünf Stunden stimmte sie alles andere als positiv. Sie hatten nicht alle Anwohner erreicht, und die Befragten hatten nichts von einer Entführung mitbekommen. Wenigstens konnte Victoria ihrem Chef morgen berichten, dass sie mit einem der beiden Fälle vorangekommen waren. Daniel hatte ihr unterwegs erzählt, dass Marian ausgepackt hatte und ein gewisser Konstantin Orlow ihr Hauptverdächtiger war.

Um kurz nach sechs verabschiedete sie sich von den anderen und zog ihr Handy aus der Tasche, um Marie von einem Kinoabend zu überzeugen. Ihr Blick fiel auf eine der Mails, die sie erhalten hatte.

Frau Krüger hatte die Liste mit Kunden und Partnern der ICS geschickt. Sie klickte auf den Anhang und scrollte durch die Namen.

»Was, zum Teufel …?!« Victoria erstarrte. Dann wählte sie Toms Nummer. »Was hat deine Firma mit ICS zu tun?«, fragte sie, kaum dass Tom abgehoben hatte.

»Wir sind Geschäftspartner.«

»Schon klar, aber wie genau sieht eure Zusammenarbeit aus?«

»Warum bist du so aufgeregt? Geht es um diesen Walder?«

»Du kanntest ihn?«

»Flüchtig, durch ein paar Meetings. ICS und wir haben gemeinsame Kunden.«

Tom führte seit fünfzehn Jahren seine eigene Marketingagentur. Bilder von ihm tauchten vor ihrem inneren Auge auf. Davon, wie sie im ersten Firmenjahr den Schreibtisch in seinem Büro mit einem Quickie eingeweiht hatten. Gott, sie vermisste den Sex mit ihm. Dann wechselte das Bild, und eine andere Blondine, Ende zwanzig, nahm ihren Platz auf dem Schreibtisch ein. Verärgert wischte sie den Gedanken beiseite.

»Hat deine Firma durch Walders Aktion Schaden genommen?«

»Wir haben einen gemeinsamen Kunden verloren. Für ICS war es fataler, denn die hatten den Imageschaden. Bin ich etwa verdächtig?«

War er das?

»Du hörst von mir.« Sie legte auf.

Frühjahr 2016

DER WÄCHTER

Erst war er nicht sicher, ob er sich nicht täuschte. Er hatte sie zuletzt vor mehr als zehn Jahren gesehen. Ihr Lachen erklang im selben Rhythmus wie früher und hob sich angenehm von dem Stimmengewirr auf der Alten Mainbrücke ab. Es weckte Erinnerungen. An Geschehnisse und Menschen, die er vergessen wollte, und obwohl *sie* nicht dazugehört hatte, hatte er in den letzten Jahren kaum an sie gedacht.

Schon damals hatte es ihn gewundert, dass sie noch lachen konnte. Jetzt schien es ihr besser zu gehen. Oder trog der Schein? Er selbst war ein Meister darin, Gefühle zu zeigen, die sich niemals in ihm regten.

Sie stand nur wenige Meter entfernt. Ihm gegenüber, mit zwei weiteren jungen Frauen in der Schlange vor dem Ausschank.

Viele Würzburger verweilten auf den Gehwegen zu beiden Seiten der Brücke und genossen an diesem milden Freitag ihren Feierabend-Schoppen. So einen Eindruck würde auch er auf andere machen.

Touristen posierten mit den Brückenheiligen oder fotografierten mit ihren Smartphones die Festung und das Käppele. Er liebte diesen Ort. Mehr noch im Winter oder nachts, wenn weniger Menschen hier waren.

An Tagen wie diesen musste er die Augen schließen und sich konzentrieren, um das Rauschen des Mains unter sich zu hören. Aber er beobachtete auch gern die Leute. Wie sie über die Brücke stolzierten oder in Gruppen zusammenstanden und einander von ihren perfekten Leben erzählten.

Niemand beachtete ihn. Er steckte die Nase in sein Glas und roch an dem Wein. Eine fruchtige Note. Seine Wahl war heute auf einen Rotling gefallen. Was sie wohl trank?

Sie war vor dem Ausschank angekommen und zahlte. Sekunden später drehte sie sich um.

Er lächelte. Sie hatte ebenfalls einen Rotling gekauft. Sollte er sie ansprechen? *Wäre sie doch bloß allein hier.*

Er zuckte leicht zusammen, als sie sich mit ihren Begleiterinnen auf seine Seite der Brücke gesellte, nur ein paar Schritte von ihm entfernt.

Er stellte das Glas auf der Brückenmauer ab, wandte sich dem Fluss zu und stützte sich mit den Unterarmen ab. Dann drehte er vorsichtig den Kopf in die Richtung der drei Frauen. Beobachtete sie und lauschte.

Kurze Zeit später hörte er ihren Namen. Er lächelte. Sie war es tatsächlich.

Donnerstag, 25. Mai 2017
(Christi Himmelfahrt)

DANIEL

»Das Festival der Kulturen?« Gequält lächelte er Susanne an und köpfte sein Ei. Da hatten sie endlich mal beide an einem Feiertag frei, und sie wollte auf ein Musikfestival.

Sie frühstückten zum ersten Mal auf ihrem Balkon. Die Sonne kitzelte ihn angenehm im Gesicht, und er hatte sich auf einen Spaziergang im Park oder ein Picknick am Main gefreut.

»Nichts gegen Kultur, aber das klingt sehr alternativ.«

»Du bist doch sonst offen gegenüber Neuem«, erwiderte Susanne. »Es gibt Musik aus Europa, Lateinamerika und Afrika. Bestimmt ist auch was Tunesisches dabei.« Ihre Augen glänzten.

»Schatz, nur weil ich dort geboren bin, heißt das nicht, dass ich auf die Musik stehe. Müssen wir uns diese Menschenmassen antun?«

Sie schob den Festival-Flyer über den Tisch. »Salsa, Reggae, Hip-Hop, Soul, Jazz, R 'n' B … es ist für jeden Geschmack etwas dabei.«

»Rockmusik aber nicht«, stellte er fest, ohne den Flyer zu beachten.

Susanne kam zu ihm rüber und setzte sich auf seinen Schoß. Dann schlang sie die Arme um den Nacken und drückte ihm einen Kuss auf den Mund. »Bitte, bitte. Am Wochenende mache ich dafür alles mit dir. Was immer du möchtest.«

Er grinste. »Wirklich alles? Denn da fällt mir einiges ein.« Er zwickte sie zärtlich in den Po. Vielleicht war das Festival keine so schlechte Idee. Es würde ihn ein wenig ablenken.

Seit Wochen kreisten seine Gedanken nur um Walder und Lisas Entführung. Warum diese Inszenierung des Selbstmords? Ging es den Wächtern lediglich um Aufmerksamkeit, oder hatten Tatort und Veranstaltung für sie eine Bedeutung? Ein Mann war zu einem tödlichen Sprung genötigt worden, und trotz Überstunden kamen sie keinen Schritt weiter.

Auf die Veröffentlichung des Phantombilds hin hatten sich einige Personen gemeldet, vor allem, um sich wichtig zu machen. Oder sie hofften auf eine Belohnung und hätten dafür sogar die eigene Schwester angeschwärzt. Nur ein Hinweis war vielversprechend gewesen. Die Beschuldigte hatte Ähnlichkeit mit der gesuchten Frau. Bei der Gegenüberstellung jedoch erkannte Lisa sie nicht wieder. Wenigstens hatte die Untersuchung im Krankenhaus ergeben, dass die Kleine nicht missbraucht worden war.

Auch bei Handyortung, Anwohnerbefragung und der Spurensuche an Lisas Kleidung hatten sie keinen Erfolg gehabt. Eine Überprüfung von ICS sowie deren Kunden und Partnern war eine weitere Sackgasse. Diejenigen mit Motiv hatten alle ein Alibi, auch Victorias Ehemann Tom.

Victoria hatte Daniel von Toms Verbindung zu ICS und Walder erzählt. Vermutlich hatte er sich durch die Aufklärung der Einbrüche am Heuchelhof ihren Respekt verdient. Sie schien sich ihm gegenüber in letzter Zeit mehr zu öffnen. Er wusste jetzt, dass sie eine Tochter hatte.

Alexander hatte den Einbruch letztlich zugegeben. Er selbst war zwar nicht strafmündig, jedoch der Anführer der Clique, Konstantin Orlow. Der hatte den Jungen angestiftet, ebenso wie zwei Jugendliche, die in die Bäckereien eingebrochen waren, um sich die Aufnahme in die Gruppe zu verdienen.

Victoria war erleichtert gewesen, sich nach Klärung der Einbruchserie auf den Fall Walder konzentrieren zu können. Haller machte fast täglich Druck, die Entführerin zu finden. Daniel kam es so vor, als habe der Chef seine Partnerin auf dem Kieker. Wegen ihrer früheren Alleingänge, von denen Kilian ihm einmal unter vier Augen berichtet hatte? Seine beiden Vorgänger hatten es nicht lange mit Victoria ausgehalten.

»Sie und Klaus Mücke waren das Dream-Team hier«, hatte Kilian erzählt. »Ich glaube, sein Ruhestand hat unsere Victoria leicht aus der Bahn geworfen. Dann noch die Trennung von ihrem Mann …«

Mehr hatte Daniel nicht hören wollen. Vielleicht erzählte seine Partnerin es ihm irgendwann von sich aus. Oder auch nicht. Jeder hatte ein Recht auf Privatsphäre.

BORROMÄUS

Ein Date auf der Alten Mainbrücke. Welch ein Klischee! Aber was soll's. Hauptsache, sie geht endlich mit mir aus. Hätte ich mir im Traum nicht ausgemalt, dass das passiert.

Als ich sie neulich berührt habe, schien sie entsetzt, ja, regelrecht angewidert. Aber manche Frauen zieren sich. Das gehört zum Spiel. Heute kriege ich sie rum. Bei dem Gedanken regt sich mein Glied.

Was braucht sie so lange mit dem Wein? Ungewöhnlich, dass sie darauf bestanden hat, den Schoppen auszugeben. Die Weiber stehen doch sonst so drauf, dass man sie einlädt.

Danach wollen wir zum Festival der Kulturen. Besser gesagt, sie will. Ich kann dieses Festival nicht leiden. Die Frauen gehen da doch nur hin, um sich für ein paar Nächte einen Latino oder Schwarzen zu angeln. Als wäre der Sex mit denen besser. Klischee! Hoffentlich lohnt sich der Eintrittspreis, und sie bläst mir dafür nachher einen.

Ah, da ist sie ja.

»Ich habe uns einen Rotling geholt. Der ist schön fruchtig.« Sie reicht mir das Glas, und wir stoßen an. »Lass uns ein Stück weiter die Brücke hinauflaufen, da ist weniger los.«

Ist mir recht. Dann sind wir ungestört. Vor der Statue des heiligen Borromäus bleibt sie stehen. »Hier ist es gut. Prost!« Sie nimmt einen ordentlichen Schluck. Anscheinend braucht sie den Alkohol, um ihre Hemmungen loszuwerden.

»Was weißt du über den Heiligen?«, fragt sie.

Ich zucke mit den Schultern. »Ich mache mir nichts aus Religion.«

»Karl Borromäus war ein strenger Asket. Er hat sich sogar selbst gegeißelt, um seine Triebe abzutöten.« Die Art, wie sie das sagt, lässt mich erschaudern.

»Wird das jetzt eine Geschichtsstunde?«, antworte ich möglichst cool.

»Außerdem hat er Protestanten als Ketzer und Hexer verbrannt«, fährt sie unbeirrt fort. »Das hat nicht allen gefallen. Er ist nur knapp einem Mordanschlag entkommen.« Beim letzten Satz lächelt sie.

Was soll dieses blöde Spiel? Macht sie das etwa geil?! Am liebsten würde ich es ihr gleich hier besorgen, damit sie die Klappe hält.

»Aber Borromäus ist auch für seine Fürsorge gegenüber Pestkranken bekannt. Vielleicht wurde er ja deshalb heiliggesprochen. Heute interessiert man sich für Patienten ja nur so lange, wie sie Geld bringen.«

»Wie meinst du das?« Kritisiert sie mich? Oder meine Arbeit?

»Nicht so wichtig. Komm, trink aus. Ich möchte zum Festival.«

Ich leere mein Glas. Der Wein macht mich schwummrig. Ich hätte etwas essen sollen. Jetzt muss ich mit dem teuren Festival-Fraß vorliebnehmen.

Dieses Date ist ein Fehler.

Sie ergreift meine Hand und beugt sich nach vorn. Ihre Schulter berührt mich leicht. Dann flüstert sie mir ins Ohr. »Ich verspreche dir, der Höhepunkt unserer Verabredung steht noch aus.«

SUSANNE

Sie standen Schlange, zuerst am Ticketschalter, dann am Einlass, wo die Sicherheitsleute Handtaschen kontrollierten. Die vielen Menschen störten sie nicht. Sie fand es aufregend, unter Leuten zu sein, und hatte immer geglaubt, dass es Daniel auch gefiel.

Zu Beginn ihrer Beziehung waren sie bei zwei Konzerten ihrer gemeinsamen Lieblingsband *Billy Talent* gewesen. Aber irgendetwas hatte sich im letzten Jahr verändert.

Wahrscheinlich sorgte der stressige Job dafür, dass Daniel privat mehr Ruhe brauchte. Und jetzt war da dieser Walder-Fall.

Die Story hatte ihr Ansehen in der Redaktion und bei ihrem Chef gesteigert. Daniel und seine Partnerin aber standen wegen der ungelösten Entführung massiv unter dem Druck ihres Vorgesetzten und der Öffentlichkeit. Auch wenn Daniel ihr den Auftritt als Polizeipsychologin nie vorwarf, hatte er ihm sicher Probleme eingebracht.

»Wir sollten deine Partnerin mal zum Essen zu uns einladen.«

Daniel sah sie verdutzt an. »Wieso?« Er schien nicht begeistert.

»Ich würde sie gern kennenlernen. Und du hast gesagt, ihr versteht euch in letzter Zeit besser. Spricht was dagegen?«

Er verneinte. »Ich denke nur nicht, dass sie kommt.«

Die Security-Leute winkten sie durch.

»Ist sie sauer auf mich?«

»Weiß ich nicht. Aber sie scheint nicht der Typ, der sich mit anderen Menschen zum Essen trifft. Ich kriege sie meist nicht mal dazu, mit mir in die Kantine zu gehen.«

»Merkwürdige Frau.«

»Sie ist schon in Ordnung. Sie arbeitet eben viel. Ich frage mich manchmal, wo sie die Zeit für ihre Tochter hernimmt.«

Hand in Hand liefen sie auf das Festivalgelände auf den Mainwiesen, vorbei an einem großen roten Festzelt, in dem eine Podiumsdiskussion zu Diskriminierung und Rassismus stattfand.

Hierzu könnte Daniel einiges beitragen.

Von der wenige Meter entfernten offenen Bühne tönte Hip-Hop herüber.

»Du hast nicht erzählt, dass sie eine Tochter hat.«

Daniel stöhnte. »Müssen wir über die Arbeit sprechen? Lass uns lieber über die schrecklich bunten Menschen hier lästern.«

Sie lachte, denn er sprach nicht von den vielen verschiedenen Hautfarben, sondern von den Kleidern der Festivalbesucher.

Die Frauen trugen bevorzugt farbenfrohe Stoffhosen, bunte Kleider oder Hosenröcke mit Blumen- und Tiermustern. Einige hatten Rastazöpfe, einen Afro-Look oder farbige Bänder im Haar. Creolen, Armreife und Freundschaftsarmbänder in verschiedenen Farben waren beliebte Accessoires. Auch die Männer trugen auffälligen Schmuck wie grobe Perlenketten oder Lederbänder um den Hals. Ihre Stoffhosen und Baggy Pants waren meist schwarz oder weiß, ebenso ihre Hemden oder Shirts. Manche liefen oben ohne herum und stellten ihre Muskeln zur Schau.

Gemeinsam mit Daniel lauschte Susanne einen Moment der Musik und beobachtete die sich im Rhythmus bewegenden Zuschauer vor der Bühne.

»Exotisch«, meinte sie.

»Hauptsache, es bleibt so friedlich.« Daniel zog sie weiter. »Lass uns mal sehen, wo wir etwas zu essen kriegen. Ich habe Hunger.«

Sie liefen an Ständen vorbei, die Schmuck, Töpferwaren und Textilien zum Verkauf anboten.

»Schau mal.« Susanne deutete auf ein Kinozelt. »Die zeigen Filme über Brasilien und Mexiko. Lass uns später mal reinschauen.«

Unter der Brücke der Deutschen Einheit trafen sie auf eine Menschentraube, die begeistert ein paar Afrikanern zuhörte, wie sie um die Wette trommelten. Ein älterer Mann faszinierte vor allem Kinder mit seinen Feuerschluckkünsten.

In einer Art Foodcourt im Freien drängelten sich Menschen vor Tacobuden und Falafelständen. Sie knabberten an Lammspießen und balancierten mit Hummus, Gemüse oder Reis gefüllte Teller zu Tischen und Sitzbänken. Ein Stand verkaufte sogar Gerichte mit Straußen- und Krokodilfleisch.

»Ich denke, ich nehme ein mit Ziegenkäse gefülltes Fladenbrot«, meinte Daniel. »Was magst du?«

»Ich bin leicht überfordert mit der Auswahl, Schatz. Aber hol dir ruhig was.«

»Okay. Ich stelle mich dann mal an.« Er schlenderte davon.

»Hilfe! Wir brauchen einen Arzt. Schnell!«

Der Schrei ließ Susanne zusammenzucken. Sie drehte sich in die Richtung, aus der die Frau gerufen hatte.

»Was ist los?«, fragte Daniel, der wieder neben ihr auftauchte.

»Weiß nicht. Da ist wohl einer zusammengeklappt.«

Ihr Freund rannte zu einer der Sitzbänke, sie lief ihm nach.

Neben der Bank hockte eine etwa zwanzigjährige Frau und hatte sich über einen jungen Mann gebeugt, der auf dem Rücken lag. Seine Augen waren aufgerissen, die Gliedmaßen zuckten unkontrolliert. Um die beiden herum hatte sich ein Kreis aus einem halben Dutzend Personen gebildet, die die Szene neugierig beobachteten. Die junge Frau umklammerte die Arme des am Boden Liegenden und versuchte, die Zuckungen zu unterbinden.

»Nein, nicht festhalten«, rief Daniel. »Das ist gefährlich. Er könnte sich was brechen. Helfen Sie mir, ihn von den Sitzbänken wegzuziehen.«

Susanne schaute sich suchend nach einem Sanitäter um. Am Eingang des Geländes hatte sie einen Stand des BRK gesehen. Sie stürmte los – und hatte Glück. Unter der Brücke stieß sie auf zwei Sanitäter.

»Ein Mann hat einen Anfall. Bitte kommen Sie mit.«

DANIEL

»Treten Sie zur Seite.« Ein Sanitäter berührte ihn an der Schulter. Sachte, aber unmissverständlich. Daniel erstarrte, unfähig, die Augen von dem krampfenden Mann abzuwenden.

Er hatte sofort an einen epileptischen Anfall gedacht und gehofft, die Zuckungen würden nachlassen, um ihn in die stabile Seitenlage drehen zu können. Doch die Krämpfe wurden immer heftiger.

»Bitte. Lassen Sie uns ran.« Jemand packte ihn am Arm – jetzt gröber – und zog ihn von dem Mann weg. Daniel reagierte langsam, erhob sich und machte ein paar Schritte nach hinten.

»Ich glaube, das ist kein epileptischer Anfall«, rief der eine Sanitäter seinem Kollegen zu. »Ich gebe ihm trotzdem ein Antikonvulsivum, aber ruf den Krankenwagen.«

»Daniel, alles in Ordnung?«, fragte Susanne neben ihm.

Er nickte, doch in seinen Ohren rauschte es.

Gedämpft drang die Stimme des Sanitäters zu ihm. »Seine Stirn fühlt sich ganz kalt und feucht an.«

Der Liegende erbrach, und nach einem letzten, intensiven Aufbäumen erschlaffte er.

Der Sanitäter rüttelte leicht an der Schulter des Mannes. »Scheiße. Er ist ohnmächtig.«

Daniel erschauderte.

Der Sanitäter befreite die Atemwege von dem Erbrochenen und beugte sich über Mund und Nase des Mannes. »Keine Atmung.«

Daniel wandte den Blick ab. Auch ihm wurde die Luft knapp und ihm schwindelte. Obwohl er im Freien stand, hatte er das Gefühl, der Raum würde ihn von allen Seiten erdrücken.

Susanne griff nach seiner Hand. »Was ist los, Schatz? Möchtest du dich hinsetzen?«

Daniel schüttelte den Kopf. »Es geht schon, ich muss nur …« Er drehte sich um. Sie sollte das nicht mitbekommen. Hatte er nicht vorhin unter der Brücke einen Toilettenwagen gesehen? »Ich bin gleich wieder da.« Seine Beine fühlten sich an wie Pudding. Schweißtropfen rannen ihm an den Wangen hinab, trotzdem fror er.

Wie durch einen Tunnel lief er in Richtung Brücke und hoffte, unterwegs nicht umzukippen. Der Schwindel wurde stärker. Hinzu kam Übelkeit. Nach fünfzig Metern befürchtete er, es nicht bis zu den Toiletten zu schaffen. Nicht hier, unter so vielen Leuten, dachte er. Keuchend kämpfte er sich zwischen den Menschen hindurch.

Vor den Toilettenwagen drängelte sich sowohl bei den Männern als auch bei den Frauen eine längere Warteschlange.

So lange kann ich nicht warten.

Er schlurfte zwanzig Schritte weiter zu einem Baum am Mainufer, stützte sich am Stamm ab und übergab sich.

Freitag, 26. Mai 2017

VICTORIA

»Du ziehst Todgeweihte magisch an, wie?«
Sie erntete nur ein gequältes Lächeln ihres Kollegen.

Gestern war ein Festivalbesucher – laut Ausweis ein Lars Stichler – in der Uniklinik verstorben. Die Ärzte hatten umgehend die Kripo verständigt, da sie Anzeichen für eine Vergiftung feststellten.

Die Autopsie und die forensische Toxikologie würden ihnen in Kürze eine Rückmeldung geben, ob die Ärzte richtiglagen. Eine Auskunft der Kriminaltechnik stand auch aus, da man an der Kleidung des Toten Haare gefunden hatte, die nicht von ihm stammten.

Victoria war sprachlos gewesen, als Daniel ihr berichtete, dass er den Todeskampf des Mannes miterlebt hatte. Schon der zweite Mann, der vor seinen Augen starb.

»Und, was sagst du zu unserem Festival?«

Daniel warf ihr einen ungläubigen Blick zu.

»Abgesehen von dem Vorfall, meine ich.«

Er seufzte. »Ich kam leider nicht dazu, das Essen zu probieren. Daher kann ich dir keine valide Auskunft geben.«

Sie lachte. Sie gewöhnte sich langsam an ihn. Seine Aufklärung der Einbruchserie am Heuchelhof hatte sie beeindruckt, auch wenn sie ihm das nie sagen würde.

Mittlerweile hatte Kilian mit seinem Smartphone Seiten aus Daniels Personalakte abfotografiert und ihr geschickt. Diese enthielten ein paar Informationen, über die sie gern mehr gewusst hätte, aber sie konnte Daniel schlecht darauf ansprechen, ohne sich zu verraten. Sie musste sich etwas anderes überlegen.

Aber erst mal hatte sie Wichtigeres zu erledigen. Leider steckten sie im Walder-Fall fest. Nahezu täglich musste sie Haller darüber in Kenntnis setzen, dass sie die Verdächtige nicht gefunden und auch sonst keine neuen Erkenntnisse hatten. Die Staatsanwaltschaft würde die Ermittlungen sicher bald einstellen.

Zu allem Übel hatte vorhin Frau Walder angerufen, um nach Neuigkeiten zu fragen. Es fühlte sich mies an, die Witwe zu enttäuschen. Wenigstens fürchtete diese nicht mehr um ihre Tochter. Den Beamten, der zu ihrer Sicherheit abgestellt worden war, hatten sie nach zehn Tagen wieder abgezogen.

»Warum warst du nicht beim Festival? Oder gehst du am Wochenende hin?« Daniel riss Victoria aus ihren Gedanken.

»Himmel, nein! Ich war so oft da. Irgendwann ist es mal gut. Selbst Marie möchte nicht mehr hin – zumindest nicht mit mir. Ich sehe sie kaum in letzter Zeit und habe das Gefühl, sie verbirgt etwas vor mir.«

Ihre Tochter hatte auch das geliebte Fußballtraining aufgegeben, angeblich, weil sie keine Lust mehr auf den Sport hatte. Das glaubte Victoria ihr jedoch nicht. Marie war immer fußballverrückt gewesen.

Daniel zog eine Augenbraue hoch.

Verdammt, warum erzähle ich ihm das? Meine Probleme mit Marie gehen ihn nichts an.

Sie war froh, dass in diesem Moment ihr Handy klingelte.

»Die Rechtsmedizin«, teilte sie Daniel nach einem Blick aufs Display mit. »Ich fahre.«

DANIEL

Professor Dr. Huber grinste spitzbübisch und betrachtete ihn über den Rand seiner Brille. »Sie sind ja noch da.«

»Sie scheint es mit mir auszuhalten«, konterte Daniel und bemerkte, wie seine Partnerin die Augen verdrehte.

»Können wir loslegen?«, bat Victoria.

Der Rechtsmediziner zwinkerte ihm verschwörerisch zu und trat dann zum Leichnam. »Der Verdacht der Kollegen an der Uniklinik war korrekt. Es handelt sich um eine akute Vergiftung. Das hat mir das Labor soeben bestätigt. Hundertzwanzig Milligramm Arsen hatte der junge Mann im Körper. Folge der Vergiftung waren Krämpfe mit Erbrechen und reiswasserartigen Durchfällen. Der Flüssigkeitsverlust führte zu einem Volumenmangelschock, in unserem Fall mit tödlichem Ausgang.«

»Arsen?«, fragte Victoria, ohne ihre Verwunderung zu verbergen. »Dann wurde er ermordet?«

»Ich gehe mal davon aus, dass er das Gift nicht freiwillig genommen hat. Es gibt weniger schmerzhafte und schnellere Wege, sich das Leben zu nehmen.«

»Aber ist Arsen als Mordgift heute nicht eher ungewöhnlich?«

»Ja, ich war auch erstaunt. Arsen war vor allem im neunzehnten und zwanzigsten Jahrhundert in Mode. Damals hat man es als Erbschaftspulver bezeichnet … ihr versteht schon. Ich hatte so einen Fall noch nie auf dem Tisch. In Würzburg ist mir überhaupt nur ein einziger ähnlicher Vergiftungsfall in Erinnerung. In den Achtzigern wurden Studenten mit thalliumhaltigem Fruchtsaft getötet.«

»Kann er die Menge irgendwo aus Versehen aufgenommen haben?«, meldete sich Daniel zu Wort.

»In dieser Dosis halte ich das für sehr unwahrscheinlich, es sei denn, er hatte beruflich damit zu tun. Arsen kommt zwar in der Luft, im Trinkwasser und in Nahrungsmitteln wie beispielsweise Fisch vor, aber in äußerst geringen, nicht tödlichen Mengen. Es ist heute auch nicht mehr so leicht verfügbar wie früher.«

»Das heißt?«

»Arsen wurde in der Vergangenheit als Rattengift genutzt. Außerdem war es bis in die Siebzigerjahre hinein ein beliebtes Fungizid, auch bei Winzern in unserer Gegend. Tierpräparatoren verwendeten Arsenverbindungen als Konservierungsmittel von Häuten und Fellen. Heute sind arsenhaltige Mittel verboten.«

»Wie kommt man dann an das Zeug?«, hakte Victoria nach.

»Mit einem Giftschein, der nur an Sachkundige ausgestellt wird.«

»Und wer zählt als Sachkundiger?«

»Liebe Victoria, du darfst ruhig auch ein wenig recherchieren. Das ist dein Job.«

Daniel konnte sich ein Grinsen nicht verkneifen. »Können Sie uns noch sagen, wie das Gift verabreicht wurde und wie lange es braucht, bis es wirkt?«

»Aufgrund der Dosis denke ich, dass es nur ein paar Stunden bis zu Beginn der Symptome gedauert hat. Arsen ist geruch- und geschmacklos und löst sich hervorragend in Getränken auf. Da der Tote noch ein wenig Restalkohol im Blut hatte, tippe ich auf Wein. Das wäre ein Klassiker.«

Auf dem Weg nach Bergtheim zu den Eltern des Toten klingelte Victorias Handy. Sie nahm den Anruf über die Freisprechanlage entgegen.

Es war ein Kollege der Kriminaltechnik. »Die Haare an der Kleidung des Toten gehören zu einem Hund. Helles Fell. Könnten von einem Retriever sein, aber um das herauszufinden, brauche ich mehr Zeit.«

Victoria schlug vor Wut mit der rechten Hand aufs Lenkrad. Auch Daniel hatte gehofft, die Haare wären vom Täter.

»Sonst irgendwelche brauchbaren Spuren?«

»Die Erde an Hose, Shirt und im Haar ist mit hoher Wahrscheinlichkeit von der Mainwiese. Immerhin lag er dort minutenlang auf dem Boden. Hoffentlich finden wir was in der Wohnung des Opfers. Die Durchsuchung läuft.«

Victoria legte auf.

»Vielleicht haben wir mit dem Handy des Toten oder dem Zeugenaufruf Glück«, versuchte Daniel, sie aufzumuntern. »Irgendjemand kann sich bestimmt daran erinnern, ob Lars Stichler beim Festival in Begleitung war.«

»Bei der Masse an Leuten habe ich da meine Zweifel. Ich denke eher, die Recherche nach Sachkundigen bringt uns weiter.« Sie parkte den Wagen vor einem Einfamilienhaus.

Ein schmaler Weg führte sie durch einen kleinen, gepflegten Vorgarten zur Haustür, die ihnen ein Mann mit grauem Bart öffnete.

»Kriminalpolizei Würzburg«, sagte Victoria. »Sind Sie der Vater von Lars Stichler?«

Der Hausherr nickte, schenkte ihren Ausweisen aber keine Beachtung. »Kommen Sie rein. Ich habe Sie schon erwartet.«

Sie durchschritten einen kurzen Flur bis ins Wohnzimmer. Das Mobiliar in dem Raum wirkte schwer und antik. Esstisch, Stühle und die zweitürige Kommode waren in einem dunklen Rotbraun gehalten. Neben einer Vitrine stand eine altmodische Standuhr mit Pendel. Daniel tippte bei allen Möbelstücken auf Biedermeier, ein Stil, für den seine Mutter ein Faible hatte. Gott sei Dank durfte sein Vater bei der Einrichtung ein Wörtchen mitreden, weswegen das Interieur seines Elternhauses nicht allzu konservativ ausfiel.

»Ihre Frau ist nicht da, Herr Stichler?«, fragte Daniel, nachdem sie alle drei auf der dunkelbraunen Ledercouch Platz genommen hatten.

»Sie müssen meine Frau entschuldigen. Sie hat die Nachricht nicht verkraftet. Lars war unser einziges Kind. Mithilfe von Schlafmitteln hofft sie, ein wenig Ruhe zu finden. Ich wecke sie aber, wenn es nötig ist.«

Daniel tauschte einen Blick mit seiner Kollegin. »Ist schon in Ordnung. Wir denken, es reicht, wenn Sie unsere Fragen beantworten.«

Der Mann nickte traurig. »Ich verstehe nicht, was passiert ist. Die Ärzte sagen, jemand hat Lars vergiftet. Stimmt das?«

Daniel wechselte einen weiteren Blick mit Victoria, die ihm mit einem Nicken bedeutete, dass er das Gespräch führen sollte.

»Das hat die Rechtsmedizin leider bestätigt.«

Stichler sank in sich zusammen und stützte den Kopf in die Hände. Trotz seines muskulösen Körperbaus wirkte der Mann kraftlos. Ein Beben der Schultern verriet, dass er weinte.

Daniel schluckte und spürte, wie sich sein Magen zusammenzog. Das war der Teil seines Jobs, den er am meisten hasste. »Es tut uns leid, Sie das fragen zu müssen, aber hatte Ihr Sohn irgendwelche Feinde?«

Stichler schüttelte den Kopf. »Er war ein anständiger Junge.«

Das behaupteten die meisten Eltern von ihren Kindern.

»Was hat Lars beruflich gemacht?«

Der Mann hob den Kopf und wischte sich eine Träne aus dem Augenwinkel. »Entschuldigen Sie meine Unhöflichkeit. Kann ich Ihnen etwas anbieten? Kaffee vielleicht?«

Synchron verneinten Daniel und Victoria.

»Lars ist … war Pharmareferent. Die Firma Pharmasano, für die er arbeitet, sitzt in Frankfurt. Lars war für den Vertrieb im Raum Würzburg und Schweinfurt zuständig. Sehr erfolgreich. Glauben Sie, sein Tod hat etwas mit seiner Arbeit zu tun?«

»Das versuchen wir zu ermitteln. Wissen Sie, ob Ihr Sohn gestern allein oder mit jemandem zusammen auf dem Festival war?«

»Ehrlich gesagt hat es mich gewundert, dass er dorthin gegangen ist. Er war kein Fan solcher Massenveranstaltungen. Aber er hat vergangene Woche am Telefon etwas von einer Verabredung an diesem langen Wochenende erzählt. Ich erinnere mich nur nicht mehr, ob die gestern war. Meine Frau weiß es vielleicht noch.«

Möglicherweise hatte der junge Mann ein Rendezvous mit dem Tod, dachte Daniel. Auch er hatte sich das lange Wochenende mit Susanne anders vorgestellt.

»Hat er gesagt, wen er trifft?«

»Eine Frau. Mehr weiß ich nicht. Lars hat nie von seinen Freundinnen erzählt … wenn er denn eine hatte. Er hat uns nie jemanden vorgestellt.«

Das wunderte Daniel. Lars Stichler war einunddreißig Jahre alt gewesen, da hatte er im Leben sicher mehr als eine Freundin gehabt.

»Wie war Ihr Verhältnis zu Ihrem Sohn? Hat er Sie oft besucht?«

»Er hatte wenig Zeit. Sein Job stand im Mittelpunkt. Und das war gut so. Fleiß zahlt sich im Leben immer aus.«

Daniel empfand die Antwort als ausweichend.

»Als Pharmareferent hatte Lars doch sicher Zugriff auf Arsen, oder?« Es war das erste Mal, dass sich Victoria ins Gespräch einmischte.

Stichler zuckte mit den Schultern. »Keine Ahnung. Das müssen Sie seine Kollegen fragen.«

»Das werden wir. Hat Ihr Sohn noch Sachen bei Ihnen? Einen Computer, zum Beispiel, oder sonstige Unterlagen?«

»Nein. Schon lange nicht mehr. Er hat alles in seiner Wohnung.«

Daniel betrachtete die gerahmten Fotos auf der Kommode. Auf einem der Bilder waren Vater und Sohn mit einem Hund abgebildet.

»Hatte Lars einen Hund?«, fragte er.

Stichler folgte seinem Blick. »Nein. Er war zu viel unterwegs, um sich um ein Haustier kümmern zu können. Aber wir hatten bis vor ein paar Jahren einen Deutsch Kurzhaar. Ronny. Für die Jagd, ein großes Hobby von mir. Leider hat sich Lars nie dafür begeistert, aber den Hund hat er abgöttisch geliebt.«

Daniel zückte seine Visitenkarte. »Zögern Sie nicht, uns anzurufen, wenn Ihnen noch etwas einfällt. Auch Kleinigkeiten helfen uns weiter.«

Herr Stichler führte sie zur Tür. »Können wir unseren Sohn denn nun beerdigen?«

Daniel nickte. »Ich gehe davon aus, dass die zuständige Staatsanwältin Ihren Sohn für die Überbringung an den Bestatter heute freigibt.«

»Tun Sie mir einen Gefallen.«

Daniel sah Stichler fragend an.

»Finden Sie das Schwein, das meinen Sohn auf dem Gewissen hat.«

Diesmal war es Daniels Smartphone, das auf dem Weg zum Auto klingelte. Es war Miriam Leitner.

»Ich sitze an der Auswertung von Stichlers Handy«, teilte ihm die IT-Expertin mit. »Laut Netzprovider war er vor dem Festival auf der Alten Mainbrücke oder in der Nähe unterwegs.«

»Klasse, danke. Aktualisiert den Zeugenaufruf. Möglicherweise hat ihn dort jemand mit seiner Begleiterin gesehen. Was ist mit seinen Kontakten, Anrufen und Nachrichten? Irgendetwas, das auf ein Date hinweist?«

»Leider nicht. Die meisten Anrufe gingen an Arztpraxen, Apotheken, Krankenhäuser, Pflegeheime …«

Er teilte Miriam mit, dass Stichler Pharmavertreter gewesen war, und fragte nach dem Laptop.

»Bin ich dran. Einige Bereiche auf der Festplatte sind verschlüsselt. Ohne Passwort komme ich da nicht so einfach ran.«

Mist! Dann fiel ihm etwas ein. »Versuch es mit Ronny. R-O-N-N-Y.«

Miriam tippte. »Genial! Woher wusstest du das?«

»So hieß der Hund der Familie. Check mal die sozialen Netzwerke. Chatverläufe, Kontakte, Posts.«

»Alles klar. Kann aber eine Weile dauern.«

»Hast du was von Kilian und Benedikt gehört?«

»Nein. Die sind noch auf dem Festival.« Dort befragten sie Veranstalter, Security-Leute, Händler und Verkäufer.

»Okay, wir sind unterwegs ins Büro. Bis gleich.«

Daniel gab Victoria eine Zusammenfassung.

»Dann hat Stichler den Wein vielleicht auf der Mainbrücke zu sich genommen. Hoffentlich erinnert sich jemand an ihn. Wir fragen am besten an den Schoppen-Ausschänken nach.«

Sie stiegen in den Wagen.

»Lass uns das gleich machen«, schlug Daniel vor. »Liegt auf dem Weg.«

»Na schön. Leider sind wir im Dienst. Sonst könnte ich dich in den fränkischen Weingenuss einführen.«

Sieh an, sie kann sich mittlerweile sogar vorstellen, einen mit mir zu heben. Es geht aufwärts mit uns.

»Ein andermal. Apropos Genuss: Meine Freundin hat mich gebeten, dich zum Abendessen bei uns einzuladen.«

Der Blick seiner Partnerin verdunkelte sich. *Zu früh,* dachte er, *viel zu früh. Ich habe es geahnt.*

VICTORIA

Trotz des Brückentags waren an diesem frühen Nachmittag nur wenige Leute auf der Mainbrücke. Daniel und Victoria liefen die paar Meter bis zur ersten der drei Schenken, die den beliebten Brückenschoppen verkauften. Sie wurden gebeten, in der rustikalen Loggia auf den Besitzer zu warten.

Victoria betrachtete ihren Kollegen aus dem Augenwinkel. Er hatte die gesamte Autofahrt über geschwiegen. Ungewöhnlich für ihn. Nicht mal seinen Schokoriegel hatte er gegessen. Hoffentlich hatte sie nicht zu abweisend gewirkt. Aber nur, weil sie in letzter Zeit etwas netter zu ihm war, musste er sie ja nicht gleich wie eine Freundin behandeln. Mit der Einladung zum Abendessen hatte er sie vollkommen überrumpelt. Wollte sie überhaupt privat etwas mit ihm zu tun haben? Und mit dieser Journalistin? Fakt war, dass sie so gut wie nie bei anderen Leuten eingeladen war. Selbst ihre Schwester lud sie selten zu sich nach Hause ein. Versucht hatte sie es oft. Früher. Irgendwann hatte sie es aufgegeben, weil Victoria meistens mit Hinweis auf ihren vollen Schreibtisch abgelehnt hatte. Dann folgten Vorwürfe ihrer Schwester, vor allem, weil Marie zu wenig Zeit mit ihren Cousins verbrachte.

Als hätte sie ihre Gedanken gelesen, rief Marta in diesem Augenblick an. Mit einem entschuldigenden Lächeln deutete Victoria auf ihr Smartphone und trat hinaus auf den Gehweg.

Marta legte ohne Begrüßung los. »Bevor du wieder sagst, du hast keine Zeit: Es dauert nicht lange. Mama geht es sehr schlecht.«

Victoria schloss die Augen und biss sich auf die Unterlippe. Sie hatte ihre Mutter zuletzt Anfang des Monats besucht. Es war mal wieder Zeit. »Ich werde in den nächsten Tagen nach ihr sehen.«

»Tom war übrigens auch bei ihr. Er kümmert sich rührend um sie. Das zeigt, wie sehr ihm immer noch an euch liegt.«

Dann hatte ihre Mutter ihn tatsächlich gesehen.

»Er macht das sicher für Marie.«

»Nicht nur. Er will dich zurück, Vickie. Das ist offensichtlich.«

»Hätte er sich vorher überlegen sollen. Ich muss Schluss machen.«

»Komm doch morgen mit Marie mal wieder vorbei. Die Jungs grillen.« Schon die zweite Einladung heute. Sie dachte an ihre Tochter und sagte zu.

Sie trat zurück in die Loggia. Der Besitzer und zwei junge Frauen saßen neben Daniel auf den hohen Holzhockern.

Der Inhaber stellte die beiden Serviceangestellten vor. »Sie hatten gestern am Ausschank Dienst.«

»Ich habe den Damen bereits das Foto von Lars Stichler gezeigt«, sagte Daniel. »Leider kommt er ihnen nicht bekannt vor.«

»Ich werde Ihren Zeugenaufruf gern in unseren sozialen Netzwerken teilen«, schlug der Besitzer vor. »Wir haben viele Follower. Vielleicht hat ihn jemand gestern hier gesehen.«

»Das wäre hilfreich, danke«, meinte Victoria und verabschiedete sich.

»Warte mal«, rief Daniel. »Ich nehme eine Bratwurst mit. Du auch?«

»Warum nicht.« Sie hatte heute noch nichts gegessen.

In den anderen beiden Schenken hatten sie genauso wenig Erfolg, sodass sie in die Inspektion zurückkehrten. Der Erste, der ihnen im Büro begegnete, war Kilian.

»Benedikt und ich werten die Anrufe und Mails der Zeugen aus.«

»Hoffen wir, dass was Brauchbares dabei ist«, sagte Victoria. »Wie ist es auf dem Festival gelaufen?«

»Ist die Hölle los heute. Unfassbar! Die Vergiftung eines Besuchers scheint die Leute erst recht anzuziehen.« Kilian verzog angewidert das Gesicht. »Eine der Verkäuferinnen am Falafelstand hat sich an das Opfer erinnert, weil es dort etwas gekauft hat. Allerdings ohne Begleitung.«

Victoria stieß einen tiefen Seufzer aus. »Irgendetwas, das uns weiterhilft?«

Kilian presste die Lippen aufeinander. Er tat ihr ein wenig leid, denn er suchte nach Anerkennung und gab sein Bestes. »Vielleicht. Eine Frau Sylvia Maurer ist für eine Zeugenaussage hier. Sie hat Lars Stichlers Zusammenbruch gestern mitbekommen.«

»Gut. Bring sie ins Vernehmungszimmer.« Dann wandte sie sich an Daniel. »Mir geht die Sache mit den Hundehaaren nicht aus dem Kopf.«

»Möglicherweise hat Stichler sie von den Mainwiesen. Als er auf der Erde lag.«

»Das Festival erlaubt keine Hunde auf dem Gelände.«

»Wahrscheinlich lagen sie schon länger da. Viele Hundebesitzer gehen dort mit ihren Tieren Gassi.«

»Möglich. Oder Stichlers Begleitung hat einen Hund, und sie kamen sich beim Date etwas näher.«

DANIEL

Er erkannte Frau Maurer sofort wieder. Sie war die junge Frau, die um Hilfe gerufen hatte.

Sie begrüßte ihn, die Augen überrascht aufgerissen. »Sie haben mir gestern geholfen. Sie sind Polizist?«

Er nickte. Nur ungern erinnerte er sich an ihre erste Begegnung. Victoria schaltete das Aufnahmegerät ein und nannte die Namen der Anwesenden sowie Datum und Uhrzeit.

»Schildern Sie uns die Ereignisse von gestern aus Ihrer Sicht«, bat Daniel.

»Ich war mit einer Freundin beim Festival. Wir sind beide große Fans und jedes Jahr dort. Jana – so heißt meine Freundin – hat sich was zu trinken geholt, als der Mann schräg gegenüber von mir auf der Bank plötzlich nach hinten umkippte und anfing zu krampfen. Ich war total geschockt und habe um Hilfe gerufen. Sonst saß ja keiner mehr bei uns am Tisch. Ich bin dann zu ihm rüber und habe versucht, ihn festzuhalten. Dann sind Sie gekommen und … na ja, den Rest kennen Sie ja. Wir haben den Mann ein wenig von der Bank weggezogen, damit er sich nicht stößt. Dann kamen die Sanis. Schrecklich, dass ihn jemand vergiftet haben soll. Stimmt das? War das Gift im Essen?«

Daniel ignorierte ihre Frage. Da hatte wohl jemand aus dem Krankenhaus geplaudert. »War der Mann in Begleitung?«

Frau Maurer überlegte. »Ihm saß eine Frau gegenüber. Ich nehme an, sie waren ein Paar, da sie vom selben Teller gegessen haben. Kurz nachdem wir uns hingesetzt haben, ist sie aber aufgestanden. Ist vielleicht zur Toilette gegangen oder so.«

»Können Sie die Frau beschreiben?«

»Puh. Ich habe nicht auf sie geachtet. Vielleicht kann Jana mehr dazu sagen.«

»Und wo ist Ihre Freundin jetzt?«

»Tja, ich hätte sie gern mitgebracht, aber sie ist heute Morgen mit ihrem Freund in den Urlaub geflogen.«

»Wohin?«

»In die Staaten. Für dreieinhalb Wochen.«

Victoria neben ihm stieß hörbar die Luft aus.

Ist nicht unser Tag heute.

»Ist sie erreichbar?«

Sylvia Maurer verneinte. »Sie sind mit dem Mietwagen unterwegs. Die Westküste entlang. Sie wollte sich nur sporadisch melden. Ich kann es aber trotzdem versuchen.«

Daniel nickte. »Denken Sie bitte noch einmal nach. Fällt Ihnen gar nichts mehr zu der Frau ein?«

»Sie war blond. Ein dunkleres Blond als meines, glaube ich. Sie hat die Haare offen getragen, und sie gingen ihr etwa bis zum Schulterblatt.«

»Augenfarbe? Körpergröße und Statur? Ungefähres Alter? Irgendwelche Auffälligkeiten wie Narben oder Muttermale? Hat sie Schmuck getragen? Was hatte sie an?« Die Fragen offenbarten Victorias typische Ungeduld.

Sylvia Maurer blinzelte. »Anfang bis Mitte zwanzig, kaum älter als ich. So ein Meter siebzig, schlank. In die Augen geschaut habe ich ihr nicht. Schmuck … nichts Auffälliges. Sie hatte eine Jeans an. Und ein helles Oberteil. Mehr weiß ich nicht.«

»Das trifft allein auf die Hälfte der Studentinnen in Würzburg zu.« Victoria stöhnte. »Frau Maurer, was sind Sie von Beruf?«

»Zahnarzthelferin. Jana übrigens auch. Daher kennen wir uns.«

»Haben Sie einen Hund?«

Daniel wunderte der raue Tonfall seiner Partnerin. Hielt sie die junge Frau für verdächtig? Oder wollte sie sie als Tatverdächtige ausschließen? Die Frage war clever, denn Sylvia Maurer hatte Lars Stichler berührt. Die Haare konnten von ihrem Hund stammen.

Die junge Frau guckte Victoria verwirrt an. Dann ihn. Hilfe suchend. »Ja, einen Golden Retriever. Wieso?«

»Wir haben Hundehaare an der Kleidung des Opfers gefunden und müssen wissen, ob sie von Ihrem Hund stammen. Bitte bringen Sie ihn am besten noch heute in die Inspektion, damit unsere Techniker eine Haarprobe zum Vergleich nehmen können.«

»Hast du sie nicht etwas zu hart rangenommen?«, meinte Daniel, als sie wieder in ihrem Büro saßen. »Schließlich hat sie sich freiwillig als Zeugin gemeldet.«

»Wer sagt uns, dass nicht sie es war?«

»Ernsthaft?! Das glaube ich nicht.«

»Sie könnte Stichlers Begleitung erfunden haben. Vielleicht war sie selbst seine Verabredung. Findest du nicht, es ist ein bemerkenswerter Zufall, dass ihre Freundin im Urlaub ist und nicht bezeugen kann, dass sie mit ihr unterwegs war?« Victoria griff nach dem Hörer und gab eine Durchwahl ein. »Miriam, könntest du bitte zeitnah prüfen, ob eine Sylvia Maurer unter Stichlers Kontakten zu finden ist? Sowohl im Handy als auch in den sozialen Netzwerken. Danke.« Sie legte auf und tippte etwas in ihren Rechner. »Mal sehen, wer alles an Arsen rankommt.«

»Bin schon dran.«

Victoria stellte sich hinter Daniel. Über seine Schulter hinweg las sie vom Bildschirm ab. »Arsenverbindungen fallen unter die Chemikalien-Verbotsverordnung. Sie dürfen nur an berufsmäßige Verwender, öffentliche Forschungs- und Lehreinrichtungen oder Wiederverkäufer abgegeben werden. Jeder Erwerber muss den Kauf mit Angabe seiner Identität quittieren. Folgende Berufe gelten als Sachkundenachweis: Chemiker, Apotheker, Pharmazieingenieur, Drogist, Arzt, Laborant und geprüfter Schädlingsbekämpfer.«

»Wir sollten alle Apotheken der Stadt abklappern und fragen, ob jemand in letzter Zeit Arsen gekauft hat.«

»Das wird nicht reichen. Die Täterin kann es im Umland erworben haben oder in einer Internetapotheke.«

»Falls es eine Frau war.«

Victoria fuhr unbeirrt fort: »Zudem glaube ich nicht, dass unsere Täterin das Zeug legal gekauft hat, weil sie dann ihre Identität hätte offenbaren müssen. Ich wette, sie ist auf andere Weise an das Gift rangekommen. Über das Darknet, zum Beispiel, oder sie hat es geklaut.«

Daniel hatte inzwischen die Wörter »Arsen kaufen« in die Suchmaschine eingegeben. »Vielleicht reicht auch das Internet. Sieh dir das mal an. Auf den meisten Webseiten weisen die Betreiber darauf hin, dass sie nur an Sachkundige vertreiben. Aber es gibt ein paar schwarze Schafe wie diesen hier. Da steht: Die alleinige Verantwortung für den sicheren Gebrauch liegt beim Besteller.«

»Na toll.«

Victorias Telefon auf ihrem Schreibtisch klingelte. Sie rührte sich nicht.

Er sah sie erwartungsvoll an.

»Die rufen gleich bei dir an.«

Zwei Sekunden später vibrierte sein Handy.

»Siehst du.«

Es war Miriam. Er stellte den Lautsprecher auf laut. »Victoria hat mich gebeten, im Zusammenhang mit dem Fall Stichler über eine Sylvia Maurer zu recherchieren. Sie ist nicht unter seinen Kontakten. Ich bin fast mit den Browserverläufen und den sozialen Netzwerken des Opfers durch. Bis jetzt nichts. Er hat das Date wohl auf die altmodische Art – mündlich – ausgemacht.«

Kaum hatte Daniel aufgelegt, klopfte es an der Bürotür, und Haller trat unaufgefordert ein. »Was haben Sie im Vergiftungsfall herausgefunden?«

Victoria gab ihm eine Zusammenfassung. »Montagfrüh fahren Daniel und ich nach Frankfurt zum Arbeitgeber des Toten«, beendete sie ihre Ausführungen. »Wir brauchen auf jeden Fall mehr Leute. Allein um alle Kunden von Stichler und die Apotheken abzuklappern, dann die Auswertung der Zeugenaussagen …«

»Sie bekommen mehr Personal. Aber ich brauche Ergebnisse. Mit der Staatsanwältin habe ich vereinbart, für Dienstagmorgen eine Pressekonferenz anzusetzen. Das Medieninteresse ist hoch.« Ihr Chef lief in Richtung Tür, drehte sich noch einmal um. »Ich nehme an, im Fall Walder gibt es nichts Neues?«

Auf Victorias Gesicht bildeten sich rote Flecken.

»Wir machen alle Überstunden, arbeiten an Feiertagen«, sagte Daniel schnell. »Aber jetzt mit dem neuen Fall …«

»Sie müssen Ihre Partnerin nicht verteidigen, Herr Freund«, unterbrach Haller ihn. »Für mich sind die Ermittlungen im Fall Walder abgeschlossen. Wir fassen den aktuellen Stand zusammen und übergeben ihn der Staatsanwaltschaft. Die Ermittlungen werden sicherlich eingestellt.«

Sommer 2002

DIE WÄCHTERIN

»Nein, Mami, bleib hier. Bitte.« Sie umklammerte die Hüfte ihrer Mutter. Es war Mittwochabend. Da traf sich Mama immer mit Freundinnen zum Sport, und ihr Vater passte auf sie auf.

»Schatz. Papa ist doch da. Und du musst ins Bett.« Die Haustür schloss sich hinter ihrer Mutter. Sie war mit ihrem Vater allein.

Er griff ihre kleine Hand und führte sie in Richtung Kinderzimmer. »Komm, Liebling. Wir machen es uns im Bett gemütlich. Nur wir zwei.«

Sie blieb stehen. »Ich habe noch keine Zähne geputzt.«

»Das lassen wir heute mal ausfallen.«

Sie wusste, warum. Mittwochs war Zähneputzen nicht so wichtig wie an anderen Tagen. Auch ihr Papa war dann anders als an anderen Tagen. Der Papa, der am Wochenende mit ihr in den Zoo ging oder ins Schwimmbad und ihr abends im Bett eine Gutenachtgeschichte vorlas, wollte mittwochs mit seiner »hübschen Prinzessin« spielen.

Vor mehr als zwei Jahren, an dem Tag nach ihrem sechsten Geburtstag, hatte es angefangen.

»Du bist jetzt schon groß, meine Prinzessin«, hatte er gesagt. »Ich zeige dir, was alle Papis mit ihren großen Töchtern spielen.«

In ihrem Bett küsste er sie auf den Mund, nicht wie sonst auf die Wange. Dann rollte er ihr Nachthemd bis zum Hals hoch und berührte mit seinen Lippen ihre Brust und ihren Bauch. Beim ersten Mal hatte sie gedacht, er wolle sie kitzeln, bis sie seine Zunge an Brustwarzen und am Nabel spürte. Unangenehm feucht.

»Papi, ich mag das nicht mehr spielen.«

Mit der Hand streichelte er ihr über die Beine, dann über ihre Unterhose. Dabei gab er komische Geräusche von sich.

»Papi, bitte hör auf.«

»Psst, sei still.«

Sie spürte seine Hand durch den Stoff. Wie er unten an ihr rieb.

»Du tust mir weh!«

Der Papa, der schon oft auf ihr Knie gepustet hatte, wenn sie hingefallen war, drückte jetzt fester. Vor Schmerz liefen ihr Tränen über die Wangen. »Papa, bitte«, schluchzte sie.

Doch der Mittwochspapa schien sie nicht zu hören. Stattdessen fasste er in ihr Höschen und steckte einen Finger in sie hinein. Sie wand sich und schrie.

»Verdammt, sei still! Die Nachbarn hören dich.« Er drückte ihr eine Hand auf den Mund. Die andere zog er aus ihr raus. Sie wusste, dass er sich jetzt selbst anfasste.

Sie drehte den Kopf weg von ihm zu ihrem Teddy. Schaute in die dunklen Knopfaugen und betete, dass ihr Papa bald fertig war. Das erkannte sie immer an seinem Grunzen.

Nach ein paar Sekunden löste er seine Hand von ihrem Mund und zwang sie, ihn anzusehen. Er hockte vor ihr im Bett. Sein Penis ragte vor ihr auf. Mit panischer Angst begriff sie, dass sie das tun sollte, was er ihr letzte Woche neu beigebracht hatte.

»Sei lieb zu Papi«, keuchte er und zog ihren Kopf zu ihm heran.

Samstag, 27. Mai 2017

VICTORIA

Sie legte den Kopf in den Nacken, schloss die Augen und streckte das Gesicht der Sonne entgegen. Der Geruch nach Holzkohle, Würstchen und Steak zog ihr in die Nase.

Vielleicht war es keine so üble Idee gewesen, die Einladung ihrer Schwester anzunehmen. Sie saß in einem der bequemen Gartenstühle auf der Terrasse, vor ihr auf dem Tisch ein Glas von dem Bocksbeutel Silvaner, den sie mitgebracht hatte.

Marta und ihr Mann hatten das Haus in Ochsenfurt vor elf Jahren gekauft, als ihr zweiter Sohn Sebastian unterwegs gewesen war. Ihre Schwester hatte es schon immer zurück in die kleine Stadt südlich von Würzburg gezogen, in der sie vor der Scheidung ihrer Eltern aufgewachsen waren. Hier war es friedlicher und ländlicher, aber Victoria bevorzugte Würzburg. Der Umzug ihrer Mutter mit den beiden Mädchen war daher damals das einzig Positive, das sie der Trennung ihrer Eltern abgewinnen konnte.

Marta hatte jegliche Hilfe in der Küche mit dem Hinweis, es sei so gut wie alles fertig, abgelehnt.

»Tante Vickie, spielst du Fußball mit mir?«

Sie öffnete die Augen. Ihr jüngster Neffe stand mit dem Ball unterm Arm auf der Wiese und grinste sie herausfordernd an.

»Warum spielst du nicht mit deinem Bruder?«

»Auf gar keinen Fall!«, tönte eine quietschende Stimme vom Grill herüber. »Ich muss mich ums Fleisch kümmern.« Der arme Florian war im Stimmbruch. Neben ihm stand sein Vater und gab dem jungen Grillmeister Anweisung, die Würstchen umzudrehen.

»Bitte, Tante Vickie. Du darfst auch Torwart sein.«

»Na schön.« Träge erhob sie sich und postierte sich auf dem Rasen. »Dann zeig mal, was du draufhast.«

Sebastian legte den Ball vor sich ab und trat einige Schritte zurück. Dann nahm er Anlauf und schoss. »Tor!« Der Schuss hatte eine ziemliche Wucht gehabt.

»Revanche! Jetzt schieße ich.« Aber sie hatte eindeutig weniger Übung als ihr Neffe, der den Ball ohne Probleme hielt. Die Männer am Grill lachten, bis Marta sie unterbrach.

»Salat und Kräuterbaguette sind fertig. Wir können essen.« Sie stellte die Schüssel und das Brot auf den Tisch.

»Fleisch ist auch fertig«, meinte ihr Mann.

»Warum ist Marie nicht mitgekommen?«, fragte Sebastian, nachdem sich alle etwas genommen hatten.

»Sie ist mit einer Freundin shoppen und übernachtet später bei ihr.«

Marta lachte. »Ja, klar. Sie hat garantiert einen Freund.«

Bloß nicht! »Sie ist erst vierzehn.«

»Na und? Florian ist auch schon verliebt.«

Die Wangen des Jungen färbten sich puterrot. »Mama!«, krächzte er entsetzt.

»Ich war mit dreizehn zum ersten Mal verliebt«, fuhr Marta fort. »Und da habe ich nicht nur Händchen gehalten.« Sie bemerkte Victorias ungläubigen Blick. »Waren eben nicht alle solche Spätzünder wie du.«

»Was weißt du denn bitte von meinem Liebesleben?«, erwiderte Victoria trocken.

»Gab es denn eines vor Tom?«, neckte Marta sie und zwinkerte ihr zu.

Victoria fand die Anspielungen Martas alles andere als witzig. Was war bitte so furchtbar daran, seine erste große Liebe zu heiraten?

»Schatz, ich glaube, wir haben genug über das Liebesleben deiner Schwester gesprochen.« Ihr entging der eindringliche Blick nicht, den ihr Schwager seiner Frau zuwarf. »Erzähl uns von deiner Arbeit, Victoria. Stimmt es, dass ein Mann auf dem Festival der Kulturen vergiftet wurde?«

Seit wann interessierte sich Tobias für ihre Arbeit? Normalerweise blühte er nur auf, wenn sich die Gespräche um Software oder Technik drehten.

»Woher hast du das denn?«

»Die Jungs haben es im Internet aufgeschnappt.«

»Du weißt, dass ich dazu nichts sagen darf.« Victoria goss sich ein weiteres Glas Silvaner ein und nahm einen kräftigen Schluck. Marta sah sie vorwurfsvoll an. Sie entschloss sich, ihre Schwester zu ignorieren. Es war Samstag, da durfte man sich ja wohl etwas Alkohol gönnen. Unter der Woche und im Dienst trank sie nichts.

»Ach, komm schon. Spätestens Montag steht es sowieso in der Zeitung.«

Sie überhörte das Drängen ihres Schwagers. Eine Weile aßen sie schweigend.

Dann schielte Victoria auf ihre Uhr. »Ich muss gleich los.«

»Was?!«, rief Marta entsetzt. »Es gibt noch Kuchen.«

»Ich muss einen Bericht schreiben.« Obwohl es ihr nicht behagte, den Walder-Fall abzuschließen.

»Unglaublich!« Kopfschüttelnd stand Marta auf und nahm die leere Salatschüssel vom Tisch. »Kannst du dich nicht ein Mal entspannen und die Zeit mit der Familie genießen? Du bist genau wie Papa.«

Falsch. Ich bin die bessere Polizistin. Victoria leerte ihr Glas in einem Zug.

»Kein Wunder, dass Tom sich Zuwendung bei einer anderen gesucht hat«, flüsterte Marta.

Mit einem Satz sprang Victoria auf und lief ins Haus.

Ihr Schwager folgte ihr. »Komm schon, du weißt, sie meint es nicht so.«

Im Flur packte Victoria ihre Handtasche und riss die Haustür auf. »Ach ja? Weiß ich das?« Warum endeten dann so viele Begegnungen mit ihrer Schwester im Streit?

Montag, 29. Mai 2017

SUSANNE

Am Samstagnachmittag hatte ihr Chef sie angerufen. Obwohl sie gerade auf dem Balkon einen neuen Thriller las, störte es sie nicht, an ihrem freien Tag behelligt zu werden. Sie war sogar froh, denn der Zwischenfall auf dem Festival hatte ohnehin ihr langes, romantisches Wochenende mit Daniel zerstört.

»Dienstag um zehn Uhr gibt es eine Pressekonferenz zu dem Vorfall auf dem Festival der Kulturen. Wenn die Kripo so ein großes Ding draus macht, gehe ich davon aus, dass die Gerüchte um die Vergiftung wahr sind. Sie übernehmen das.«

Sie verkniff sich den Kommentar, dass sie bereits wusste, dass der Mann an Gift gestorben und es wohl kein Unfall gewesen war. Über mehr Kenntnisse verfügte sie allerdings nicht, und Daniel würde ihr sicher nicht die Ermittlungsergebnisse präsentieren, wenn sein Chef eine Pressekonferenz angesetzt hatte. Das konnte er sich nach dem Ärger im Walder-Fall nicht erlauben.

»Ich war vor Ort. Am Donnerstag. Ich habe miterlebt, wie die Sanis den Mann reanimiert haben.« *Leider hat es dem armen Kerl am Ende nicht geholfen.*

»Das ist ja fantastisch! Ich wusste, Sie sind ein Glücksgriff.«

Sie verdrehte die Augen. *Von wegen!* Erst seit dem Erfolg der Walder-Story traute er ihr mehr zu und ließ ihr einige Freiheiten. So hatte sie nach Walders Tod das Thema Datenschutz ausführlich und aus unterschiedlichen Perspektiven beleuchtet. Eine ganze Artikelserie war dabei herausgesprungen: ein Bericht zur aktuellen EU-Datenschutz-Grundverordnung, eine Reportage über regionale Unternehmen und deren Umgang mit vertraulichen Daten sowie ihr erster Leitartikel.

Ganz unrecht hatten die Wächter mit ihrer Kritik nicht. In Zeiten von Big Data war vielen Unternehmen der Profit wichtiger als der Schutz von Informationen und Privatsphäre. Die Menschen verrieten beim Surfen, Posten und Liken ihre persönlichen Ansichten und Vorlieben, ohne darüber nachzudenken, was Firmen mit den gesammelten Daten anstellten, welche Schlüsse sie daraus zogen. Wer hatte denn noch einen Überblick darüber, was für Datenmengen über ihn selbst existierten und wer alles Zugriff darauf hatte?

Jetzt saß Susanne am Schreibtisch in ihrem Büro und wünschte sich, es wäre schon Dienstagfrüh. Über einen Giftmord hatte sie noch nie geschrieben.

Endlich mal was Neues. Im selben Moment bereute sie ihre Begeisterung. Ein Mensch war gestorben. Vor ihren Augen. Trotzdem schien sie das Geschehene besser zu verarbeiten als Daniel, der beruflich mit Mord zu tun hatte.

Sein Verhalten war merkwürdig gewesen. Beinahe fluchtartig hatte er sie am Donnerstagnachmittag auf dem Foodcourt stehen lassen. Er konnte ihr nichts vormachen. Sie glaubte nicht, dass er auf die Toilette gegangen war. Und wenn, dann nicht wegen eines dringenden Bedürfnisses. Erst eine halbe Stunde später war er zurück gewesen und hatte eine lange Warteschlange als Entschuldigung vorgeschoben.

Fragen nach seinem Wohlbefinden wich er aus und reagierte ungewohnt harsch. Es verletzte sie, dass er ihr nicht vertraute. Sie sprachen doch sonst über alles. Oder etwa nicht?

Susannes Gedanken schweiften erneut zu dem Toten ab. Sein Anblick auf dem Festival war schon gruselig gewesen. War Gift nicht die Waffe der Frauen? *Mal sehen, was ich so herausfinde.*

Minuten später war sie in die Recherche vertieft. Tatsächlich war es über Jahrhunderte so gewesen, dass Frauen bei Mord eher zu Gift als zu Messer oder Axt griffen, da sie Männern meist an Körperkraft unterlegen waren. Hausfrauen kannten sich aus mit Lebensmitteln und Schädlingsbekämpfung und wussten, wie bestimmte Gifte auf den Körper wirkten. Wenn Frauen heute töteten, dann zwar auch bevorzugt mit Gift, allerdings standen Medikamente hoch im Kurs, auch bei männlichen Tätern.

Ein kleiner Briefumschlag in der rechten Ecke der Taskleiste auf ihrem Bildschirm wies sie auf eine neue Mail hin. Sie sah auf die Uhr daneben – 10:30 Uhr. Sie sollte längst schon an ihrem Artikel zum Würzburger Weindorf sitzen, das sie letzten Mittwoch besucht hatte.

Lauer, der Chefredakteur, hatte ihr die Umfrage unter den Besuchern des Weinfestes vor einer Woche in der Redaktionskonferenz aufgebrummt. »Die Story bringen wir jedes Jahr. Da es für Sie aber das erste Mal ist, kommt vielleicht auch mal was Neues für unsere Leser dabei raus.«

Bislang hatte sie nur die Headline geschrieben: »Bei einem Glas Silvaner flirtet es sich leichter«. *Noch nicht so richtig geil.*

Sehr kreativ waren die Weinfreunde bei ihren Antworten nicht gewesen. Höchstens die Besoffenen, aber die konnte man ja nicht für voll nehmen. Oder eigentlich doch. Sie lächelte in sich hinein. Aber nur kurz. Dann klickte sie mit einem tiefen Seufzer auf ihr Postfach. Der Absender der neuen Mail trieb ihren Puls schlagartig in die Höhe.

DANIEL

»Nur Spuren vom Opfer und seinen Eltern in der Wohnung. Muss ein ziemlicher Einsiedler gewesen sein.« Der Frust in Victorias Stimme war nicht zu überhören. Auch er war über die Mail des Kollegen von der Kriminaltechnik mit der Zusammenfassung der Untersuchungsergebnisse enttäuscht.

Kilian und Benedikt werteten die Reaktionen auf den Zeugenaufruf aus. Fünf Kollegen klapperten die Würzburger Apotheken ab. Eine weitere Fünfer-Einheit kümmerte sich um die Befragung der Praxen und Pflegeheime aus Stichlers Adressbuch.

»Ich hoffe, die Hundehaare stimmen genetisch mit denen von Maurers Retriever überein«, sagte Victoria.

Daniel hoffte das Gegenteil. Denn sonst würde seine Partnerin nicht ruhen, bevor sie ausreichend Beweise gegen die junge Frau hatte, um sie als dringend tatverdächtig festzunehmen.

Er konnte sich nicht vorstellen, dass Sylvia Maurer etwas mit Stichlers Tod zu tun hatte. Er erinnerte sich an ihre panischen Hilferufe und an ihren entschlossenen Blick, als sie den am Boden Krampfenden gemeinsam von der Bank wegzogen. Bilder von Stichlers aufgerissenen Augen tauchten in seiner Erinnerung auf. Schnell schüttelte er sie ab.

»Lass uns los nach Frankfurt. Wir sind spät dran.« Daniel zog seine Lederjacke an. »Wir nehmen einen Dienstwagen, ich fahre. Für eine so lange Fahrt quetsche ich mich nicht in deinen Mini.«

Victoria kniff die Augen zusammen und schien etwas entgegnen zu wollen. Doch dann brummte sie zustimmend.

Keine halbe Stunde später klingelte sein Handy. Er aktivierte die Freisprechanlage über die Bedienung am Lenkrad.

»Daniel, ich bin's, Susanne.« Sie klang aufgeregt.

Sofort schrillten bei ihm alle Alarmglocken. »Alles in Ordnung? Ist was passiert?« Mit dem, was dann kam, hatte Daniel allerdings nicht gerechnet.

»Nein, das heißt, ja, aber mir geht's gut. Es geht um Stichler ... es waren die Wächter. Sie haben mir wieder geschrieben.«

Daniel brauchte einen Moment, um zu begreifen, wovon seine Freundin sprach.

Victoria schaltete schneller. »Lesen Sie vor!«

»Geld oder Leben, so das Spiel der Pharmariesen. Nur wer zahlt, wird geheilt. Teure Medikamente fressen das Budget der Kasse.
Gesundheit: auch bei uns eine Frage der Klasse.
Millionen Kinder in Afrika sterben an heilbaren Krankheiten. Oder als Probanden.
Die Pharmaindustrie ist die Pest unserer Zeit und Stichler eine ihrer Ratten.
Ein Schädling wurde ausgemerzt. Erst Wein, dann Pein.
Die Wächter
PS: Liebe Frau Riehl, danke für die starke Serie zum Thema Datenschutz. Schade, dass Sie uns nicht erwähnt haben. Sie dürfen uns ruhig beim Namen nennen. Wir fangen gerade erst an.«

Am liebsten hätte er eine Vollbremsung eingelegt und wäre rechts rangefahren. Dass Stichler das Gift mit dem Wein aufgenommen hatte, wusste nur der Mörder. Daniel warf einen Blick zu seiner Beifahrerin. Victoria war jegliche Farbe aus dem Gesicht gewichen. Sie sah genauso aus, wie er sich fühlte.

Langsam drehte sie den Kopf ihm zu. Wieder war sie die Erste, die reagierte.

»Danke, dass Sie uns informiert haben. Ich muss Sie bitten, nichts darüber zu schreiben, bis wir mehr wissen.«

Sie vernahmen ein ungläubiges Prusten am anderen Ende der Leitung. »Sorry, aber das geht nicht.«

»Haben Sie noch mit jemand anderem über die Mail gesprochen?«, fragte Victoria.

Daniel entschied, sich zunächst nicht einzumischen. Seine Partnerin hatte recht, aber er hatte keine Lust auf einen Krach mit seiner Freundin.

»Noch nicht. Aber es ist klar, dass ich meinem Chef …«

»Frau Riehl, bitte! Sie sorgen für eine Panik in der Stadt, wenn Sie etwas über eine Mordserie veröffentlichen. Geben Sie uns Zeit.«

»Sie glauben also auch, dass wir es mit Serienmördern zu tun haben?« Susannes Erregung klang anders als zu Beginn des Anrufs. Jetzt sprach wieder ganz die Journalistin aus ihr. Daniel sah erneut zu Victoria hinüber, die ihn stumm um Hilfe anflehte.

»Meine Kollegin hat recht, Susanne. Für morgen ist eine Pressekonferenz angesetzt. Die Mail ändert die Richtung unserer Ermittlungen. Warte bitte zumindest bis nach der Konferenz.« *Wenn die überhaupt noch stattfindet.* Er bat Susanne außerdem, ihm die Mail weiterzuleiten.

»Fahren wir immer noch nach Frankfurt?«, fragte Daniel, nachdem Susanne aufgelegt hatte.

Victoria nickte. »Ich rufe Haller an.«

Frühjahr 2016

DIE WÄCHTERIN

Sie verabschiedete sich von ihren Freundinnen. Eigentlich waren es Arbeitskolleginnen. Das Wort »Freundin« implizierte Vertrauen, und Vertrauen war etwas, womit sie sich schwertat. In ihrem zweiundzwanzig Jahre langen Leben hatte sie nur sehr wenigen Menschen vertraut.

Sie knöpfte ihren Mantel zu. Jetzt, wo die Sonne unterging, war es merklich kühler, und sie fröstelte leicht. Sie schlenderte über die Brücke in Richtung Mainviertel, wo sie allein in einer fünfunddreißig Quadratmeter kleinen Dachgeschosswohnung eines Mehrparteienhauses lebte.

Sie brauchte nicht viel. Bloß nicht auffallen war ihre Devise. Entsprechend wenig Kontakt hatte sie zu ihren Nachbarn. Ihre Therapeutin riet ihr zwar immer, mehr unter Leute zu gehen, aber allein fühlte sie sich wohler. Sicherer.

In der nächsten Sitzung konnte sie erzählen, dass sie mit zwei Kolleginnen was trinken gewesen war. Das würde ihre Therapeutin glücklich machen. Sie selbst war zufrieden damit, eine feste Arbeitsstelle zu haben und unabhängig zu sein. Auch von ihren Eltern.

Sie war fast am Ende der Mainbrücke angelangt. Hier standen nur wenige Personen in den Ausbuchtungen mit den Heiligen. Die meisten, die den Sonnenuntergang genossen, tranken ihren Schoppen am anderen Ende der Brücke. Sie hielt einen Moment lang inne. Wegen ihrer anstrengenden Arbeit mit den vielen Überstunden war sie längere Zeit nicht an ihrem Lieblingsplätzchen gewesen.

Warum eigentlich nicht jetzt?

Ein Liebespaar lehnte sich gegen den heiligen Burkard und knutschte. Ein Grinsen huschte ihr übers Gesicht, denn es sah so aus, als hätte der erste Bischof Würzburgs aus Scham den Kopf weggedreht.

Sie lief links an der Statue vorbei und beugte sich über die Mauer. Hier hatte man den besten Blick auf das Streichwehr. Die Enten und Reiher, die sich auf der Überlaufschwelle tummelten, hatten etwas Beruhigendes. Genauso wie das Plätschern des Wassers.

Am liebsten hätte sie sich auf die Mauer gesetzt und die Beine über dem Fluss baumeln lassen, aber der Brückenwächter drehte noch immer seine Runde. Es war verboten, auf dem Mauerrand zu sitzen, seit ein Besoffener in den Main gestürzt und ertrunken war. Sie schloss die Augen.

Wie es sich wohl anfühlt, zu ertrinken? Wenigstens wäre dann alles vorbei.

»Sophie?«

Sie fuhr herum. Vor ihr stand ein Unbekannter und lächelte sie an. Ihre Eingeweide zogen sich zusammen. Woher kannte er ihren Namen? Reflexartig schlang sie die Arme um ihren Oberkörper.

»Entschuldige, ich wollte dich nicht erschrecken. Aber du bist doch Sophie, oder? Ich glaube, wir kennen uns aus dem Heim.« Erst als er ihr seinen Namen nannte, fiel der Groschen. Sie entspannte sich. Auch wenn sie ihn mehr als zehn Jahre nicht gesehen hatte, war er einer der wenigen Menschen, denen sie vertraute. Bedingungslos.

Montag, 29. Mai 2017

VICTORIA

Haller berät sich mit der Staatsanwältin, ob sie die Pressekonferenz abhalten. Wahrscheinlich kommen sie jetzt aber erst recht nicht drum herum.«

Laut Navi brauchten sie aufgrund eines Staus auf der A3 zwei Stunden bis nach Frankfurt. Victoria hatte ihren Besuch bei Pharmasano angemeldet, um sicherzugehen, dass sie Stichlers Vorgesetzten antrafen.

Auf der eigenen Webseite präsentierte sich das Unternehmen als eine der am schnellsten wachsenden Pharmafirmen Europas. Frankfurt war Hauptsitz und verfügte über Verwaltungs-, Produktions- und Forschungsgebäude.

Daniel bog auf das Firmengelände ein und hielt vor einer Schranke. Victoria stieg aus, um sie beide beim Pförtner anzumelden. Nachdem sie sich in eine Liste eingetragen hatte, erhielt sie zwei Besucherausweise.

»Wir müssen zum Hauptgebäude eins, die erste Straße links und dann geradeaus bis zum Ende durch«, klärte Victoria ihren Kollegen auf.

Sie fuhren durch den Industriepark, vorbei an vier- und fünfgeschossigen Gebäuden, zwischen denen man schmale Fußwege sowie Rasenabschnitte mit Bäumen und Blumenbeeten angelegt hatte.

»Ich hatte mehr Pipelines, Rohrbrücken und Kraftwerke erwartet«, meinte Daniel, ohne seine Enttäuschung zu verhehlen.

»Die Produktion ist vermutlich auf der anderen Seite des Geländes. Vielleicht kriegst du ja eine Führung, wenn wir hier fertig sind«, entgegnete Victoria trocken. Ihr gefielen weder allzu große Städte noch Großkonzerne. Sie passierten ein Hochhaus aus grauem Beton. Beim besten Willen könnte sie nicht hier arbeiten. »Dort vorn ist es.«

Ein dreistöckiger Neubau mit durchgehender Glasfront umschloss in einem Halbkreis den Parkplatz. Auf dem Dach des Gebäudes wehten drei Fahnen mit Pharmasano-Logo.

»Hauptsache, die Firma ist so transparent wie ihre Fassade«, urteilte Daniel und lief voraus. Nahezu lautlos glitten die Glastüren auseinander. Hinter einer halbrunden Theke im Foyer lächelte ihnen eine Dame mittleren Alters zu.

»Daniel Freund, Kriminalpolizei Würzburg. Das ist meine Kollegin Victoria Stahl. Wir haben einen Termin.« Beide legten ihre Dienst- und Besucherausweise vor.

»Einen Moment, bitte.« Die Empfangsdame bewegte die Computermaus über das Mauspad und klickte dann zweimal. Ihre Augen huschten über den Bildschirm. Dann tippte sie eine Kurzwahl in ihr Telefon.

»Ihr Elf-Uhr-Termin ist jetzt da … Okay.« Sie legte auf. »Man holt Sie gleich ab. Sie können gern solange Platz nehmen.« Sie deutete auf eine Sitzecke. Daneben führte eine Wendeltreppe aus verglasten Stufen ins nächste Stockwerk, wo sich die transparente Architektur fortsetzte. Über ihnen schritten mehrere Personen über einen Glasboden.

»Fast so, als schwebten sie dort oben im Raum«, meinte Daniel und versank in einem der Sofas. Kurz darauf verriet ein Klackern von der Treppe her, dass jemand die Stufen herunterkam. Eine Frau in dunkelgrauer Stoffhose, Blazer und Pumps stellte sich als Assistentin der Vertriebsleitung vor und führte sie zu einem Aufzug.

»Wir müssen in den zweiten Stock«, erklärte sie, und Victoria fragte sich, warum die junge Frau ihnen den Aufstieg zu Fuß nicht zumutete. Zwar zog sie den Schießstand dem Dienstsport vor, aber so mies war ihre Kondition auch wieder nicht. Womöglich aber scheute die Assistentin wegen ihrer Schuhe mit den hohen Pfennigabsätzen den Weg über die Treppe. Victoria wunderte sich, wie man in den Dingern laufen konnte, und warf einen zufriedenen Blick auf ihre weißen Turnschuhe.

Schick genug.

Die Assistentin klopfte an eine der Türen am Ende des Flurs, und nach einem »Herein« betraten sie einen Raum, der nahezu jedes Klischee eines Chefbüros erfüllte.

Hinter einem mindestens zwei Meter langen Schreibtisch aus hellem, massivem Echtholz stand ein schwarzer Ledersessel, aus dem sich der Vertriebsleiter aufschwang, um sie zu begrüßen. Weitere Möbelstücke im Raum waren eine offene Regalwand mit ordentlich aufgereihten Büchern und Broschüren, ein Sideboard aus dem gleichen Holz wie der Schreibtisch und ein runder Konferenztisch mit Glasplatte und vier rollbaren Drehstühlen. Pflanzen fehlten.

»Darf meine Assistentin Ihnen etwas zu trinken bringen?«

Victoria und Daniel baten um eine Tasse Kaffee, bevor sie dem blonden Mittdreißiger zum Konferenztisch folgten.

»Es geht um den verstorbenen Außendienstler aus Würzburg?« Der Vertriebsleiter lehnte sich entspannt in seinem Stuhl zurück und lockerte die Krawatte.

Victoria nickte. »Lars Stichler. Wir ermitteln wegen Mordes.«

Das Gesicht des Vertriebsleiters zeigte keinerlei Reaktion. Seine Stimme blieb ruhig, als er antwortete. »Das ist wirklich tragisch und bedauerlich. Ich kann mir nicht erklären, warum jemand ihn umgebracht haben soll.«

»Was können Sie uns über Herrn Stichler sagen?«

»Dass er sechs Jahre bei uns war und einer unserer besten Vertreter. Es ist heutzutage schwierig, zuverlässige Leute zu finden. Der Job ist anspruchsvoll.«

»Was können Sie uns über seine Arbeit erzählen? War er beliebt bei den Kollegen?« Victoria bedankte sich mit einem Nicken bei der Assistentin, die den Kaffee vor ihnen abstellte.

»Wie er mit Kollegen zurechtkam, weiß ich nicht. Wir haben mehrere Hundert Vertreter in Deutschland. Alle arbeiten eigenständig und sind die meiste Zeit unterwegs. Für die Heimarbeit erhalten sie einen Laptop. Untereinander sehen sie sich nur zu Produktschulungen, Fachtagungen und zu Feedbackgesprächen bei uns im Haus. Mehr Kontakt haben sie mit den Kollegen im Innendienst, die sie bei der Auftragsabwicklung unterstützen.«

»Wie groß war Stichlers Kundenstamm?«

»Er betreute rund dreihundert Ärzte, Krankenhäuser, Apotheken und Pflegeheime in Schweinfurt und Würzburg und war einer der Vertreter mit den höchsten Umsätzen im Jahr. Ein echtes Verkaufstalent.«

»Dann gab es nie Ärger unter den Kollegen?«, fragte Daniel. »Vielleicht war jemand neidisch auf Stichlers Erfolg.«

»Nicht, dass ich wüsste. Aber ich höre mich gern um.«

»Verkaufen Ihre Referenten Medikamente mit Arsen?«

Bei Victorias Frage zog der Vertriebsleiter die Augenbrauen hoch. »Arsentrioxid wird von Krankenhäusern zur Behandlung einer seltenen und schweren Form von Leukämie angefordert.«

»Wir bräuchten bitte eine Liste der Kliniken, die das Mittel bei Stichler bestellt haben«, sagte Victoria.

»Kein Problem. Lass ich Ihnen zukommen. Darf ich fragen, warum?«

Nein, nicht, solange auch Sie als Täter infrage kommen.

»Ist es möglich, dass ein Patient an dem Mittel stirbt?«

»Nein. Die Menge Arsen, die bei einer Behandlung zur Anwendung kommt, ist mikroskopisch klein.« Er warf einen Blick auf seine Armbanduhr. »Kommen Sie mit in die Kantine? Wir können unser Gespräch gern dort weiterführen, das Essen ist ausgezeichnet.«

»Nein, danke«, antwortete Victoria, um ihrem Kollegen zuvorzukommen.

Daniel starrte sie an. Seine Enttäuschung war nicht zu übersehen.

Sie ignorierte ihn und zog ihr Smartphone aus der Tasche, um dem Vertriebsleiter ein Foto von Stephan Walder sowie das Phantombild von Lisas Entführerin zu zeigen. »Kennen Sie eine der Personen?«

Der Blonde beugte sich nach vorn und studierte die Gesichter. »Nein, tut mir leid.«

Auf Drängen von Daniel begleiteten sie den Vertriebsleiter nach Ende des Gesprächs dann doch in die Kantine. Erst gegen vierzehn Uhr, nachdem der Kollege seine Mousse au Chocolat verspeist hatte, brachen sie auf.

Unterwegs rief Victoria ihren Kollegen Kilian an. »Wie weit seid ihr mit den Reaktionen auf den Zeugenaufruf?«

»Es haben viele angerufen, die Stichler auf der Mainbrücke in Begleitung gesehen haben wollen. Aber wie so oft widersprechen sich die Zeugen. Mal war er mit einer Blondine unterwegs, dann mit einer Brünetten, wieder andere schwören auf eine heiße Braut, Typ Latina.«

»Bleib bitte sachlich.«

Kilian lachte. »Im Ernst. Wo fange ich an?«

»Starte mit dem Typ Schneewittchen. Kinnlanges Haar.«

»Wie die im Walder-Fall?«

»Genau.«

»Verrätst du mir, warum?«

»Später. Haller hat für siebzehn Uhr eine Besprechung angesetzt.«

Der Meetingraum war bis auf den letzten Platz besetzt. Alle Mitglieder der Mordkommission warteten auf Haller, der eine Viertelstunde später in Begleitung der Staatsanwältin den Raum betrat. Daniel hatte seinen Laptop mit dem HD-Fernseher verbunden, um den Kollegen die Mails der Wächter zu zeigen.

»Wir gehen davon aus, dass die Fälle Walder und Stichler zusammenhängen«, sagte Haller anstelle einer Begrüßung und deutete auf den Bildschirm. »Die Frau Staatsanwältin, die Kollegen von der Pressestelle und ich haben beschlossen, die Pressekonferenz morgen Vormittag abzuhalten. Wir werden der Öffentlichkeit mitteilen, dass Lars Stichler vergiftet wurde. Informationen wie Absender der Mails und die Art des Gifts dürfen nicht nach draußen dringen. Auch die mögliche Verbindung der beiden Fälle bleibt vorerst unter uns.«

»Sollten wir die Bürger nicht warnen? Immerhin sieht es so aus, als liefen Serientäter in der Stadt herum.« Der Einwand kam von der jüngsten Kollegin in der Runde.

»Es ist zu früh. Bis auf die Mails haben wir nichts, was Stichler und Walder verbindet. Frau Stahl, ich nehme an, diese Susanne Riehl, die den Fall Walder so ausgeschlachtet hat, ist Ihre Quelle?«

Victoria zwang sich, nicht zu Daniel hinüberzusehen. »Ja. Sie hat mich dankenswerterweise erneut kontaktiert und zugesagt, ihren Artikel bis morgen zurückzuhalten.«

»Sorgen Sie dafür, dass sie auch nach der Pressekonferenz nicht mehr schreibt, als wir rausgeben möchten.«

Das wird nicht einfach. Daniel muss sich ganz schön ins Zeug legen.

Haller bat Victoria um eine Zusammenfassung ihres Besuchs in Frankfurt.

»Der Pharmareferent hat Produkte mit Arsen vertrieben«, schloss sie ihre Ausführungen. »Wir erhalten von seiner Firma zeitnah eine Liste mit den entsprechenden Käufern. Dann können wir uns erst mal auf diese Kunden von Stichler konzentrieren.«

Die Befragung in den Apotheken hatte zu einer überschaubaren Anzahl an Personen geführt, die Arzneimittel mit Arsen gekauft hatten und überprüft werden mussten.

Kilian berichtete über die Auswertung der Zeugenaussagen. »Wir konzentrieren uns zunächst auf die Beschreibungen von dunkelhaarigen Frauen. Wenn die Fälle zusammenhängen, erhalten wir bestenfalls ein Phantombild, das genauer ist als das von Lisa.«

»Entschuldigung, aber das ist Schwachsinn«, kam es von der Kollegin, die sich bereits zuvor eingemischt hatte. *Ganz schön mutig. Gefällt mir.* »Wenn es sich um ein und dieselbe Täterin handelt, kann sie trotzdem unterschiedlich ausgesehen haben, falls sie sich die Haare gefärbt oder eine Perücke getragen hat. Und der Name *Die Wächter* lässt auf mindestens zwei Personen schließen.«

»Das ist richtig, aber wir müssen irgendwo anfangen, oder?«, blaffte Kilian aggressiv zurück.

»Schluss jetzt«, unterbrach Haller die Diskussion. »Die Einwände sind durchaus berechtigt, aber wir gehen zunächst so vor wie vorgeschlagen. Frau Leitner, haben Sie was Neues für uns?«

Die IT-Expertin räusperte sich. »Leider nicht. Ich werde mich in Stichlers Kontakten dann wohl auch auf die Suche nach Schneewittchen machen.«

Ein paar Kollegen lachten. Der Kriminaltechniker kündigte für den nächsten Morgen das Ergebnis des Vergleichs der Hundehaare an.

»Ich habe vielleicht noch was Interessantes«, sagte Bernd Köberlein, einer der älteren Kollegen. »In einem der Altenheime, die ich heute besucht habe, hat ein Pfleger von Gerüchten erzählt, dass Stichler eine der Angestellten unsittlich berührt hat. Leider wollte er keine Namen nennen.«

»In welchem Heim?«, fragte Haller.

Der Kollege blätterte in seinen Unterlagen. »Seniorenheim Sankt Kolonat.«

»Befragen Sie den Pfleger noch einmal. Notfalls bringen Sie ihn für eine Zeugenaussage her. Die anderen erkundigen sich ab sofort bei allen Kunden Stichlers, ob noch mehr einschlägige Vorfälle bekannt sind.«

»Ich halte das für realistisch«, sagte Victoria. »Schauen wir uns die Mails an. Walder wird als *Schuldiger* bezeichnet, und wir können davon ausgehen, dass er das auch war. Stichler hingegen nennt der Verfasser eine *Ratte* und einen *Schädling*. Das ist viel persönlicher, als kritisierten die Täter bei ihm nicht nur seinen Job.«

»Die Begriffe könnten aber auch ein Hinweis auf das Arsen sein, das man früher als Rattengift verwendet hat«, wandte Benedikt ein. »Und was soll überhaupt der Name? *Die Wächter* klingt wie eine Sekte oder eine Untergrundbewegung. Aber mit welchem Ziel?«

Panik. Aufmerksamkeit und Panik.

Dienstag, 30. Mai 2017

DANIEL

Er hörte einen Knall. Dann ein Pfeifen in seinem Ohr. Er befürchtete, taub zu sein. Bis er einen gellenden Schmerzensschrei vernahm. Der Böller hatte jemanden getroffen.

Der Kollege neben ihm zog ihn zur Seite. »Pass auf. Sonst kriegst du auch noch einen ab.«

Daniel versuchte, durch die Rauchschwaden und die Feuerblitze hindurch etwas zu erkennen. Nachdem sich der Nebel gelichtet hatte, sah er, wie sich zwei Männer zu seiner Rechten übergaben. Ein anderer zog sich an Ort und Stelle die Hose runter und pinkelte aufs Pflaster. Die Menschen um ihn herum schienen ihn nicht zu stören.

»Ihr könnt uns gar nichts«, lallte einer und lachte ihn provozierend an.

Als Daniel ihn ansah, zuckte er zusammen. Es war Stephan Walder. *Du bist doch tot.* Verwirrt starrte er ihm nach und bemerkte das klaffende Loch im Hinterkopf. Dann verschwand der Mann in der Menge.

Wie in Trance kämpfte Daniel sich gemeinsam mit dem Kollegen durch die Menschenmassen.

»Da vorn.« Der Kollege deutete auf eine größere Gruppe von Polizisten. »Ich glaube, die brauchen Verstärkung.«

Jemand rammte Daniel den Ellbogen in den Magen. Er japste nach Luft.

»Die sind alle total irre!«, rief der Kollege. »Heute gibt's bestimmt noch Tote.«

Kurz bevor sie bei den Beamten ankamen, stellte sich ihnen eine junge Frau in den Weg.

»Bitte«, schrie sie. »Helfen Sie uns. Sie haben meine Freundin.«

Jemand riss sie von ihm weg. In dem Chaos aus Körpern und Stimmen hatte er Mühe, sie wiederzufinden. Da, sie streckte die Hand nach ihm aus. Er packte sie. Ihre vor Entsetzen geweiteten Augen starrten ihn an. Sie stand eindeutig unter Schock. Er verstand nicht, was los war.

Eine Hand krallte sich ihm in die Schulter und zog ihn mit einem Ruck nach hinten, sodass er das Mädchen verlor. »Lass sie. Wir können nichts machen. Die bringen uns um.«

Daniel fuhr herum. Es war der Kollege. »Wir müssen ihr helfen.«

»Keine Chance. Die sind uns zahlenmäßig überlegen.«

Fassungslos und wütend wandte sich Daniel ab und drängte sich zu den anderen Polizisten durch. Was standen die da so herum? Er näherte sich und sah, dass die Kollegen versuchten, durch einen engen Menschenring zu kommen.

Plötzlich tauchte Lars Stichler vor ihm auf. Mit blassem Gesicht. Und einer Bierflasche in der Hand.

»Hau ab, Bulle!« Der Vertreter holte aus.

Daniel fuhr aus dem Schlaf hoch. Sein nackter Oberkörper war schweißnass. Nur langsam beruhigte sich sein Puls. Er atmete tief durch und warf einen Blick auf sein Handy auf dem Nachttisch – 4:50 Uhr.

Neben ihm lag Susanne. Ihren regelmäßigen Atemzügen nach zu urteilen, hatte er sie nicht geweckt.

Leise stand er auf und schlich in die Küche, um ein Glas Wasser zu trinken. Da er nicht mehr schlafen konnte, lief er barfuß auf den Balkon. Die Steinfliesen fühlten sich angenehm kühl an.

Erschöpft starrte er in die Morgendämmerung. *Dieser verdammte Mordfall.*

Er hatte gehofft, mit seinen Albträumen und Anfällen würde es in Würzburg besser werden. Neue Stadt und Dienststelle, andere Kollegen … das alles sollte ihm helfen, über seine Erlebnisse hinwegzukommen.

Stattdessen hatte er es jetzt mit zwei Toten zu tun, die ihn nachts verfolgten und wahrscheinlich erst in Ruhe ließen, wenn er die Täter gefasst hatte. Wie viele Menschen würden die Wächter noch töten, bevor sie sie erwischten?

Hoffentlich irren wir uns, und es wird keine Serie.

Mit Susanne hatte er am Abend eine lange Diskussion geführt.

»Ich werde meinem Chef die Mail nicht vorenthalten. Jetzt, da ich bei ihm einen Stein im Brett habe. Wenn er erfährt, dass ich mehr weiß als das, was ihr in der Pressekonferenz rausrückt, und ich nicht darüber schreibe, kann ich meine Karriere vergessen.«

»Glaubst du, ich gefährde meinen Job nicht ebenfalls?«, hatte Daniel sie angefahren. »Es ist nur eine Frage der Zeit, bis Haller herausfindet, dass wir ein Paar sind.«

»Dir als Beamtem passiert schon nichts«, konterte Susanne salopp. »Außerdem finde ich, die Öffentlichkeit hat ein Recht darauf, zu erfahren, was in der Stadt los ist.«

»Ach komm, es geht dir doch nicht um die Sicherheit der Bürger.« Daniel sah Tränen in ihren Augen aufblitzen und bereute seinen Kommentar sofort. »Schatz, tut mir leid. Ich möchte nicht, dass wir deswegen streiten.«

»Dafür ist es etwas zu spät! Eines sage ich dir: Wenn ich morgen nicht das schreiben darf, was ich will, bestehe ich auf dem Exklusivrecht der Story, sobald das mit dem Serienmord spruchreif ist.«

Er würde seine Partnerin bitten, Susannes Forderungen an den Chef und die Staatsanwältin heranzutragen. Er hatte keine Lust auf eine Beziehungskrise.

Mit einem lauten Gähnen streckte er sich und legte das rechte Bein auf das Balkongeländer, um seine Muskulatur zu dehnen. Er wiederholte die Übung mit dem anderen Bein und wärmte auch die Armmuskeln auf.

Dann stellte er sich in die Mitte des Balkons und schlug eine Reihe Cross-Punches. Anschließend übte er ein paar Lowkicks und Roundhousekicks.

Es wurde Zeit, dass er sich einen Verein in Würzburg suchte und wieder regelmäßig trainierte. Seit seinem zehnten Lebensjahr begeisterte er sich fürs Kickboxen. Als Jugendlicher hatte er viele Medaillen geholt, eine sogar auf nationaler Ebene. Das Selbstverteidigungstraining im Job machte ihm zwar Spaß, konnte seinen Kampfsport jedoch nicht ersetzen.

»Seit wann bist du wach?«

Er zuckte zusammen. Hinter der geöffneten Balkontür stand Susanne. »Hast du mich erschreckt! Seit wann stehst du da schon?« Sie sah sexy aus in ihrem eng anliegenden Nachthemd.

»Lange genug, um festzustellen, dass du es noch draufhast. Konntest du nicht schlafen?«

Er schüttelte den Kopf und fragte, wie spät es ist.

»Halb sechs.«

»Dann haben wir noch ein wenig Zeit. Lust auf Versöhnungssex?« Daniel nahm sie in den Arm.

»Heute nicht.« Susanne löste sich von ihm. »Ich muss vor der Pressekonferenz in die Redaktion.«

Daniel musterte sie. Er war skeptisch. »Bist du immer noch sauer?«

»Ich mache uns Frühstück.« Sie ließ ihn ratlos stehen.

Er folgte ihr in die Küche. Für ihn war das Gespräch nicht beendet. Es war eigentlich nicht Susannes Art, Diskussionen auszuweichen.

»Schatz, was …?«

Sein Handy klingelte. *Mist! Warum ausgerechnet jetzt?* Er sprintete ins Schlafzimmer. Es war seine Partnerin, und sie rief vom Büro aus an. *Die schläft wohl noch weniger als ich.*

»Victoria, was ist los?«

»Das Haar ist von einem Golden Retriever, aber nicht von dem von Sylvia Maurer.«

»Wie ich vermutet habe. Hättest du mir das nicht im Büro sagen können? Normalerweise schlafe ich um die Uhrzeit noch.«

»Tust du jetzt aber nicht. Haller wird die Kollegen von der Öffentlichkeitsarbeit anweisen, das mit den Hundehaaren in der Pressekonferenz zu erwähnen, denn es ist wahrscheinlich, dass es durch den Kontakt mit der Täterin an Stichlers Kleidung gelangt ist.«

»Dann suchen wir jetzt nach einer dunkelhaarigen Begleitung mit einem Golden Retriever?«

»Das ist das Einzige, das wir momentan haben.«

Victoria hatte die Fotos von Walder und Stichler an die Magnettafel in ihrem Büro geheftet. Mittig über beiden thronte ein Zettel mit der Aufschrift *Die Wächter*, daneben ein Fragezeichen, da weder die Identität noch die Anzahl der Täter bekannt waren. Rote Verbindungslinien führten von den Wächtern zu den Opfern. Neben Stichlers Linie hatte Victoria »Date auf Mainbrücke« geschrieben, zur Verbindung zwischen Wächtern und Walder »Entführerin Schneewittchen«. Von dem Datenschützer zogen sich weitere Linien zu Ehefrau, Tochter, ICS und diversen Kunden. Bei Stichler standen Pharmasano und die Eltern als Hauptbeziehungspunkte auf der Tafel.

»Wir vermuten, dass hinter Lisas Entführung und Stichlers Vergiftung ein und dieselbe Person steckt.« Victoria zog eine gestrichelte Linie vom Date zur Entführerin. »Was wissen wir noch?«

»Beide Männer sind bei öffentlichen Veranstaltungen gestorben.«

Victoria zeichnete einen Kreis in die Mitte des Täter-Opfer-Beziehungsdreiecks und schrieb das Wort Events hinein.

»Das heißt, wenn es weitere Tote gibt, dann vermutlich erneut auf Veranstaltungen«, meinte sie. »Wir brauchen eine Liste mit den anstehenden Events in der Stadt. Das Weindorf auf dem Marktplatz läuft bis Montag. Möglicherweise haben die Wächter dort etwas geplant.«

Daniel packte einen Schokoriegel aus und biss herzhaft hinein. Als er den Blick seiner Kollegin auffing, hatte er das Gefühl, sich verteidigen zu müssen. »Sorry, ich hatte keine Zeit zu frühstücken.« Was gelogen war.

In Wahrheit hatte Susanne Kaffee und Toast vorbereitet, war dann aber, ohne etwas davon anzurühren, aufgebrochen. Eindeutig, um einer Aussprache mit ihm aus dem Weg zu gehen. Danach hatte er keinen Appetit mehr verspürt, aber Schokolade ging immer. »Susanne verlangt das Exklusivrecht an der Story, wenn sich das mit den Serienmorden bewahrheitet. Im Gegenzug ist sie bereit, erst mal nur das zu schreiben, was heute in der Pressekonferenz rausgeht.«

Victoria zog die Stirn in Falten. »War mir schon klar. Ich rede mit dem Chef. Können wir uns jetzt wieder auf das hier konzentrieren?« Mit dem Rotstift deutete sie auf die Tafel. »Ich habe die ganze Zeit das Gefühl, mir wäre etwas entgangen.«

Er kannte das nur zu gut. Intuition. Aber nicht immer war die verlässlich. Oft war es nur der enorme Druck, der dazu führte, dass man sich einredete, etwas übersehen zu haben. Man hoffte, dass es irgendwann klick machte und man einen Schritt weiterkam.

»Wir scheinen es mit Gesinnungstätern zu tun zu haben«, sagte Daniel. »Sie kritisieren soziale Missstände und glauben, durch ihr Handeln für Gerechtigkeit zu sorgen.«

Victoria stimmte ihm zu. »Entsprechend wählen sie ihre Opfer aus. Walders Tod ist eine Mahnung an die Öffentlichkeit, den Datenschutz ernst zu nehmen. Stichler repräsentiert die Pharmaindustrie und ihren Einfluss auf unser Gesundheitssystem.«

»Ihre Taten sind genau geplant. Die Kontrolle über das Geschehen und die Opfer ist den Wächtern ebenso wichtig wie die Beherrschung der eigenen Emotionen. Es gehört schon eine gehörige Portion Gefühlskälte dazu, wenn man jemanden übers Telefon zum Suizid drängt und einem anderen beim Date den Wein vergiftet.«

Seine Partnerin legte den Kopf schief. »Genau da liegt aber der Unterschied. Beim ersten Fall erfolgte die Tat aus der Distanz, ohne dass sich die Wächter selbst die Hände schmutzig gemacht haben. Mit Stichler hingegen hat sich unser Schneewittchen verabredet. Um ihn eigenhändig zu töten. Ich finde, da steckt eine Menge Emotion, genauer gesagt Hass, dahinter.«

Daniel gab ihr recht, auch wenn er die durch die Entführung der Tochter erzwungene Selbsttötung als perfider empfand als den Giftmord. Zudem hinterließ der Datenschützer eine Frau und eben diese Tochter, was die Wächter anscheinend nicht berührte.

»Es hat sie nicht abgeschreckt, dass Walder ein kleines Mädchen zurücklässt«, meinte er. »Viele Kriminelle haben moralische Bedenken oder Gewissensbisse, wenn Kinder ins Spiel kommen.«

»Trotzdem haben sie Lisa körperlich nichts angetan. Sie war nur Mittel zum Zweck.«

»Und ein Opfer. Sie wird ohne Vater aufwachsen. Vielleicht haben die Wächter ähnliche Erfahrungen oder Schlimmeres in der Kindheit durchgemacht und daher wenig Mitleid.« Das Vibrieren seines Smartphones wies Daniel auf eine SMS hin. »Susanne. Sie möchte die Zusage für die Exklusivstory vor der Pressekonferenz.«

Victoria legte den Stift zur Seite. »Manchmal weiß ich nicht, wer anstrengender ist. Du oder deine Freundin. Ich schau mal, ob ich Haller erwische. Du kümmerst dich um die Veranstaltungsliste.«

Sommer 2002

DER WÄCHTER

Er saß auf dem Bett in seinem Zimmer und hielt sich die Ohren zu.

Die wütende Stimme seines Vaters drang trotzdem durch die Wände zu ihm durch. »Du Schlampe hast mir gar nichts zu befehlen!«

Bestimmt hatte Mama wieder mit Papa geschimpft. Ihm gesagt, er solle seine Sachen nicht überall rumliegen lassen. Dass er schlimmer sei als ein Kind.

Oder stritten sie wegen ihm? Hatte er was falsch gemacht? Seine Noten waren gut. Nur die Geschichtsarbeit hatte er verhauen. Das lag aber nicht an ihm, sondern am Lehrer. Der mochte ihn nicht. Bevorzugte die Mädchen in seiner Klasse. Er selbst konnte mit Weibern nichts anfangen. Die meisten waren größer als er. Einige von ihnen hatten sogar schon einen Busen. Er war noch nicht einmal im Stimmbruch.

Vorsichtig stieg er aus dem Bett und öffnete die Zimmertür einen Spaltbreit. Es war ungewöhnlich still im Haus. Vielleicht hatte Papa sich hingelegt. Nach der Nachtschicht war er immer müde und schlecht gelaunt. Ständig schimpfte er über den Sicherheitsdienst, für den er arbeitete. Wieso suchte er sich nicht etwas anderes?

Auf Socken tapste er ins Wohnzimmer.

Sein Vater lag auf dem Sofa und schnarchte. Sein T-Shirt war verschwitzt, und er stank nach Alkohol und Zigaretten. Auf dem kleinen Couchtisch standen ein voller Aschenbecher und leere Bierflaschen. Er zählte fünf und wusste, es würden heute noch mehr dazukommen. Manchmal trank sein Vater auch Wein oder Rum. Dann war sein Schlaf tiefer.

Jetzt musste er leise sein, um ihn nicht zu wecken. Er schlich weiter in die Küche und öffnete den Kühlschrank. Auch hier Bier … und Mamas Nudelsalat. Der war zwar fürs Abendessen gedacht, aber er hatte solchen Hunger. Wie zur Bestätigung knurrte sein Magen.

Mit beiden Händen griff er nach der großen Schüssel. Sie war schwer.

»Was machst du da?« Vor Schreck fuhr er zusammen. Einen Augenblick lang verlor er die Kontrolle, und die Schüssel glitt ihm aus den Händen. Mit einem lauten Scheppern zerbarst sie. Entsetzt starrte er auf die Nudeln, Möhrchen, Gurken- und Schinkenstückchen, die nicht nur die Fliesen, sondern auch einen Teil der Küchenschränke verzierten.

Sein Vater packte ihn grob am Arm und zerrte ihn zur Seite. Er spürte, wie sich ihm eine Scherbe in die Fußsohle bohrte, und schrie vor Schmerz auf.

»Du verdammter Taugenichts!«, brüllte der Vater. Dabei leuchteten die rot geäderten Augen bedrohlich.

Sein Magen zog sich zusammen. Er wusste, was jetzt kam. »Papa, bitte nicht.« Schützend hob er den freien Arm über den Kopf, um den Schlag abzuwehren.

»Lass ihn sofort los!« Seine Mutter stand in der Küchentür. Mit zerzausten Haaren, vom Weinen geschwollenen Augen und einer dunkelroten Wange. An ihr hatte sich Papa offenbar schon ausgetobt. Ihre blauen Flecken versuchte sie immer vor ihm zu verbergen, als wüsste er nicht, was los war. Er war kein kleines Kind mehr.

Einmal hatte sie die Polizei gerufen, dann aber keine Anzeige erstattet. Sie war so feige.

»Hast du nicht genug, Schlampe?!« Sein Vater stieß ihn zurück in den Scherbenhaufen und lief zwei Schritte auf seine Frau zu. Er bekam noch mehr Angst, denn jetzt war Papa so richtig sauer.

Seine Mutter versuchte, ins Wohnzimmer zu fliehen. Sie kam bis zum Sofa. Dort stieß sein Vater ihr die Faust in den Rücken, sodass sie bäuchlings auf das Möbelstück fiel.

»Papa, hör auf!«, schrie er.

»Halt dich gefälligst raus und geh auf dein Zimmer.«

Doch er blieb und sah, wie sein Vater sich auf Mama setzte, ihren Zopf packte und mit einem Ruck nach hinten zog. Seine Mutter schrie auf, dann verlor sich ihre Stimme in einem Wimmern.

Er spürte, wie etwas in ihm brodelte. *Hör auf. Hör endlich auf!*

Er ballte die Fäuste, atmete dreimal tief durch und boxte seinen Vater von hinten in die Seite. Dieser holte aus und versetzte ihm mit dem Handrücken eine Ohrfeige, die ihn aus dem Gleichgewicht brachte. Unsanft landete er auf dem Hosenboden.

Sein Kopf dröhnte, die Wange brannte. Tränen ließen ihn alles verschwommen wahrnehmen: seine Mutter, die sich auf dem Sofa wand und versuchte, den niederprasselnden Faustschlägen auszuweichen. Sein Vater, dem es egal zu sein schien, was und wie oft er traf. Hauptsache, er konnte seine Wut abreagieren.

Ich hasse ihn, wenn er so ist. Etwas schaltete in seinem Kopf um. Sein Blick fiel auf die Bierflaschen. Er stand auf, trat zum Tisch und packte eine der Flasche am Hals.

Sein Vater, in wilder Raserei gefangen, achtete nicht mehr auf ihn.

Er hob die Bierflasche und ließ sie mit voller Wucht auf den Schädel seines Vaters krachen. Die Flasche zersprang.

Sein Vater schrie auf und griff sich an den Hinterkopf. Ungläubig starrte er auf das Blut an seiner Hand. Dann drehte er sich zu ihm um. »Ich bringe dich um, du dreckiger Taugenichts!«

Bevor er darüber nachdachte, hatte er eine zweite Flasche in der Hand. Diesmal traf er von vorn.

Sein Vater klappte zusammen und kippte vom Sofa. Sein Kopf schlug auf der Kante des Couchtisches auf.

Endlich war Ruhe.

Mittwoch, 31. Mai 2017

DANIEL

Auf der Liste, die er gestern angefertigt hatte, standen Weinfeste, das Umsonst & Draußen Konzertfestival, das Kino auf der Festung, das Volksfest Kiliani, das Straßenmusik- und das Stadtfest sowie die Mainfranken-Messe im Oktober.

Haller hatte beschlossen, für das Weindorf mehr Beamte abzustellen. Die Pressekonferenz war glimpflich verlaufen. Die Kollegen hatten viele Fragen der Journalisten mit dem Verweis auf laufende Ermittlungen abgewiegelt. Susanne hielt still, da sie ihr die Exklusivstory zugesagt hatten.

Victoria hatte Kilian und Benedikt für diesen Nachmittag zu einem kleinen Brainstorming in ihr Büro einbestellt. Gemeinsam würden sie zusammentragen, welche weiteren Berufsgruppen im Fokus der Wächter stehen könnten.

Daniel selbst hielt nicht viel davon. »Datenschützer sind in der Gesellschaft nicht unbeliebt. Trotzdem musste einer dran glauben, weil er sich falsch verhalten hat. Jeder könnte das nächste Opfer sein.«

»Hast du eine bessere Idee? Wir sollten versuchen, die nächsten Schritte der Wächter vorauszuahnen. Sonst können wir ja gleich aufgeben«, hatte Victoria erwidert.

Sie saßen zu viert in ihrem Büro, jeder eine Tasse Kaffee vor sich. Bis auf Victoria knabberten alle an einem Schokoriegel.

»Anwälte haben einen schlechten Ruf«, schlug Benedikt als Erster vor.

»Journalisten auch«, ergänzte Victoria und zwinkerte Daniel zu.

Sehr lustig. Außerdem haben sich die Wächter an Susanne gewandt, weil sie sie schätzen.

»Polizisten sind zwar recht beliebt, aber nicht bei Kriminellen«, sagte Kilian. Die anderen stimmten zu.

»Versicherungsvertreter und Immobilienmakler«, ergänzte Daniel.

Victoria setzte beide Berufe auf die Liste. Dann schrieb sie das Wort Banker auf.

»Lehrer sind nicht sehr angesehen«, warf Benedikt ein. »Stehen bei mir persönlich weit oben auf der Unbeliebtheitsskala. Vor allem die Mathelehrerin meiner Kleinen.«

Daniel lachte, da er an seinen Vater und seine Mutter – beide Lehrer – dachte. Die sahen das Problem in der Regel bei den Eltern ihrer Schüler.

Er überlegte. »Was ist mit Ärzten? Wenn die Fehler machen, hat das oft schwerwiegende Konsequenzen.«

Die anderen nickten, jedoch zögerlich, da sie meinten, dass viele dem Beruf hohen Respekt zollten.

»Politiker«, sagte Victoria entschieden. »Im September ist Bundestagswahl. Das dürfen wir nicht vergessen.«

»Stichler steht weniger für eine Tätigkeit, sondern für eine ganze Branche«, meinte Kilian. »Was ist, wenn es die Täter zum Beispiel auf die Automobilindustrie abgesehen haben, die seit dem Abgasskandal in der Kritik ist. In Würzburg und Umgebung haben wir einige Zulieferer.« Alle gaben ihm recht.

»Was ist mit Richtern?«, fragte Daniel. »Die Wächter kritisieren in ihrer ersten Mail das Versagen der Justiz.«

»Sehr gut«, rief Victoria. »Glaubt ihr, Walders Verteidiger ist in Gefahr?«

»Wir sollten ihn warnen«, schlug Kilian vor. »Und nicht nur ihn. Auch die Staatsanwältin, der der Prozessfehler unterlaufen ist. Benedikt und ich übernehmen das.«

Daniel entging nicht der Blick, den Kilian Victoria zuwarf, als diese sich bei ihm bedankte. *Sieh an, der Schönling und die kühle Blonde.*

»Sag mal, läuft da was zwischen dir und Kilian?«, platzte es aus Daniel heraus, kaum hatten die beiden anderen den Raum verlassen. Er bereute sein Vorpreschen allerdings sofort. Auch wenn er sich immer besser mit seiner Partnerin verstand, so ging ihn das nichts an.

»Pfff. Blödsinn!«, protestierte Victoria, doch er bemerkte, dass sie errötete. »Der Kollege würde vielleicht gern mal eine Nummer schieben, aber das kann er vergessen. Ich bin für heute dann weg. Habe Marie versprochen, mit ihr ins Kino zu gehen, und möchte sie nicht wieder enttäuschen.«

Daniel blieb im Büro und sichtete alle Unterlagen zu den beiden Fällen. Ihm fiel ein, dass ihnen Pharmasano noch immer nicht die Liste mit Stichlers Arsenkunden geschickt hatte. Er würde morgen anrufen und Dampf machen.

Kilian hatte ihm die Namen aller Zeugen gegeben, die Stichler mit einer Frau gesehen hatten, die Lisas Entführerin ähnlich sah. Er rief einen nach dem anderen an, um sie für die nächsten Tage in die Inspektion zu bitten. Vielleicht war jemand fähig, die Frau so genau zu beschreiben, dass sich eine weitere Phantombildzeichnung lohnte.

Es war nach einundzwanzig Uhr. Daniel packte seine Sachen für den Feierabend zusammen, da erhielt er einen Anruf aus einem der Nachbarbüros. Überrascht hob er ab.

»Ich habe heute erneut mit dem Pfleger im Seniorenheim Sankt Kolonat gesprochen und endlich den Namen der Betroffenen herausgekitzelt«, berichtete Bernd Köberlein. »Du weißt schon, jener Dame, die Stichler unsittlich berührt haben soll. Sie kommt morgen Vormittag für eine Aussage vorbei.«

»Okay. Victoria und ich übernehmen die Befragung.«

Das bringt uns sicher weiter. Muss es einfach. Daniel war Optimist, aber die langen, ergebnislosen Ermittlungen im Walder-Fall hatten an ihm gezehrt. Nun war ein ungewöhnlicher Giftmord hinzugekommen, der auf die gleichen Täter hindeutete, aber kaum Gemeinsamkeiten mit der Entführung hatte.

Daniel betrachtete erneut die Magnettafel. *Entgeht uns doch irgendetwas?*

Er las zum gefühlt hundertsten Mal die Mails der Wächter, die Victoria ausgedruckt und an die Tafel geheftet hatte. *Walder. Der Vergleich mit Nepomuk. Der Schuldige starb wie der Heilige … Der Pharmareferent … eine Ratte. Erst Wein, dann Pein … Aber natürlich! Beide Männer sind auf der Alten Mainbrücke getötet worden, auch wenn Stichler erst später gestorben ist. Das ist eine weitere Verbindung.*

Eine SMS von Susanne riss ihn aus den Gedanken. *Wann kommst du heim?*, las er. *Ist schon so spät.*

Er warf einen Blick auf die Uhr. Viertel vor zehn. Er gähnte. Ihm brannten die Augen vor Müdigkeit, und sein Magen knurrte.

Ich sollte es packen. Er schaltete den Rechner aus und schnappte sich Lederjacke und Handy.

»Daniel?«

Er sah auf. In der Tür stand Benedikt. »Anruf von der Zentrale. Ein Toter am Mainstrand.«

Ein halbes Dutzend Streifenwagen und der Rettungsdienst waren vor Ort.

Am Eingang zum Mainstrand begrüßte sie ein Kollege der Schutzpolizei. »Ich bringe euch rüber zur Tanzfläche. Sieht nach einem Tötungsdelikt aus. Es gibt mehrere Zeugen. Wir haben den Tatort schon abgesperrt. Die Täterin ist flüchtig, eine Bereichsfahndung wurde eingeleitet.«

»Was ist mit der Spusi?«

»Ist unterwegs.«

Für den Strand waren zwischen Kaimauer und Main Hunderte Tonnen Sand aufgeschüttet worden.

Victoria hatte ihm erst vor Kurzem die Location, die jeden Sommer öffnete, empfohlen. »Im Liegestuhl fläzen, Cocktails schlürfen und den Sonnenuntergang genießen. Wenn du die Leute um dich herum ausblendest, ist es fast erholsam. Und mit richtigem Urlaub wird es für uns erst mal sowieso nichts werden.«

Leider hatten Susanne und er es bisher nicht geschafft, sich am Strand der neuen Heimatstadt zu entspannen. Der heutige Abend würde auch nicht gemütlich werden. Daniel seufzte. Die Aussicht von hier aus auf Käppele und Festung war schon einmalig. Beide Sehenswürdigkeiten waren um diese Uhrzeit beleuchtet und spiegelten sich im Fluss.

Der Kollege lief auf den hellen, über dem Sand ausgelegten Dielen voraus. Vorbei an Palmen, bunten Sonnenschirmen und Holztischen, auf denen noch Teller, Cocktailgläser und Bierflaschen standen, obwohl die Gäste diesen Teil der Location verlassen hatten. Ein Kiosk, der Eiscreme und Pizza verkaufte, war geschlossen.

Die Bar, die sie jetzt passierten, hatte zwar geöffnet, doch niemandem stand der Sinn nach einem Drink. Die Angestellten hinter dem Tresen waren hin- und hergerissen zwischen ihrer Pflicht, aufzuräumen, und der Neugier, die ihre Blicke immer wieder in Richtung Tanzfläche zog.

»Jeden Mittwoch ist Karibische Nacht. Laut Betreiber kommen bei gutem Wetter dann immer viele Leute zum Salsa- und Bachatatanzen«, erklärte der Kollege von der Schutzpolizei.

Der Tatort war weiträumig abgesperrt. Rot-weiße Markierungsbänder zogen sich nicht nur um die Holzdielen der Tanzfläche, sondern auch um das angrenzende DJ-Pult an der Mainseite sowie um einen großen Teil der Sandfläche mit Liegestühlen und Sitzbänken.

»Wer ist der Tote?«, fragte Daniel. Ihm fiel auf, dass immer noch fröhliche lateinamerikanische Musik aus den Lautsprechern ertönte, die mit den bedrückten Gesichtern der anwesenden Tänzer kontrastierte.

»Der Discjockey. Nannte sich DJ Carlos. Er liegt hinter seinem Pult.«

Daniel bedankte sich, und zusammen mit Benedikt duckte er sich unter dem Absperrband hindurch.

Die Notärztin stand neben der Leiche und füllte den Totenschein aus. »Stichverletzung in der Brust. Vermutlich wurde das Herz getroffen, und der Tod trat unmittelbar darauf ein, da es kaum Blut gibt«, sagte sie anstelle einer Begrüßung. »Tatwaffe ist wahrscheinlich ein Messer. Genaueres wird euch die Rechtsmedizin erklären.«

Benedikt zückte sein Smartphone. »Ich rufe die Staatsanwaltschaft an.« Er entfernte sich ein paar Schritte.

Daniel warf einen Blick auf den Toten. Man hatte seine Augen geschlossen. Fast sah es aus, als schliefe der Mann nur. Er lag ausgestreckt auf dem Rücken, den Kopf zur Seite gedreht. Sogar seine Kopfhörer trug er noch. Eine Hand berührte den Sand am Rand der Tanzfläche, die rechte bedeckte die Einstichwunde. Daniel war versucht, die Musik abzustellen, doch vor dem Eintreffen der Spusi durfte er nichts berühren.

»Der Kollege sprach von einer Frau, und dass sie flüchtig ist.«

Die Ärztin nickte und deutete auf eine Sitzecke auf der anderen Seite des Absperrbandes, wo ein Sanitäter einen Mann behandelte. An den Tischen daneben befragten die Kollegen eine Gruppe von Tänzern als Zeugen. Einige von ihnen hatten die Arme umeinandergelegt, um sich gegenseitig Trost zu spenden. Viele weinten, standen vermutlich unter Schock.

»Einer Ihrer Leute hat die mutmaßliche Täterin verfolgt und wurde dabei verletzt«, erklärte die Ärztin.

»Einer von uns?« Verdutzt lief Daniel in die angewiesene Richtung. Als er näher kam und den Verwundeten erkannte, riss er erstaunt die Augen auf. »Kilian? Was machst du denn hier?«

Der Kollege lächelte gequält. »Das habe ich mich auch gefragt.«

Kilian May saß blass und mit nacktem Oberkörper auf einem gepolsterten Rattansessel. Der Sanitäter nähte eine Wunde seitlich der rechten Brust.

»Ihr Kollege hat Glück gehabt«, sagte der Rettungshelfer. »Der Stich ging zwischen die Rippen, aber nicht tief. Die Organe sind unverletzt.«

»Ich hatte sie fast, Daniel. Bin ihr sofort hinterher. Es war so verdammt knapp. Ich habe sie am Ärmel festgehalten, aber dann hat sie zugestochen.«

Daniels Handy klingelte. Er ignorierte es. »Wie sah sie aus?«

Der Kollege verzog die Lippen zu einem frostigen Lächeln. »Schneewittchen kommt wirklich gut hin. Das kleine Mädchen hat sie ausgezeichnet beschrieben. Diese stahlblauen Augen … die vergesse ich so schnell nicht. Eiskalte Bitch!«

Scheiße! Der dritte Tote, der aufs Konto der Wächter geht. Jetzt können wir eine Serie nicht mehr leugnen. Zwischen den beiden letzten Morden lag keine Woche. Die Theorie mit der Brücke war nun auch für die Tonne.

»Was hatte sie an?«

»Hab ich den Kollegen, die die Fahndung rausgegeben haben, schon mitgeteilt. Dunkler Kapuzenpulli, hellblaue Jeans, weiße Turnschuhe.«

Wie riskant von der Täterin, inmitten so vieler Zeugen zuzuschlagen. Sie muss sich verdammt sicher fühlen.

»Was, zum Teufel, hast du hier gemacht?«, fragte Daniel Kilian, dem der Sanitäter zwischenzeitlich einen Wundverband anlegte.

»Salsa tanzen. Was sonst? Mache ich schon seit Jahren.«

Das wunderte Daniel nicht. Kilian sah aus wie ein Latin Lover. Erneut klingelte Daniels Handy. Es war Susanne.

Jetzt nicht.

Er wandte sich an einen Kollegen der Schutzpolizei, der mit der Zeugenbefragung beschäftigt war. »Was wisst ihr bisher?«

»Gegen halb zehn hat sich eine Frau dem DJ von der Seite genähert. Als er sich ihr zugewandt hat, muss sie zugestochen haben. Sie standen in dem Moment aus Sicht der Tänzer verdeckt hinter dem Pult, daher ist zunächst keinem etwas aufgefallen. Erst nachdem das Opfer zusammengebrochen ist, sind Leute zu ihm gerannt.«

»Und der Kollege May?«

»Er stand zum Tatzeitpunkt am Rand der Tanzfläche, um etwas zu trinken. Ihm ist eine Frau im Kapuzenpulli aufgefallen, die mit einem Gegenstand in der Hand Richtung Ausgang rannte. Er hat sie verfolgt und festgehalten, bis sie auf ihn eingestochen hat.«

Daniel nickte. »Ist es üblich, dass die Tänzer zum DJ aufs Pult dürfen?«

»Nein. Heute war eine Ausnahme. Das Opfer hatte Geburtstag, und mehrere Personen sind im Laufe des Abends zu ihm hin, um ihm zu gratulieren.«

Woher hat unsere Täterin das gewusst?

»Daniel!«

Er drehte sich um. Victoria kam auf ihn zugelaufen, hinter ihr eine jugendliche Kopie ihrer selbst.

»Ist das deine Tochter?«

Sie schnaubte. »Marie wollte nicht im Auto warten. Ist eh schon sauer, dass wir das Ende des Films nicht gesehen haben.«

Er grinste. Marie war anscheinend genauso stur wie ihre Mutter. Ein Tatort war außerdem spannender als jeder Kinofilm.

»Marie, bleib vor dem Absperrband.«

»Mama, ich bin nicht blöd«, maulte Marie.

»Was haben wir?«

Er setzte Victoria ins Bild.

Sie warf einen besorgten Blick auf Kilian. »Verflucht. Wenn Haller erfährt, dass die Wächter dahinterstecken …«

Der war ihr geringstes Problem.

Sobald Susanne die nächste Mail der Wächter erhält, wird ganz Würzburg wissen, dass Serienmörder in der Stadt umgehen.

DIE WÄCHTERIN

Sie warf einen Blick über die Schulter. Mit Genugtuung stellte sie fest, dass niemand sie verfolgte. Alles lief nach Plan.

Bei dem Trubel auf der Tanzfläche hatte sie zuerst keiner bemerkt. Es schien, als hätte sie dem Discjockey wie andere nur gratulieren wollen. Als ein gellender Schrei die kitschige Musik übertönte, war sie schon auf dem Weg zum Hinterausgang stadtauswärts gewesen. Die meisten hatten weitergetanzt, gesoffen oder sich mit Shishas zugedröhnt.

Sie war froh, den Strand hinter sich zu lassen. Zu laut und zu viele Menschen, aber das hatte sie an diesem Abend zu ihrem Vorteil genutzt.

Sie rannte bis zum Ende des Parkplatzes, wo der Asphalt in eine Promenade am Flussufer überging. Da hörte sie die ersten Polizeisirenen. Sie durfte keine Zeit verlieren.

Dennoch verlangsamte sie ihr Tempo und verfiel in einen Dauerlauf, sodass die wenigen Jogger, die ihr entgegenkamen, sie für ihresgleichen hielten.

Um diese Uhrzeit hatten Liebespaare und Studentengruppen die Liegewiesen bereits geräumt. Tischtennisplatten und Bewegungsparcours waren menschenleer. Nur ein paar Hundebesitzer führten ihre Vierbeiner spazieren.

Nach ein paar Minuten begegnete sie keinem mehr. Sie warf erneut einen Blick hinter sich. Endlich war sie allein. Sie verließ die Promenade und eilte die wenigen Meter bis zum Fluss hinunter, wo sie sich hinter einen Busch duckte. Nochmals sah sie sich um, dann warf sie das Messer, das sie in der Gesäßtasche ihrer Jeans deponiert hatte, in den Main und zog sich den Kapuzenpulli über den Kopf.

Gott sei Dank war es ein milder Abend, sodass sie in ihrem T-Shirt nicht fror. Sie griff sich ins Haar und nahm die schwarze Perücke ab. Darunter kam ihre dunkelblonde Naturmähne zum Vorschein. Vorsichtshalber fischte sie die farbigen Kontaktlinsen aus ihren Augen und ließ sie in einem Taschentuch verschwinden, das sie später in einen Mülleimer werfen würde.

Sie stopfte die Perücke in den Pulli, wickelte diesen um einen faustgroßen Stein und beförderte alles zusammen ins nasse Grab des Flusses. Erleichtert erhob sie sich und trat hinter dem Busch hervor.

Sie erschrak. Vor ihr stand eine ältere Spaziergängerin mit Hund und schaute sie irritiert an.

Sie setzte ein verlegenes Grinsen auf. »Ich musste mal für kleine Mädchen.« Sie eilte davon.

Bei der Fußgängerbrücke, versteckt hinter einem dicken Baumstamm, wartete ihre beste Freundin auf sie. Genau dort, wo sie sie vor einer knappen Stunde angebunden hatte.

»Auf, mein Mädchen. Jetzt geht's weiter.« Sie nahm den Golden Retriever an die Leine, wartete kurz und folgte der Spaziergängerin dann an den Grillplätzen vorbei zur Konrad-Adenauer-Brücke. Es war Zeit, die Hündin ihren Eltern zurückzubringen.

SUSANNE

Daniel antwortete nicht auf ihre SMS, was ungewöhnlich war. War er sauer auf sie?

Sie hatte sich auch heute Morgen schnell verdrückt – keine Lust auf ein gemeinsames Frühstück. Daniels Kommentare hatten sie verletzt. Auch wenn es ihr primär um die Story ging und nur in zweiter Linie um die Sicherheit der Bürger, waren seine Vorwürfe nicht fair. Sie war nicht herzlos, und er wusste, was ihr die Karriere bedeutete.

Ihr Ehrgeiz gehörte zu den Eigenschaften, die Daniel als sehr anziehend empfand … bisher jedenfalls. Seine Gereiztheit und Aggressivität in letzter Zeit waren ungewöhnlich. So kannte sie ihn nicht. Bestimmt lag es daran, dass er zu wenig schlief.

Heute war er wieder früh wach gewesen. Aber wenn sie ihn darauf ansprach, spielte er das Problem herunter. Das verletzte sie mehr als irgendein Kommentar. Dass er nicht mit ihr sprach. Es lag nicht nur am Druck in seinem Job. Irgendetwas verheimlichte er ihr, und Heimlichtuerei tolerierte sie in einer Beziehung nicht.

Ihr Ex hatte ihr vieles verschwiegen und ihre Sorgen stets als unnötig abgetan. Bis sie herausfand, dass er eine andere hatte. Daniel sicher nicht. Er würde sie nie betrügen. Nur: Was war es dann, was er ihr nicht sagte?

Sie lauschte in die Nacht. Schon wieder eine Polizeisirene. Sogar mehrere. Sie lief hinaus auf den Balkon. Einige Einsatzwagen fuhren vorbei. Etwas Größeres schien passiert zu sein. Ganz in der Nähe. Die Signaltöne kamen aus Richtung des Mains.

Ob es das ist, was Daniel heute Abend aufhält?

Sie flitzte ins Wohnzimmer, wo ihr Handy auf dem Couchtisch

lag. Immer noch keine Nachricht von ihrem Freund. Sie klapperte ihre lokalen Newsfeeds in den sozialen Netzwerken ab.

Da! Jemand hatte ein Foto einer von Sand umgebenen Tanzfläche gepostet, auf der niemand tanzte. Man erkannte deutlich ein paar Sanitäter sowie zwei Polizeibeamte, die das Areal mit Absperrband abriegelten. Unter dem Foto las sie *Einsatz am Mainstrand. Was ist hier los?*

Das Bild war mit einer Handykamera aufgenommen worden. Aufgrund der Perspektive musste die Person oben an der Kaimauer gestanden haben.

Susanne spürte, wie ihr Herz schneller schlug. Die Vorahnung jagte ihr ein Kribbeln über den Nacken. Sie wechselte zur Webseite der Polizei Würzburg. Nichts Aktuelles. Sie entschied, dass es sich trotzdem lohnte, ihr Nachthemd gegen Jeans und Pulli zu tauschen. Der Strand befand sich um die Ecke, die Story nur einen Fußmarsch entfernt.

Sie eilte durch den Ringpark. Mehrfach aktualisierte sie den Browser ihres Handys. Endlich poppte die Meldung auf. Sie hielt inne: ein Fahndungsaufruf.

Heute um 21:30 Uhr hat eine Unbekannte am Mainstrand in der Sanderau zwei Personen mit einem Messer attackiert. Die Täterin flüchtete zu Fuß stadtauswärts.

Aktuell (22:00 Uhr) fahndet die Polizei mit einem Großaufgebot nach der Frau. Mögliche Zeugen werden dringend gebeten, sich über Notruf 110 zu melden. Es liegt folgende Täterbeschreibung vor: weiblich, ca. 170 cm groß. Kurze schwarze Haare und hellblaue Augen. Trug dunklen Pulli mit Kapuze, helle Jeans und weiße Turnschuhe. Vorsicht, die Täterin ist bewaffnet!

Eine Messerattacke. Und wieder war eine Frau verdächtig. Wie bei der Entführung des Mädchens und wahrscheinlich auch beim Giftmord an dem Pharmareferenten.

Das ist kein Zufall.

Sie joggte das letzte Stück bis zum Ende des grünen Ringgürtels. Am Eingang zum Mainstrand stoppte ein Beamter sie. »Die Location ist für heute geschlossen. Ihren Ausweis bitte.«

»Susanne Riehl.« Sie zückte ihren Presseausweis. »Ich kenne Ihren Kollegen Daniel Freund.«

Der Beamte notierte sich ihre Personalien. »Das tut nichts zur Sache. Bitte gehen Sie. Für weitere Informationen wenden Sie sich an unsere Pressestelle.«

So schnell ließ Susanne sich nicht abwimmeln. Sie wählte Daniels Nummer. Er nahm nicht ab. Der Beamte verschränkte die Arme vor der Brust und lächelte selbstgefällig. Sie versuchte es erneut, aber Daniel ging nicht ran.

Mist!

Erst nach dem vierten oder fünften Anruf hob er ab. »Susanne? Tut mir leid, ich hatte keine Zeit zu antworten. Ich bin im Einsatz.«

»Weiß ich. Ich stehe am Haupteingang vom Strand. Kannst du bitte kommen?«

»Susanne …« Er klang gequält.

»Ich gehe erst, wenn wir gesprochen haben.«

»Kann das nicht warten, bis ich zu Hause bin?«

»Nein.« *Der Spaziergang hierher war auf keinen Fall umsonst. Irgendeine Meldung haue ich heute noch über die sozialen Medien raus.*

»Einen Augenblick.« Sie hörte, wie er mit jemandem sprach, dann kam ein »Ich bin gleich da«.

Zufrieden grinste sie den Beamten an. Der schüttelte nur den Kopf.

Eine Minute später tauchte Daniel auf, nahm sie am Arm und zog sie außer Hörweite seines Kollegen. »Susanne. Das ist nicht lustig. Ich werde da drinnen gebraucht, und es gehört nicht zu meinen Aufgaben, der Presse Auskunft zu geben.« Seinem Tonfall nach zu urteilen, war er stinksauer.

»Ich bin nicht irgendeine Journalistin. Ohne mich wüsstet ihr nichts von den Wächtern, und bis jetzt habe ich nach euren Regeln gespielt. Ihr habt mir versprochen, dass ich die Story als Erste kriege, wenn sich das mit den Serienmorden bestätigt.«

»Susanne, der Vorfall ist keine Stunde alt. Wir machen uns erst ein Bild vom Tathergang.«

»Ich bin nicht blöd. Ihr fahndet nach einer Dunkelhaarigen. Wie im Fall Walder. Und Stichler wurde bestimmt auch von einer Frau vergiftet. Für die heutige Attacke sind die Wächter verantwortlich, stimmt's?«

Daniel seufzte und schloss für einen Moment die Augen. Er rieb sich Schläfen und Stirn. »Warum checkst du nicht deine Mails. Ich bin sicher, da wirst du die Antwort erhalten.«

Sie streckte den Arm aus und strich ihm zärtlich über die Wange. Er sah sie nicht an.

»Ich kann jetzt gleich in die Redaktion fahren und nachschauen. Ich werde euch die Mail umgehend weiterleiten. Aber ihr müsst mir schon entgegenkommen. Wer sind die Opfer, Daniel?«

Langsam hob er den Blick. »Ein Kollege wurde bei der Verfolgung der Täterin leicht verletzt. Der DJ ist seinen schweren Verletzungen erlegen.«

Ein DJ. Was hat er getan, dass er aus Sicht der Wächter den Tod verdient hat?

Hinter Daniel tauchte eine bekannte Gestalt auf.

Susanne deutete mit dem Kopf in ihre Richtung. »Ich glaube, du wirst gebraucht.«

Er drehte sich um.

»Die Spusi und die Staatsanwältin sind da«, sagte Victoria Stahl. Die zusammengepressten Lippen der Oberkommissarin legten die Vermutung nahe, dass sie über Susannes Anwesenheit nicht erfreut war.

»Wir sehen uns später«, verabschiedete Susanne sich und gab ihrem Freund einen Kuss.

Donnerstag, 1. Juni 2017

VICTORIA

Sie warf einen Blick in die Runde. Überall lange Gesichter. Kilian war für eine Nachkontrolle im Krankenhaus und kam erst mittags zur Arbeit. Daniel hatte die Augen geschlossen und wirkte erschöpft. Sie fühlte sich nicht anders. Wenn es hoch kam, hatte sie eine Stunde geschlafen.

Gegen Mitternacht waren Victoria und Daniel zur Ehefrau des Toten gefahren. Für ihre Aussage heute wurde ein Dolmetscher benötigt, da sie nur gebrochen Deutsch sprach. Die Journalistin hatte letzte Nacht einen kurzen Artikel über den jüngsten Mord geschrieben. In ihm stand kein Wort von Serientätern, aber nur, weil sie keine Mail der Wächter in ihrem Postfach vorgefunden hatte. Victoria war sich sicher, dass es lediglich eine Frage der Zeit war, bis Susanne Riehl eine Nachricht von ihnen erhielt.

Kilians Beschreibung der Verdächtigen sprach dafür, dass die Fälle zusammenhingen. Die mutmaßliche Täterin war weiterhin flüchtig. Wieder waren sie gescheitert.

Haller und die Staatsanwältin betraten als Letzte den Meetingraum.

Der Chef legte gleich los. »Herr Freund, wie ist der Status, und welches Vorgehen schlagen Sie vor?«

Überrascht sah Daniel erst sie an, dann Haller. Victoria war auch verblüfft. Sie war die leitende Ermittlerin und hatte sich auf die Besprechung vorbereitet.

Daniel räusperte sich. »Die Fahndung wird fortgesetzt und ausgeweitet. Mit einbezogen werden Dienststellen der Bundespolizei an Bahnhöfen und am Flughafen Frankfurt. Die Meldung ging auch an Taxibetriebe, öffentliche Verkehrsbetriebe und wurde über die sozialen Netzwerke verbreitet.« Daniel legte eine Pause ein, wohl in der Hoffnung, Haller würde nun doch Victoria bitten zu übernehmen. Der Chef tat ihm den Gefallen nicht. »Kilian wird sich, sobald er hier ist, mit dem Phantombildzeichner für ein aktuelles Fahndungsbild zusammensetzen. Der Rest von uns wird vor allem mit der Befragung der Zeugen vom Strand beschäftigt sein. Victoria und ich befragen außerdem eine Pflegerin vom Seniorenheim Sankt Kolonat.«

»Was hat die damit zu tun?«

»Der Pharmareferent hat sie angeblich unsittlich berührt.«

»Ach ja. Ist sie verdächtig?«

Daniel zuckte mit den Schultern. »Nach Angaben des Kollegen passt sie nicht ins Profil. Aber vielleicht gab es andere Betroffene, und eine hat sich an Stichler gerächt.«

Haller nickte und sah Victoria in die Augen. Dann wandte er sich wieder an Daniel. »Herr Freund, Sie leiten ab sofort die Mordkommission. Ich fürchte, wir stehen vor einer Mordserie, und Ihre schnelle Aufklärung der Einbrüche am Heuchelhof hat mich beeindruckt.«

Ein Raunen ging durch den Raum. Victoria vergaß für einen Augenblick zu atmen. *Er macht Scherze.*

Hallers Worte waren wie eine Ohrfeige. Ihr vor allen Kollegen und ohne vorherige Rücksprache die Leitung der Ermittlungen zu entziehen, war eine Frechheit. Damit stellte er sie als inkompetent dar. Sie setzte zu einem Protest an, aber Benedikt kam ihr zuvor.

»Es ist nicht üblich, mitten in den Ermittlungen die Führung zu wechseln. Und sinnvoll ist es erst recht nicht. Bei allem Respekt, Herr Haller, aber Daniel ist noch nicht lange bei uns, und auch wenn ich ihn sehr schätze, so hat Victoria in Sachen Mord mehr Erfahrung.«

Sie schluckte. Die Loyalität des Kollegen rührte sie. Nicht viele wagten es, ihren Chef zu kritisieren.

Sie warf einen Blick zu Daniel. Der starrte vor sich hin. Die Situation war ihm sichtlich unangenehm. Warum verteidigte er sie dann nicht? Fassungslos wandte sie sich ab und fixierte ihren Chef, der ihrem Blick standhielt.

»Wir haben drei Tote. Innerhalb eines Monats. Die einzige Verdächtige, deren Beschreibung uns seit Wochen vorliegt, ist immer noch auf freiem Fuß. Ich bin derjenige, der sich verantworten muss, vor der Presse, vor der Staatsanwaltschaft und vor dem Leitenden Polizeidirektor. Ich denke, es ist Zeit für eine Veränderung. Herr Freund, Sie haben mein Vertrauen. Enttäuschen Sie mich nicht.«

Victoria stürmte aus dem Meetingraum. *Ich werde Haller und allen anderen beweisen, dass diese Entscheidung ein Fehler war.*

Ihr Handy zeigte ihr eine ganze Reihe entgangener Anrufe an. Von Tom und ihrer Schwester. Die Mailbox wies auf eine neue Sprachnachricht hin. Sie tippte auf Marta, und ihre Ahnung wurde Sekunden später bestätigt.

»Hallo, Vickie. Ich rufe an, weil ich mich bei dir entschuldigen möchte. Ich bin am Samstag zu weit gegangen.« Sie hörte, wie die Stimme ihrer Schwester brach. Keiner von beiden war es je leichtgefallen, einen Fehler einzugestehen, weder vor sich selbst noch vor anderen. Das war eine ihrer wenigen Gemeinsamkeiten.

Marta hatte auch bei den nächsten Worten mit den Tränen gekämpft. »Ich verspreche, mich nicht mehr in deine Beziehung einzumischen … in dein Leben insgesamt. Die Jungs haben sich gefreut, dich zu sehen. Ich mich auch. Bitte ruf mich mal zurück. Wir müssen zusammenhalten, allein schon wegen Mama.«

Victoria atmete tief durch. Es war nicht das erste Mal, dass sich Marta bei ihr entschuldigte. Trotzdem bedeutete es ihr viel. Wenn sie nur diesmal ihr Versprechen, sich nicht einzumischen, einhalten würde.

Victoria betrat das Büro. Als Daniel ihr folgte, sagte sie schnell, dass sie telefonieren müsse, und verkroch sich in der Küche. Gott sei Dank war hier niemand. Sie wählte Toms Nummer.

Besser rufe ich ihn gleich zurück. Nicht, dass er heute Abend wieder bei mir im Wohnzimmer steht.

»Hi, Vickie. Schön, dass du dich meldest.«

»Ist was passiert?«

»Ich war heute Morgen bei Mama.«

Victoria hatte es schon immer eigenartig gefunden, dass er ihre Mutter so nannte. Aber er hatte sich vom ersten Tag an ausgezeichnet mit seiner Schwiegermutter verstanden, wahrscheinlich auch, weil er zu den eigenen Eltern keinen Kontakt mehr pflegte.

Victoria hatte ihre Schwiegereltern nie kennengelernt, und Tom hatte ihr nie erzählt, was zwischen ihnen vorgefallen war. Sie wusste wenig von seiner Kindheit, nur, dass er in Würzburg aufgewachsen war, wo sie ihn mit achtzehn Jahren in einer Disco kennengelernt hatte. Damals war er zweiundzwanzig Jahre alt und studierte Betriebswissenschaften.

»Du musst dich nicht verpflichtet fühlen, sie weiterhin zu besuchen.«

»Ich mache das gern. Du weißt, wie viel sie mir bedeutet. So wie du und Marie. Ihr fehlt mir. Können wir beide uns nicht mal treffen und reden?«

»Wir wissen, dass das zu nichts führt. Wie geht es meiner Mutter?« Victoria hatte große Lust, aufzulegen, und bereute ihren Rückruf. Sie hatte Wichtigeres zu tun.

»Schlecht. Sie hat nach dir gefragt. Ich weiß, du hast viel um die Ohren, aber die Familie hat Vorrang.«

Sie spürte, wie Zorn in ihr aufstieg. »Das sagst ausgerechnet du?«

Ein Seufzen drang durch die Leitung. »Ja, ich habe mich wie ein

Idiot benommen, aber wie lange willst du mir das noch vorwerfen? Ich kann es nicht rückgängig machen.«

»Ich versuche, Mama diese Woche zu besuchen. Ich muss zurück an die Arbeit.« Sie legte auf.

»Ach, hier bist du.« Daniel war in die Küche getreten, holte zwei Tassen aus dem Schrank und schenkte Kaffee ein. »Die Zeugin aus dem Pflegeheim wartet auf uns im kleinen Vernehmungsraum.« Er drückte ihr die Kaffeetasse in die Hand. Ohne Milch und Zucker, genau wie sie ihren Kaffee liebte.

Sie nahm die Tasse an, obwohl sie immer noch sauer auf Daniel war. Auch wenn er nichts für die Entscheidung ihres Chefs konnte, kreidete sie ihm an, dass er es Benedikt überlassen hatte, sie zu verteidigen.

DANIEL

Ihm entging nicht, dass seine Partnerin wütend war. Sie sah ihm nicht einmal in die Augen. Er verübelte ihr diese Reaktion nicht, da er auf sein Verhalten in der Besprechung nicht stolz war.

Haller hatte ihn komplett überrumpelt. Die Entscheidung, ihm die Leitung der Mordkommission zu übertragen, war nicht in Ordnung. Victoria hatte nichts falsch gemacht. Er wäre bei den Ermittlungen genauso vorgegangen. Ihr Chef war ein ungehobeltes Arschloch. Der Schock darüber, die Verantwortung für die Ermittlungen übernehmen zu müssen, war dann aber dem Stolz über die Beförderung gewichen. Denn zugegebenermaßen war er über diese Chance auch froh. Sie war die Gelegenheit, allen, zuallererst sich selbst, zu beweisen, dass er der Richtige für den Job war.

»Ich habe eben mit dem Vertriebsleiter von Pharmasano telefoniert. Spätestens heute Abend bekommen wir die Kundenliste. Die Kollegen haben die Arsenkäufe in den Apotheken überprüft. Für alle wurden legale Verwendungen nachgewiesen.«

Victoria reagierte nur mit einem »Mhmm« und betrat den Vernehmungsraum.

Die Altenpflegerin war zierlich, dunkelblond und sichtlich nervös. Nach der Begrüßung und der Aufnahme ihrer Personalien fragte sie, ob sie als verdächtig gelte und einen Anwalt brauche.

»Wir benötigen Sie als Zeugin«, beruhigte Daniel sie. »Wir glauben, dass Ihre Aussage uns in einem Mordfall von großer Hilfe sein kann.« Er belehrte sie über ihre Rechte und Pflichten als Zeugin. »Sie können jederzeit einen Rechtsbeistand hinzuziehen.«

Die Pflegerin nickte und stimmte vorerst einer Befragung ohne Anwalt zu.

Daniel sah zu Victoria hinüber, die eisern in ihre Kaffeetasse starrte und keinerlei Anstalten machte, sich an dem Gespräch zu beteiligen. Er schluckte seinen Ärger hinunter. Auch wenn sie allen Grund hatte, sauer zu sein, musste sie es nicht vor der Zeugin zeigen.

Dann führe ich die Befragung eben allein durch.

»Sie haben dem Kollegen erzählt, dass Sie Lars Stichler beruflich kannten.«

Die Zeugin rutschte auf ihrem Stuhl hin und her und knetete nervös ihre Hände.

»Er kam etwa zweimal im Jahr bei uns im Heim vorbei, um neue Medikamente vorzustellen. Meistens habe ich mit ihm gesprochen. Meine Chefin hat wenig Zeit für so etwas.«

Daniel lächelte sie aufmunternd an. Wenigstens sah Victoria jetzt die Zeugin an, vermied aber weiterhin den Blickkontakt mit ihm.

»Wir nutzten aber ihr Büro, um mehr Ruhe zu haben.« Sie betrachtete ihre Hände, so als überlegte sie, was sie mit ihnen anstellen sollte. »Das hat er schamlos ausgenutzt.«

Daniel räusperte sich. »Uns ist bewusst, wie schwer Ihnen das fällt, aber Ihre Aussage ist wichtig. Was ist passiert?«

Die Pflegerin atmete tief durch, bevor sie Daniel ansah. »Das letzte Mal war im November. Er wirkte total nett und harmlos, ich fand ihn sogar irgendwie süß.« Ihre Wangen färbten sich rot. »Aber er hat schnell sein wahres Gesicht gezeigt. Als wir allein waren, hat er versucht, mich zu küssen. Ich war entsetzt. Er meinte, ich sei so hübsch und sexy und dass er wisse, dass ich ihn auch toll finde.« Ihre Augen füllten sich mit Tränen. »Ich habe ihm gesagt, er soll das lassen, aber er hat nur gelacht und ist sogar noch weitergegangen. Er hat mir in den Schritt gegriffen. Ich bin aufgesprungen, aber er hat mich gegen die Wand gedrückt und weiter angefasst.«

»Haben Sie nicht um Hilfe gerufen?«, mischte sich Victoria jetzt doch ins Gespräch ein.

»Doch, aber er hat mir den Mund zugehalten. Ich hatte totale Panik, dass er mich vergewaltigt. Er hat sich eine Weile an mir gerieben und dann von mir abgelassen.«

»Warum haben Sie ihn nicht angezeigt?«

Die Zeugin senkte den Blick. »Ich habe mich geschämt«, flüsterte sie. »Es war mir peinlich, weil ich einer Kollegin zuvor erzählt hatte, dass ich ihn attraktiv finde. Wer hätte mir denn geglaubt?«

»Wir«, sagte Daniel, schien aber die Zweifel der jungen Frau damit nicht auszuräumen.

»Er meinte, ich bräuchte gar nicht erst zur Polizei zu gehen. Er sorge sonst dafür, dass ich den Job verliere und nie wieder als Pflegerin arbeiten könne. Er habe viele Kontakte in der Branche, und ich sei nicht die Erste, die ihm gedroht und es hinterher bereut habe. Wahrscheinlich war das gelogen, aber ich hatte trotzdem Angst. Ich brauche den Job.« Sie starrte Daniel mit weit aufgerissenen Augen an. »Meine Chefin erfährt nichts davon, oder?«

»Keine Sorge«, versprach Daniel. »Haben Sie eine Ahnung, wen Stichler mit den anderen Frauen meinte? Gab es irgendjemanden in Ihrem Heim, der ähnliche Erfahrungen mit ihm gemacht hat?«

»Bei uns sicher nicht. Obwohl ich nur mit einer Kollegin und guten Freundin darüber gesprochen habe. Ich kann mir vorstellen, dass er es in anderen Heimen oder Arztpraxen versucht hat.«

Und keine hat ihn angezeigt. Er muss seine Drohung überzeugend rübergebracht haben.

»Hat Stichler Sie gebeten, ihn außerhalb der Arbeit zu treffen?«

»Ja. Aber wer ist so verrückt und lässt sich darauf ein?«

Jemand, der sich rächen will.

Er legte ihr eine Auswahl an Bildern vor, darunter auch das Phantombild der Entführerin sowie die Fotos von Walder und dem DJ. *Es muss eine Verbindung geben.* »Kennen Sie eine oder mehrere dieser Personen?«

Sie nahm ein Foto nach dem anderen in die Hand und betrachtete sie. Dann deutete sie auf das von der Entführerin und von Walder. »Die kenne ich aus der Zeitung.«

»Was, bitte, war das denn?« Zurück in ihrem Büro, schaute Daniel Victoria herausfordernd an. Eine Aussprache war überfällig.

»Was meinst du?«, antwortete Victoria wie ein Unschuldslamm und schaltete den Rechner an.

»Können wir jetzt nicht mal mehr eine stinknormale Zeugenbefragung zusammen durchführen?«

»Das kriegst du doch sicher ohne meine Hilfe hin. Bist ja jetzt der Boss.«

Wie albern. »Ach, komm schon, Victoria. Was hätte ich denn sagen sollen?«

»Du hättest den Job ablehnen können.«

»Glaubst du das wirklich?«

Sie sah ihn immer noch nicht an. Das fuchste ihn. Demonstrativ stellte er sich mit verschränkten Armen neben sie und wartete. Endlich hob sie den Blick. Trotzig und ohne zu antworten.

»Hättest du an meiner Stelle abgelehnt?«

Sie zuckte mit den Schultern. Beide schwiegen sich an und sahen sich in die Augen.

Victoria war die Erste, die sich abwandte. »Ich stand vor allen wie eine Idiotin da«, sagte sie voller Zorn.

Daniel bemerkte ein Schwanken in ihrer Stimme. Seine Partnerin war wütend. Aber vor allem war sie verletzt. Er ahnte, warum.

»Es tut mir leid. Ich hätte dich und deine Arbeit verteidigen müssen.«

»Ja, das hättest du! Ich habe dir die ganze Zeit den Rücken freigehalten und nichts über deine Beziehung mit der Journalistin erzählt. Glaubst du allen Ernstes, Haller hätte dir die Leitung übertragen, wenn er das wüsste?«

Daniel schluckte. Sie hatte recht. Trotzdem stellte sie sich in einem zu günstigen Licht dar. »Du hast es mir auch nicht leicht gemacht. Am liebsten arbeitest du allein, gib es zu.«

»Genau! Und du hast mir heute wieder gezeigt, dass ich damit am besten fahre.«

»Blödsinn. Wir sind ein super Team. Ich arbeite gern mit dir, und du wirst sehen, Hallers Entscheidung ändert nichts an unserer Zusammenarbeit.«

»Von wegen. Aber ihr werdet schon merken, dass ...« Ihr Handy unterbrach Victoria. Aufseufzend ging sie ran.

»Die Rechtsmedizin. Der Bericht zum DJ liegt vor«, sagte Victoria Augenblicke später, nachdem sie aufgelegt hatte. »Ein gerader Stich ins Herz. Hat innerhalb von wenigen Sekunden zum Tod geführt. Die glatten Wundränder und der schmale, dreizehn Zentimeter lange Stichkanal sprechen für ein Messer als Tatwaffe. Einschneidige Klinge wie bei jedem gewöhnlichen Haushaltsmesser.«

Sommer 2016

DER WÄCHTER

Es war nicht seine Absicht gewesen, Sophie zu erschrecken. Trotzdem war er enttäuscht, dass sie ihn nicht gleich erkannt hatte. Hatte sie ihn etwa vergessen?

Er hatte oft an sie gedacht, sie furchtbar vermisst, noch Jahre nachdem ihre neuen Eltern sie abgeholt hatten. Natürlich war auch Neid im Spiel gewesen. Teenager waren wenig gefragt bei Adoptionen.

Er hoffte damals, Sophies Adoptiveltern würden sie zu ihm zurückbringen, sobald sie bemerkten, wie geschädigt sie war. Beide waren sie geschädigt. Deswegen hatten sie sich die zwei Jahre, die sie gemeinsam im Heim verbrachten, so gut verstanden.

Fast vom ersten Tag an waren sie unzertrennlich gewesen. Sie war für ihn die kleine Schwester, die er sich immer schon wünschte, und er ihr Beschützer. Er erinnerte sich, wie er im Heim ankam und sie im Gemeinschaftsraum erblickte. Die Arme um den Oberkörper geschlungen, genau wie bei ihrem Wiedersehen auf der Brücke. So als wollte sie sich die ganze Welt vom Leib halten. Der Schmerz in ihren Augen berührte ihn, da er seinen eigenen widerspiegelte. Dabei hatte er gedacht, dass ihn nichts mehr im Leben berühren würde.

Er hatte sich neben sie gesetzt und nach ihrem Namen gefragt. Damals ließ sie den Kopf auf die Arme sinken und ignorierte ihn. Tagelang. Aber er gab nicht auf. Niemals. Schließlich öffnete sie sich ihm gegenüber. Auch er erzählte ihr alles.

Nachdem Sophie sich von ihrem ersten Schrecken auf der Brücke erholt hatte, hatten sie lange geredet und sich von da an regelmäßig getroffen. Sie sprachen viel über die Zeit im Heim. Seine schlimmsten Erinnerungen aus der Kindheit kamen wieder hoch. Der prügelnde Vater, die wehrlose Mutter. Die Flasche, mit der er ihr Leid beendet hatte. Sein Erzeuger – denn den Namen Vater hatte er nicht verdient – hatte den eigenen Tod provoziert. Die Welt war ohne ihn besser dran. Sicherer.

Sophie und er erzählten sich auch, was in all den Jahren, die sie voneinander getrennt gewesen waren, geschehen war. Die Mainbrücke war ihr Treffpunkt. Schon als Kinder hatten sie es geliebt, gemeinsam dem Rauschen des Wassers zuzuhören. Es brachte ihnen einen inneren Frieden, als trage der Fluss die Erinnerungen mit sich fort.

Sophie konnte sich glücklich schätzen. Sie war bei einem fürsorglichen Ehepaar aufgewachsen, das ihre Adoptivtochter über alles liebte und bei allem unterstützte. Auf Reisen mit ihren Eltern hatte sie sogar einiges von der Welt gesehen.

Er selbst hatte den Rest seiner Kindheit im Heim verbracht. Mit einer kurzen Zwischenstation bei einer Pflegefamilie, die ihn zurückbrachte, nachdem er im Garten einen Igel gequält und angezündet hatte. Gott sei Dank erzählten seine Pflegeeltern niemandem davon. Nach Sophies Abschied war es ihm schwergefallen, Freundschaften zu schließen. Noch heute war er ein Einzelgänger.

Beide verfügten sie über eine abgeschlossene Ausbildung und waren berufstätig. Keine Selbstverständlichkeit bei ihrer Vergangenheit. Allerdings war Sophie noch immer in Therapie. Auch er hatte als Kind ein paar Sitzungen beim Seelenklempner hinter sich gebracht, fand aber nicht, dass das hilfreich gewesen war.

Das Einzige, das im Leben hilft, ist, sich zu wehren.

Wenige Wochen nach ihrem ersten Treffen erzählte Sophie ihm von Lars Stichler, davon, dass er sie belästigte. Sie gestand ihm auch, dass sie noch nie mit einem Mann geschlafen hatte, es nicht konnte.

Verständlich. Trotzdem beschlich ihn das Gefühl, dass Sophie in ihn verliebt war. Die Art, wie sie ihn ansah. Er war ihr Beschützer. Sie aber war für ihn immer noch die kleine Schwester, die zu ihm aufschaute.

Er hatte versucht, Beziehungen mit Frauen einzugehen, doch er entwickelte sogar nach Jahren keine tiefergehenden Gefühle für sie. Das bemerkten die meisten irgendwann, obwohl er gelernt hatte, Emotionen vorzutäuschen. Beziehungen und Freundschaften waren für ihn nur so lange von Bedeutung, wie ihn der andere Part bewunderte.

»Dieser Lars Stichler … wehr dich. Zeig ihn an«, sagte er zu Sophie.

»Ich kann nicht. Er hat viele Kontakte in Würzburg. Außerdem hat er letztens meine Handtasche durchwühlt und gesehen, dass ich Antidepressiva nehme. Er droht mir, es meiner Chefin zu sagen. Ich will den Job nicht verlieren.«

Wut kroch in ihm hoch.

Manche Menschen sind Opfer. Und bleiben es für immer. Manche sind Täter. Und kommen damit durch. Es ist an der Zeit, etwas zu ändern.

»Komm aus deiner Opferrolle raus!«

Sie zuckte zusammen, weil er geschrien hatte. Er würde nicht zulassen, dass sie endete wie seine Mutter. Eine Frau, die alles hinnahm. Eine, für die er jeden Respekt verloren hatte.

Seine Mutter hatte die Schuld am Tod ihres Mannes auf sich genommen. Unnötigerweise. Mit elf Jahren war er nicht strafmündig gewesen. Sie plädierte auf Notwehr und kam damit durch, aber das Sorgerecht verlor sie kurz darauf trotzdem, weil sie nach dem Vorfall selbst anfing zu trinken.

Was für eine Idiotin.

Zwei Monate nach seiner Volljährigkeit war sie an einem Leberschaden gestorben. Als Hartzerin. Immerhin hatte sie ihm die kleine

Doppelhaushälfte am Hexenbruch vermacht, die sie selbst von ihren Eltern geerbt hatte.

Er setzte sich neben Sophie auf die Bank, die vor einem der Brückenheiligen stand, und legte den Arm um sie. »Tut mir leid, wenn ich laut geworden bin, aber findest du nicht auch, dass er damit nicht durchkommen darf? Es gibt zu viele wie ihn, die nicht bestraft werden.« *Und niemanden interessiert es. Keiner tut etwas. Stattdessen amüsieren sie sich auf Volks- oder Weinfesten.*

Sophie nickte. »Ja, man müsste ihn zur Rechenschaft ziehen. Aber wie?«

Das werde ich dir schon beibringen. Auch, wie man sich wehrt. Er berichtete ihr von dem Datenschützer, den sie nicht verurteilt hatten. Und von dem DJ, der seine Frau schlug. *Sie verdienen den Tod. Wie mein Vater.*

So entstand eine Idee. Und eine Liste. Der Name des Pharmareferenten war einer der ersten, den er daraufsetzte.

Donnerstag, 1. Juni 2017

VICTORIA

Jemand klopfte an ihrer Bürotür.

Kilian grinste. »Melde mich zurück zum Einsatz. Habe gleich den Termin mit dem Phantombildzeichner. Gibt es was Neues?«

Lächelnd stand Victoria auf. »Wie geht es dir?« Sie war froh, ihn zu sehen, und erleichtert, dass die Verletzung nicht schwerwiegend war. Eine Krankschreibung hätte eine Lücke ins Team gerissen.

»Besser. Solange ich in nächster Zeit keinen Marathon laufe, komme ich durch«, scherzte Kilian.

Daniel erhob sich und legte Kilian eine Hand auf die Schulter. »Hast uns einen ganz schönen Schrecken eingejagt.«

Victoria nickte und hoffte, nicht wieder zu erröten. Daniels Spruch gestern hatte sie aus dem Konzept gebracht und ein wenig geärgert. Es war ja nicht so, dass sie in Kilian verliebt war. Aber sie mochte ihn und fühlte sich jedes Mal geschmeichelt, wenn er mit ihr flirtete.

»Nicht auszudenken, wenn sie dich richtig erwischt hätte«, meinte Victoria. »Denn mit dem Messer umgehen kann sie.« Sie berichtete ihm von den Ergebnissen der Rechtsmedizin und von der Befragung der Pflegerin.

»Und die Fahndung? Irgendeine Spur von der Täterin?«

Daniel schüttelte den Kopf. »Läuft weiter. Wir haben schon einige Anrufe erhalten, die Benedikt mit ein paar Leuten überprüft. Nach deinem Meeting mit dem Phantombildzeichner könntest du die Spusi kontaktieren. Mal sehen, ob sie schon was für uns hat.«

Kilian nickte und schaute dabei von einem zum anderen. »Ist sonst alles in Ordnung bei euch?« Vermutlich fiel ihm auf, dass Victoria und Daniel einander kaum ansahen.

Sie war sehr enttäuscht von ihm. Dabei hatte sie sich vor ein paar Tagen erst bei dem Gedanken erwischt, dass sie sich langsam zu einem richtigen Team zusammenrauften. Zu so etwas wie Partnern. Sie hatte sich getäuscht. Wieder einmal.

»*Er* ist jetzt Leiter der Mordkommission.« Mit einem Daumen deutete sie auf den Kollegen.

Kilian zog eine Augenbraue hoch und pfiff durch die Zähne. »Im Ernst?! Was ist passiert?«

Daniel kam ihr zuvor. »Haller ist passiert. Es hat nichts mit Victorias Arbeit zu tun. Ich denke, es ist was Persönliches. Und an sich ändert es auch nichts. Wir sind weiterhin ein Team.«

Kilian lachte ungläubig auf. »Na klar.« Als er Daniels finsteren Blick sah, räusperte er sich. »Nun, ich werde dann mal los ...« Er zwinkerte Victoria zu und verschwand.

Vorsichtig lugte sie zu ihrem Kollegen. Der hatte sich wieder seinem Rechner zugewandt.

»Du hättest mich und meine Arbeit ruhig schon früher verteidigen können. Zum Beispiel in der Besprechung.«

Er reagierte nicht.

»Daniel? Ich rede mit dir.«

»Susanne hat mir eine Mail geschickt. Von den Wächtern.«

Sie stöhnte, als sie zwei Stunden später zusammen mit Daniel den Vernehmungsraum betrat. Es war unangenehm stickig. Angesichts der vielen Gespräche, die sie und die Kollegen heute hier schon geführt hatten, war das wenig verwunderlich.

Sie begrüßte den Kollegen von der Streife, der für sie dolmetschte, und die Ehefrau des DJs. Dann öffnete sie das kleine Fenster im Raum.

Die Zeugin war erst neunundzwanzig Jahre alt, zehn Jahre jünger als der Verstorbene, lebte seit sieben Jahren in Deutschland und hatte keine Kinder. Auf den Tod ihres Mannes hatte sie recht gefasst reagiert.

Heute hingegen wirkte sie eingeschüchtert, vielleicht entstand dieser Eindruck wegen des Kopftuchs, das ihr Haar vollständig bedeckte und das sie gestern Nacht nicht getragen hatte. Dafür, dass es draußen über zwanzig Grad hatte, war sie warm angezogen. Außer ihrem Gesicht zeigte sie kein bisschen Haut.

Daniel eröffnete die Befragung. »Sie haben uns erzählt, dass Ihr Mann seit drei Jahren regelmäßig Mittwoch und Freitag am Mainstrand aufgelegt hat, es aber Ausnahmen gab, an denen ein anderer DJ den Job übernahm.« Er legte eine Pause ein, damit der Dolmetscher ins Türkische übersetzen konnte.

Die Zeugin bejahte.

»Wir haben uns gefragt, warum er ausgerechnet an seinem Geburtstag aufgelegt hat, statt die Zeit zum Beispiel mit Ihnen zu verbringen.«

Die Frau sah erwartungsvoll zu dem Dolmetscher neben ihr, und nachdem sie die Frage in ihrer Muttersprache gehört hatte, antwortete sie.

»Er hat überall aufgelegt, wo immer es möglich war«, fasste der Kollege zusammen. »Er übergab den Job am Strand nur, wenn er irgendwo anders einen besser bezahlten Einsatz hatte oder krank war. Und dann nur an einen guten Kumpel.«

Daniel fragte nach dem Namen des Freundes, und Victoria notierte ihn.

»War Ihr Mann noch anderweitig berufstätig?« Sie warteten auf den Dolmetscher.

»Er hat Tanzstunden gegeben, auch am Mainstrand. Außerdem hat er interkulturelle Veranstaltungen organisiert, um den Austausch zwischen Deutschen und hier lebenden Türken zu fördern.«

»Wer wusste von seinem Geburtstag?«

»Viele Leute«, übersetzte der Kollege. »Freunde und die meisten Tänzer, denn er hat es in der entsprechenden Facebook-Gruppe verkündet. Sie sagt, ihr Mann war ein sehr extrovertierter, offener Mensch. Er liebte die Aufmerksamkeit.«

Victoria bemerkte, dass Daniel den Augenkontakt mit ihr suchte. Sie wusste, was er zu fragen beabsichtigte, und stimmte mit einem Nicken zu.

»Einige Zeuginnen, die gestern am Strand getanzt haben, behaupten, er sei ein Frauenschwarm gewesen und habe mehrere Affären gehabt. Können Sie das bestätigen?«

Nach der Übersetzung senkte die Witwe den Kopf und schwieg. Als sie antwortete, sah sie Daniel direkt in die Augen. In ihrer Stimme schwang unverhohlener Stolz mit.

Sie blickten gespannt zum Dolmetscher.

»Ja. Ihr Mann sei äußerst gut aussehend und beliebt gewesen. Sie habe bemerkt, wie die deutschen Frauen ihn angafften. Wie sich diese billigen Schlampen an ihn ranschmissen. Es wundere sie nicht, wenn er mal schwach geworden ist.«

Victoria atmete tief ein und stieß die Luft langsam wieder aus. *Warum lässt eine Frau sich so demütigen?* Sie verstand auch die anderen Frauen nicht. Unter den Tänzerinnen, die sie bisher befragt hatten, waren etliche, die Sex mit dem DJ gehabt hatten, obwohl sie wussten, dass er verheiratet war.

»Kennen Sie eine der Damen, die Geschlechtsverkehr mit Ihrem Mann hatten?«, fragte Daniel weiter.

Sie verneinte. »Interessiert mich nicht.«

»Haben Sie einen Verdacht, wer Ihren Mann getötet haben könnte? Hatte Ihr Mann Feinde?«

Sie sah zu dem übersetzenden Kollegen und zuckte mit den Schultern. »Ich weiß es nicht.«

»Kennen Sie eine dieser Frauen?« Daniel legte ihr mehrere Fotos und Phantombilder vor, darunter das von der Tatverdächtigen, das erst vor wenigen Minuten fertig geworden war.

Kilian hatte ein ausgezeichnetes Gedächtnis. Die Gesichtskonturen der Frau kamen besser heraus als nach Lisas Beschreibung. Die Wangenknochen traten deutlicher hervor, die Augenbrauen waren schmaler, vermutlich gezupft. Der Zeichner hatte sogar ein paar Sommersprossen ergänzt.

Wieder hatte Victoria das Gefühl, etwas zu übersehen. Sie war sich sicher, die Verdächtige nicht zu kennen, trotzdem kam sie ihr bekannt vor. Der Witwe allerdings nicht. Sie war keine große Hilfe. Auch zu den Bildern von Walder und Stichler fiel ihr nichts ein.

Eine wichtige Frage mussten sie ihr noch stellen. Daniel schielte zu Victoria rüber.

Sie erbarmte sich und übernahm. »Wir müssen Sie das leider fragen und bitten Sie, uns wahrheitsgemäß zu antworten. Hat Ihr Mann Sie geschlagen?«

Als die junge Frau die Übersetzung hörte, riss sie erschrocken die Augen auf. »Wer behauptet das?«

Victoria streckte den rechten Arm aus und legte ihre Hand auf die der Witwe. »Es ist wahr, oder?«

Sie sah, wie die mühselig aufrechterhaltene Fassade der Zeugin langsam bröckelte. Die Frau zog ihre Hand weg, lehnte sich im Stuhl zurück und ließ den Kopf sinken. Wie in Zeitlupe krempelte sie einen Ärmel ihres dunklen Oberteils zurück und entblößte eine Reihe blauer Flecken. Dann sprach sie auf Türkisch mit dem Kollegen.

»Sie meint, er könne nichts dafür. Er habe sie nicht gewollt. Seine Eltern hätten darauf bestanden, dass er eine Türkin heiratet. Deswegen sei sie nach Deutschland gekommen.«

Victoria spürte, wie Wut in ihr aufstieg. Wieso verteidigte sie ihn?

Daniel schien ihre Empörung zu ahnen, denn er übernahm die Gesprächsführung wieder. »Wer wusste, dass Ihr Mann Sie schlägt? Bitte, es ist wichtig, dass Sie uns das sagen.«

Die junge Frau rollte den Ärmel herunter und wischte sich eine Träne von der Wange, bevor sie antwortete.

»Sie hat es nur einer Freundin erzählt, ihrer Nachbarin«, erläuterte der Dolmetscher. »Aber sie kann sich nicht vorstellen, dass die es weitererzählt hat.«

Freitag, 2. Juni 2017

SUSANNE

Ihr Chef lehnte sich in seinem Sessel zurück. Er las ihren Artikel und die neuesten Zeilen der Wächter. Ein Lächeln umspielte seine Lippen. Es wirkte unangebracht, aber sie kannte diese Reaktion von sich selbst.

Auch sie war nach dem ersten Schrecken darüber, dass die Serienmordtheorie sich bestätigte, von einer fast morbiden Sensationsgier gepackt worden. Solange die Wächter in der Stadt aktiv waren, brauchten sie sich über Auflage und Klickraten keine Sorgen zu machen.

Ihre Story hatte die komplette Titelseite beansprucht. Ganz Würzburg wusste nun, dass hinter den drei Todesfällen der vergangenen Wochen die sogenannten Wächter steckten. Die Bürger hatten ein Recht darauf, zu erfahren, dass Serienmörder in der Stadt frei herumliefen. Die Kripo besaß trotzdem ausreichend Exklusivwissen, um die Täter überführen zu können. Zum Beispiel hatte Susanne immer noch keine Ahnung, mit welchem Gift Stichler getötet worden war.

Natürlich hatte sie versucht, es herauszufinden, und war gestern zum Vater des jungen Mannes gefahren, in der Hoffnung, dass dieser ihr einen Tipp geben konnte. Er hatte sie jedoch als »lästiges Journalistenpack« beschimpft und zum Teufel gejagt.

»Diese Wächter sind ein Glücksfall für uns«, sagte Lauer und beugte sich nach vorn. Da er gestern geschäftlich unterwegs gewesen war, kamen sie erst jetzt dazu, unter vier Augen zu sprechen. »Ihre Story ist großartig, ein echter Scoop! Endlich haben Sie die Täter namentlich genannt.«

»Auf unserer Webseite und in den Social-Media-Kanälen diskutieren die Leute ganz heiß darüber, wer die Wächter sein könnten.«

»Clever, dass Sie den Lesern auch erzählt haben, dass Sie in Kontakt mit den Tätern stehen. So sind die *Würzburger Nachrichten das* Medium für Informationen zu den Serienmorden. Noch vor der Polizei.« Lauer feixte, und Susanne dachte, dass sie es endlich geschafft hatte. Sie war über die Region hinaus als Journalistin bekannt. Von hier aus ging es nur bergauf. Aber welchen Preis würde sie dafür zahlen?

Daniel hatte sie gestern Abend nicht auf ihre Story angesprochen. Wahrscheinlich, um keinen weiteren Streit zu entfachen. Seit langer Zeit hatten sie mal nicht über die Arbeit gesprochen.

Sie war froh, dass er das Thema mied. Ihr Gewissen nagte an ihr. *Mein Erfolg geht auf seine Kosten.*

Aber sie half der Kripo auch. Ohne sie wüsste die Polizei nichts von den Wächtern. *Ich muss helfen, die Mörder zu schnappen. Dann wird Daniel sehen, dass es mir nicht nur um meine Karriere geht.*

»Mir erschließt sich der Zusammenhang zwischen diesem Text und dem Toten nicht.« Lauer legte die ausgedruckte Mail der Wächter vor sie auf den Schreibtisch. »Ein falscher Karl? Und was hat der DJ mit der Türkei und Europa zu tun?«

Sie warf einen Blick auf die Mail, obwohl sich ihr der Text – wie auch die anderen beiden – bereits ins Gedächtnis eingebrannt hatte.

Es gab einmal eine Idee von Europa als Einheit. Begrenzt, aber effizient und voll kultureller Blüte.
Heute herrschen Zwist und Chauvinismus. Die Briten wollen raus. Wer als Nächstes?
Kein gemeinsamer Plan bei der Flüchtlingskrise, stattdessen der Deal mit einer Türkei, die unseren Werten widerspricht.
Verfolgte Journalisten, Frauenmorde, Todesstrafe. Ein Mann ist das Gesetz.

In Deutschland zeugen islamistische Propaganda, Ehrenmorde und Importbräute von versäumter Integration.
Ein falscher Karl, ein Frauenschläger, ist tot. Ein Stich ins Herz.
Europas Schmerz ist größer.
Die Wächter
PS: Frau Riehl, bevor Gerüchte entstehen: Wir haben nichts gegen den friedlichen Islam, aber sehr wohl etwas gegen autoritäre Regime und Werte, die nicht zu Deutschland und Europa passen. Der Tod des DJs ist eine Mahnung an die deutsche und europäische Politik, gemeinsam für eine gelingende Integration zu sorgen sowie Verstöße gegen unsere Grundwerte und Demokratie zu bestrafen. Warum fließen eigentlich noch immer EU-Gelder in die Türkei, ein Land, das Menschenrechte mit Füßen tritt?

»Der Tote war Deutschtürke, sein Künstlername DJ Carlos, das ist spanisch für Karl.«

»Haben Sie schon Angehörige ausfindig gemacht, die wir interviewen können?«

Sie nickte. »Er war verheiratet. Ich habe die Adresse und werde heute versuchen, mit der Ehefrau zu sprechen. Außerdem plane ich ein Feature über Türken in Würzburg und ihre Einstellung zur Türkei und zum Islam.«

»Wir haben letzten Sommer eine ähnliche Artikelserie veröffentlicht und müssen aufpassen, dass wir uns nicht wiederholen«, wandte Lauer ein. »Sie handelte von der Spaltung hier lebender Türkeistämmiger nach dem Putschversuch in der Türkei. Auf die Fassade einer Würzburger Schule der Gülen-Bewegung haben sie damals zum Beispiel Hassparolen gesprüht.« Er überlegte. »Es lohnt sich aber, mit der hiesigen DITIB-Gemeinde zu sprechen. Vielleicht war der DJ Mitglied.«

»In Ordnung.« Susanne verabschiedete sich von ihrem Chef. Sie hatte einiges auf dem Schreibtisch liegen, und in den sozialen Netzwerken wartete ihre wachsende Gruppe an Followern auf Antworten zu den Wächtern.

Ich sollte einen eigenen Blog zu den Serienmorden erstellen.

Wichtiger war jedoch erst einmal etwas anderes. Sie erweckte ihren PC aus dem Ruhemodus und klickte in das E-Mail-Programm. Sie öffnete die letzte Nachricht der Wächter und zögerte. Aber nur kurz.

Wenn ich mehr von ihnen erfahren möchte, muss ich sie kontaktieren. Sie betätigte den Antwort-Button. *Was schreibe ich? Warum sollten sie auf meine Mail reagieren?* Sanft ließ sie ihre Finger über die Tastatur gleiten. *Eine Provokation!*

Sie tippte:

> An die selbsternannten Wächter
> Woher der Name? Haltet ihr euch etwa für die Wächter über unsere Stadt? Glaubt ihr, ihr seid gerecht und mächtig? Das Gegenteil ist der Fall. Ihr sorgt für Unsicherheit und Ungerechtigkeit, aber die Würzburger haben keine Angst vor euch. Die Kripo wird euch schnappen.
> Ihr kritisiert die Wiedereinführung der Todesstrafe in der Türkei, über die noch nicht entschieden ist. Blanker Hohn, denn ihr seid es, die mit dem Tode strafen. Ihr seid die Verbrecher, die sich nicht an unsere Regeln halten.

Sie drückte auf Senden und atmete aus. Dann schnappte sie sich ihre Handtasche. Hoffentlich war die Frau des DJs zu Hause.

DANIEL

Das war Kilian«, sagte er zu Victoria, nachdem er aufgelegt hatte. Sie waren auf dem Weg in die Sanderau, um mit der Nachbarin der Witwe zu sprechen. »Er kümmert sich mit Benedikt um die Liste von Stichlers Arsenkunden, die Pharmasano uns endlich geschickt hat. Und es gibt Neuigkeiten von der Spusi. Es wurden synthetische Fasern am Opfer gefunden. Dunkelblau. Vermutlich vom Pulli der Täterin.«

Victoria grummelte etwas Unverständliches. Er hoffte, weil sie sich auf den Verkehr konzentrierte, und nicht, weil sie immer noch sauer war, da er glaubte, dass die Aussprache etwas gebracht hatte. Zumindest hatte er seinen Standpunkt erläutert. Trotzdem spürte er, dass die zuletzt positive Entwicklung ihrer Beziehung einen Dämpfer erlitten hatte.

Gestern Abend hatten sie die Tonbandaufnahmen aller an dem Tag vernommenen Zeugen angehört. Die meisten Tänzerinnen schwärmten von diesem DJ, einige waren eindeutig verliebt in ihn gewesen. Bei den Männern hielten sich Bewunderer und Neider die Waage. Niemand hatte einen konkreten Verdacht genannt.

»Glauben Sie den bösen Zungen nicht«, hatte der Kumpel und Vertreter des DJs ihnen geraten. »Viele haben ihm den Erfolg missgönnt. Er war ein Vorbild und hat sich für Toleranz, kulturelle Entfaltung und Gewaltfreiheit in der Stadt eingesetzt.«

»In der Öffentlichkeit ein Prediger von Frieden und zu Hause ein Schläger«, stieß Daniel verächtlich aus.

Sie passierten die Löwenbrücke, und er sah aus dem Fenster hinaus auf den Fluss und hinüber zum Mainstrand.

»Trotzdem haben ihn die Wächter für etwas bestraft, das auch unzählige deutsche Männer ihren Frauen antun«, erwiderte Victoria. »Er musste nur deshalb sterben, weil er türkische Wurzeln hat und somit perfekt als Symbol für ihre Europakritik herhält.« Victoria fuhr zweimal um den Block, bevor sie eine Parklücke erspähte. »Verfluchte Anwohnerparkplätze!«

Auf ihr Klingeln hin ertönte das gewünschte Türsummen. In Ermangelung eines Fahrstuhls stiegen sie das schmale Treppenhaus bis ins oberste Stockwerk hinauf, wo eine Frau, vielleicht Mitte zwanzig, im Pyjama auf sie wartete. Sie wirkte erstaunt.

»'tschuldigung, wer sind Sie? Ich hatte ehrlich gesagt jemand anderen erwartet.«

Sie zückten ihre Ausweise und stellten sich vor.

Die Frau riss die Augen auf. »O Mann, ist was passiert? Meinen Eltern oder so?«

»Keine Sorge«, antwortete Daniel. »Wir möchten Ihnen nur ein paar Fragen stellen. Dürfen wir reinkommen?«

Die Frau öffnete die Tür ein wenig weiter und trat zur Seite. »Ach, es geht um meine Nachbarn, oder?« Sie führte sie in das kleine Wohnzimmer. »Echt krass, was passiert ist. Aber irgendwie hat er es verdient.«

»Ach ja?«, entgegnete Victoria. »Weil er seine Frau geschlagen hat?«

»Nicht nur das. Sie hat kaum die Wohnung verlassen. Während er sich fast jede Nacht auf einer Party oder einer seiner Veranstaltungen rumgetrieben hat, musste sie das brave Hausmütterchen spielen. Um die Ecke in den Supermarkt durfte sie, aber nur mit Kopftuch, und wehe, wenn ich mal mit ihr was trinken gehen wollte … ein Tyrann, dieser Mann.«

»Manche Frauen tragen das Kopftuch freiwillig, aus religiösen Gründen«, warf Daniel ein.

»Pfff, das behauptet sie auch. Ich glaube das nicht. Und selbst wenn, dann nur, weil sie so erzogen wurde. Ich bin auch Türkin, aber hier aufgewachsen. Ich lasse mir nicht von einem Mann vorschreiben, wie ich mein Leben zu leben habe.« Bei der Art, wie sie das sagte, glaubte Daniel das sofort.

»Wann hat Ihre Nachbarin Ihnen erzählt, dass ihr Mann sie schlägt?«

Sie überlegte. »Vor ungefähr einem Jahr. Ein, zwei Monate, nachdem wir uns kennengelernt haben. Ich glaube, ich war die Einzige, mit der sie reden konnte. Sie spricht ja kaum Deutsch.«

»Wie haben Sie reagiert?« Victoria stellte die Frage vom Sofa aus, auf dem sie versuchte, eine bequeme Sitzposition zu finden. Daniel entschied sich, stehen zu bleiben.

»Ich habe ihr gesagt, sie soll ihn anzeigen, doch sie wollte nichts davon hören. Hoffentlich kann sie jetzt zurück zu ihrer Familie in die Türkei. Sie vermisst sie sehr.«

Nicht bevor der Tod ihres Mannes geklärt ist, dachte Daniel.

»Haben Sie irgendjemandem erzählt, dass Ihre Nachbarin geschlagen wird?«

Die junge Frau errötete. »Zuerst nicht, um die Freundschaft nicht zu gefährden. Aber nach unserem Streit haben wir kaum mehr miteinander gesprochen.«

»Streit?«, fragte Victoria interessiert.

»Das war letzten Sommer im August, glaube ich. Sie kam weinend in meine Wohnung, diesmal nicht nur mit blauen Flecken, sondern auch mit Schmerzen in der Schulter. Er hatte sie so heftig gestoßen, dass sie auf den Arm gefallen war. Als Krankenschwester habe ich sofort gesehen, dass das Gelenk ausgekugelt ist. Ich habe sie in die Uniklinik gefahren. Da arbeite ich.«

»Und dann?«, bohrte Victoria nach. »Warum haben Sie sich gestritten?«

Die Deutschtürkin seufzte und fuhr sich durch die blondierten Haare. Ihre natürliche Haarfarbe passte mit Sicherheit besser zu ihren schwarzen Augen. Warum wünschten sich so viele Frauen, blond zu sein?

»Ich habe sie erneut gedrängt, ihren Mann anzuzeigen, aber sie hat den Vorfall runtergespielt. Er habe nicht gewollt, dass sie so unglücklich fällt, es komme bestimmt nicht mehr vor … blablabla. Ich konnte es nicht mehr hören. Also bin ich am nächsten Tag zur Polizei und habe Anzeige erstattet. Als die Kripo bei ihr auftauchte, hat sie alles geleugnet und mich anschließend angefleht, die Anzeige zurückzuziehen. Habe ich gemacht, ihr aber gesagt, sie brauche nie wieder zu mir zu kommen, um sich auszuheulen.«

»Mit wem haben Sie über die Vorfälle gesprochen?«, wiederholte Victoria ihre Frage.

»Ich habe es ein paar Kolleginnen an der Uniklinik erzählt. Wir sehen das häufiger und fühlen uns machtlos. Wenn die Frauen sich nicht helfen lassen wollen, was können wir dann tun?«

Uns geht es da leider oft genauso.

»Wir brauchen bitte die Namen Ihrer Kolleginnen«, sagte Daniel. Sie nannte sie ihnen, und in dem Moment, als er und Victoria sich verabschiedeten, klingelte es an der Haustür.

»Das wird meine Mutter sein.« Die junge Frau rannte in den Flur, um den Türöffner zu betätigen. »Sie wollte vor meiner Schicht vorbeischauen.«

Auf der Treppe nach unten kam ihnen eine Frau mit Kopftuch entgegen. Sie trug einen großen Korb gefüllt mit Tupperdosen. Daniel unterdrückte ein Grinsen.

Verpflegung für die Tochter. Da sind alle Mütter gleich.

Wieder klingelte es. Sekunden später hörte Daniel den Türsummer und Schritte unten im Hausflur. Auf dem letzten Treppenabsatz wäre er fast in jemanden hineingelaufen. Er zuckte zurück und stutzte. Vor ihm stand eine ihm wohlbekannte Person.

»Hi, Schatz!«, begrüßte Susanne ihn mit einem breiten Grinsen.

VICTORIA

Sie wunderte sich über den abrupten Stopp ihres Kollegen. Dann erkannte sie seine Freundin.

Schon wieder diese Journalistin! Die taucht auch überall auf. Heute sicher, um die Witwe zu befragen. Sie grinste. Susanne Riehl sprach bestimmt kein Türkisch.

Die Journalistin schien Victorias Mimik falsch zu deuten, denn sie lächelte sie an. »Schön, Sie wiederzusehen, Frau Stahl. Hat Daniel Sie schon zum Essen zu uns eingeladen? Wir würden uns sehr freuen.«

Das Grinsen gefror Victoria auf dem Gesicht. Hatte Daniel seiner Freundin nichts von der derzeitigen Stimmung zwischen ihnen erzählt? »Danke für die Einladung, aber ich habe momentan wenig Zeit.«

Victoria bemerkte, wie die beiden Blicke austauschten.

»Macht nichts.« Die Journalistin schob sich an ihnen vorbei. »Irgendwann klappt es sicher mal.«

Victoria folgte Daniel nach draußen. »Hast du deiner Freundin nicht erzählt, dass du jetzt die Mordkommission leitest?«

»Hat sich noch nicht ergeben.«

In ihrer Abteilung herrschte ungewohnter Trubel. Sie kämpften sich durch den Flur, um zu ihrem Büro zu gelangen. Die Stühle vor den beiden Vernehmungsräumen waren alle besetzt, und diejenigen, die keinen Sitzplatz ergattert hatten, liefen ungeduldig auf und ab.

»Was ist denn hier los?«, fragte Victoria einen Kollegen, der ihnen entgegeneilte.

»Die wollen alle als Zeugen aussagen. Behaupten zu wissen, wer die Wächter sind, oder dass sie die mutmaßliche Täterin gesehen haben.« Er beugte sich vor und senkte die Stimme. »Die meisten, die wir bis jetzt vernommen haben, sind Wichtigtuer.«

»Wenigstens möchten sie helfen, die Täter zu finden«, meinte Daniel.

»Das schon, nur kommen wir kaum hinterher. Den Kollegen an der Hotline ergeht es nicht anders.«

»Wir helfen euch gleich«, sagte Daniel und wandte sich dann an Victoria. »Ich spreche kurz mit Kilian und Benedikt. Susannes Artikel hat in den sozialen Medien für ziemlichen Wirbel gesorgt. Nicht nur im positiven Sinn. Manche feiern die Täter als Helden. Solchen Kommentaren sollten wir nachgehen, möglicherweise stecken die Wächter selbst dahinter.«

Sie stimmte zu und erschrak, als jemand von hinten am Ärmel ihrer Bluse zupfte. Sie drehte sich um. Vor ihr stand eine Dame im Alter ihrer Mutter.

»Entschuldigen Sie, junge Frau. Ich warte hier schon seit fast zwei Stunden. Ohne Sitzplatz.«

»Das tut uns leid, aber Sie sehen ja, was hier los ist. Ich bitte Sie um etwas Geduld.«

»Ich muss nach Hause, weil ich mit meinem Hund Gassi gehen muss. Können sie mich vorziehen? Ich habe die Verdächtige gesehen. Mittwochabend am Main.«

Wichtiger wäre, zu wissen, wo die Gesuchte jetzt ist. Victoria sah sich im Flur um und blickte in finstere Mienen. *Die anderen warten genauso lang.*

»Wie ich das sehe, sind vor Ihnen nicht mehr viele dran. Haben Sie bitte noch ein wenig Geduld.«

Sie erntete ein Brummen der Frau, die sich auf einen Stuhl setzte, den jemand für sie freiräumte.

Wenige Meter vor ihrem Büro wurde Victoria erneut aufgehalten.

»Victoria!«

Sie drehte sich um. Es war Bernd, der Kollege, dem sie die Zeugin aus dem Seniorenheim Sankt Kolonat verdankten. »Wie war es bei der Nachbarin der Witwe? Irgendwas Neues?«

»Zeuginnen an der Uniklinik, die wir befragen müssen.«

»Kann ich übernehmen. Ich komme bei den Heimen ohnehin nicht weiter. Bisher keine Hinweise, dass Stichler noch andere Frauen belästigt hat.«

Sie zögerte. Die Klinik hätte sie gern selbst übernommen. Eigentlich entschied das jetzt aber Daniel.

»Du könntest eine der Zeuginnen befragen.« Sie lief ein paar Schritte den Flur zurück und bedeutete dem Kollegen, ihr zu folgen. Ihre Augen huschten die Stuhlreihe entlang.

Merkwürdig.

»Entschuldigen Sie«, sprach Victoria einen jungen Mann an. »Sie haben eben einer älteren Dame ihren Stuhl angeboten. Ist sie schon zur Befragung abgeholt worden?«

»Nein. Sie murmelte was von einem Hund, und dass sie noch mal wiederkommt oder es bei der Hotline versucht.«

Auch gut.

»Fahr zur Uniklinik«, sagte Victoria zu Bernd. »Nimm jemanden zur Unterstützung mit.«

DANIEL

Ihm brummte der Schädel, als er um neunzehn Uhr die Polizeiinspektion verließ. Selten hatte er so viele Zeugenbefragungen nacheinander durchgeführt. Er und seine Kollegen verfolgten alle Hinweise, doch gab es keine heiße Spur zu »Schneewittchen«.

Wenigstens hatte er am Wochenende dienstfrei. Er brauchte dringend Schlaf. Gähnend wählte er Susannes Nummer und stieg in die Straßenbahn, die fast bis zu seiner Haustür fuhr. Nach nur einem Klingeln hob Susanne ab.

»Ich komme gerade aus der Redaktion.« Sie klang fröhlich. »Lust auf ein Glas Silvaner auf dem Weindorf?«

Er stöhnte. Gedanklich lag er schon auf der Couch, bei einer Komödie und einem erfrischenden Kölsch. »Ich bin echt fertig. Lass uns das verschieben, okay?«

Wie befürchtet, ließ sie nicht locker. »Das Weinfest läuft nur noch bis Montag. Bis jetzt war ich nur für eine Story dort. Heute möchte ich es mal genießen.«

»Wir können morgen Abend gehen.« Dann wäre er ausgeschlafen und besser gelaunt.

»Ach, komm schon. Ablenkung tut uns beiden gut. Wir haben bislang kaum etwas von der Kultur hier kennengelernt.«

Wenn man Massenaufläufe und kollektives Besäufnis als Kultur betrachtet.

»Susanne, mein Tag war wirklich anstrengend. Ich möchte mich gern ausruhen. Und ich bin hungrig.«

»Auf dem Weindorf gibt es was zu essen.«

Daniel seufzte. Sie würde sich nicht geschlagen geben. Besser, er gab gleich nach. »Ein Glas Wein, was essen und ab nach Hause.«

»Super! Wir treffen uns am Falkenhaus. Weißt du, wo das ist?«

Er schmunzelte. Sie kannte sich auf jeden Fall besser in Würzburg aus als er. Aber er pendelte ja vor allem zwischen Polizeiinspektion und Wohnungen von Zeugen und Angehörigen. »Nein, tut mir leid.«

»Dann am Obelisken am Unteren Marktplatz. Den kennt jeder.«

Wie erwartet, war an diesem Freitagabend auf dem Weinfest die Hölle los. Susanne an der Hand, drängelte Daniel sich zwischen fröhlichen Menschen hindurch. Das Grölen junger Studenten mischte sich mit dem Gelächter und dem Gläserklirren von Berufstätigen, die auf das Wochenende anstießen. Vor allen Verkaufsständen standen die Besucher Schlange. Die Gäste, die in den Weinlauben auf Bierbänken saßen, ließen sich von Bedienungen in Tracht mit Frankenwein und regionalem Essen verwöhnen.

Daniel schüttelte innerlich den Kopf. In der Stadt liefen Serienmörder herum, die bei Veranstaltungen töteten. Trotzdem feierten die Würzburger, als könnten ihnen die Wächter nichts anhaben. Zwar war diese Fröhlichkeit und Unbedarftheit bewundernswert, doch bereute er es, dass er sich von Susanne hatte breitschlagen lassen.

»Wie sollen wir hier einen Platz finden?«, maulte Daniel.

»Lass uns erst mal ein Gläschen trinken«, antwortete Susanne gut gelaunt. »Später wird sicher was frei.« Sie zog ihn zu einem Ausschank und stellte sich in die Schlange.

»Ich habe Hunger«, betonte Daniel. Seine Freundin kannte ihn schließlich lange genug, um zu wissen, dass es dann mit seiner Geduld nicht weit her war.

»Hier gibt es Bratwurst, Brezeln und Flammkuchen. Was magst du?«

Er entschied sich für den Flammkuchen. Susanne bestellte außerdem zwei Silvaner. Es war ihm recht. Mit Wein kannte er sich nicht aus, schon gar nicht mit dem fränkischen. Sie drückte ihm das Glas in die eine und das Essen auf dem Pappteller in die andere Hand.

»Schau mal, da ist ein Stehtisch frei.« Sie deutete mit dem Kinn in eine Richtung.

Wenigstens etwas.

Nachdem er den Flammkuchen verdrückt hatte, fühlte er sich besser. Zufrieden atmete er tief durch und hob das Glas. »Auf die neue Heimat.«

Sie stießen an. Susannes Glas war nur noch halb voll.

»Franken scheint dir zu schmecken«, bemerkte Daniel belustigt. Für seinen Gaumen war der Silvaner zu sauer.

»Soll ich dir einen anderen Wein holen?«, bot Susanne an, da er, nachdem er einen Schluck getrunken hatte, das Gesicht verzog.

»Ach, lass nur, den schaffe ich schon.«

Aber dann nie wieder.

»Ich kaufe mir noch einen«, sagte Susanne, und eine Viertelstunde später kam sie mit einem weiteren Glas und einer Bratwurst an ihren Platz zurück.

»Was war heute mit deiner Partnerin los?«, fragte Susanne bemüht beiläufig. »Mir kam sie abweisend vor. Ich dachte, es läuft besser zwischen euch.«

Daniel ächzte. Er war in die Betrachtung der Marienkapelle versunken gewesen und hatte die Arbeit ausgeblendet. »Unser Chef hat mir die Leitung der Mordkommission übertragen. Du kannst dir sicher vorstellen, dass Victoria nicht begeistert ist.«

Susanne hielt mit dem Kauen inne und zog die Augenbrauen hoch. »Das ist ja stark, dass dein Chef dir das nach so kurzer Zeit zutraut. Gratuliere! Deine Kollegin wird sich schon wieder abreagieren, wenn sie sieht, dass du gute Arbeit leistest.«

Er verzog den Mund zu einem schiefen Lächeln. Sosehr er Hallers Vertrauen schätzte, war er sich der großen Verantwortung überdeutlich bewusst. Es hing von ihm ab, ob die Wächter weitere Menschen töteten.

»Hast du heute früh die Frau des DJs besucht?«, fragte Daniel. »Sie spricht kaum Deutsch.«

»Wusste ich ja nicht.« Susanne frohlockte. »Der Abstecher hat sich trotzdem gelohnt. Eine Nachbarin und Freundin der Witwe war bereit, mir ein Interview zu geben.«

Er schüttelte fassungslos den Kopf. Was manche Leute alles taten, um in die Zeitung zu kommen.

»Was schaust du mich so an? Es hilft, zu verstehen, warum der DJ sterben musste. Er war wohl ein Heuchler und Tyrann.«

»Deswegen hat er nicht gleich den Tod verdient.«

»Schatz, das habe ich auch nicht behauptet. Aber die Würzburger fragen sich, was in ihrer Stadt los ist. Warum Menschen ermordet werden. Du solltest mal die Reaktionen auf meine Storys in den sozialen Netzwerken lesen.«

»Das habe ich getan, und es ist teilweise erschreckend, was die Leute schreiben. Sie bezeichnen die Wächter als Helden, die die Arbeit der Polizei erledigen.«

»Die meisten denken nicht so. Sie wollen euch helfen, die Täter zu schnappen. Und ich möchte das auch. Du musst aber zugeben, dass, so falsch die Mittel der Wächter auch sind, sie mit ihren Themen einen Nerv treffen. Der Umgang mit Daten, die Vorgänge in der Türkei …«

Er setzte zu einer Antwort an, da entdeckte er ein paar Meter von ihnen entfernt ein bekanntes Gesicht.

»Marie«, entfuhr es Daniel. Das Mädchen hatte ihre dünnen Arme um den Nacken eines Mannes geschlungen, der gut und gern zehn Jahre älter war als sie.

»Wer ist das?« Susanne war seinem Blick gefolgt.

»Victorias Tochter.«

Seine Freundin kicherte leise. »Ich wette, deine Kollegin hat keine Ahnung, dass sie einen Freund hat. Der Typ ist um einiges älter.«

Kein Wunder, dass Victoria das Gefühl hat, ihre Tochter verheimlicht ihr etwas.

»Wenn du deiner Kollegin davon erzählst, sammelst du sicher wieder Pluspunkte bei ihr.«

Er prustete. »Da mische ich mich nicht ein.« Aber es würde ihm nicht leichtfallen, ein weiteres Geheimnis vor seiner Partnerin zu bewahren.

Samstag, 3. Juni 2017

VICTORIA

Zaghaft klopfte sie an Maries Zimmertür.

»Komm rein«, ertönte die Stimme ihrer Tochter. Erleichtert drückte Victoria die Klinke herunter. Marie schien verhältnismäßig gut drauf zu sein an diesem Morgen.

»Kommst du nach dem Frühstück mit zu Klaus?« Sie lächelte Marie an. Diese saß mit ihrem Smartphone auf dem Bett und hob kaum den Blick.

»Nee«, erwiderte Marie gedehnt. »Was soll ich da? Ich darf ja eh nichts trinken.« Ob ihre Tochter gestern auf dem Weindorf auch auf Alkohol verzichtet hatte?

Ihr war mulmig zumute gewesen, als Marie ihr verkündete, mit ein paar Freundinnen über das Fest zu schlendern. Nicht des Alkohols wegen, denn Wein schmeckte ihrer Tochter nicht besonders. Sie war nie betrunken nach Hause gekommen. Der Gedanke an die Wächter, die auf Veranstaltungen zuschlugen, hatte Victoria wach gehalten, bis sie hörte, dass die Haustür aufgeschlossen wurde. Den Besuch des Weinfestes zu verbieten, hätte jedoch nur wieder zu Ärger zwischen ihr und ihrer Tochter geführt, und Marie wäre heimlich gegangen. Sie kannte den Starrsinn ihrer Tochter.

Victoria schmunzelte. *Ich war früher genauso.*

»Klaus freut sich sicher, dich mal wiederzusehen.«

Marie hob den Kopf. »Grüß ihn von mir, okay? Ich habe echt keine Lust.«

Victoria seufzte. »Na schön.« Sie zögerte, bevor sie das Zimmer betrat und auf dem Bett ihrer Tochter Platz nahm.

Marie protestierte nicht, sodass sie einen Schritt weiterging. »Warum spielst du nicht mehr Fußball?«, fragte sie. »Es war dir immer wichtig.«

Marie rückte ein wenig von ihr ab. »Ach, Mama, habe ich dir doch schon erzählt. Es macht mir keinen Spaß mehr. Poetry-Slam steht für mich momentan an erster Stelle.« Marie sah sie nicht an.

Irgendetwas stimmt nicht. Warum vertraust du mir nicht?

»In Ordnung«, sagte Victoria und erhob sich. »Frühstücken wir wenigstens zusammen? Ich habe Brötchen geholt und die Hörnchen, die du so gern isst.«

Marie nickte. Victoria gab sich damit zufrieden. Es galt, die kleinen Siege zu feiern.

Gegen Mittag fuhr sie in ihrem Mini raus nach Goßmannsdorf. Ihr ehemaliger Partner Klaus Mücke hatte sich dort zwei Jahre vor seiner Pensionierung einen Weinberg gekauft und sich damit einen lang ersehnten Traum erfüllt. Der Hobbywinzer lud heute zu einer Weinprobe im Weinberg ein, um sich bei Familie und Freunden für die Erntehilfe im letzten Herbst zu bedanken. Victoria hatte ihn seit Monaten nicht gesprochen und freute sich, ihn mal wiederzusehen.

Der Weinberg lag auf einer steilen Anhöhe. Die letzten Meter waren nur zu Fuß erreichbar, und so stellte sie ihren Wagen hinter einer Kurve ab und genoss den Spaziergang an diesem sonnigen Tag.

Klaus begrüßte sie mit einem strahlenden Lächeln. »Schön, dass du es geschafft hast. Wir haben auf dich gewartet.« Er umarmte sie, und Victoria bemerkte, wie sie sich entspannte. Sie hatte ihn vermisst. »Jetzt können wir die erste Flasche öffnen und anstoßen.«

Sie begrüßte Klaus' Frau, seinen Sohn und ein Pärchen. Sie alle verkosteten endlich das Ergebnis ihrer Arbeit auf einer kleinen, eigens von Klaus angelegten Terrasse im Weinberg.

»Der Wein ist klasse, Schatz«, meinte Klaus' Frau nach dem ersten Schluck und gab ihm ein Küsschen auf die Wange. Dann reichte sie einen Korb mit Laugengebäck herum und schlug nach dem ersten Glas eine kleine Tour durch den Weinberg vor. Ihr Sohn und das Pärchen stimmten begeistert zu. Klaus und Victoria entschieden, weiterhin auf der Terrasse die Sonne und den Blick ins Tal zu genießen.

Auch ihr schmeckte der Müller-Thurgau ihres Freundes ausgezeichnet, obwohl sie eher auf Silvaner stand.

»Fruchtig«, urteilte sie. »Wenn du nicht so ein fähiger Polizist wärst, würde ich sagen, an dir ist ein Winzer verloren gegangen.«

Klaus lachte, erfreut über ihr Kompliment. »Wie läuft es bei dir? Hast du mittlerweile einen neuen Partner?«

Sie stöhnte. »Erinnere mich bitte nicht daran!«

»Wieso?« Klaus schenkte ihr nach. »Bei dem, was in der Stadt abgeht, braucht ihr sicher jede Hilfe.«

»Daniel ist kein Spezialist für Mord, schon gar nicht für Serientäter. Trotzdem hat Haller ihm die Leitung der Mordkommission übertragen. Vollkommener Schwachsinn!« Die letzten Worte spie sie aus.

»Wie ich dich kenne, machst du es ihm sicher nicht einfach.« Klaus grinste, wodurch sich seine Lachfalten tiefer in die geröteten Wangen gruben.

Für sein Alter hatte er sich gut gehalten. Kaum graue Haare, einzig ein kleines Wohlstandsbäuchlein leistete er sich seit der Pensionierung, das man aber als Kompliment an die Kochkünste seiner Frau auslegen konnte.

»Du musst Menschen mehr an dich ranlassen«, sagte Klaus und zwinkerte ihr zu. »Bei uns hat das auch funktioniert.«

Ja, aber dir verdanke ich, dass aus mir eine ausgezeichnete Polizistin geworden ist.

Ihre Schwester behauptete immer, Klaus sei für sie nicht nur ein Mentor, sondern vor allem ein Vaterersatz gewesen. Wahrscheinlich hatte sie damit ausnahmsweise mal recht. Schließlich war sie in erster Linie wegen ihres Vaters Polizistin geworden. Ihr Berufswunsch war geblieben, sogar nachdem ihr Vater sie im Stich gelassen und zu seiner Neuen nach Schweinfurt gezogen war.

»Der Fall der Wächter ist knifflig. Wir kommen nicht weiter. Die einzige Gemeinsamkeit zwischen den drei Opfern ist, dass sie aus Sicht der Täter den Tod verdient haben.« Victoria hatte sich schon auf der Fahrt überlegt, wie sie das Thema ansprechen sollte. »Ich möchte dich gern um einen Gefallen bitten.«

Klaus horchte auf.

»Ich habe die Unterlagen im Auto liegen. Wie du weißt, hatte ich es bisher nie mit Serienmördern zu tun, du hingegen schon.«

»Mit einem, Vickie, nur mit einem. Und so viele Mordfälle ich in meiner Karriere auch gelöst habe – diesen nicht. Ich knabbere bis heute daran.«

Drei Studentinnen waren Ende der Achtzigerjahre nach einem Discobesuch erwürgt worden. Klaus hatte damals die Mordkommission geleitet und auch noch viele Jahre später, nachdem die Ermittlungen bereits eingestellt waren, privat weiter nach dem Mörder gesucht.

Würde mich nicht wundern, wenn er heute noch versucht, den Fall aufzuklären.

»Du hast aber das Muster erkannt und das Täterprofil quasi im Alleingang erstellt. Ich glaube, du hast den Mörder nur nicht geschnappt, weil er längst über alle Berge war. Bei unseren Tätern bin ich mir sicher, dass sie die Stadt noch nicht verlassen haben und dass sie noch lange nicht fertig sind.«

»Woher wisst ihr, dass es mehrere sind? Könnte ein Trick sein mit dem Namen, und ich habe nur von einer Frau gelesen, die ihr sucht.«

»Sie arbeitet nicht allein. Ich denke, jemand hat ihr geholfen unterzutauchen.«

»Habt ihr eine Ahnung, von wie vielen Tätern wir sprechen?«

Victoria schüttelte den Kopf. *Dann wären wir ein ganzes Stück weiter.*

»Dein Partner weiß, dass du mich um Hilfe bittest?«

Sie zog eine Grimasse.

»Ach, Vickie. Alleingänge zahlen sich nie aus, und wenn er jetzt die Mordkommission leitet, wird das Ärger geben.«

»Hilfst du mir oder nicht? Bitte, Klaus, der Blick eines Außenstehenden bringt uns bestimmt weiter.«

»Ich habe meiner Frau versprochen, das Wort Kripo nicht mehr in den Mund zu nehmen. Sie steht jetzt an erster Stelle. Was meinst du, wie lange es gedauert hat, bis ich sie von einem eigenen Weinberg überzeugt habe? Der ist ganz schön arbeitsintensiv.«

Victoria seufzte. Sie hatte gehofft, es wäre leichter, ihren ehemaligen Partner für den Fall zu gewinnen.

»Was ist mit dieser Journalistin, die in Kontakt mit den Wächtern steht? Könnte sie involviert sein?«

Victoria runzelte die Stirn. Daran hatte sie noch gar nicht gedacht. »Ehrlich gesagt glaube ich das nicht. Sie profitiert von ihnen, aber sie hat uns bisher geholfen und uns die drei Mails der Wächter übermittelt.«

Klaus hob die Flasche Wein, um nachzuschenken.

Sie lehnte ab. »Ich muss fahren.«

»In diesen Mails der Täter gibt es einen Hinweis, der die Morde verbindet«, meinte Klaus. »Sie würden der Journalistin sonst nicht schreiben. Die Wächter genießen die Aufmerksamkeit, und dass sie euch an der Nase herumführen.«

»Wir haben die Texte so oft gelesen, mir fällt dazu nichts mehr ein. Deswegen sage ich ja, dass jemand, der unvoreingenommen und mit frischem Blick …«

»Ich mache dir einen Vorschlag, Vickie«, unterbrach Klaus sie. »Sieh dir die Mails an diesem Wochenende nochmals an. Ich bin sicher, du findest die Lösung. Falls nicht, komme ich am Montag bei dir zum Abendessen vorbei – du kochst – und schaue mir die Akten an.«

Sie atmete erleichtert aus. »Einverstanden.«

»Womit bist du einverstanden?« Die Frage kam von Klaus' Frau, die mit den anderen zurück auf die Terrasse trat.

Ihr Mann reagierte prompt. »Sie ist damit einverstanden, dass ich ihr Montagabend ein paar Flaschen von dem Wein nach Hause bringe. Wir haben eine erste Abnehmerin.«

Positiv gestimmt fuhr Victoria ins Pflegeheim und hoffte, dass kein Kollege sie anhielt. Obwohl Klaus' Wein recht leicht war, spürte sie den Alkohol.

Wie immer kostete es sie Überwindung, das Gebäude zu betreten. Sie wunderte sich, dass ihre Mutter nicht auf der Terrasse oder im Garten saß, obwohl das Wetter prächtig war und sie den Frühsommer liebte. Victoria fand sie in ihrem Zimmer, wo sie im Bett lag – und mit Tom quatschte. *Warum besucht er sie ausgerechnet heute?*

Ihr Noch-Ehemann stand auf, um sie mit einer kurzen Umarmung zu begrüßen. Sie versteifte sich bei seiner Berührung, weshalb er rasch wieder von ihr abließ.

»Wie geht es dir, Mama?« Victoria setzte sich ans Bett und schenkte ihrer Mutter ein aufmunterndes Lächeln.

»Wie immer.« Mit dieser Antwort wusste Victoria nichts anzufangen, denn der Zustand ihrer Mutter war tagesformabhängig und hatte sich nach Angaben ihrer Schwester in letzter Zeit dramatisch verschlechtert. Fragend sah sie Tom an, der an der anderen Seite des Bettes stand, mit den Schultern zuckte und sie verlegen angrinste.

»Warum bist du nicht draußen? Es ist warm«, fragte sie.

Ihre Mutter wandte das Gesicht der Decke zu.

»Ist alles in Ordnung, Mama? Hast du Schmerzen, oder brauchst du etwas?«

Ihre Mutter flüsterte ein paar Wörter, die Victoria nicht verstand. Sie beugte sich übers Bett und bat ihre Mutter um eine Wiederholung.

»Ich habe es heute Mittag nicht zum Klo geschafft. Das passiert mir sonst nie.« Die Augen ihrer Mutter füllten sich mit Tränen.

»Das ist nicht schlimm. Komm, ich gehe mit dir auf die Toilette, und wir ziehen dich um.«

»Entschuldige, Vickie«, sagte Tom sichtlich betroffen. »Ich hatte keine Ahnung, sonst hätte ich ihr geholfen.«

»Schon gut. Ich wundere mich nur, wo die Pflegerin ist. Eigentlich sind sie hier recht zuverlässig.«

»Sie ist krankgeschrieben«, sagte ihre Mutter, die sich von Victoria unter die Dusche führen ließ. »Die Arme war so erschöpft. Die jungen Leute hier arbeiten zu viel.«

Liebevoll wusch Victoria ihre Mutter und half ihr, sich anzukleiden. Als sie zurück ins Zimmer traten, war Tom immer noch da.

Was machst du noch hier?

»Ich wollte dich fragen, wie ihr in dem Fall der Wächter vorankommt«, antwortete Tom auf ihre stumme Frage. »Stimmt es, was diese Journalistin schreibt? Dass weitere Menschen sterben werden?«

Sie schnaubte verächtlich. »Nicht, wenn ich es verhindere.«

»Ich gehe in den Garten«, verkündete Victorias Mutter und schlurfte in ihren Hausschlappen zur Tür. Victoria folgte ihr und stellte widerwillig fest, dass auch Tom Lust auf einen Spaziergang zu verspüren schien.

Zu dritt schlenderten sie durch die kleine Anlage. Ihre Mutter blieb mehrmals stehen, um entzückt auf die bunt blühenden Blumen zu deuten. Überraschenderweise erinnerte sie sich an alle Namen der Pflanzen.

»Von wegen, es geht gesundheitlich bergab mit ihr«, flüsterte Victoria Tom zu. »Sie ist super drauf.«

»Du hast einen Ausnahmetag erwischt«, behauptete Tom. »Ich war oft hier in letzter Zeit, und sie hat mich nur selten erkannt.«

Ich wünschte manchmal auch, mich nicht mehr an dich zu erinnern.

»Es ist normal bei ihrer Krankheit, dass ihr Zustand schwankt. Das ist kein Grund, Panik zu schieben.«

»Victoria, ich habe nicht …«

»Schon gut, ich rede von Marta. Sie kommt selten genug hierher, und wenn sie dann mal einen schlechten Tag erwischt, meint sie gleich, Mama stirbt bald.« Sie bemerkte den Hohn in ihrer Stimme.

Tom reagierte nicht darauf. Stattdessen griff er das Thema von vorhin auf. »Glaubst du, es ist sicher für Marie in der Stadt? Sie war gestern auf dem Weinfest. Ich meine, wenn ich mir ausmale, dass da irgendetwas passiert, wenn sie auch nur miterleben muss, dass irgendjemandem etwas zustößt.«

Seine Sorge um ihre Tochter rührte sie. Er war ein klasse Vater, auch wenn er als Ehemann versagt hatte. »Wir können sie kaum zu Hause einsperren. Ihr wird nichts passieren. Ich bin durchaus in der Lage, auf unsere Tochter aufzupassen.«

»So war das nicht gemeint. Aber es sind Serienmörder in Würzburg unterwegs, und sie ist noch ein Kind.«

Das sieht Marie ganz anders.

Obwohl sie ihn verstand und genauso empfand, antwortete Victoria mit fester Stimme. »Ich schnappe diese Wächter schon.« *Hoffentlich, bevor noch ein Mensch stirbt.*

»Habt ihr eine Spur? Jemand muss die Verdächtige doch gesehen haben.«

»Du weißt, dass ich darüber nicht sprechen darf.« Sie verhinderte gerade so, dass ihre Mutter eine Hortensie aus einem der Beete pflückte. Eine Weile schwiegen sie.

»Vickie, möchtest du dir das mit der Scheidung nicht noch einmal überlegen? Ich liebe dich.«

»Aber ich dich nicht mehr!«, fuhr Victoria ihn scharf an und verachtete sich gleichzeitig für diese Lüge.

Das ist eine Notlüge.

»Blödsinn«, rief ihre Mutter wie zur Bestätigung.

Victoria biss sich auf die Zunge, um sie nicht anzuschnauzen. »Ich bringe dich zurück aufs Zimmer. Der Himmel zieht sich zu.« Sie packte ihre Mutter am Arm und zerrte sie in Richtung Terrassentür.

Tom hatte sich seit seinem Geständnis nicht vom Fleck bewegt. Er lächelte sie traurig an. Sie verabschiedete sich mit einem sarkastischen: »Dann noch einen wunderschönen Tag.«

»Wir sehen uns morgen Abend«, sagte Tom.

Verdattert drehte sie sich um.

»Maries Auftritt beim Poetry-Slam in der Posthalle. Vergiss ihn nicht wieder.«

Sie hatte vorgehabt, nach Hause zu fahren, um nochmals alle Unterlagen zu den Wächtern zu sichten. Vor allem die Mails. Hatte Klaus recht, und die Texte enthielten den Schlüssel, der die Morde miteinander verband? Warum sollten die Täter ihnen diesen Hinweis liefern? Es sei denn, sie wollten geschnappt werden.

Die Begegnung mit Tom hatte sie aufgewühlt. Sie spürte, wie das Blut in ihrer Halsschlagader unangenehm pochte. Am Steuer ihres Minis schrie sie jeden Autofahrer und alle Fußgänger an, die ihren Weg kreuzten. Sie entschied, den Wagen zwar zu Hause abzustellen, dann aber am Main spazieren zu gehen, um den Kopf frei zu bekommen.

Als sie die Alte Mainbrücke überquerte und die vielen Leute mit ihren Brückenschoppen sah, verwarf sie die Idee mit dem Spaziergang. Ein Silvaner würde sie schneller beruhigen.

Sie wartete eine Viertelstunde in der Schlange vor dem Ausschank. Auf dem Bordstein gegenüber stimmten fünf junge Männer mit Gitarre, Saxofon, Piano, Trommel und Gesang einen Latinohit an, der derzeit ständig im Radio lief.

Nachdem sie ein Glas Weißwein ergattert hatte, kämpfte sie sich genervt zwischen tanzenden Pärchen hindurch, deren Blut durch die heißen Rhythmen in Wallung geraten war.

Nichts wie weg hier.

Sie erreichte das Ende der Brücke stadtauswärts und atmete tief durch. In der letzten Ausbuchtung der Nordseite stand nur ein älteres Paar hinter dem Brückenheiligen und genoss die Aussicht auf Fluss und Weinberge.

Sie tat es ihnen gleich und nahm einen Schluck des Weins.

Schon besser. Es ging doch nichts über einen Silvaner. Sie schloss für einen Moment die Augen und spürte, wie ihr Atem und ihr Puls zur Ruhe kamen.

Als Victoria die Augen wieder öffnete, fiel ihr Blick auf die Kleinschleuse und den rauschenden Main unter ihr. Walders Gesicht tauchte vor ihrem inneren Auge auf. Sie hob den Blick und drehte den Kopf weiter nach rechts. Nur zwei Ausbuchtungen entfernt war er gesprungen. *Nepomuk.* Welche Angst und Verzweiflung musste er gespürt haben, hier oben zu stehen und zu wissen, dass er gleich sterben würde.

»Excuse me.« Ein Mann, der neben ihr stand, riss sie aus ihren Gedanken. Dem Akzent nach zu urteilen, war er Amerikaner. »Would you please take a picture of us?«

Das war das Letzte, worauf sie jetzt Lust verspürte. Aber es dauerte ja nicht lange.

Sie stellte ihr Glas auf dem Mäuerchen ab und ergriff das Smartphone, das der Mann ihr reichte. Sie nahm die beiden durch die Handykamera ins Visier.

»No, not here.« Der Mann bedeutete ihr, ihm und seiner Frau zu folgen. »In front of Charles.« Das Paar postierte sich vor den Brückenheiligen.

Victoria trat ein paar Schritte zurück in die Brückenmitte und drehte das Smartphone auf hochkant, um Karl den Großen vollständig mit aufs Bild zu bekommen.

»Cheese!« Sobald sie den Auslöser betätigte, machte es auch bei ihr klick. Wie, zum Teufel, hatten sie das übersehen können?!

Montag, 5. Juni 2017
(Pfingstmontag)

SUSANNE

Gebannt starrte sie auf ihren Bildschirm, der aus seinem Wochenendschlaf hochfuhr. *Zu langsam. Ich muss unbedingt wissen, ob die Wächter mir geantwortet haben.*

Wenige Augenblicke später öffnete sie ihr elektronisches Postfach und wäre vor Aufregung fast vom Stuhl aufgesprungen. Die Wächter hatten ihr bereits am Samstag geantwortet. Ihre Hand zitterte leicht beim Klicken auf die Mail.

Liebe Susanne (wir dürfen Sie doch so nennen, jetzt, wo Sie der Stadt unsere Freundschaft offenbart haben?),

Sie fragen uns nach der Herkunft unseres Namens und geben selbst die Antwort.

Wir wachen über das soziale Gewissen in dieser Stadt und darüber hinaus. Sie helfen uns dabei, indem Sie den Hintergrund unserer Taten beleuchten. So kann niemand behaupten, nicht zu wissen, was in unserer sogenannten modernen Gesellschaft schiefläuft. Denn es ist leicht, wegzuschauen, sich zu berauschen und zu betäuben mit den Trivialitäten des Lebens. Konsum- und vergnügungssüchtige Narren! Gerechtigkeit liegt im Auge des Betrachters. Finden Sie es etwa fair, wenn Verräter, Grapscher und Schläger ungestraft davonkommen? Wir tun unsere Pflicht, wo der Staat versagt.

Sie behaupten, die Würzburger hätten keine Angst. Unbescholtene Bürger brauchen sich auch nicht zu fürchten. Im Gegenteil: Wir schützen diese, indem wir die Gefährlichen bestrafen. Leider haben

das die meisten Menschen in Würzburg noch nicht begriffen.
Immerhin sind ein paar Bürger aufgewacht und verstehen unsere Sache.
Sollte die Türkei die Todesstrafe wieder einführen, so ist das mit unserem Handeln nicht zu vergleichen. Dort würden rechtschaffene Menschen wegen ihrer demokratischen Gesinnung und ihrer Wertvorstellungen hingerichtet.
Ihr Glauben an die Kripo ehrt sie. Aber wir lassen uns nicht schnappen. Unsere Mission ist noch nicht beendet.
Die Wächter

Susanne las den letzten Satz mehrmals.

Mission. War das Töten für die Wächter ein Auftrag? Falls ja, hatten sie diesen sich selbst erteilt, oder war er von jemand anderem erteilt worden? Ging es ihnen um die Verbreitung einer Lektion, oder steckte ein persönlicher Rachefeldzug dahinter? Wie viele Menschen planten die Wächter noch zu töten?

Ihre Augen flogen zurück zum Anfang des Textes. Dass sie es wagten, von einer Freundschaft zwischen ihnen zu sprechen. Sie drückte den Antwort-Button und tippte.

Wir sind keine Freunde, denn wir haben nichts gemeinsam.

Sie zögerte. Dann löschte sie den Satz. Freundschaft beruhte auf Vertrauen, und wenn die Wächter sie als Freundin betrachteten, vertrauten sie ihr früher oder später vielleicht etwas an, das für die Polizei relevant war. Sie schloss kurz die Augen und atmete durch, bevor sie schrieb.

Unbescholtene Bürger brauchen sich nicht zu sorgen? Wer gibt euch das Recht, zu beurteilen, wer schuldig ist und wer nicht? Stephan Walder wurde nicht verurteilt.

Wie könnt ihr sicher sein, dass er wirklich das getan hat, wofür ihr ihn bestraft habt? Was hat Lars Stichler verbrochen? Musste er sterben, nur weil er für die Pharmaindustrie gearbeitet hat?
Eure Opfer hinterlassen Familien, Walder eine kleine Tochter. Sie wächst nun ohne Vater auf. Ihr bestraft damit auch sie, eine Unschuldige!
Wie viele Menschen wollt ihr noch bestrafen, und warum?

Nachdem sie die Mail abgeschickt hatte, widmete sie sich den sozialen Medien. Daniel hatte recht. Einige Kommentare waren radikal und verstörend.

»Gäbe es mehr Menschen wie die Wächter, wäre unsere Stadt sicherer. Die Bullen sind alle feige und erreichen nichts«, las sie, oder: »Ich würde gern mitmachen und all diesen Türken ihre Schwänze abschneiden«.

Eindeutige Hetze und Beleidigungen löschte sie, auf andere Kommentare reagierte sie, indem sie ihre eigene Meinung kundtat. Dazu gehörte auch, die Arbeit der Kripo zu verteidigen.

Das wird meinem Chef nicht gefallen, aber Scheiß drauf!

DANIEL

Ihm fiel ihr triumphierender Ausdruck auf, als sie das Büro betrat. »Ich habe die Gemeinsamkeit entdeckt«, sagte Victoria anstelle einer Begrüßung und lief schnurstracks zum Whiteboard an der Wand hinter seinem Schreibtisch. »Wir waren so blind.«

Daniel entschied, erst einmal nichts zu sagen und auf ihre Ausführungen zu warten. Er drehte sich in seinem Bürostuhl um hundertachtzig Grad, um zu sehen, was die Kollegin an die Tafel kritzelte. Ein Wunder, dass sie darauf noch Platz fand. Selbst alle White- und Pinboards im großen Meetingraum waren mit Notizen und Fotos zu den Serienmorden zugehängt. Er las:

Stephan Walder – Nepomuk
Lars Stichler – Karl Borromäus
DJ Carlos – Karl der Große

Sie drehte sich zu ihm um. Ihre Augen glänzten. Er versuchte sich an einem entschuldigenden Lächeln, das, wie er fürchtete, eher dämlich wirkte.

Die Kollegin seufzte. »Natürlich. Als Nicht-Würzburger kannst du schwer darauf kommen.«

Täuschte er sich, oder klang da Missbilligung durch? Sie würde wohl nie akzeptieren, dass er als Neuzugang die Mordkommission leitete. Er tat ihr nicht den Gefallen, nachzufragen, was denn nun ihre große Entdeckung war.

Victoria setzte sich auf ihren Stuhl und startete den Rechner. Sie genoss es sichtlich, ihn zappeln zu lassen. Auch er wandte sich wieder seinem Schreibtisch zu.

»Klaus hatte recht. Die ganze Zeit haben uns die Wächter in ihren Schreiben die Antwort auf dem Silbertablett präsentiert. Samstag beim Brückenschoppen kam mir dann die Erleuchtung. Zwei amerikanischen Touristen sei Dank.«

Bei der Erwähnung des Namens Klaus war Daniel leicht zusammengezuckt. Sprach sie etwa von ihrem ehemaligen Partner Klaus Mücke? Hatte sie mit ihm über den Fall gesprochen, ohne das vorher mit ihm abzuklären? Er bemerkte, wie Ärger in ihm hochkroch, und überlegte, ihr seine Meinung zu geigen, als sie sagte: »Die Wächter ehren mit ihren Morden die Brückenheiligen.«

»Wie meinst du das, sie ehren sie?«

»Walder starb wie der heilige Nepomuk. Beide sind nach einem – nicht freiwilligen – Sturz von der Brücke ertrunken. Ertränken war im Mittelalter die übliche Todesstrafe für Geistliche. Nepomuk gilt zudem als Patron des Beichtgeheimnisses, und Walder hat Geschäftsgeheimnisse ausgeplaudert. Unser DJ ist ein falscher Karl, weil für die Mörder dessen Einsatz für Toleranz und Kulturförderung nur eine Maske ist, die sein wahres Gesicht verbirgt. Der echte Karl, auf den sie sich beziehen, ist Karl der Große, der Vater Europas.«

»Daher die Kritik an Europa und ihr Verhältnis zur Türkei.« Victoria hatte recht. Er selbst hatte ja eine Verbindung zur Mainbrücke vermutet. Jetzt ärgerte er sich, dass er diese Vermutung nicht geäußert hatte. Vielleicht wären sie dann schon früher auf die Lösung gekommen.

»Genau! Nun zu Lars Stichler. Hier war es nicht so einfach. Die Wächter haben in dieser Mail keinen Namen erwähnt wie bei den anderen beiden.«

»Sie haben ihn als Ratte bezeichnet.«

Victoria grinste. »Eben. Was fällt dir spontan zu Ratten ein?«

»Langer Schwanz, hässlich, Krankheitsüberträger …«

»Bingo!« Bei seinem letzten Wort war Victoria aufgesprungen

und stützte sich mit beiden Händen auf ihrem Schreibtisch ab. Herausfordernd sah sie ihn an. »Welche Krankheit im Speziellen?«

»Die Pest. Obwohl die eigentlich von Flöhen auf den Menschen übertragen wurde.«

»Ja, ja, aber die saßen davor auf den Ratten.« Victoria deutete auf das Whiteboard hinter ihm. »Der heilige Karl Borromäus wird zum Schutz vor Pestepidemien angerufen. Außerdem war er ein strikter Asket, was man von Lars Stichler nicht behaupten kann. Ich habe mit Kilian gesprochen. Rate mal, wo genau auf der Mainbrücke die meisten Augenzeugen Stichler mit seinem Date gesehen haben.«

»Bei der Statue von Karl Borromäus.«

Sie nickte.

Das passt alles zusammen.

»Drei Tote und drei Heilige.« Daniel schluckte. Seine Kehle fühlte sich trocken an. »Du weißt, was das bedeutet.«

Die Kollegin nickte. Der Glanz war aus ihren Augen verschwunden. »Neun weitere Menschen sollen sterben.«

Sommer 2016

DIE WÄCHTERIN

Es war ihre Idee, die Liste der Schuldigen mit den Heiligen auf ihrer Lieblingsbrücke zu verbinden.

»Wie viele Menschen sollen sterben?«, fragte er bei einem ihrer Treffen auf der Alten Mainbrücke. Sie hatten sich in eine der Ausbuchtungen zurückgezogen und wirkten wie eines der vielen Liebespärchen, die bei einem Glas Wein den Sonnenuntergang betrachteten.

Sie bewunderte den Eifer und die Entschlossenheit, die sie auch heute in seinen Augen las. Sie liebte seinen Mut, und dass er ihrem Leben einen Sinn gab.

Anfangs war ihr sein Plan verrückt erschienen. Nicht umsetzbar. Doch mit jeder Ungerechtigkeit, von der er ihr berichtete, mit jedem Namen eines Missetäters räumte er ihre Zweifel aus dem Weg. Er war sehr überzeugend. Ihr gefiel die Vorstellung, etwas in diesem Leben zu bewirken, endlich zu handeln und nicht mehr nur zuzusehen, wie andere über ihr Schicksal entschieden. Kein Opfer mehr zu sein.

Wenn sie sich in seiner Wohnung trafen, zeigte er ihr, wie sie sich verteidigen konnte und wie man Bösewichte zur Strecke brachte. Er bereitete sie darauf vor, andere Menschen zu verletzen und zu töten, und sie staunte über sich selbst, wie sehr ihr der Gedanke gefiel.

Bisher hatte sie immer nur sich selbst verletzt. Im Heim und auch noch Jahre, nachdem sie zu ihren Adoptiveltern gezogen war. Es hatte viele Therapiestunden gebraucht, um zu lernen, dass sie nicht schuld war an dem, was geschehen war. Dass ihre leiblichen Eltern sie nicht auf die Weise liebten, wie sie es verdiente.

Ihr Vater hatte ihr die Unschuld geraubt und ihre Mutter den Mut, für sich einzustehen. Nie würde sie den Ausdruck auf dem Gesicht ihrer Mutter vergessen, als Sophie sich ihr mit neun Jahren anvertraute: Ekel, Entsetzen und Hass.

»Du lügst! Seit deiner Geburt bist du ein verlogenes, ungezogenes und undankbares Gör. Sag so etwas nie wieder!« Mit einer Ohrfeige hatte ihre Mutter den Worten Nachdruck verliehen. Danach wagte es Sophie nicht mehr, jemandem zu erzählen, was ihr Vater mittwochabends mit ihr anstellte.

Erst einer Lehrerin fiel auf, dass eine ihrer besten Schülerinnen nur noch schlechte Noten schrieb und häufig über Unterleibsschmerzen klagte. Sie brachte Sophie zum Schularzt und zeigte die Eltern an.

»Alle, die es verdienen«, antwortete Sophie jetzt. »Warum sich festlegen?«

»Weil es dann nach Beliebigkeit aussieht«, korrigierte er sie. »Und dann verlieren wir an Symbolkraft. Für eine starke Botschaft benötigen wir eine feste Anzahl.«

Sie nickte. Wie immer hatte er recht.

Ihr Blick fiel auf den heiligen Nepomuk auf der anderen Seite der Brücke, und sie grinste. »Weißt du noch, dass Johannes von Nepomuk der Patron des Beichtgeheimnisses ist? Und dass man ihn von der Karlsbrücke in die Moldau gestürzt und ertränkt hat?« Einer ihrer Erzieher hatte seine Gruppe einige Male zur Brücke geführt und ihnen die Geschichten zu den Heiligen erzählt. Sie war damals sofort fasziniert gewesen.

»Klar. Wie kommst du jetzt darauf?«

»Dieser Datenschützer. Sagtest du nicht, er hat wichtige Geheimnisse verraten? Wäre es nicht passend, ihn von der Brücke zu stürzen?«

Diesmal las sie etwas anderes in seinen Augen. Erst Überraschung, dann Respekt.

Er strahlte, und die makellos weißen Zähne blitzten in der Sonne. »Zwölf also. So viele wie die Heiligen. Das gefällt mir. Zwölf ist die Zahl der Vollkommenheit und Vollständigkeit.«

Montag, 5. Juni 2017
(Pfingstmontag)

DANIEL

Durch das geöffnete Fenster im Konferenzraum zog ein angenehm frischer Wind herein. Nach den schwülwarmen Temperaturen am Wochenende konnte man endlich mal wieder durchatmen. Trotzdem hatte er das Gefühl, dass die Kollegen im Raum die Luft anhielten. Das Meeting war ursprünglich für den Nachmittag angesetzt gewesen. Dass es vorgezogen worden war, bedeutete, es gab Neuigkeiten.

Daniel lächelte zufrieden. Die Verbindung zu den Brückenheiligen war ein wichtiger Fortschritt. Es fühlte sich an, als wären sie den Tätern näher gekommen.

»Ich möchte euch nicht länger auf die Folter spannen«, sagte er, nachdem der letzte Kollege eingetroffen war. »Heute ist ein erfreulicher Tag, denn wir sind einen bedeutenden Schritt weiter.«

Die Kollegen blickten ihn gespannt an. Sie brauchten diese Motivation, und nach der anstrengenden letzten Woche hatten sie sie sich auch redlich verdient.

»Wir wissen, wie die Morde zusammenhängen und wie viele Menschen die Wächter vorhaben zu töten.«

Die Reaktion der Kollegen reichte von Ungläubigkeit über Überraschung bis hin zu triumphierendem Lächeln. Vereinzelt war ein Raunen oder Flüstern zu hören.

Daniel erläuterte die Verbindung zwischen Opfern und Brückenstatuen. »Victoria hat diesen Zusammenhang erkannt, und ich bin ihr sehr dankbar dafür«, schloss er seine Ausführungen.

Seine Partnerin nickte ihm zu, verzog aber keine Miene. Was vielleicht am grimmigen Blick ihres Chefs lag, der offenbar wenig begeistert über das Lob war.

Daniel versuchte, dessen Missbilligung zu ignorieren, und räusperte sich, bevor er fortfuhr. »Ich möchte euch ein neues Teammitglied, die Kriminalpsychologin Nathalie Benkert, vorstellen. Herr Haller und ich haben sie vor dem Meeting ausführlich zu dem Fall gebrieft. Ihre Einschätzung zu den Wächtern wird uns dort weiterhelfen, wo wir momentan mit Ermittlung und Forensik allein nicht weiterkommen.«

Er registrierte Miriams empörten Blick. Sie stand besonders unter Druck, da sie es nicht geschafft hatte, die Mails der Wächter zurückzuverfolgen. Auch die Untersuchung von Smartphone und Rechner des DJs zum Zweck des Abgleichs seiner Kontakte mit denen der anderen Opfer hatte sie nicht weitergebracht.

»Womit ich nicht sage, dass eure Arbeit unprofessionell ist.« Daniel bemühte sich um Schadensbegrenzung. »Im Gegenteil, ich weiß, dass ihr euch alle reinhängt. Wir haben es mit sehr gewieften Tätern zu tun. Ich glaube, eine vertiefte Einsicht in die Psyche und Denkweise der Wächter wird es uns erleichtern, ihr Handeln zu beurteilen, bestenfalls vorauszusehen und sie so zu stoppen.«

Aus den Augenwinkeln bemerkte er, wie Haller die Augen verdrehte. Es war an der Zeit, jemand anderem das Reden zu überlassen. Er bedeutete der Psychologin, nach vorn zu treten, um ihre Einschätzung den Kollegen mitzuteilen.

Sie wirkte so konzentriert wie zuvor in ihrem Gespräch mit ihm und Haller. Sie hatte den Fall der Wächter zwar verfolgt, die Details jedoch erst vor einer knappen Stunde erfahren. In Ruhe hatte sie sich briefen lassen und erst am Ende Fragen gestellt – konkret und pfiffig, sodass es Daniel sofort klar war, dass er vor einem Profi stand, obwohl die Psychologin nicht älter als dreißig Jahre zu sein schien.

Die Rothaarige füllte den Raum mit einer Ausstrahlung, die die Aufmerksamkeit aller erregte. Es herrschte gespannte Stille, nur unterbrochen von dem Zwitschern der Vögel, das durch das Fenster drang.

»Wie wir aufgrund der Mails wissen, handelt es sich bei den Wächtern um Gesinnungstäter. Sie ziehen keinen sexuellen oder finanziellen Profit aus den Morden, sondern handeln nach einem für uns falschen Gerechtigkeitssinn. Sie halten ihr Vorgehen für legitim, denn ihrem Empfinden nach reinigen sie die Stadt von allen Übeln. Gleichzeitig weisen sie auf soziale Missstände hin. Die Wächter haben sich eine Mission gegeben, die nun ihr Lebensmittelpunkt ist. Sie werden erst aufhören, wenn diese Mission beendet ist.«

»Wer sagt, dass sie sich die Mission selbst erteilt haben?«, unterbrach Benedikt sie. »Vielleicht haben wir es mit einer größeren politischen Gruppe zu tun, die ihre Ideologie mit Gewalt und Terror durchsetzen will.«

Die Psychologin lächelte. Sie schien nicht beleidigt. »Danke für die Frage. Der Name Wächter lässt zunächst vermuten, dass es sich um eine größere Organisation handelt. Ich möchte euch darlegen, warum ich davon überzeugt bin, dass wir von maximal einer Handvoll Täter sprechen.«

Daniel war beeindruckt von ihrer Reaktion. Souverän hatte sie den Einwand des Kollegen abgeschmettert, ohne herablassend zu sein.

»Eine Terrororganisation wie die RAF oder die ETA hat klar definierte Ziele, die sie öffentlich benennt. Die Wächter teilen uns ihre Mission verklausuliert in polemischen E-Mails mit. Sie lieben es, mit uns zu spielen, uns vor Rätsel zu stellen. RAF und ETA hatten zudem eine klare politische Orientierung – extrem links beziehungsweise nationalistisch. In den Schreiben der Wächter kann ich keine politische Linie erkennen. Sie kritisieren aktuelle Themen unserer Gesellschaft, aber entführen keine hochrangigen Funktionäre und verüben auch keine Anschläge auf Politiker. Stattdessen suchen sie sich Bürger aus, die es ihrer Meinung nach verdient haben, zu sterben.«

»Dann haben wir es mit einer Art Zodiac-Mörder wie dem in den Staaten zu tun?«, fragte Daniel. »Der hat auch Briefe mit Rätseln an die Zeitung geschickt.« *Über mehrere Jahre, und ohne gefasst zu werden. Das wird uns hoffentlich nicht passieren.*

»Das Streben nach Aufmerksamkeit haben die Wächter tatsächlich mit dem Zodiac gemein. Aber bei Letzterem geht man davon aus, dass er ein Einzeltäter war. Ich glaube hingegen, dass wir es mit zwei oder drei Tätern zu tun haben, vielleicht sogar mit einem Pärchen.«

»Können wir sicher sein, dass nicht mehr als zwölf Personen auf der Liste der Wächter stehen?«, mischte sich Victoria ein.

Die Psychologin nickte. »Die Verbindung zu den Brückenheiligen deutet darauf hin. Sie haben sich genau überlegt, wie viele Menschen sie töten, und die Opfer stehen schon fest. Wir müssen herausfinden, auf wen sie es abgesehen haben, denn sie werden bald wieder zuschlagen. Die Wächter handeln geplant und zielgerichtet. Das müssen sie auch, denn auf den Veranstaltungen nehmen sie ein hohes Risiko in Kauf, erwischt zu werden. Schon am Strand war es knapp.«

»Was können Sie uns noch sagen?« Es war das erste Mal, dass Haller das Wort ergriff. »Wir brauchen genauere Anhaltspunkte zum Täterprofil. Physische und psychische Charakteristika.«

Daniel wusste, Haller brannte darauf, der Staatsanwältin und dem Leitenden Polizeidirektor von ihren Erkenntnissen zu berichten. Die Mimik der Psychologin änderte sich nicht. Sie schien sich von dem ungeduldigen Tonfall Hallers nicht beirren zu lassen.

»Nun, ich bin keine Fallanalytikerin.« Ihre Stimme verriet jetzt doch eine gewisse Nervosität. »Aber laut Statistik ist ein Serienmörder zum Zeitpunkt seines ersten Verbrechens im Schnitt siebenundzwanzig Jahre alt. Ich gehe davon aus, dass die Wächter alle zwischen fünfundzwanzig und vierzig sind. Aufgrund des strukturierten Vorgehens schließe ich auf eine durchschnittliche oder leicht überdurchschnittliche Intelligenz.«

»Ausbildung und Abschluss? Laufbahn? Job?«, bohrte Haller weiter.

»Ich tippe auf Hauptschule oder Mittlere Reife, was aber nichts heißt. Oft wird die Intelligenz solcher Täter unterschätzt, oder aber sie hatten Probleme in der Kindheit, sodass sie ihr Potenzial nicht entfalten konnten. Ich denke daher, dass unsere Täter in Jobs arbeiten, die unter ihren Fähigkeiten liegen. Auf jeden Fall hat mindestens einer von ihnen sehr gute IT-Kenntnisse. Wir können davon ausgehen, dass sie unauffällig und sozial integriert erscheinen, obwohl sie Außenseiter sind. Dass sie die Heiligen der Alten Mainbrücke ehren und sich sicher fühlen, deutet darauf hin, dass sie in vertrauter Umgebung töten. Vermutlich sind die Täter in Würzburg geboren oder zumindest aufgewachsen.« Die Psychologin legte eine Pause ein.

Daniel nutzte sie für eine Frage. »Wenn du von Problemen in der Kindheit sprichst, was meinst du damit genau?«

Die Rothaarige lächelte ihn dankbar an. Daniel lächelte zurück, er hatte schon immer eine Schwäche für Rothaarige gehabt. »Das kann alles Mögliche sein. Sexueller Missbrauch, familiäre Gewalt, Misshandlung, Vernachlässigung, Streit oder Scheidung der Eltern …«

»Was, glaubst *du,* haben die Wächter in ihrer Kindheit erlebt?« Er warf ihr ein aufmunterndes Lächeln zu.

Sie zögerte mit der Antwort. »Ihr Vorgehen zeugt nicht nur von Brutalität und Abgeklärtheit, sondern auch von Perfidität. Sie zwingen einen Menschen, sich selbst zu töten, vergiften den Wein ihres Dates und stechen einem DJ an seinem Geburtstag mitten ins Herz.« Sie überlegte einen Moment. »Sie verspüren eine tiefe Verachtung gegenüber diesen Menschen, vielleicht sogar gegenüber allen Menschen. Ich vermute, ihnen wurde Gewalt angetan. Von Personen, denen sie vertraut haben.«

»Warum denkst du, es könnte sich um ein Pärchen handeln?«, fragte Victoria. »In allen drei Fällen haben Zeugen eine Frau beschrieben, sogar ziemlich übereinstimmend, was das Aussehen betrifft. Vielleicht haben wir es mit mehreren Täterinnen zu tun, die sich für Gewalt, die man ihnen angetan hat, rächen. Alle Opfer bisher sind Männer.«

Wieder dachte die Psychologin nach, wirkte in sich gekehrt. »Das ist möglich. Allerdings reagieren eher Männer, die eine schwere Kindheit oder Jugend hatten, später mit Gewalt gegen andere. Frauen richten die Gewalt häufig gegen sich selbst. Wenn sie töten, dann meist, weil sie in einer privaten oder beruflichen Sackgasse stecken. Sie glauben, der Mord ist der einzige Ausweg aus ihrer Situation. Natürlich ist das nur Statistik. Jedenfalls gibt es in jeder Gruppe eine dominante Person. Bei heterosexuellen Pärchen ist das meist der Mann. Die Dominanz kann hier bis hin zur Manipulation reichen.«

»Entschuldigung, aber ich kann mir das alles schwer vorstellen.« Die Bemerkung kam von Miriam. »Ein Paar oder eine Gruppe entscheidet doch nicht von heute auf morgen, zwölf Menschen zu töten. Nach dem Motto: ›Hey, Liebling, findest du nicht auch, die Person XY verdient den Tod?‹« Ihr Kommentar sorgte für Gelächter im Raum.

Die Psychologin blieb ernst. »Du hast recht. Es hat sicher einen Auslöser gegeben. Stress oder Unzufriedenheit im Job, in der Partnerschaft oder der Familie … ein unerwartetes Ereignis, das Erinnerungen aus der Kindheit aktiviert hat. Irgendetwas, das das Fass zum Überlaufen brachte.«

VICTORIA

Das Schrillen an der Haustür riss sie aus dem Schlaf. Im ersten Moment wusste sie nicht, wo sie sich befand. Dann erkannte sie ihr Sofa und richtete sich schlaftrunken auf. Erneut das laute Klingeln. Da war jemand hartnäckig.

Sie warf einen Blick auf ihre Armbanduhr: 19:00 Uhr. Sie hatte eine halbe Stunde geschlafen. Normalerweise legte sie sich nicht nach der Arbeit für ein Nickerchen auf die Couch, aber der anstrengende Tag hatte seinen Tribut gefordert. Zudem hatte sie am Wochenende aufgrund der Schwüle nachts nur wenig geschlafen.

Mit einem lauten Gähnen schlurfte sie zur Haustür.

Ob Marie ihren Schlüssel vergessen hat? Sofort verwarf sie den Gedanken. Ihre Tochter hatte ihr deutlich zu verstehen gegeben, dass sie vor zwanzig Uhr nicht mit ihr rechnen sollte, da sie mit einer Freundin für eine Mathearbeit lernte.

Sie öffnete und begegnete Klaus Mückes breitem Lächeln. In seinen Armen hielt er einen Karton. »Ich dachte schon, du lässt mich so lange warten, bis mir die Arme abbrechen. Die sechs Flaschen Wein haben für einen Mann in meinem Alter ganz schön Gewicht.«

Das gemeinsame Abendessen! Sie hatte es total vergessen.

»Sorry, Klaus. Komm rein.« Victoria nahm ihm die Kiste ab und drückte mit der Schulter die Tür nach innen, um ihn hereinzulassen.

»Gib zu, du hast unsere Verabredung vergessen.« Ihr ehemaliger Partner schmunzelte amüsiert. Sie hatte Glück, dass er ein gutmütiger Kerl war.

Sie überlegte, was sie am besten darauf antworten sollte. »Nun … nein … eigentlich schon, aber du hattest ja gesagt, dass du nur vorbeischaust, wenn ich nicht weiterkomme in dem Fall, und wir sind ein Stück vorangekommen.« Ihr fiel ein, dass sie Klaus davon nichts erzählt hatte, er somit keine Ahnung haben konnte.

»Ach, tatsächlich?« Er zog die Augenbrauen hoch. »Dann hat mein Tipp geholfen?«

Sie nickte und ging voraus in die Küche, um den Wein abzustellen. »Mhmm, ich habe nichts für uns gekocht. Ich schaue mal, was ich uns aus den Vorräten zaubern kann.«

Noch bevor sie den Kühlschrank öffnete, vernahm sie ein leises Lachen in ihrem Rücken.

»War mir schon klar, dass du unsere Verabredung vergisst, deshalb habe ich was mitgebracht. Muss ich nur aus dem Auto holen. Du weißt doch, wie meine Frau ist. Wenn sie kocht, dann für eine Großfamilie.«

Victoria lächelte schief. »Wie gut du mich kennst. Es tut mir echt leid. Ist gerade alles ein wenig viel.« Sie gab ihm den Haustürschlüssel.

»Kein Problem.«

Drei Minuten später brachte Klaus eine riesige Tupperdose in die Küche. »Selbst gemachte Lasagne. Mit besten Grüßen von meiner Frau.«

Ihr lief das Wasser im Mund zusammen. Sie wärmte das Essen im Ofen auf, während Klaus eine Flasche seines Weins öffnete.

»Was gibt es Neues in dem Fall?« Sie nahmen am Tisch im Wohnzimmer Platz. Seine Augen leuchteten wie früher, ganz so, als hätte er ein entscheidendes Beweisstück gegen einen Verdächtigen gesichert.

Victoria grinste. »Du hattest recht. Die Antwort lag schwarz auf weiß in unserer Hand. In den E-Mails. Die Heiligen auf der Alten Mainbrücke sind die Verbindung zwischen den Morden.« Sie schilderte ihm die Einzelheiten und die Einschätzung der Kriminalpsychologin. »Wir versuchen, anhand der Charakteristika der neun verbleibenden Brückenheiligen herauszufinden, was die Wächter als Nächstes planen. Leicht ist das nicht. Es gibt zu viele mögliche Opfer und Events.«

Sie verspeisten die Lasagne bis auf den letzten Hackfleischkrümel. Dann bot Klaus an, einen Blick in die Akte der Wächter zu werfen.

»Ich hoffe, du hast das mit deinem Partner besprochen.« Er zwinkerte ihr zu.

»Noch nicht. Lass das meine Sorge sein.« Victoria reichte ihm die Papiere. »Außerdem bin ich sicher, dass du deiner Frau auch nichts vom wahren Grund für diesen Besuch erzählt hast.«

Klaus murmelte nur etwas Unverständliches und holte seine Lesebrille hervor. Victoria räumte den Tisch ab und spülte die Tupperdose. Um den Rest des Geschirrs würde sich die Spülmaschine kümmern.

Sie war kaum fertig, da hörte sie, dass die Wohnungstür aufgeschlossen wurde. Marie kam ins Wohnzimmer gestürmt.

»Hi, Klaus!« Ihre Tochter schien hocherfreut über die Anwesenheit ihres Gastes.

Klaus erhob sich und begrüßte Marie mit einer Umarmung. »Lange nicht gesehen. Wie geht es dir?«

»Läuft«, lautete Maries knappe Antwort.

»Kriege ich auch eine Umarmung?«, fragte Victoria.

Marie knurrte unwillig, nahm sie dann aber in den Arm. Sie war besser gelaunt als sonst, vielleicht, weil Victoria sie gestern zum Poetry-Slam begleitet und angefeuert hatte. Leider hatte es diesmal nur für den vierten Platz gereicht, obwohl Maries Text spitze gewesen war.

»Ich gehe in mein Zimmer. Muss morgen fit sein«, sagte Marie und verschwand.

»Das war ein kurzer Auftritt.« Klaus setzte sich wieder an die Arbeit.

»So ist sie immer in letzter Zeit. Ich wünschte, ich wüsste, was in ihrem Kopf vor sich geht.«

Klaus lachte auf. »Glaub mir, das willst du nicht wissen. Mein Sohn war als Teenager genauso. Nur Mädchen und Unsinn im Kopf.«

Sie schaute ihm über die Schulter und las mit. Sie versuchte, den Fall wie eine Außenstehende zu betrachten, was ihr aber misslang. Mit einem Seufzer ließ sie sich aufs Sofa fallen, legte sich auf die Seite und streckte die Beine aus.

»Möchtest du mehr Wein?«

Sie hörte noch Klaus' »Nein, ich muss doch fahren«, dann war sie eingeschlafen.

Sanft rüttelte jemand sie an der Schulter. »Vickie! Vickie, wach auf. Ich hab's.«

Sie stöhnte. Ihre Schläfen pochten schmerzhaft. *Das letzte Glas Wein war zu viel.*

Mühsam richtete sie sich auf. »Wie spät ist es?«

»Gleich Mitternacht. Ich muss los, sonst kommt meine Frau noch auf falsche Gedanken. Aber ich glaube, ich weiß, wo die Wächter als Nächstes zuschlagen.«

Auf einmal war Victoria hellwach. »Was sagst du da?«

Klaus setzte sich neben sie aufs Sofa. »Du meintest, die Psychologin sei sicher, dass die Täter bald wieder töten.«

»Ja. Diesen Monat gibt es einige Veranstaltungen in der Stadt. Mehrere Weinfeste, das Umsonst & Draußen Konzertfestival, das Marienbergkino …«

»Das nächste Weinfest ist das Hofweinfest des Mönchsstifts. Es geht am Mittwoch los.«

»Stimmt. Aber wie kommst du darauf, dass gerade dort ein Mord geschehen wird?«

»Das Mönchsstift baut seine besten Prädikatsweine am Südhang des Marienbergs im Mainviertel an.«

»Das Weingut Schön auch«, warf Victoria ein.

»Aber das Weinfest der Familie Schön ist erst Ende des Monats. Ich mag mich irren, aber ich denke nicht, dass die Wächter so lange stillhalten.«

»Angenommen, du hast recht. Dann verstehe ich immer noch nicht, was die Hanglage mit unseren Brückenheiligen zu tun hat.«

»Na, welcher Heilige wacht denn über das Mainviertel?«

O mein Gott. Klaus hatte recht. »Burkard, der erste Bischof von Würzburg!« Seine Gebeine lagen im Kloster Sankt Burkard – der seit Jahrhunderten für das Mainviertel zuständigen Pfarrei.

Montag, 12. Juni 2017

DANIEL

Kilian fuhr fast unmerklich zusammen, als Daniel auf der Holzbank neben ihm Platz nahm. Zwar versuchte der Kollege, seine Gesichtszüge unter Kontrolle zu halten, aber Daniel entging nicht das kurze, schmerzverzerrte Zucken um die Mundwinkel.

»Du hättest weiter Bürodienst schieben sollen«, sagte Daniel. Er hatte kein gutes Gefühl bei der Sache. Kilians Verletzung war noch nicht vollständig verheilt. Trotzdem hatte er unbedingt beim Einsatz heute auf dem Hofweinfest dabei sein wollen.

»Ihr braucht jede Unterstützung, die ihr kriegen könnt«, erwiderte Kilian. *Der hat leicht reden,* dachte Daniel. Er allein trug die Verantwortung, wenn Kilian etwas geschah, weil er nicht fit war.

Nicht, dass er dem Kollegen nicht recht gab. Er verzichtete ungern auf ein Teammitglied. Vor allem, da er bei einigen Kollegen, die den sechsten Tag in Folge auf dem Weinfest im Einsatz waren, eine wachsende Ungeduld verspürte. Hoffentlich schlug diese nicht in Unmut oder verminderte Wachsamkeit um. Das Hofweinfest lief noch bis Sonntag, und niemand ahnte, wann genau die Wächter ihren nächsten Mord verüben würden.

»Die Wächter wären verrückt, wenn sie hier zuschlagen.« Kilian schenkte ihnen Mineralwasser nach. Es war schon ihre vierte Flasche.

Seit über zwei Stunden saßen sie im historischen Innenhof des Stifts. Erst jetzt, gegen achtzehn Uhr, füllte sich das Fest mit immer mehr »echten Besuchern«. Zuvor bestand nahezu die Hälfte der Gäste aus Kripobeamten in Zivil. Am Eingang standen uniformierte Kollegen, die sich heute Abend bei der »White Party« auffällig von der Menge der weiß gekleideten Feiernden abhoben.

»Du glaubst nicht, dass die Wächter es auf dieses Weinfest abgesehen haben?«

Kilian zuckte mit den Schultern. »Vielleicht, vielleicht auch nicht. Fakt ist, dass das Risiko für sie hier extrem hoch ist. Wie wollen sie aus dem Innenhof entkommen? Außer dem einen Zugangsportal gibt es keine Fluchtmöglichkeit, und das ist gut bewacht.«

Daniel stimmte Kilian zu. Ein Mord wäre gewagt. Andererseits war die Verbindung zwischen dem heiligen Burkard und dem Mönchsstift einleuchtend. Es sei denn, die Wächter hatten es auf das Weinfest Schön in knapp zwei Wochen abgesehen.

Daniel schielte zu einer der Bankreihen in der Nähe des Eingangs hinüber, wo Victoria saß.

Als sie ihm vergangene Woche im Brustton der Überzeugung mitgeteilt hatte, dass die Wächter beim Hofweinfest zuschlagen würden, hatte sich in ihm sofort ein Verdacht geregt. »Kommt das von dir oder deinem ehemaligen Partner?«

Ihre Wangen hatten sich gerötet, womit sie seinen Verdacht bestätigte. »Er hat Erfahrung mit Serienmördern und ...«

»Warum hast du das nicht mit mir abgesprochen? Wir hätten Haller um Erlaubnis bitten müssen, bevor wir einen Außenstehenden in die Ermittlungen einbeziehen.«

Victoria hatte zunächst geschwiegen, vermutlich weil sie wusste, dass sie im Unrecht war. Er war wütend gewesen und enttäuscht. Vielleicht war das aber auch ihr Ziel? Damit er spürte, wie sie sich gefühlt hatte, als er widerspruchslos ihren Posten übernommen hatte?

»Dass du mir nicht vertraust, ist ein echtes Problem«, hatte Daniel Victoria vorgeworfen, bevor sie ihm vollends den Boden unter den Füßen wegzog.

»Ausgerechnet du sprichst von Vertrauen«, zischte Victoria. »Glaubst du, ich weiß nicht, wo du dir deine Narbe wirklich zugezogen hast, Khalil?!«

Sie hatte seine Akte gelesen. Er hatte zwar keine Erklärung, wie sie da rangekommen war, aber woher sonst kannte sie seinen zweiten Vornamen und die Ursache der Gesichtsverletzung?

Danach hatten sie nur noch das Nötigste miteinander gesprochen. Wenn er ihr Dienstvergehen meldete, stiftete er nur noch mehr Unruhe zwischen ihnen. Daher grübelte er seit Tagen darüber nach, wie er die Wogen wieder glätten konnte. Victoria und er drifteten immer weiter auseinander, ausgerechnet jetzt, da sie als Team am stärksten gefordert waren.

»Stehst du auf sie?«

Daniel fuhr bei Kilians Frage zusammen. »Was?!«

»Na, du starrst seit Minuten in Victorias Richtung. Dabei dachte ich, du hast eine Freundin.« Schwang da Eifersucht in der Stimme des Kollegen mit?

»Habe ich auch. Was denkst du dir nur für einen Blödsinn aus. Und wieso fragst du? Stehst *du* etwa auf sie?«

»Victoria ist eine ausgezeichnete Polizistin. Hat echt was drauf.«

Daniel wartete, dass Kilian weitersprach, was er aber nicht tat. *Sehr ausweichende Antwort.*

Trotzdem war ihm das Ganze peinlich. Weniger Kilians Vermutung, als dass er abgelenkt gewesen war.

Daniel nahm den mittlerweile bis auf den letzten Sitzplatz gefüllten Hof in Augenschein. An den Stehtischen und vor der Essensausgabe drängelten sich die Leute. Eine Band spielte Rockmusik. Er prüfte jedes Gesicht, glich es mit dem Phantombild der mutmaßlichen Täterin ab und entdeckte keine Übereinstimmung. Waren die Wächter vorsichtiger geworden, weil sie nach einer von ihnen mit einem Phantombild fahndeten? Falls ja, wie lange würden sie pausieren, bevor sie weiter mordeten?

Susanne war sicher ebenfalls auf dem Hof, auch wenn er sie bislang nicht gesichtet hatte.

»Die White Party ist ein Muss für mich«, hatte Susanne am Morgen zu ihm gesagt. »Angeblich treffen sich dort viele Medienleute, Politiker und Promis aus Stadt und Region.«

»Sehen und gesehen werden«, hatte Daniel gespöttelt.

»Nennt sich Networking, mein Lieber. Ist in meiner Branche wichtig.«

»Lass uns eine Runde drehen«, sagte Daniel jetzt zu Kilian. »Du übernimmst den Ostteil des Hofes, ich den Westteil.«

VICTORIA

Sie hatte bemerkt, dass Daniel lange zu ihr herüberblickte, und sich bemüht, ihn zu ignorieren. Sie hatte Mist gebaut und er jedes Recht dazu, sich bei Haller über sie zu beschweren.

Dann bin ich geliefert.

Aber sie brauchten Klaus' Erfahrung, und weder ihr Kollege noch Haller hätten ihr erlaubt, ihn in die Ermittlungen einzubeziehen. Davon war sie überzeugt.

Verdammt blöd nur, dass ihr das mit dem Namen und der Narbe rausgerutscht war. *Nicht die beste Taktik, wenn man ohnehin schon auf der Abschussliste des Chefs steht.* Sie spürte ein unangenehmes Ziehen in der Magengegend.

Daniel hatte sie mit seiner Vermutung, dass sie mit Klaus Mücke über den Fall sprach, in eine Verteidigungshaltung gedrängt, die ihr nicht gefiel. Zudem ärgerte es sie, dass er ihr offensichtlich nicht zutraute, dass sie selbst auf die Verbindung zwischen Heiligem und Weinfest gekommen war. Schließlich war sie es, die auf die Gemeinsamkeit der Brückenheiligen gestoßen war.

Offenbar hatte Daniel ihrem Chef bislang nichts erzählt. Entweder weil er sie für unverzichtbar fürs Team erachtete, oder weil ihm etwas an ihr lag. Wieder meldete sich das Ziehen im Magen, diesmal stärker.

Sie nickte dem Kollegen an ihrem Tisch zu und erhob sich. Sie hatte aus dem Augenwinkel gesehen, dass Daniel und Kilian aufgestanden waren, um die Weinfestbesucher genauer unter die Lupe zu nehmen. Es war an der Zeit, wieder mal bei den uniformierten Kollegen am Eingang vorbeizuschauen und nach Auffälligkeiten zu fragen. Die White Party war über die Stadt hinaus bekannt.

Alles, was Rang und Namen hatte, versammelte sich hier. Mehr Aufmerksamkeit konnten die Wächter mit einem Mord fast nicht erzielen.

Dennoch behaupteten einige Kollegen hinter vorgehaltener Hand, dass sie falschlag. Dass auf dem Hofweinfest nichts passieren würde.

Falls das stimmt, dann nur, weil wir vorbereitet und präsent sind.

Sie schob sich durch die Menge vor dem Weinausschank, als jemand ihr auf die Schulter tippte. Nach einer Drehung um hundertachtzig Grad lächelte Daniels Freundin sie an.

»Hallo, Frau Stahl. Alles klar hier? Ich habe Daniel noch gar nicht entdeckt.«

Der hat auch Wichtigeres zu tun, als nach seiner Liebsten Ausschau zu halten.

»Es ist alles in Ordnung. Ich habe wirklich keine Zeit.« Victoria wandte sich ab. *Nicht sehr höflich, aber effektiv.* Dann fiel ihr ein, dass die Journalistin vielleicht etwas von den Wächtern gehört oder besser gesagt gelesen hatte. Etwas, das ihre Theorie von einem Mord hier unterstützte.

Victoria drehte sich wieder um, doch Daniels Freundin war schon außer Sicht. Also kämpfte Victoria sich weiter zu den uniformierten Kollegen durch.

Einer von ihnen wurde von einer älteren, wild gestikulierenden Dame belagert. Beim Näherkommen erkannte Victoria das Gesicht. Sie brauchte einen Moment, um die Frau einzuordnen.

»Sie waren vor ein paar Tagen wegen einer Aussage bei uns.«

Die Dame schien sie wiederzuerkennen. Jedenfalls lächelte sie ihr zu. »Das stimmt. Sie sind die Polizistin, die mir sagte, ich solle warten. Aber sogar in meinem Alter hat man nicht alle Zeit der Welt. Leider habe ich es danach nicht mehr zur Polizei geschafft. Mein Hund war krank, wissen Sie.«

»Sie behauptet, sie habe die Verdächtige gesehen«, meldete sich der Uniformierte zu Wort. Er verdrehte die Augen und gab so Victoria zu verstehen, dass er die Frau für eine Spinnerin hielt.

»Das habe ich auch. Vielleicht glaubt Ihre Kollegin mir.« Erwartungsvoll sah sie Victoria an.

»Die Frau, die wir suchen, ist dunkelhaarig und blauäugig, nicht blond mit braunen Augen«, erklärte der uniformierte Kollege ungeduldig.

»Aber sonst passt die Beschreibung. Sommersprossen, ein Meter siebzig … Sie hat sich damals am Main verdächtig verhalten und war über mein Auftauchen total überrascht. Bestimmt hat sie irgendwelche Beweise oder die Tatwaffe im Fluss verschwinden lassen.«

Die Bemerkung der Frau ließ Victoria aufhorchen. »Würden Sie morgen früh für eine Aussage bei uns vorbeikommen?«

Die Dame seufzte. »Sicher. Aber wenn Sie alle ein bisschen schneller schalteten, hätten Sie die Täterin schon geschnappt!«

Victoria runzelte die Stirn.

»Na, die junge Frau ist vor ein paar Minuten hier hinausmarschiert. Das versuche ich Ihrem Kollegen schon die ganze Zeit zu erklären.«

Dienstag, 13. Juni 2017

DANIEL

Haller glotzte ihn aus weit aufgerissenen Augen an. Er bebte so sehr, dass sein Bierbauch wackelte, und sein Kopf lief schon rot an. »Wollen Sie mir sagen, dass wir seit Wochen eine Person suchen, die es gar nicht gibt?«

»Nun ja, es gibt sie, aber sie sieht eben anders aus. Eine neue Zeugin sitzt gerade mit dem Phantombildzeichner zusammen. Sobald er fertig ist, aktualisieren wir den Fahndungsaufruf.«

»Wieso sind Sie so sicher, dass die junge Frau, die von dieser Zeugin gesehen worden war, unsere Verdächtige ist? Die Tochter des Datenschützers und Kilian May haben eine übereinstimmende Beschreibung der Täterin abgegeben.«

Daniel wog seine Antwort sorgfältig ab. Dass die neue Beschreibung derjenigen von Stichlers Begleitung auf dem Festival der Kulturen entsprach, erwähnte er nicht. Diese Spur hatten sie zunächst nicht weiterverfolgt, so überzeugt waren sie von »Schneewittchen« als Wächterin gewesen.

»Wir gehen davon aus, dass die Täterin in beiden Fällen eine Perücke und Kontaktlinsen getragen hat. Wahrscheinlich hat sie diese und die Tatwaffe im Main versenkt. Die Kollegen der Spusi und der Wasserschutzpolizei suchen den Fluss und das Ufer ab. Allerdings ist der Mord am Strand fast zwei Wochen her, was die Sicherung der Spuren erschwert.«

»Was für ein Versagen! Wie erkläre ich das dem Leitenden Polizeidirektor?«

Daniel schwieg, obwohl er seinen Chef gern daran erinnert hätte, dass er damals mit der Vorgehensweise einverstanden gewesen war. Dennoch brauchten sie dringend einen Erfolg.

Letzte Nacht hatte er wieder diesen Traum gehabt. Die Schreie und das Schluchzen der Frau, die er nicht gerettet hatte, verfolgten ihn gnadenlos und hallten noch nach, lange nachdem er schweißgebadet aufgewacht war. Er befürchtete, sein Albtraum könnte erneut wahr werden, diesmal entsetzlicher, da Menschen starben, wenn er versagte.

Haller drehte sich zum Fenster und verschränkte die Hände hinter dem Rücken. In dieser unfreiwillig komischen Denkerpose verharrte er eine Weile.

Daniel unterdrückte ein Grinsen, denn die Situation war ernst. Die Vermutung einer Aktion der Wächter auf dem Hofweinfest hatte sie bislang nicht weitergebracht. Heute Nachmittag würde er erneut vor Ort sein und die Kollegen vom Einsatz überzeugen müssen, obwohl er selbst mittlerweile an dem Sinn der Überwachungsmaßnahmen zweifelte.

Haller drehte sich wieder zu ihm um. »Der Polizeidirektor hat mir gestern nahegelegt, das LKA einzuschalten. Falls wir in den nächsten Tagen keine Erfolge erzielen, bleibt mir nichts anderes übrig, als die Kollegen aus München anzurufen.«

Statt seiner Kollegin fand Daniel im Büro drei Notizen vor. Victoria teilte ihm mit, dass sie beim Phantombildzeichner auf ihn wartete, ein anderer Kollege, dass er alle Alibis der drei Schwestern an der Uniklinik überprüft hatte.

Dafür hat er aber lange gebraucht. Demnach hatten zwei von ihnen zur Tatzeit des Mordes am Strand Schicht gehabt und die dritte ein Date, das gestern bestätigt worden war. *Wieder nichts. Jetzt muss das Phantombild zur Täterin führen, sonst verlieren wir den Fall.*

Die dritte Notiz war von Kilian. Die Würzburger Uniklinik hatte als einzige in den letzten Monaten Arsentrioxid gekauft und bei einem Patienten angewendet. Es gab keinen Hinweis auf einen Medikamentendiebstahl, was Victorias Vermutung bestätigte, dass die Wächter sich das Gift illegal im Netz besorgt hatten.

Auf dem Weg zum Zeichner klingelte sein Handy. Ein Kollege der Spusi war dran.

»Bitte sag mir, dass ihr was gefunden habt.«

»Haben wir. Eine schwarze Perücke, vermutlich Echthaar. Wir hatten Glück, sie hatte sich in einem Gebüsch am Ufer verfangen.«

Er atmete durch. Die alte Dame hatte sich einen großen Strauß Blumen verdient. Wer weiß, wie lange sie ohne ihre Aussage noch einem Trugbild nachgelaufen wären.

Victorias Augen leuchteten, und sie lächelte ihn seit langer Zeit mal wieder an, als er ihr von dem Fund der Spusi berichtete.

»Wir sind gleich fertig hier«, sagte sie.

Er bemerkte eine leichte Alkoholfahne bei der Kollegin. Es war zwar das erste Mal, trotzdem beunruhigte es ihn. Sie brauchten einen klaren Kopf. Ja, der Fall zerrte an ihrer aller Nerven, aber das war kein Grund, sich zu betrinken. Oder steckte etwas anderes dahinter? Private Sorgen?

Schnell wandte er den Blick dem Bildschirm des Zeichners zu, bevor Victoria mitbekam, wie er sie anglotzte. Das Gesicht einer auffallend hübschen Frau sah ihm entgegen. Schulterlange dunkelblonde Haare, haselnussbraune Augen, niedliche Sommersprossen. Sie schien sehr jung zu sein. Das war ein Mitglied der Wächter? Eine Mörderin? Nun ja, andererseits, wer sah schon wie ein Mörder aus? Niemand wusste, was im Kopf eines Menschen vorging, da mochte dieser noch so unschuldig aussehen.

»Die Nase ein wenig schmaler und die Augenbrauen weiter auseinander. Dann passt es«, erklärte die Zeugin, die sich fasziniert dem Bildschirm widmete. »Das wollte ich schon immer mal machen.«

»Danke. Sie haben uns sehr geholfen«, sagte Daniel mit einem

Lächeln, zog dann allerdings bei Victorias Gesichtsausdruck die Stirn in Falten. »Was ist los?«

»Ich bin mir sicher, die Frau schon mal gesehen zu haben. Mir fällt nur nicht ein, wo.«

Er warf erneut einen Blick auf die Zeichnung und schüttelte den Kopf. Ihm kam die Verdächtige kein bisschen bekannt vor.

»Mama, wir müssen reden!«

Alle zuckten zusammen und fuhren herum.

In der Tür stand Marie, die Augen zu Schlitzen zusammengekniffen, aus denen sie ihre Mutter anfunkelte.

VICTORIA

»Marie, was machst du hier?! Warum bist du nicht in der Schule?« Hätte die Täterin selbst in der Tür gestanden, hätte Victoria das nicht mehr überrascht als der Besuch ihrer Tochter.

Marie war nur ein einziges Mal in der Polizeiinspektion gewesen, am Tag der offenen Tür letztes Jahr, und da hatte Victoria sie quasi an Händen und Füßen hergezerrt. Ihre Tochter hatte nie Interesse an ihrer Arbeit gezeigt, und sie war auch heute sicher nicht für einen Höflichkeitsbesuch hierhergekommen.

»Du darfst ihn nicht anzeigen. Du hast kein Recht dazu!«

Victoria trat der Schweiß auf die Stirn. Sie beabsichtigte nicht, diese Diskussion vor den Kollegen und einer Fremden zu führen, die die Szene mit einer Mischung aus Neugier und Belustigung beobachteten.

»Begleitet ihr unsere Zeugin bitte nach draußen und lasst uns einen Moment allein?« Sie wartete, bis alle den Raum verlassen hatten, dann deutete sie auf einen Stuhl. »Setz dich. Dann reden wir darüber.«

Marie nahm Platz und verschränkte die Arme vor der Brust. Ihre Augen waren gerötet. Nicht nur vom Weinen. Vermutlich hatte sie letzte Nacht ebenso wenig geschlafen wie Victoria. Da konnte auch die Flasche Silvaner nicht mehr helfen. Das letzte Glas hatte Victoria erst um fünf in der Früh vernichtet.

Nach dem gestrigen Einsatz auf dem Weinfest war Victoria zu Fuß nach Hause gelaufen. Auf der Alten Mainbrücke hatte sie sie entdeckt: Marie und ihren ehemaligen Fußballtrainer. Wild knutschend. Marie im Minirock, die Arme fest um den Nacken des Mannes geschlungen und die Zunge in dessen Rachen; er eine Hand an ihrer Hüfte, während die andere sich zielsicher den Weg unter ihren Rock bahnte. Victoria hatte sich bemerkbar gemacht und dem Trainer mit einer Anzeige gedroht.

»Er ist gut zehn Jahre älter als du. Er nutzt dich aus.«

»Es sind acht Jahre. Und er liebt mich«, antwortete Marie trotzig.

Victoria schlug kurz die Hände vors Gesicht. Wie konnte ihre Tochter nur so naiv sein? »Hast du deshalb mit dem Fußballspielen aufgehört? Schämt er sich, den anderen Mädels zu zeigen, dass ihr zusammen seid?«

»Was? Nein! Die anderen waren eifersüchtig. Sie dachten, er bevorzugt mich, würde mich öfter aufstellen. Daher habe ich aufgehört.«

»Er hat dich verführt. Du hast kaum Erfahrung mit Männern, und er ist dein Trainer. Ich kriege ihn mindestens wegen sexuellen Missbrauchs von Schutzbefohlenen dran.«

»Er ist nicht mehr mein Trainer. Und ich bin kein Kind mehr!«

Victoria pustete die angestaute Luft aus, um beherrscht zu bleiben. Sie zwang sich zu einem Lächeln. »Schatz, ich weiß, du bist verliebt in ihn. Aber Männer in seinem Alter wollen nur das eine. Ich versuche, dich zu beschützen. Du musst dich von ihm trennen.« Sie stutzte.

Marie sah sie nicht mehr an. Und schien ihr auch nicht mehr zuzuhören. Ihre Tochter lief langsam quer durch den Raum zum Rechner des Phantombildzeichners. Hinter seinem leeren Bürostuhl blieb sie stehen. Mit offenem Mund starrte sie auf den Bildschirm.

SUSANNE

Ein Lächeln umspielte ihre Lippen. Sie war erleichtert, die Wächter hatten geantwortet. Nach über einer Woche. Mit jedem Tag war ihre Hoffnung mehr geschwunden, etwas von ihnen zu hören, und sie befürchtete schon, ihre letzte Mail war zu offensiv gewesen.

Zudem fragte sich ganz Würzburg, wo und wann die Täter wieder zuschlugen. Wen es treffen würde. Im Internet kursierten Listen mit Vorschlägen, wen die Wächter »kaltmachen« sollten. *Asoziale Arschlöcher.*

Sie öffnete die Mail und las.

Liebe Susanne,
wir geben zu, Ihre Mail hat uns getroffen und ein wenig enttäuscht. So viel Unverständnis. Vielleicht sind Sie doch nicht die Richtige, um unsere Mission zu verbreiten.
Sind Sie wirklich von der Unschuld des Datenschützers überzeugt? Dann sind Sie naiver, als wir dachten. Seine Tochter hat immerhin noch eine Mutter, die sie liebt. Damit hat sie mehr Glück als andere.
Was den Pharmareferenten angeht: Nun ja, Sie können nicht wissen, dass er einige Frauen sexuell belästigt und bedroht hat. Es gibt viele Ratten in seiner Branche.
Weil wir Sie trotzdem noch mögen und an Sie glauben, erhalten Sie einen Tipp. Es werden so viele Menschen sterben, wie Heilige auf der Alten Mainbrücke stehen.
Möchten Sie erfahren, wer als Nächstes dran ist? Vielleicht können Sie ja jemanden retten. Doch hierfür müssen Sie etwas für uns tun. Halten Sie sich den kommenden Dienstag, 20. Juni, ab 19 Uhr frei.

Sie hören von uns. Keine Polizei. Sprechen Sie mit niemandem über diese Mail. Sonst endet unsere Korrespondenz.
Die Wächter

Susannes Pulsschlag war mit jedem Satz schneller geworden, sie spürte das Klopfen ihres Herzens bis zum Hals. Die Wächter hatten ihr die Anzahl der Opfer genannt und gaben ihr sogar die Chance, einen Menschen zu retten. Warum? Was forderten sie im Gegenzug?

Keine Polizei. Wüssten die Wächter, dass sie mit einem Polizisten zusammen war, würden sie ihr sicher nicht vertrauen. Wäre sie überhaupt fähig, Daniel zu verschweigen, was die Serienmörder ihr anboten? Sie hielt ermittlungsrelevante Informationen zurück. Fataler war, dass sie ihrem Freund die Kommunikation mit den Wächtern verschwieg. Damit gefährdete sie ihre Beziehung, denn das würde er ihr nie verzeihen. So viel war sicher.

Dennoch war es die einzige Möglichkeit, ein Menschenleben zu retten. Wer wäre sie, wenn sie es nicht versuchte?

DANIEL

Bist du sicher?« Er hielt sich am Griff über der Beifahrertür fest. Victoria raste mit dem Mini über die Löwenbrücke. Einen Dienstwagen hatte sie abgelehnt, um die Verdächtige mit ihrem Besuch zu überraschen. Kilian und Benedikt waren zeitgleich in die Zellerau losgefahren, um sie notfalls zu Hause festzunehmen.

Victoria nickte. »Dass ich sie nicht selbst erkannt habe, unglaublich! Aber sie wirkt so unscheinbar.«

»Und sie ist Slammerin?«, fragte er. *Das erklärt die mehr oder weniger poetischen Mails an Susanne.*

»Marie sagt, sie ist eine der Besten, hat schon einige Poetry-Slams gewonnen. Ihr letzter Auftritt ist allerdings bereits ein paar Monate her.«

»Klar.« Daniel stieß verächtlich die Luft aus. »Sie war ja mit anderen Dingen beschäftigt.«

»Ich hatte sie die ganze Zeit vor der Nase.« Victoria presste die Lippen aufeinander.

»Na ja. Immerhin bist du nicht täglich hier, oder?«

»Sollte ich aber.« Sie quetschte den Mini in eine der wenigen Parklücken und stürzte aus dem Wagen.

»Hast du Angst, dass sie uns davonläuft?« Daniel grinste.

Victoria ignorierte seinen Spruch und lief schnurstracks auf den Eingang des Gebäudes auf der anderen Straßenseite zu. Sie war sauer, diesmal Gott sei Dank nicht auf ihn, sondern auf sich selbst.

»Kriminalpolizei Würzburg. Wir möchten bitte mit einer Ihrer Angestellten sprechen. Sophie Kaiser. Könnten Sie sie rufen lassen? Bitte ohne zu erwähnen, dass die Polizei hier auf sie wartet.«

Die junge Frau am Empfang, die wie ein Schulmädchen aussah, glotzte, als hätte Victoria sie soeben gebeten, nackt auf dem Tresen zu tanzen, und schien tatsächlich zu überlegen, ob sie der Aufforderung nachkommen sollte. Sie neigte sich ein wenig zur Seite, um einen Blick auf Daniel zu erhaschen, der hinter Victoria stehen geblieben war.

»Das ist mein Kollege, auch von der Kripo. Gibt es ein Problem?«

Die Frau schüttelte den Kopf und nahm das kabellose Telefon in die Hand. »Einen Moment.«

Drei Sekunden später flüsterte sie in das Gerät. »Könnten Sie bitte herunterkommen … Es geht um Frau Kaiser … ja, genau. Vielen Dank.« Sie legte auf. »Meine Chefin kommt sofort.« Bevor Victoria etwas einwenden konnte, sagte sie: »In solchen Fällen bin ich angehalten, der Chefin Bescheid zu geben.« Sie wirkte jetzt professionell, nicht mehr wie ein Schulmädchen.

Daniel überlegte, in einem der gemütlich aussehenden Besuchersessel Platz zu nehmen, als eine Frau reiferen Alters in knielangem Rock und dunkler Bluse auf sie zukam. Sie stellte sich als Leiterin des Seniorenzentrums vor.

»Sie suchen Frau Kaiser? Darf ich wissen, worum es geht?«

»Wir suchen sie im Rahmen einer polizeilichen Ermittlung.« Victoria zückte die Phantombildzeichnung. »Ist das Frau Kaiser?«

Die Heimleiterin zog die Augenbrauen hoch. »Sie ist erstaunlich gut getroffen. Was hat sie angestellt?«

Daniel bemerkte, wie das Mädchen am Empfang die Konversation belauschte. Hatte sie Kontakt zu der Verdächtigen?

»Arbeitet Frau Kaiser heute?« Victorias scharfer Tonfall verriet, dass ihr Geduldsfaden kurz vor dem Zerreißen war.

»Nein. Sie hat sich krankgemeldet. Seit Wochen schon.«

Victoria nickte Daniel zu. Dann oblag es den Kollegen, Sophie Kaiser in ihren eigenen vier Wänden festzunehmen. Daniel hatte allerdings nicht das Gefühl, dass sie dort auf sie wartete.

»Falls sie sich bei Ihnen meldet oder wieder auftaucht, rufen Sie uns bitte sofort an«, befahl Victoria der Heimleiterin und überreichte ihr die Visitenkarte. »Und kommen Sie nicht auf die Idee, Frau Kaiser zu erzählen, dass wir hier waren.« Bei diesem Satz wandte sie sich auch an die Empfangsdame, die beschämt den Blick senkte.

»Möchtest du nicht deine Mutter besuchen, wo wir schon hier sind?«

Für den Vorschlag erntete Daniel einen giftigen Blick. »Fang du nicht auch noch damit an, mir ins Gewissen zu reden. Dafür haben wir keine Zeit.«

Er zückte sein Handy. Benedikt meldete sich sofort. »Sophie Kaiser ist krankgemeldet. Wie sieht es bei euch aus?«

»Zu Hause ist sie auch nicht. Nachbarn haben sie seit Wochen nicht gesehen.«

»Ich gebe Haller Bescheid, damit er bei der Staatsanwaltschaft einen Durchsuchungsbeschluss besorgt. Befragt weiter die Nachbarn. Erkundigt euch nach Familie, Freunden … ich glaube nicht, dass sie verreist ist, sondern sie wird sich irgendwo verstecken.«

Das Phantombild würde er zunächst nicht an die Öffentlichkeit rausgeben. Dass sie die Identität einer Wächterin kannten, war der einzige Vorsprung, den sie vor den Mördern hatten.

DIE WÄCHTERIN

Es war richtig und wichtig, sich hier zu verstecken. Niemand würde sie an diesem Ort suchen, und so war sie in der Lage, sich in Ruhe auf ihre nächste Mission vorzubereiten. Trotz aller Vorkehrungen war es nur eine Frage der Zeit gewesen, bis die Polizei ihnen auf die Spur kam. Sie hätte allerdings nicht gedacht, dass es jetzt schon so weit sein würde.

Im Heim wussten sie Bescheid. Dort durfte sie sich nicht mehr sehen lassen. Das war auch eine Erleichterung. Wie oft hatte sie unter den Bedingungen gelitten. Klar, in anderen Heimen war es krasser, die Personaldecke noch dünner.

Trotzdem hatten Gewissensbisse und Schuldgefühle sie oft stundenlang wach gehalten. Dann quälten sie Gedanken wie: *Habe ich heute wirklich allen ihre Medikamente gegeben?* Oder: *Hätte ich fünf Minuten länger Zeit für sie gehabt, dann wäre sie nicht allein gestorben.* Manchmal war es nur der Stress, der sie nicht schlafen ließ. Hundertsiebzig Überstunden im letzten Jahr. Tendenz steigend.

Dabei hatte sie sich die Berufswahl als Teenagerin genau überlegt. Altenpflegerin. Alte, harmlose Menschen und meist weibliche Kolleginnen. Keine geilen Männer, die sie belästigten. Und sie hatte Glück. Die meisten ihrer Kollegen waren weiblich. Den beiden Pflegern in ihrem Heim ging sie wenn möglich aus dem Weg. Sie alle hatten ohnehin zu viel zu tun, um schmutzigen Gedanken nachzuhängen. Wäre nur dieser arrogante und widerliche Pharmavertreter nicht gewesen. Aber der würde sie nie wieder anfassen.

An sich fand sie die Arbeit mit älteren Menschen befriedigend. Die meisten waren dankbar, dass sie für sie da war, dass sich jemand kümmerte. Sie wurde gebraucht. Mit ihnen konnte sie reden, frei von Angst davor, verraten oder verletzt zu werden. Es störte sie nicht, diese Menschen bis zum Tod zu begleiten, denn sie fand, das einzig Furchtbare am Tod war, ihm allein zu begegnen. Auch ekelte sie sich nicht vor Blut oder Ausscheidungen, sie hatte Widerwärtigeres erlebt. Besorgniserregend war jedoch, dass selbst für Hygienemaßnahmen wie das Waschen der Heimbewohner meist zu wenig Zeit blieb. Überhaupt war Zeit der Gegner in ihrem Job, denn die war bei allen Angestellten knapp bemessen.

»Sie müssen priorisieren«, forderte die Heimleitung stets von ihnen. Als hätte immer nur eine Sache oder Person Priorität. Einmal war ihr einer weggestorben, weil sie nicht rechtzeitig bei ihm war, um ihn wiederzubeleben. Sie hatte den Alarm gehört, und mit einem Defibrillator hätte sie den Mann retten können – wäre sie nicht damit beschäftigt gewesen, einer anderen Heimbewohnerin, die einen Schlaganfall gehabt hatte, zu helfen. Nie würde sie die Befragung durch den Amtsarzt vergessen, vor dem sie sich für den Tod des Mannes rechtfertigen musste. Viele in diesem Beruf hielten nicht lange durch. Eine Kollegin hatte nach einem Burn-out die Reißleine gezogen. Daher war es für Sophie kein Problem gewesen, einen Arzt zu finden, der sie wegen einer Depression krankschrieb. Allein ihre Vorgeschichte reichte für die Diagnose aus.

Sie fuhr ihren Laptop hoch. Den hatte sie zusammen mit zwei Koffern aus ihrer Wohnung hierhergebracht. Gleich in der Nacht nach ihrer Tat am Mainstrand. Noch vom Haus ihrer Eltern aus hatte sie ihn anrufen und jedes Detail ihrer Flucht erzählen müssen, auch von der Spaziergängerin.

»Verlasse umgehend deine Wohnung.« Er bestand sogar dann noch darauf, als sie behauptete, die Frau mit ihrem Hund habe nichts gesehen.

Er hatte recht behalten. Sie musste vorsichtiger sein. Daher hatte er ihr Smartphone durch ein Prepaid-Handy ersetzt.

Es hatte sie immense Überwindung gekostet, den DJ ins Herz zu stechen. Sein erstaunter Blick würde sie ewig verfolgen. Mit dem Gift war es nicht so schwierig gewesen. Sie hatte dem Tod nicht ins Auge sehen müssen. Dafür war der DJ wenigstens schnell gestorben. Die Botschaft sei wichtiger als die Strafe, sagte ihr Partner immer. Trotzdem wählte er brutale Methoden, um die Schuldigen zur Verantwortung zu ziehen.

Sie fürchtete sich vor ihrer nächsten Aufgabe, was sie gegenüber ihrem Partner aber nicht zugab. *Ziehe ich das wirklich durch?*

Ja, denn er verdient den Tod. Wie all die anderen.

Über die Entführung von Walders Tochter hatten sie länger diskutiert, und sie war nur einverstanden gewesen, da er ihr versprach, Lisa in jedem Fall unversehrt laufen zu lassen, selbst wenn ihr Vater sich nicht erpressen ließ. Sie töteten keine unschuldigen Kinder.

Sie öffnete das gemeinsame Postfach der Wächter. Eine neue Mail. Ein Grinsen stahl sich auf ihr Gesicht. Die Journalistin war dabei. Das erleichterte ihren Plan.

Willkommen bei den Wächtern, Susanne Riehl!

Donnerstag, 15. Juni 2017
(Fronleichnam)

DANIEL

Unter anderen Umständen hätte er die kleine Dachgeschosswohnung mit dem gepflegten Parkett und den hellen Holzschrägen in die Kategorie gemütlich eingeordnet. Heute schien sie ihm zu aufgeräumt und sauber. Als wäre die Bewohnerin für längere Zeit verreist oder bereitete die Übergabe an einen neuen Mieter vor.

Victoria und Daniel liefen in ihren Schutzanzügen von einem Zimmer ins andere, um einen persönlichen Eindruck von der Wohnsituation der mutmaßlichen Wächterin zu gewinnen.

»Weder Handy noch Laptop oder Computer.« Der Kunststoff ihrer Überstiefel raschelte leicht, als Victoria vom Wohnzimmer ins Bad tapste. Sie öffnete den Spiegelschrank. »Leer und sauber. Ich wette, wir finden nicht ein einziges Haar irgendwelcher Komplizen.«

Er stimmte ihr wortlos zu und ging dann weiter ins Schlafzimmer, wo ein Kollege der Spusi den Nachttisch nach Spuren absuchte. Dieser warf ihm einen argwöhnischen Blick zu, möglicherweise fühlte er sich kontrolliert. Daniel unterdrückte daher die Frage, ob er etwas Interessantes gefunden habe.

Ein blutiges Messer wäre schön. Gern auch Reste von Arsen.

»Einige Kleiderbügel im Schlafzimmerschrank sind leer. Und die meisten Schubladen ausgeräumt. Einen Koffer habe ich auch nicht gefunden«, teilte der Kollege Daniel mit.

Daniel nickte frustriert. *Die hat alle Spuren verwischt und die Fliege gemacht.*

»Aber das hier lag ganz oben im Schrank.« Der Kollege reichte ihm einen verstaubten Schuhkarton.

Daniel öffnete ihn und holte ein Dutzend Familienfotos heraus. Er blätterte den Stapel durch. Auf den Bildern waren jeweils dieselben Personen abgelichtet, wenn auch nicht immer alle zusammen: Frau, Mann und ein Mädchen. Dem Alter des Kindes nach zu urteilen, lagen zwischen dem frühesten und dem aktuellsten Foto fünf oder sechs Jahre. Die Bilder zeugten von Familienerlebnissen im Garten, am Strand, im Schwimmbad.

Ein Einzelkind. Wie ich.

»Nicht ganz die glückliche Familie, was?«

Daniel erschrak. Er hatte nicht bemerkt, dass Victoria hinter ihm stand. »Wie meinst du das?«

»Na, die Kleine lächelt nie.«

Er fand, das Mädchen wirkte zwar ernst, aber nicht unglücklich. »Vielleicht ist sie einfach nicht fotogen. Oder sie mag keine Kameras. Ich werde auch nicht gern fotografiert.«

Seine Partnerin zuckte mit den Schultern und beobachtete weiter, wie er ein Bild nach dem anderen herumdrehte, um die Rückseite zu betrachten. Bei Foto Nummer sechs schnalzte er mit der Zunge.

»Peter, Anna und Sophie, Lanzarote 2008«, las er vor.

»Und nun, Boss?« Sie betonte das letzte Wort und verlieh ihm dadurch einen sarkastischen Anstrich.

Daniel ignorierte die Provokation. »Essen wir was. Ich habe Hunger. Danach statten wir den Eltern einen Besuch ab.«

VICTORIA

Anna und Peter Kaiser hatten auf jeden Fall Geld. Davon zeugten die Lage ihrer Villa im Steinbachtal und die hochwertigen Wohnzimmermöbel aus Massivholz. Auch die Kette, die die Dame des Hauses um den Hals trug, war sicher kein Modeschmuck von Bijou Brigitte.

Als sie sich an der Haustür vorgestellt hatten, breitete sich Entsetzen auf dem Gesicht der etwa Fünfzigjährigen aus. »Ist was mit Sophie? Es ist ihr was passiert, oder?«

Victoria hatte befürchtet, die Frau würde zusammenklappen. »Nein, nein. Deswegen sind wir nicht hier. Können wir reinkommen und mit Ihnen reden?«

Sophies Mutter benötigte einen Augenblick, um sich zu fangen, dann ließ sie sie in den geräumigen Eingangsflur mit Marmorfliesen. Victoria bemerkte, wie Daniel neben ihr seine Schuhe betrachtete. Womöglich überlegte er, ob sie sauber genug waren, um den schicken Boden zu betreten. Sie schmunzelte und trat beherzt ins Haus.

»Ist Ihr Mann auch zu Hause?«, fragte Daniel, nachdem sie im Wohnzimmer Platz genommen hatten.

»Natürlich. Es ist schließlich Feiertag«, antwortete Frau Kaiser in einem Tonfall, der wohl Irritation darüber ausdrückte, dass die Kripo ihnen ausgerechnet an Fronleichnam einen Besuch abstattete, obwohl kein Notfall vorlag. Vermutlich arbeitete Herr Kaiser in einer Branche, die weder Feiertagsdienst noch Nachtschicht kannte. »Sie haben Glück, dass Sie uns erwischen. Wir hatten ursprünglich über das lange Wochenende einen Kurztrip in den Schwarzwald geplant.«

»Frau Kaiser, wäre es Ihrem Mann möglich, an dem Gespräch teilzunehmen? Es ist wichtig.«

Victoria gefiel die Dringlichkeit in Daniels Stimme. Sie hatte keine Lust, länger als nötig in diesem Haus zu verweilen. Möglicherweise waren es nur Vorurteile gegenüber betuchten Menschen, aber ihr waren die Leute jetzt schon unsympathisch.

Anna Kaiser entschuldigte sich und verließ den Raum. Zwei Minuten später erschien sie, ihren Mann im Schlepptau. Beide nahmen ihnen gegenüber auf dem Sofa Platz und schlugen nahezu synchron ihre Beine übereinander.

»Ich gebe zu, Ihr Besuch bereitet uns ein wenig Sorge«, sagte Herr Kaiser mit sonorer Stimme. Sein Versuch, zu lächeln, schlug fehl. »Die Kripo hat man nicht jeden Tag im Haus.«

»Das tut uns leid«, antwortete Daniel. »Aber wir müssen dringend mit Ihrer Tochter sprechen. Wir haben sie nicht in ihrer Wohnung angetroffen, und ihre Nachbarn haben sie seit einigen Tagen nicht mehr gesehen. Wissen Sie, wo sie sich aufhält?«

Die Reaktion der Eltern hätte nicht unterschiedlicher sein können. Peter Kaiser schaute sie ungläubig an. Seine Frau schlug die Hände vors Gesicht.

»Sie hat sich bestimmt etwas angetan«, wimmerte Frau Kaiser. »Ich wusste, dass das irgendwann passiert.«

»Wieso denken Sie das?«

»Sie leidet unter Depressionen, nimmt auch Medikamente. Dabei hat sie doch alles. Wir waren immer für sie da.«

Klar, deswegen ist eure Tochter durchgedreht und bringt Menschen um. Sofort schämte sich Victoria für ihre Gedanken. Sie war selbst ja auch nicht die Mutter der Nation.

»Wir glauben nicht, dass sie sich etwas angetan hat«, fuhr Daniel fort. »Es sieht eher danach aus, als sei sie verreist oder untergetaucht.«

»Ohne uns etwas zu sagen? Niemals!«, meldete sich jetzt Herr Kaiser zu Wort.

Daniel räusperte sich. »Wir suchen Sophie im Zusammenhang mit zwei Morden und einem Fall von erpresserischem Menschenraub.«

Die Eltern starrten ihn an. In Frau Kaisers Augen sammelten sich die ersten Tränen.

»So ein ausgemachter Schwachsinn!«, tobte Herr Kaiser. Seine Wangen färbten sich dunkelrot. »Was erlauben Sie sich? So etwas würde unsere Tochter niemals tun.«

»Bitte beruhigen Sie sich. Wenn Sophie unschuldig ist, wird sich das klären, aber dazu benötigen wir ihre Aussage.« Ein hechelnder Golden Retriever tauchte im Wohnzimmer auf und legte sich zu Füßen der Kaisers. Victoria entging nicht Daniels Blick.

Bingo! »Ist das Sophies Hund?«, platzte Victoria heraus.

»Nein, aber sie holt Bella ab und zu, um sie auszuführen«, antwortete Frau Kaiser schniefend. »Wieso?«

»Wir benötigen eine Haarprobe Ihres Hundes. Wann haben Sie Ihre Tochter das letzte Mal gesehen oder mit ihr gesprochen?«

Die Kaisers überlegten einen Moment, dann antwortete Sophies Mutter: »Das ist mehr als zwei Wochen her. Sie war an einem Mittwochabend hier, um Bella für einen Spaziergang am Main abzuholen.«

Victoria sah zu ihrem Kollegen, der ihr kurz zunickte. Ohne es zu wollen, hatte Anna Kaiser ihren Verdacht verstärkt. »Am einunddreißigsten Mai?«

Die Mutter nickte. Sie weinte nun hemmungslos. Ihr Mann starrte, die Lippen zusammengepresst, auf den Boden.

»Ich kann nicht glauben, dass sie so etwas getan hat«, flüsterte Frau Kaiser. »Sophie ist keine Mörderin. Sie hatte Probleme, aber man musste immer Angst um sie haben, nicht um andere.«

Für alle Fälle würden sie die Krankenhäuser abtelefonieren, falls sich Sophie doch etwas angetan hatte.

»Haben Sie eine Idee, wo Ihre Tochter sein könnte? Hat sie

Freunde, Kollegen, Bekannte, irgendjemanden, der ihr vielleicht Unterschlupf gewährt?«

Beide Eltern schüttelten den Kopf, wobei bei Herrn Kaiser nicht sicher war, ob als Antwort auf die Frage oder weil er ihnen immer noch nicht glaubte. Er schien weit weg mit den Gedanken. Wahrscheinlich hörte er ihnen nicht mehr zu. Oder er stand unter Schock.

»Sophie ist sehr introvertiert und hatte als Kind wenige Freunde«, sagte Anna Kaiser.

»Deine Schuld. Du hast sie viel zu sehr beschützt!« Alle Anwesenden zuckten bei dem Gebrüll des Hausherrn zusammen. Demnach hatte er zugehört. »Von allem abgeschirmt. In Watte gepackt. Das ist alles deine Schuld.« Peter Kaiser stand auf und wies demonstrativ zur Tür. »Sie finden ja allein hinaus.«

»Bitte rufen Sie uns an, wenn sich Ihre Tochter meldet oder Ihnen noch etwas einfällt.« Victoria legte ihre und die Karte eines Seelsorgers auf den Tisch. Wobei sie sich sicher war, dass das Paar die Tochter nicht freiwillig auslieferte.

DANIEL

In Watte gepackt. Das hatte seine Mutter auch mit ihm getan. Vermutlich war es das Schicksal von Einzelkindern, betüttelt zu werden. Seine Eltern hatten jahrelang versucht, ein Kind zu bekommen, und dann zwei weitere Jahre gewartet, bis die Adoption durch war. *Verständlich, dass man sich dann ein wenig zu sehr um den Sohn kümmert.*

Im Mini zog er einen seiner Schokoriegel aus dem Handschuhfach.

»Kaum zu glauben, dass mein Wagen als Vorratskammer herhalten muss.«

»Ich sehe das als Belohnung dafür, dass ich mich immer wieder hier hereinquetsche.«

Victoria grummelte unwirsch.

»Warum wird eine junge Frau aus so reichem Haus Altenpflegerin und wohnt in einer winzigen Dachgeschosswohnung?«, fragte sie verwundert. »Daddy hätte ihr doch sicher was Schickeres bezahlt und sie auf eine teure Privatschule geschickt.« Ihre Geringschätzung war nicht zu überhören.

Daniel zuckte mit den Schultern. »Meine Eltern sind beide Lehrer, und vor allem meine Mutter hätte gern gesehen, dass ich ihren Weg einschlage. Trotzdem bin ich heute Polizist. Junge Leute wollen selbstständig sein und ohne die Hilfe ihrer Eltern klarkommen.«

Seine Berufswahl hatte er mit fünfzehn Jahren getroffen. Damals verteidigte er nach der Schule einen Jüngeren gegen zwei Halbstarke, die es auf dessen Handy und Geld abgesehen hatten. Mit zwei Kicks brachte er einen von ihnen zu Boden. Der andere nahm anschließend Reißaus. Die Dankbarkeit und Erleichterung im Blick des jungen

Schülers waren von da an sein Antrieb, obwohl er heute selten diese Reaktionen von Menschen wahrnahm. Die Aggressivität gegen Polizeibeamte hatte über die letzten Jahre im gleichen Maße zugenommen, wie der Respekt verloren gegangen war. Früher hatte er es auf seine Hautfarbe geschoben, doch viele Kollegen, vor allem bei der Streife, stimmten ihm zu, dass ihre Autorität enorm gelitten hatte.

»Was machen wir jetzt?«, fragte Victoria. »Haller wird die offene Fahndung fordern.«

Daniel nickte. »Lass uns noch mal die Kollegen im Pflegeheim befragen. Vielleicht weiß einer von ihnen, wo sich die Verdächtige versteckt.«

Seine Partnerin griff nach dem Zündschlüssel. Mit einer Handbewegung hielt er sie zurück. Stirnrunzelnd sah sie ihn an.

»Du hast mich vor ein paar Tagen bei meinem Zweitnamen genannt. Ich nehme an, du hast ihn meiner Akte entnommen.«

Victoria senkte verlegen den Blick und schwieg. Auch wenn sie offensichtlich nicht darüber reden wollte, hoffte er, mit ein wenig Offenheit wieder für mehr Nähe und Vertrauen zwischen ihnen sorgen zu können.

»Khalil ist mein tunesischer Name. Meine deutschen Eltern haben mich adoptiert, als ich drei Jahre alt war.« Sie sah ihn an, sagte aber nichts. »An meine leiblichen Eltern erinnere ich mich kaum und habe auch keinen Kontakt zu ihnen.«

»Okay«, erwiderte Victoria gedehnt. »Hat der Name eine Bedeutung?«

Er lächelte schief. »Ja, aber du musst mir versprechen, nicht zu lachen.«

»Versprochen.« Demonstrativ hob sie die rechte Hand zum Schwur.

»Khalil ist arabisch und bedeutet Freund.«

Victorias Mund öffnete sich. Sie versuchte, ihre Mimik unter Kontrolle zu bekommen. Nach wenigen Sekunden gab sie auf und prustete los. Mit den Händen hielt sie das Lenkrad umklammert und bog sich vor Lachen.

»War ja klar.« *Wenigstens habe ich sie zum Lachen gebracht.*

»Entschuldigung, sorry.« Victoria wischte sich eine Träne unter dem Auge weg und kam langsam wieder zu Atem. »Du heißt Freund Freund?«

»Meine Eltern wussten schon, warum sie den Vornamen geändert haben.«

»Grandios. Echt.« Sie grinste und schien mit der Auskunft erst einmal zufrieden. Zumindest bohrte sie nicht wegen seiner Narbe nach, vielleicht weil sie spürte, dass er nicht bereit war, darüber zu sprechen.

»Du solltest Maries Freund nicht anzeigen.«

Ihr Lächeln erstarb. Sie drehte den Zündschlüssel, wie um ihm zu zeigen, dass das Gespräch damit beendet war.

»Das Problem löst sich schon von allein. Deine Tochter wird einen anderen Jungen in ihrem Alter kennenlernen. Verbote bringen nichts. Sie wird nur sauer auf dich sein.«

»So, so, bist du jetzt Experte auf dem Gebiet, ja? Man merkt, du hast keine Kinder. Woher weißt du überhaupt von dem Altersunterschied?«

»Ich habe die beiden auf dem Weindorf gesehen.« Bevor Victoria etwas erwidern konnte, fügte Daniel hinzu: »Ich hätte es dir erzählt, aber unsere Kommunikation war in letzter Zeit – sagen wir mal – schwierig.«

Victoria nickte. Ihre Antwort klang ungewöhnlich einsichtig. »Ich gebe zu, ich weiß nicht, was ich machen werde. Ich möchte Marie nicht noch weiter von mir wegstoßen. Aber es ist meine Aufgabe, sie zu beschützen. Wenn ich mir vorstelle, sie schläft mit diesem Kerl …« Sie schüttelte den Kopf.

Für den Rest der Fahrt schwiegen sie, aber erstmals seit Langem empfand Daniel die Stille zwischen ihnen als harmonisch.

Dienstag, 20. Juni 2017

SUSANNE

Mit zittrigen Händen hielt sie das kleine Prepaid-Handy umklammert, das sie vor einer Viertelstunde eingeschaltet hatte. *Ich bin vollkommen verrückt.*

Sie hätte Daniel von der Mail erzählen sollen. Es war zu riskant, sich auf einen Deal mit den Wächtern einzulassen. Mit Serienmördern! Sie musste wirklich den Verstand verloren haben. Glaubte sie tatsächlich, die Wächter nannten ihr die nächsten Opfer? Warum sollten sie? Was konnte sie ihnen schon im Gegenzug bieten, was das Leben eines Menschen aufwog?

Susanne schüttelte über sich selbst den Kopf. Wahrscheinlicher war, dass sie geradewegs in eine Falle tappte. Vielleicht stand *sie* ja als nächstes Opfer auf der Liste der Wächter. Sie schauderte. Würden sie sie für ihr zuweilen skrupelloses Vorgehen auf der Suche nach einer Story bestrafen? Irgendwie glaubte sie das nicht. Die Mörder brauchten sie, damit sie über ihre Taten schrieb. Oder nicht? Womöglich genügte ihnen ja der Bekanntheitsgrad, den sie bisher erreicht hatten.

Das Handy war gestern in einem kleinen Päckchen in ihrem Büro angekommen. So planten die Wächter offenbar, mit ihr zu kommunizieren. Ihr eigenes Smartphone sollte sie um spätestens neunzehn Uhr ausschalten, aber mitnehmen, so lautete die erste Anweisung, die sie per SMS erhalten hatte. Was würden die Wächter noch von ihr verlangen?

Es war 18:30 Uhr. In einer halben Stunde wusste sie mehr.

Sie stand von ihrem Schreibtisch auf und linste durch das Glas ihrer geschlossenen Bürotür. Noch waren einige Kollegen in der Redaktion. Sie hatte Glück, dass sie mit ihrer Arbeit für heute durch war, ansonsten hätte sie sich Ärger mit dem Chef eingehandelt, wenn sie die Redaktion verließ. Oder musste sie am Ende gar nicht raus aus dem Büro? Forderten die Wächter etwas von ihr, das sie vom Schreibtisch aus erledigen konnte?

Sie warf erneut einen Blick in ihre Handtasche, um sich zu vergewissern, dass sie das Pfefferspray eingepackt hatte. Eine Pistole wäre ihr lieber gewesen, auch wenn sie nicht damit umgehen konnte. Und wo hätte sie die herbekommen sollen? Daniel brachte seine Dienstwaffe nie mit nach Hause und war froh, wenn er sie auch im Einsatz nicht brauchte.

»Ich bevorzuge den Nahkampf«, sagte er immer, denn da war er in der Lage, seine Körpergröße und Kraft einzusetzen.

Ihr Magen zog sich beim Gedanken an Daniel zusammen. Diese Aktion hatte auf jeden Fall Sprengpotenzial für ihre Beziehung.

Dann muss ich eben Erfolg haben. Ein Menschenleben retten. Und etwas über die Wächter herausfinden, das der Polizei hilft, sie zu schnappen.

Das Klingeln des Handys schreckte sie auf. Es war erst Viertel vor sieben. Sie starrte auf das kleine Gerät. Ihr Herz klopfte so laut, es schien im Wettstreit mit dem schrillen Geräusch des Handys zu stehen. Sie schluckte. Ihr Hals war trocken.

Vielleicht sollte ich nicht rangehen. Mich nicht auf ihr Spiel einlassen. Andererseits interessierte es sie brennend, was die Wächter von ihr forderten. Und sie konnte jemanden retten. Ein weiteres Opfer verhindern.

Das Klingeln brach ab. Entsetzt stürzte sie nach vorn und schnappte sich das Handy. Das Blut pochte ihr in den Ohren.

Verdammt!

Sie drückte auf den entgangenen Anruf.

Ich rufe zurück.

Die Nummer wurde nicht angezeigt.

Scheiße, scheiße, scheiße!

Was jetzt? Sie hatte die einmalige Chance, mit den Wächtern zu sprechen, versäumt. Was war nur los mit ihr?

Erneut klingelte und vibrierte das Handy. Fast wäre es ihr aus der Hand gefallen. Leicht panisch drückte sie die Annahmetaste und hielt die Luft an.

»Na endlich. Ich dachte schon, Sie kneifen.« Die Stimme klang verzerrt. Susanne konnte nicht einmal einschätzen, ob sie mit einem Mann oder einer Frau sprach. »Haben Sie Ihr eigenes Smartphone ausgeschaltet?«

»Ja.« Sie bemerkte das Krächzen in ihrer Stimme und räusperte sich, bevor sie ihre Antwort wiederholte. Auf keinen Fall sollten sie glauben, dass sie Angst hatte.

»Gut. Dann kann's ja losgehen.«

DANIEL

Verwundert las er Susannes SMS, die sie ihm um sechzehn Uhr geschickt hatte. Er kam erst jetzt nach Feierabend auf dem Weg zur Straßenbahn dazu, sie zu lesen.

Ich habe heute Abend einen wichtigen geschäftlichen Termin. Kam kurzfristig rein. Es wird spät, warte nicht auf mich.

Er runzelte die Stirn über diesen untypischen Text. Es war zwar auch in Köln vorgekommen, dass sie spontan einen Termin wahrnahm, etwa wenn sie für einen Kollegen einsprang. Normalerweise schrieb sie ihm aber, um was für einen Termin es sich handelte und wo er stattfand.

Muss ja topsecret sein. Er schob das ungute Gefühl, das ihn beschlich, auf seinen Schlafmangel und auf den miesen Tag.

Nachdem sie bei den Kollegen der Wächterin nicht weitergekommen waren, hatte Haller gestern die offene Fahndung eingeleitet. Noch immer hatten sie keine heiße Spur, und nun war die Verdächtige erst recht gewarnt.

Obwohl er sich nach Ruhe und Schlaf sehnte, empfand er die Stille in seiner Wohnung als erdrückend. Die Aussicht auf einen Abend allein vor dem Fernseher entlockte ihm einen tiefen Seufzer.

Langweilig!

Da fiel ihm ein, dass die Kampfsportschule in seinem Viertel den Kickbox-Kurs jeden Dienstagabend abhielt. Er sah auf die Uhr. Eine halbe Stunde bis Trainingsbeginn.

Schon seit Wochen plante er hinzugehen, hatte es bisher jedoch nicht geschafft. Ein Gähnen erinnerte ihn daran, wie wenig Energie die Arbeit ihm für Sport ließ und dass er dringend Erholung brauchte.

Nichts da. Das Kickboxen würde ihn wieder mit Energie aufladen.

Er warf seinen Trainingsanzug, Schoner und Handschuhe in eine Sporttasche und zog los.

Als er später am Abend ausgepowert, aber glücklich ins Bett sank, war Susanne noch nicht zurück. Er dachte daran, wie sehr er es hasste, ohne sie einzuschlafen, dann fiel er in einen tiefen und traumlosen Schlaf.

SUSANNE

Kennen Sie das Zollhaus Steinbachtal?«

Ihre Halsschlagader pulsierte immer noch wild. Jeder Satz des Anrufers hallte unangenehm in ihrem Kopf nach. Wie ein Echo wiederholte ihr Gehirn die Worte. Sie bemühte sich, tief in den Bauch einzuatmen, um ruhiger zu werden und das Zittern in ihrer Stimme zu unterdrücken. »Ich kenne den Biergarten am Zollhaus.«

»Dort ist eine Haltestelle, die Sie mit der Straßenbahn erreichen. Lassen Sie Ihr Auto stehen. Wir melden uns in einer halben Stunde wieder bei Ihnen.«

Noch bevor sie etwas sagen konnte, hatte der Anrufer aufgelegt.

Warum führen sie mich zu einer Haltestelle? Um sich mit mir zu treffen? Aber sicher nicht dort, wo viele Würzburger um diese Uhrzeit aus der Bahn steigen, um den Abend im Biergarten zu verbringen.

Susanne ließ das Handy in ihre Handtasche gleiten, die neben ihrem ausgeschalteten Smartphone und dem Pfefferspray auch Autoschlüssel, Geldbeutel, Kugelschreiber, Notizblock und Tonbandgerät enthielt. Dann stürmte sie aus dem Büro.

»Na, fertig für heute?«, fragte ein Kollege, der ihr entgegenkam.

Sie bemühte sich um ein Lächeln. »Ja, hab was vor ... sag mal, weißt du, welche Straßenbahn zum Zollhaus fährt?«

»Die fünf. Du fährst von hier mit der zwei zur Juliuspromenade und steigst dort um.«

Sie bedankte sich und hetzte weiter zum Gebäudeausgang und zum Parkplatz, wo sie ihrem Auto einen sehnsüchtigen Blick zuwarf. Sie liebte das Fahren und die Unabhängigkeit, die diese vier Räder ihr verliehen. In Bus oder Bahn stieg sie nur, wenn unbedingt notwendig oder wenn sie auf einer Veranstaltung etwas trank.

Die verarschen mich! Am besten fahre ich schleunigst nach Hause. Doch wie so oft siegten Neugier und Ehrgeiz. Sie musste unbedingt wissen, was die Wächter von ihr wollten. Sie wäre die erste Journalistin, die mit Würzburgs Serienmördern persönlich sprechen würde. Dabei würde sie bestimmt auch etwas erfahren, das Daniel half, die Wächter zu schnappen.

Sie erwischte gerade noch die Straßenbahn. Außer Puste – auch wegen der Aufregung – ließ sie sich auf einen Sitzplatz fallen. *Hoffentlich schaffe ich es rechtzeitig.*

Ihr kam ein Gedanke, bei dem sich ihr trotz der Hitze die Haare im Nacken aufstellten. Was, wenn das nächste Opfer schon in der Gewalt der Wächter war? Wenn es auf ihr pünktliches Erscheinen ankam, ob es überlebte oder nicht? Sie musste sich beeilen.

An der Juliuspromenade wartete sie fünf Minuten. Das gab ihr Zeit zum Durchatmen. Ihre Nervosität steigerte sich von Sekunde zu Sekunde. Sie kam sich vor wie in einem Agententhriller. Womöglich beobachteten die Wächter sie die ganze Zeit.

Sie ließ ihren Blick vorsichtig über die Wartenden an der Haltestelle schweifen. Niemand schien sie zu beachten.

Gott, ich werde total paranoid!

Sie saß noch in der Bahn, als ihre Handtasche vibrierte. *Wieder zu früh.* Mit feuchtem Daumen wischte sie über das Display des Handys und nahm den Anruf entgegen.

»Sind Sie da?«

»Gleich«, antwortete Susanne. »Noch zwei Haltestellen.«

»Steigen Sie dann in den Bus Nummer acht Richtung Waldfriedhof. Letzte Haltestelle.«

»Hey, Sie glauben doch nicht etwa, dass ich …« Susanne hörte den Signalton, der ihr mitteilte, dass ihr Gesprächspartner aufgelegt hatte.

Arschloch! Glaubten die ernsthaft, dass sie sich auf so etwas einließ? Ein Treffen auf einem Friedhof, das um diese Uhrzeit vermutlich nur die Toten bezeugen konnten? Sie hatte für ihren Job zwar schon einiges riskiert, aber nie ihr Leben.

»Ist alles in Ordnung? Sie sehen blass aus.« Die Frage kam von einer Frau, die neben ihr ausstieg.

Susanne lächelte dünn. »Das ist nur die Hitze. Es geht schon, danke.«

Die Bushaltestelle war wenige Meter entfernt am Waldkugelweg gelegen, einer Straße, die steil bergauf führte. Das Bushäuschen war leer.

Natürlich! Wer hat um diese Uhrzeit schon Lust auf einen Spaziergang im Stadtwald oder einen Besuch auf dem Friedhof?

Umso erstaunter war sie, dass nur eine Minute später der Bus vor ihr hielt. Sie starrte so gebannt auf die sich öffnende Tür, als hätte ihr der Teufel persönlich die Pforte zur Hölle aufgestoßen.

»Was ist? Steigen Sie ein oder nicht?«

Sie nickte und strich sich die schweißnassen Haare aus der Stirn. Der Fahrer musste sie für vollkommen irre halten.

Außer ihm war niemand im Bus. Ihr wurde leicht schwindelig. Rasch ließ sie sich auf einen der fleckigen Sitze in der zweiten Reihe plumpsen und schloss die Augen.

»Wo müssen Sie denn hin?«

Sie erschrak und brauchte ein paar Sekunden, um sich bewusst zu werden, dass der Fahrer mit ihr sprach. »Endstation.« Fast lachte sie auf bei ihrer Wortwahl. Fuhr sie gerade zur Endstation ihres Lebens?

»Zum Friedhof?«

Sie bejahte. Zumindest vermutete sie, dass die Wächter dort auf sie warteten.

»Der schließt aber gleich.«

Sie antwortete nicht. Stattdessen zerrte sie mit ihren schwitzig klebrigen Händen am Reißverschluss ihrer Handtasche, kramte das Pfefferspray hervor und umklammerte es mit der rechten Faust. Das beruhigte ein wenig.

Der Bus hielt wenig später.

»Wir sind da.« Der Fahrer öffnete die Tür.

Ohne sich zu verabschieden, trat sie so vorsichtig auf den Bordstein, als hätte sie sich die Fußsohlen verbrannt.

Wer weiß, vielleicht liegt die wahre Hölle noch vor mir.

Sie schob den Gedanken beiseite. Ärger stieg in ihr auf. Wo war nur ihre Selbstsicherheit hin? Sie war schließlich vorbereitet. Erneut drückte sie die kleine Spraydose in ihrer Hand. Keiner kam ihr zu nahe. Außerdem hatte sie von Daniel ein paar effektive Schläge und Kicks gelernt, die sie bisher allerdings nie anwenden musste.

Hoffentlich bleibt das auch heute so.

Bestimmt forderten die Wächter etwas von ihr, das nur sie ihnen geben konnte. Einen weiteren Artikel oder den Abdruck eines Manifests, das ihnen noch mehr Aufmerksamkeit bescherte. Wenn sie sie kaltmachen wollten, hätten sie ihr nicht so oft geschrieben.

Warum dann aber diese Schnitzeljagd quer durch die Stadt?

Sie sah sich um. Sie stand an einem Wendeplatz, den der Bus schon längst wieder verlassen hatte. Schilder wiesen zu den verschiedenen Eingängen des vor ihr liegenden Waldfriedhofs hin sowie zu einem Parkplatz in etwa hundert Metern Entfernung zu ihrer Linken. Niemand erwartete sie. Weit und breit war keine Menschenseele zu sehen.

Sie holte mit ihrer linken Hand das Prepaid-Handy aus ihrer Handtasche – die rechte umklammerte immer noch das Pfefferspray –, nur um festzustellen, dass sie keinen Anruf verpasst hatte.

Sie schluckte. *Und nun?*

Sie wartete eine Viertelstunde. Es fuhr nicht ein Auto vorbei. Der Friedhof lag wie ausgestorben vor ihr. Die Besucher hatten ihn wohl schon vor einer ganzen Weile verlassen. Susanne lief in Richtung Parkplatz. Wenn sie Glück hatte, saßen ein paar Leute in ihren Autos. Dann würde sie sich auf jeden Fall sicherer fühlen. Nach einigen

Schritten fiel ihr ein, dass sie nicht wusste, ob überhaupt noch ein Bus zurückfuhr.

Was für ein Mist! Ich sollte Daniel anrufen und ihm sagen, wo ich bin. Und mir dann ein Taxi bestellen.

Sie hatte die Handtasche schon halb geöffnet, um ihr Smartphone herauszuholen – sie erinnerte sich nicht daran, es zuvor schon einmal für so lange Zeit ausgeschaltet zu haben –, als eine Frau den Parkplatz verließ. Die Überraschung ließ Susanne mitten in der Bewegung innehalten. War das ihre Verabredung? Es sah so aus, denn die Frau kam direkt auf sie zu. Fast ein wenig zu schnell. Susanne rührte sich nicht vom Fleck.

Die Frau war etwa fünfzehn Meter von ihr entfernt, da erkannte sie das Gesicht. Ihr Bild war gestern durch alle Medien gegangen. Es handelte sich eindeutig um die Wächterin. Um eine Serienmörderin.

Instinktiv wich Susanne ein paar Schritte zurück, ohne die Fremde aus den Augen zu lassen.

Ist sie überhaupt eine Fremde? Irgendwo habe ich dich schon mal gesehen, und zwar nicht in der Zeitung.

Da fiel es ihr ein. *Du warst auf dem Hofweinfest.* Die Wächterin hatte dort diesen Medienunternehmer mit englischem Namen angequatscht, ja, regelrecht angemacht. *Wozu?*

»Bleiben Sie stehen. Kommen Sie mir nicht zu nahe!«, rief Susanne.

Die Frau starrte sie an, schien aber nicht zu reagieren. Erst Sekunden später blieb sie stehen. Sie hatte wohl das Pfefferspray in Susannes Hand entdeckt. Wie jung sie war. Ihre Sommersprossen wirkten sympathisch, vielleicht, weil Susanne auch welche hatte.

»Was wollen Sie von mir?«

Die Frau blinzelte Susanne schweigend an, keine fünf Meter trennten sie noch von einer Berührung. Sie standen sich gegenüber wie zwei Duellantinnen, die versuchten, sich mit Blicken zu töten.

»Eine Story? Die bekommen sie, aber erst will ich den Namen des nächsten Opfers erfahren.« Susannes Zeigefinger lag auf dem Sprühkopf. Gut, dass sie die Sicherung des Sprays schon an der Haltestelle gelöst hatte.

Die Frau schwieg immer noch. Susanne spürte, wie Zorn in ihr aufstieg. Am liebsten hätte sie der Wächterin eine Ohrfeige verpasst. Dieser feigen Giftmörderin, die einen Familienvater auf dem Gewissen hatte. Und die mit einem Messer umgehen konnte. Susannes Augen wanderten über den Körper der jungen Blondine. Sie schien unbewaffnet, doch sicher war sich Susanne nicht.

Sie nahm ihren ganzen Mut zusammen. »Wenn Sie mir nichts zu sagen haben, werde ich wieder gehen. Ich habe keine Zeit für diese Show hier.«

Die Frau stand vor ihr wie angewurzelt. Susanne bemerkte, wie der Schweiß ihr ins rechte Auge lief. Er brannte.

Jetzt zeigte die Frau eine Veränderung. Zwar bewegte sie sich nicht, aber ihre Mundwinkel zogen sich langsam nach oben zu einem Lächeln.

Was, zum Teufel?! Susanne trat einen Schritt zurück – und erschrak. Sie war gegen irgendetwas gestoßen. Kaum hatte sie den Mund geöffnet, um zu schreien, da legte sich eine Hand auf Lippen und Nase. Eine andere packte ihren rechten Arm und drehte ihn auf den Rücken. Vor Schmerz stiegen ihr Tränen in die Augen. Panik übernahm die Kontrolle über ihren Körper. Sie trat aus, um Knie oder Schienbein der Person hinter ihr zu erwischen. Zu spät fiel ihr ein, dass sie besser auf einen Fuß ihres Gegners hätte trampeln sollen.

Erst jetzt bemerkte sie, dass es ein feuchtes Tuch war, das man ihr auf Nase und Mund drückte. Sie nahm einen ätherischen Geruch wahr. *Die betäuben mich,* war ihr vorletzter Gedanke. Ihr letzter galt der jungen Frau vor ihr, die immer noch an der gleichen Stelle stand und sie triumphierend anlächelte. *Hinterhältige Bitch!*

Mittwoch, 21. Juni 2017

DANIEL

Der Platz neben ihm im Bett war leer. Es war offensichtlich, dass dort letzte Nacht niemand gelegen hatte. Susanne gehörte nicht zu den Frauen, die morgens vor der Arbeit ihr Bett machten. Wo war sie?

Sie blieb nie über Nacht weg, jedenfalls nicht, ohne ihn darüber zu informieren.

Er sprang aus dem Bett und schaltete sein Smartphone ein. Keine Anrufe. Keine SMS. Kein Lebenszeichen. Er spürte, wie Kälte schlagartig durch seine Adern fuhr.

Ihr muss etwas passiert sein. Ein Unfall?

Er wählte ihre Nummer. Viermal ertönte der Freiton, dann meldete sich die Mailbox. Er strich sich durch sein krauses Haar, lief im Schlafzimmer hin und her und versuchte es noch einmal. Das Ergebnis blieb dasselbe.

Scheiße, Susanne. Was ist los?

Das sah ihr überhaupt nicht ähnlich. Schweißtropfen bildeten sich auf seiner Stirn. Bei einem Unfall hätten die Kollegen schon längst vor der Tür gestanden, sie trug ihren Ausweis immer bei sich. Als vermisst melden konnte er sie nicht, solange man keine Gefahr für Leib oder Leben vermutete.

Es sind Serienmörder in der Stadt! Ist das nicht Gefahr genug?!

Er wusste ja nicht einmal, wo Susanne gestern Abend gewesen war. Vielleicht sollte er in der Redaktion anrufen.

Gute Idee.

Er wählte zunächst Susannes Büronummer. Wie erwartet, hob

niemand ab. Dann suchte er im Internet die Nummer der Redaktionsassistenz heraus. Keiner ging ran. Acht Uhr. Wohl zu früh für Journalisten.

Er rang nach Luft und rief erneut Susanne an. Diesmal hinterließ er eine Nachricht. »Schatz, ich bin's. Ich mache mir große Sorgen, du bist nicht nach Hause gekommen. Wo steckst du? Geht es dir gut? Ich muss jetzt los, aber ruf mich sofort an, wenn du das abhörst, ja? Jederzeit. Bitte. Ich liebe dich.«

Er atmete mehrmals tief durch, um die aufkommende Panik zu unterdrücken. Es fiel ihm schwer, denn so erholsam die Nacht auch gewesen war, glaubte er jetzt, in einem Albtraum erwacht zu sein.

VICTORIA

Der Tag war ereignis- und somit erfolglos gewesen. Sie hatten die Wächterin immer noch nicht geschnappt.

Dann eben heute. In flagranti.

Obwohl sie nicht mehr sicher war, dass die Wächter auf dem Weinfest der Familie Schön zuschlagen würden. Vielleicht hatten sie aufgegeben, jetzt, wo sie eine von ihnen identifiziert hatten. Im Mönchsstift war schließlich auch nichts passiert. Aber sie hatte ein ungutes Gefühl, und ihr Gefühl trog sie selten.

Sie gähnte laut. Dabei hatten sie und die Kollegen, die seit der Öffnung des Weinfestes um siebzehn Uhr zum Dienst angetreten waren, sich am Nachmittag hingelegt, um am Abend lange genug fit zu sein.

Sie schielte zu Daniel hinüber. Er machte einen abwesenden Eindruck und war ungewöhnlich still. Sie hatte ihn auch keinen Schokoriegel essen sehen. Stattdessen glotzte er ungefähr jede Viertelstunde auf sein Handy.

Warum so nervös?

»Ist alles in Ordnung?«, fragte Victoria ihn.

Sie standen vor dem Eingang zum Weingut. Alle Sitzplätze, sowohl im Gut selbst als auch draußen zwischen den Weinreben, waren seit Stunden belegt. Viele Gäste drängelten sich im Innenhof vor der Bühne, wo sie zur Musik einer Funk-Band groovten.

»Ja«, sagte Daniel und zögerte. »Ich gehe kurz rein zu den Kollegen. Hältst du hier draußen die Stellung?«

Sie nickte. »Bleib nicht zu lange. Sonst funke ich Kilian oder Benedikt an, dass einer von ihnen rauskommt.«

Ihr Handy in der Jeans vibrierte. Sie vermutete, dass Marie versuchte, sie zu erreichen. Ihre Tochter war vor einer Woche mit einem kleinen Koffer zu ihrem Vater gezogen.

»Nur vorübergehend«, hatte sie behauptet. »Ich sehe Papa so selten.«

Victoria durchschaute ihre Tochter natürlich. Mit dieser Taktik hoffte Marie, dass Victoria von einer Anzeige gegen ihren Freund absehen würde. Victoria hatte Tom seitdem ein paarmal angerufen, bislang aber nicht erreicht. Der wusste wahrscheinlich gar nicht, dass Marie einen Freund hatte. Sicherlich wäre auch er von dem Altersunterschied nicht begeistert.

Enttäuscht registrierte sie, dass der Anrufer nicht Marie hieß. »Klaus, ich bin im Einsatz. Kann ich dich …«

»Deswegen rufe ich an.« Er klang ernst.

Victoria erstarrte.

»Ich habe geglaubt, der nächste Mord geschieht auf einem Weinfest.«

»Ja. Ich bin auf dem Fest des Weinguts Schön. Alles ruhig bisher.«

»Ich fürchte, ich habe mich geirrt.«

Victoria fühlte sich, als hätte ihr jemand in den Magen geboxt.

»Wovon redest du?«

»Der Medienball, Vickie. Er findet jetzt gerade auf der Schönburg statt.«

Sie blickte nach links, hinauf zum Hotel der Familie Schön, das nur wenige Kilometer entfernt auf dem Gipfel der Weinberge thronte.

DANIEL

B*eamen wäre jetzt großartig.* Außer Atem stand er neben Victoria und spähte über die Weinberge hinweg zur Burg. Mit dem Auto würden sie einige Minuten brauchen.

»Bist du sicher? Das Weinfest ist wahrscheinlicher.« Obwohl ihm bei Victorias Erwähnung des Wortes »Medienball« flau geworden war.

Ob Susanne dort ist? Ist sie in Gefahr?

»Nein, aber wir müssen es in Erwägung ziehen.«

Er nickte und griff zum Funkgerät. Viele freie Polizeieinheiten standen an diesem Abend nicht zur Verfügung.

Gemeinsam bretterten sie mit dem Dienstwagen die Schnellstraße entlang, die kein Ende zu nehmen schien.

Bitte sei nicht auf dem Ball.

Über die Freisprechanlage versuchte er erneut, Susanne zu erreichen. Frustriert gab er auf.

Am Nachmittag hatte er nochmals in der Redaktion angerufen, aber niemanden erreicht. Danach hatte er Susannes Familie kontaktiert, mit dem einzigen Ergebnis, dass sich jetzt auch ihre Eltern und ihre zwei jüngeren Brüder um sie sorgten.

Er bemerkte, wie Victoria ihn vom Beifahrersitz aus fragend ansah.

»Susanne ist seit gestern verschwunden.«

»Verschwunden?! Was meinst du mit verschwunden?«

Der Wagen quietschte, als er auf der Straße vor dem Burghotel abbremste. Er gab sich nicht die Mühe, auf den eigens ausgewiesenen Parkplatz zu fahren.

»Damit meine ich, dass ich sie seit gestern Morgen nicht mehr gesehen habe. Am Nachmittag hat sie mir eine SMS wegen eines kurzfristigen Termins am Abend geschickt. Aber von dem ist sie nicht zurückgekommen. Und ich erreiche sie nicht.« Er wartete weder auf Victoria noch auf die Verstärkung der Kollegen, sondern stürmte ins Hotel.

»Der Medienball«, rief er dem Rezeptionisten zu, »wo findet der statt?«

»Im Burggewölbe im Keller«, antwortete der Mann betont freundlich. »Aber ohne Presseausweis kommen Sie da nicht rein.«

»Der geht auch«, sagte Victoria und zückte ihren Dienstausweis.

BURKARD

Wer ist sie? Die Rothaarige ist mir schon zu Beginn des Abends aufgefallen. Sie sticht unter all den Menschen im Gewölbekeller heraus. Ihr Abendkleid ist vergleichsweise schlicht, und doch ist sie die begehrenswerteste Frau im Raum. Sie sitzt auf einem Hocker an der Bar und scheint auch die einzig Nüchterne zu sein. Jedenfalls tanzt sie nicht wie viele andere ausgelassen zur Musik der Liveband oder klammert sich die ganze Zeit an ein Cocktailglas, während sie Small Talk macht. An Gesprächen mit den anderen Journalisten ist sie überhaupt nicht interessiert. Eine willkommene Abwechslung!

Gerade schiebt sie sich ein weiteres Kanapee in ihren bezaubernden Mund und beobachtet von ihrer erhöhten Position aus das Geschehen.

Den ganzen Abend schon will ich sie ansprechen, aber ständig belagern mich Bekannte aus der Branche, um sich bei mir ins Gedächtnis zu rufen oder sich einzuschleimen. Ich bin gern Unternehmer, aber der Erfolg meines Medienimperiums zieht leider auch viele Opportunisten an.

Jetzt aber! Ich nutze eine freie Minute, um mein leeres Champagnerglas auf dem Tablett eines Kellners abzustellen, und setze mich neben sie an die Bar.

»Trinken Sie etwas mit mir?« O Mann, klinge ich nervös. Dabei kann ich mich über mangelnde Angebote von Frauen nun wirklich nicht beschweren. Auch Jüngere stehen auf mich, obwohl ich schon vierzig bin. Entgegen allen Gerüchten lehne ich schnelle Nummern meistens ab. Ich bin Single, ja, doch ich suche nicht die schnelle Befriedigung, sondern eine Beziehung. Leider interessieren sich viele

Frauen mehr für mein Geld als für mich. Oder ich bin einfach misstrauischer als früher. Das ist die Kehrseite des Erfolgs.

»Na gut.« Die freche Art, mit der sie mich mustert, verwirrt mich und zieht mich zugleich an. Ihre honigfarbenen Augen harmonieren perfekt mit den rotblonden Haaren. Wer ist sie bloß? Ist sie neu in der Stadt und weiß noch nicht, wer ich bin? Dann würde ich mich auf jeden Fall wohler fühlen.

»Weinschorle?«

Sie nickt, und ich bestelle zwei.

»Ihnen scheint der Ball nicht zu gefallen.«

»Ich stehe nicht so auf Branchentreffs.« Sie beugt sich ein wenig zu mir vor. Sie riecht nach frischen Blumen. »Aber der Job verpflichtet uns zu ein wenig Networking, nicht wahr?« Sie stößt mit mir an.

»Verraten Sie es keinem, aber ich habe mich bis heute nicht daran gewöhnt.« Ich zwinkere ihr zu.

Sie zieht die Augenbrauen hoch. Bestimmt glaubt sie mir nicht. »Das sah aber ganz anders aus. Sie scheinen sehr beliebt zu sein.« Wieder dieses spitzbübische Grinsen.

Jetzt würde ich sie doch gern mit in meine Suite nehmen, aber dann bekommt sie einen falschen Eindruck von mir.

So ist es an ihr, mich zu überraschen: »Haben Sie eine Idee, wo man ungestört reden kann?«

Ich verschlucke mich fast am Wein. Natürlich wäre ich gern mit ihr allein. Aber was, wenn sie nur auf eine schnelle Nummer aus ist und dann aus meinem Leben verschwindet? Oder die Erfahrung einer Nacht mit mir in der Öffentlichkeit breittreten möchte? Habe ich alles schon erlebt.

»Sie haben bestimmt ein Zimmer hier, oder?« Sie scheint mein Zögern zu bemerken. »Entschuldigen Sie.« Sie stellt ihr Glas ab. »Das kam völlig falsch rüber. Ich weiß, was Sie jetzt denken.« Ihre Wangen färben sich rot. Vom Wein, oder weil ihr die Situation peinlich ist? Gott, ist die süß!

Ich lache befreit auf. »Ich habe eine Juniorsuite gebucht. Dort gibt es eine gemütliche Sitzecke, wo wir uns unterhalten können.« Ich verdränge den Gedanken an das große Doppelbett.

Wir verlassen den Keller und nehmen den Aufzug in den zweiten Stock. Die knapp fünfzig Quadratmeter große Suite mit voneinander getrenntem Wohn- und Essbereich ist angenehm klimatisiert. Hoffentlich gefallen ihr das helle Parkett und die Holzverkleidungen der Möbel ebenso gut wie mir. Leider ist es draußen zu dunkel, um von der Terrasse aus den Panoramablick über das Maintal zu genießen.

Morgen früh vielleicht.

Sie setzt sich auf einen der gepolsterten Stühle und lächelt mir zu. Die Beleuchtung des Zimmers verleiht ihrem Haar noch mehr Glanz als im Gewölbekeller. Ob die Farbe echt ist? Auch ihre Wangen wirken röter als vorhin.

Ich nehme neben ihr Platz. »Soll ich etwas aufs Zimmer bestellen? Wein? Champagner?«

Sie lehnt ab, wirkt auf einmal nervös. Bereut sie ihren Vorschlag, aufs Zimmer zu gehen, schon?

Sie öffnet das Riemchen ihrer Stilettos und zieht sie aus. »Die bringen mich um«, meint sie entschuldigend. »Daher habe ich immer noch Sneaker dabei.« Sie deutet auf ihre überdimensionale Handtasche neben dem Stuhl.

Ich muss mich zusammenreißen, um nicht zu lange auf ihre schlanken Beine zu starren. Ich lockere die Krawatte. Sie kommt mir viel zu eng vor. Auch öffne ich die oberen Knöpfe meines Hemdes. Dann sehe ich ihr in die Augen. Ihr Blick ist voller Erwartung.

Langsam beuge ich mich zu ihr und küsse sie. Forsch erkundet ihre Zunge die meinige, und ich zügele meine Erregung, um ihr nicht gleich das Kleid auszuziehen.

Sanft löst sie sich von mir. »Ich gehe eben ins Bad.«

Ich bin froh über die Unterbrechung. Ich habe große Lust, mit ihr zu schlafen. Jedoch reizt mich so viel mehr an ihr als nur ihr Körper. Ich möchte sie unbedingt besser kennenlernen.

Wenige Minuten später kommt sie zurück ins Zimmer. Ich staune, denn sie hat nur noch schwarze Spitzenunterwäsche an. Ihr Lächeln ist verführerisch.

Ich stehe auf und laufe zu ihr, während ich mir das Hemd aufknöpfe. Dabei gleiten meine Augen unkontrolliert zwischen ihren Beinen und ihrem Dekolleté hin und her. Als ich vor ihr stehe, streichel ich ihr mit den Fingerspitzen zärtlich über Wange und Hals, bevor ich sie küsse. Ich spüre, wie sie sich gegen mich drängt. Kurz darauf liegt ihre linke Hand auf meinem Hintern. Jetzt kann ich mich nicht mehr zurückhalten. Mit der Rechten streiche ich ihr über den Rücken bis zum Verschluss des BHs, um ihn zu öffnen.

Plötzlich löst sie sich von mir und weicht zwei Schritte zurück.

Auf meinen fragenden Blick hin zischt sie: »Glaubst du, ich gehe mit so einem Arsch wie dir ins Bett?«

Ich brauche einen Moment, um auf die Veränderung zu reagieren. »Was ist los?« Habe ich etwas falsch gemacht?

Ihre Mundwinkel verziehen sich zu einem herablassenden Lächeln. Sie wirkt wie ausgewechselt.

Ein Schaudern läuft mir über den Rücken. »Wer bist du?«

»Laut Presseausweis bin ich heute Abend Susanne Riehl. Irgendwie musste ich ja in deine Nähe kommen.«

Die bist du aber nicht. Ich spüre Übelkeit in mir aufsteigen.

Die Rothaarige läuft in Richtung Sitzecke. »White Party, Hofweinfest. Klingelt da was bei dir?«

Ja, dort habe ich mich ganz kurz mit einer Susanne Riehl unterhalten. Die hatte auch rote Haare und Sommersprossen. Ich bin trotzdem sicher, dass die Frau in meiner Suite eine andere ist als die Journalistin, die über die Serienmörder in der Stadt schreibt.

»Weißt du, die gefärbten Haare und die Kontaktlinsen sind leider notwendig, denn auch *mein* Bekanntheitsgrad in der Stadt ist gestiegen.« Sie hebt ihre Schuhe vom Boden auf und kommt ein paar Schritte auf mich zu. Wieso zittert sie?

»Was willst du von mir?« Warum gerate ich nur immer an die falschen Frauen?

»Das habe ich dir auf dem Weinfest gesagt und zuvor mehrmals geschrieben.« In ihren Worten schwingt Bedauern mit. »Aber für dich geht es wie für viele heutzutage nur um Sex und Geld, nicht wahr? Hättest du dir lieber mal an der Bescheidenheit des Einsiedlers und Heiligen Burkard ein Beispiel genommen. Stattdessen tummeln sich auf deinen Medienkanälen die Schönen und Reichen. Foto hier, Selfie da. Promiklatsch, Oberflächlichkeit und heile Welt statt grausame Realität, mit der sich die Menschen endlich mal befassen sollten. Aber die Wahrheit scheint heute ja niemanden mehr zu interessieren.«

Nun bin ich vollends verwirrt. Dann erinnere ich mich an eine Blondine, die mich auf dem Weinfest angesprochen hat. Wegen einer Story über die Zustände in Altenheimen. Moment mal! Langsam setzt sich in meinem Kopf das Puzzle zusammen. Blond, Sommersprossen, Pflegeheim, gestiegener Bekanntheitsgrad … Mörderin!

Ich stolpere einen Schritt zurück. Da kommt ihr Arm, den Schuh in der Hand, auf mich zu.

VICTORIA

Die Stimmung im Burggewölbe war ausgelassen, aber friedlich. Daniel hatte sich am Empfang die Gästeliste geben lassen. Fünfundfünfzig Medienvertreter waren für den Ball registriert. Im Keller fanden sie nur halb so viele vor.

Sie sah auf die Uhr. Fast Mitternacht. »Da haben einige schon schlappgemacht und sind heim«, meinte sie. »Klaus hat sich geirrt.«

»Das glaube ich nicht«, sagte Daniel. Sie erkannte Panik in seinen Augen. »Sie ist nicht hier, Victoria. Sie steht auf der Gästeliste, aber ich sehe sie nirgendwo.«

»Sie ist bestimmt zu Hause im Bett.« Sie bemerkte selbst, wie wenig Überzeugungskraft ihre Stimme besaß. Sie folgte dem Kollegen zur Bar.

»Ich suche Susanne Riehl«, rief Daniel dem Barkeeper zu. Er hatte Mühe, die Musik zu übertönen. »Haben Sie sie gesehen?«

Der Mann beugte sich über die Theke, um Daniel besser verstehen zu können.

»Eins achtundsechzig groß, schlank, lange rote Haare.«

»Eine Rothaarige saß eine Weile bei mir an der Theke. Die ist aber vor über einer Stunde mit diesem Medienmogul abgezogen, wahrscheinlich in seine Suite.« Das Wort »Medienmogul« betonte er ironisch.

Victoria schmunzelte. Der Typ hielt genauso wenig von diesen Medienfuzzis wie sie.

Daniel zückte seine Dienstmarke. »Wo ist diese Suite? Bitte, sie ist vielleicht in Gefahr.«

Der Barkeeper warf einen raschen Blick in den Raum. »Ach, was soll's. Ich bringe sie schnell hin. Wird schon keiner verdursten.«

Im Aufzug starrte Daniel stur geradeaus. Er wirkte um Jahre gealtert. Er tat Victoria leid. Sie hatte am eigenen Leib erfahren, wie scheiße man sich fühlte, wenn der Partner einen betrog. Hoffentlich war das Ganze ein Missverständnis.

Die Fahrstuhltüren öffneten sich, und der Barkeeper führte sie zum Ende des Flurs. Er klopfte an die Tür der Suite. Als niemand reagierte, rief er den Namen des Gastes. Noch immer keine Reaktion.

»Gehen Sie zur Seite.« Daniels Aufforderung war keine Bitte, sondern ein Befehl. Der Barkeeper trat zurück.

»Was hast du vor, Daniel?«, fragte Victoria und hielt ebenfalls Abstand.

Daniel ging in die Hocke und begutachtete das Türschloss. Dann fuhr er mit einer Hand das Holz unterhalb des Schlosses sowie den Rahmen ab. »Schwere Türen sind meist am Riegel am schwächsten«, murmelte er.

»Was soll das heißen?!«, rief der Barkeeper entgeistert. Vermutlich bereute er, sie zur Suite gebracht zu haben. »Lassen Sie mich den Zentralschlüssel von der Rezeption holen.«

»Dauert zu lange.« Daniel atmete einmal tief durch, trat ein paar Schritte zurück und drehte sich leicht zur Seite. Nach zwei gezielten Tritten unterhalb des Knaufs gab der Riegel nach. Mit einem Krachen brach die Tür auf.

»Sind Sie bekloppt?! Sie wissen schon, dass Sie das zahlen müssen?«

Wenige Sekunden später war allen dreien bewusst, dass die kaputte Tür ihr geringstes Problem war.

Donnerstag, 22. Juni 2017

DANIEL

Er hatte die ganze Nacht kein Auge zugetan. Diesmal nicht wegen eines Albtraumes, sondern weil er Susanne stundenlang im Arm gehalten und beruhigt hatte, bis sie in den frühen Morgenstunden endlich eingeschlafen war.

Die Kollegen hatten sie in ihrem eigenen Auto auf dem Parkplatz des Hotels gefunden. Halb ohnmächtig und geschwächt von dem Narkosemittel Isofluran. Trotzdem hatte sie sich geweigert, ins Krankenhaus zu gehen. »Bring mich bitte heim«, bat sie Daniel. Die Sanitäter gaben schließlich ihr Okay, nachdem Susanne ihnen mehrfach versichert hatte, dass es ihr gut ging.

Er war erleichtert, dass er seine Freundin gefunden und das Betäubungsmittel keine bleibenden Schäden verursacht hatte. Allerdings war er nicht sicher, wie es in ihrem Inneren aussah. Verletzungen der Seele heilten langsamer, manchmal überhaupt nicht. Wer wusste das besser als er?

Höchste Zeit, die Wächter zu schnappen. Jetzt war die Sache persönlich. Sie würden für das, was sie seiner Freundin angetan hatten, bezahlen! Viel hatte Susanne ihnen bislang nicht erzählt. Nur dass die Wächter sie am Dienstagabend entführt, bis gestern festgehalten und betäubt zur Burg gebracht hatten. Mit den Autoschlüsseln waren sie an ihren Wagen rangekommen, die Täterin mit Susannes Ausweis auch auf den Ball. Nach dem Mord musste sie zu Fuß über die Weinbergwege geflüchtet sein.

Leise stieg Daniel aus dem Bett, um das Frühstück vorzubereiten.

Victoria schien fast so erleichtert wie er, dass Susanne lebte, und hatte gestern die Tatortsicherung übernommen. »Kümmere dich um deine Freundin. Wir sind genug Leute hier.«

Er schickte Victoria eine SMS, dass er etwas später ins Büro kommen würde, vielleicht mit Susanne, damit sie eine Aussage machte. Dann rief er in der Redaktion an, um sie krankzumelden. Dort war man nicht überrascht, hatte sie sich bereits gestern per Mail wegen Krankheit von der Arbeit abgemeldet.

Die Wächter haben ihr Smartphone benutzt.

»Guten Morgen.«

Daniel erschrak, als Susanne in der Küche auftauchte. Sie wirkte verletzlich. Er nahm sie in den Arm.

»Ist alles in Ordnung? Konntest du schlafen?«

Sie murmelte ein leises »Ja« und kuschelte sich an ihn.

»Die Redaktion weiß Bescheid, dass du heute nicht kommst.«

Sie löste sich von ihm, und er schenkte ihr Kaffee ein. »Es wundert mich, dass sie nicht wissen, dass ich in der Gewalt der Wächter war. Es waren sicher Dutzende Medienleute auf dem Ball.«

»Du hast, Gott sei Dank, nicht die Hauptrolle gespielt. Die Kollegen hatten alle Hände voll zu tun, um die Journalisten von der Suite fernzuhalten. Der Tote ist schließlich einer von euch. Und von unseren Leuten wird keiner etwas von deiner Entführung nach draußen dringen lassen.« Allerdings wussten nun alle Kollegen, auch Haller, dass er mit einer Journalistin zusammen war.

»War der Tote Brite oder Amerikaner? Ich meine, wegen seines englisch klingenden Nachnamens.«

»Deutscher. Sein Großvater kam aus England.«

Wie der heilige Burkard. Sicherlich kein Zufall.

»Es tut mir so leid.« Sie ließ sich auf einen Küchenstuhl sinken. Die Last der Welt schien auf ihren Schultern zu liegen.

»Wovon redest du? Du kannst nichts dafür.«

»Sie haben mich um das Treffen gebeten, Daniel. Ich war so naiv. Alles, was sie von mir brauchten, war mein Presseausweis und den

Schlüssel für meinen Wagen. Ohne mich wäre die Mörderin nicht auf den Ball gekommen und der Mann noch am Leben.«

Er stellte die Tasse vor ihr auf dem Tisch ab und zog sie auf die Beine. »Dich trifft keine Schuld. Ich bin dafür verantwortlich, die Täter zu schnappen. Nicht du.«

»Ich habe dich angelogen.«

»Ich weiß.« Dass sie ihm nicht vertraut und sich in Lebensgefahr gebracht hatte, verletzte ihn sehr. Andererseits hatte auch er ihr nicht alles erzählt. »Hast du gesehen, wie viele es waren?«

»Mindestens zwei. Diese Sophie und ein Mann. Zumindest glaube ich, dass es ein Mann war. Er hat sich mir aber nie gezeigt und nicht mit mir gesprochen. Die Frau wollte den PIN-Code für mein Handy, ich vermute, um die Redaktion zu kontaktieren.«

Daniel nickte. »Wo haben sie dich festgehalten?«

Susanne setzte sich wieder und griff nach der Kaffeetasse, trank jedoch nicht. »Keine Ahnung. In einem Kellerraum.« Sie schloss die freie Hand zur Faust. Daniel bemerkte, wie es in ihr brodelte. »Sie haben mir versprochen, ich könnte jemanden retten. Dass ich erfahre, wer als Nächstes stirbt. Die haben mich verarscht!« Sie kräuselte die Stirn und setzte die Tasse ab. »Es sei denn …«

»Was ist?«

»Lag meine Handtasche im Wagen?«

»Ja, die Spurensicherung hat sie gestern Nacht mitgenommen. Samt Geld, Autoschlüsseln und Handy. Du wirst allerdings einen neuen Presseausweis brauchen.«

»Die zwei waren sicher nicht so blöd, Spuren zu hinterlassen.«

Er stimmte ihr zu.

»Was ist mit dem Tonbandgerät?«

»Ja, war auch in der Tasche. Warum?« Er verstand nicht, worauf sie hinauswollte.

»Die Frau hat es für einige Stunden mitgenommen. Vielleicht haben sie eine Nachricht für mich hinterlassen.«

VICTORIA

Victoria unterdrückte ein Gähnen. Sie brauchte dringend eine Mütze voll Schlaf. Die halbe Nacht hatte sie am Tatort verbracht. Hoffentlich traf der Kollege rechtzeitig für das Treffen mit dem LKA im Büro ein. Ihr Chef hatte entschieden, die Leitung des Falls an die Kollegen aus München abzutreten.

Es klopfte an ihrer Bürotür, die sie heute Morgen ausnahmsweise geschlossen hatte, um sich auf den Termin mit dem LKA vorzubereiten.

»Komm rein«, rief Victoria der Kriminalpsychologin zu.

»Grüß Gott. Ich habe mir die Notizen zum gestrigen Mord angeschaut. Wieder eine sehr brutale Vorgehensweise.«

Victoria nickte. Mit einem Frauenschuh war dem Opfer mehrfach auf den Schädel und ins Gesicht geschlagen worden. Die Szenerie im Hotelzimmer war äußerst blutig gewesen. Beim Auffinden steckte der Stilettoabsatz dem Mann noch im Auge.

»Und ziemlich dreist, dass die Täterin mit einem fremden Presseausweis rein ist. Sie hätte auffliegen und geschnappt werden können.«

Wurde sie aber nicht. Wieder nicht.

»In einer Stadt wie Würzburg kann sie sich nicht ewig verstecken«, erklärte Nathalie Benkert.

»Hat aber bis jetzt geklappt.«

»Was ich damit sagen möchte, ist, dass ich glaube, dass die Wächter ihr Tempo beschleunigen werden. Sie arbeiten gegen die Zeit.«

Victoria schnaubte. »Das LKA mit seinen Fallanalytikern wird die Mordserie neu aufrollen, unsere Ermittlungen von vorn bis hinten überprüfen, um einen Anhaltspunkt über den Aufenthaltsort der Wächter zu finden. Das kostet auch Zeit.« Sie lief ans Whiteboard. »Dabei sind wir uns bei den nächsten Tatorten sicher: das Open-Air-Kino auf der Festung Marienberg, da es eine Verbindung zur Heiligen Jungfrau Maria gibt, dann das Kiliani-Volksfest …«

»… klar, wegen unseres Schutzheiligen Kilian.«

»… und das Weinfest im Hofgarten der Residenz, deren Rohbau der heilige Friedrich Karl von Schönborn vollendet hat.«

»Wäre besser, zu wissen, wer die Opfer sind.«

Sag bloß! Ist es nicht deine Aufgabe, in die Köpfe der Täter zu schauen?

»Hierbei können wir weiterhelfen.« In der Tür stand Daniel mit seiner Freundin. Grinsend hielt er ein Tonbandgerät in die Höhe.

MARIA UND JOSEF

Ein letzter Termin für heute. Um zwanzig Uhr. Dabei hat mir mein Mann versprochen, so spät am Abend keine Beratungen mehr anzusetzen. Die gemeinsame Kanzlei läuft seit Jahren hervorragend, sodass wir es uns ruhig leisten können, beruflich etwas kürzerzutreten, obwohl wir beide erst Anfang vierzig sind.

Ein sanftes Lächeln umspielt meine Lippen. Ich schließe die Kanzlei auf. Mein Mann wird Augen machen, wenn ich ihm die Neuigkeit erzähle. Ich kann es ja selbst kaum glauben.

Der Mandant sitzt bereits in unserem Büro. Überpünktlich.

»Guten Abend. Entschuldigen Sie bitte, ich hatte einen Termin.« Ich setze mich neben meinen Mann und erspare es mir, zu erwähnen, dass der Termin privater Natur war.

Mein Mann lächelt mir zu. Ich weiß, er freut sich, dass ich da bin. Wir arbeiten immer nur zu zweit, als unschlagbares Team.

»Dann können wir ja loslegen«, sagt er und stellt den Mandanten namentlich vor. »Er möchte die Scheidung beantragen.«

Erzähl mir was Neues. Familienrecht ist unser Spezialgebiet. Rund neunzig Prozent unserer Fälle sind Scheidungen. Im Gegensatz zu anderen Anwälten leben wir dank unserer Erfahrung ausgezeichnet davon.

»Ihre Kanzlei ist stadtbekannt. Ein Freund hat Sie mir empfohlen.«

Auch das wundert mich nicht. Wir vertreten seit Jahren hauptsächlich Männer, und zwar sehr erfolgreich. Einige Freundinnen haben sich schon von mir abgewandt, da sie es unmöglich finden, dass ich meine Geschlechtsgenossinnen »verrate«.

»Wie kannst du nur?!«, werfen sie mir vor. »Frauen ziehen vor

Gericht sowieso meist den Kürzeren.« Finanziell gesehen stimmt das, allerdings nicht, was das Sorge- und Umgangsrecht angeht. Das habe ich als Scheidungskind selbst durchlitten.

»Haben Sie Kinder?«, frage ich und betrachte den Mandanten. Mitte zwanzig. Lange ist er bestimmt noch nicht verheiratet.

»Einen Sohn. Er ist erst zwei. Ich will das alleinige Sorgerecht. Kriegen Sie das hin?«

Ich atme tief durch. Immer dasselbe! Ist die Liebe vorbei, denken die meisten Paare zuallererst an ihre persönliche Rache und nicht an die Kinder. Sie werden zu verletzten Egoisten, die die Bezeichnung Eltern nicht verdienen. Manchmal hasse ich meinen Job.

»Das kommt darauf an«, antwortet mein Mann. »Sie haben sicherlich Gründe, warum Ihre Frau sich nicht um Ihren Sohn kümmern sollte?«

Der Mandant beugt sich nach vorn und schaut erst meinem Mann, dann mir in die Augen. »Ich habe gehört, Sie sorgen zur Not für diese Gründe.«

Ich senke den Blick. Nur ein Mal sind wir zu weit gegangen, haben Beweise für die angebliche Drogensucht einer Mutter platziert, damit ihr Mann das Sorgerecht erhält. Das alles nur, da es uns damals nicht gelungen ist, der Frau nachzuweisen, dass sie das Kind psychisch misshandelt.

»Ich deute Ihr Schweigen als Zustimmung.« Der Mandant erhebt sich.

Verwundert sehe ich zu ihm hoch.

»Sie müssen nicht gehen. Wir können über alles reden«, beeilt sich mein Mann zu sagen.

Der Mandant öffnet die Bürotür. »Ich bin sofort zurück.« Er läuft links ums Eck und dann den langen Flur zum Haupteingang der Kanzlei.

Ich schaue meinen Mann fragend an. Der zuckt ratlos mit den Schultern.

Einen Augenblick später tritt der Mandant wieder ins Büro. Ihm folgt eine rothaarige Frau mit einer großen Sporttasche. Beide tragen schwarze Lederhandschuhe.

»Es tut mir leid.« Mein Mann ist vom Stuhl aufgestanden. »Aber falls das Ihre Frau ist, muss ich Ihnen sagen, dass wir nicht Sie beide vertreten ...« Er stockt. Genauso schockiert wie ich starrt er auf die Pistole, die die Frau auf uns beide richtet.

»Setzen Sie sich wieder hin. Sofort.«

Mein Mann lässt sich auf den Stuhl fallen und schweigt. Er ist ganz blass. Auch ich fühle mich unfähig, etwas zu sagen. Wozu haben die Handschuhe an?

»Meine Freundin und ich finden es gar nicht lustig, wie Sie bei der Zerstörung von Familien helfen. Notfalls mit unlauteren Mitteln. Dass das Gericht Ihnen die Nummer mit der drogensüchtigen Mutter abgekauft hat, ist unglaublich!«

»Das war nur einziges Mal! Und das Kind ist beim Vater besser aufgehoben«, verteidige ich mich.

Der Mandant kommt auf mich zu. Ich kralle mich an den Armlehnen fest und drücke mich mit dem Rücken gegen den Stuhl.

»Sie profitieren, wenn das Rückgrat unserer Gesellschaft zerbricht. Wenn Eltern ihre ureigene Aufgabe, ihre Kinder zu schützen, vernachlässigen.« Kopfschüttelnd sieht er zur Decke. »Anwälte gibt es wie Sand am Meer. Was diesem Land fehlt, ist ausreichend Unterstützung für Familien.«

»Und für Frauen, damit sie ihre Männer, die als Vater versagt haben, verlassen«, ergänzt die Rothaarige.

Der Mann stimmt zu und streckt den Arm aus. »Den Schlüssel für die Kanzlei. Los, her damit.«

Ich löse die rechte Hand von der Lehne und ziehe die Schlüssel aus der Tasche meines Blazers. »Was wollen Sie von uns?« Ich reiche ihm die Schlüssel. »Geld? Das können Sie haben. Sagen Sie uns, wie viel Sie brauchen, und wir besorgen es Ihnen.«

Der Mandant wirft den Kopf nach hinten. Sein Lachen ist voller Hohn. Nach kurzem Zögern fällt seine Freundin in das Gelächter mit ein.

»Geld!«, spuckt der Mann aus. »Das ist alles, was euch Anwälte interessiert, nicht wahr?« Er läuft erneut zum Kanzleieingang.

Er schließt die Tür ab! Ich spüre einen Kloß im Hals, und wie mir Tränen in die Augen schießen.

Die Frau zielt mit dem Lauf der Pistole direkt auf meinen Kopf. »In unserer wunderschönen Stadt stehen zwei Brückenheilige, für die war Familie das Ein und Alles«, sagt sie.

Ein eiskalter Schauder erfasst mich. Das sind die Wächter! Diese wahnsinnigen Killer. Zumindest haben die *Würzburger Nachrichten* behauptet, die Mörder wählten ihre Opfer nach den Brückenheiligen aus.

Ein Wimmern entweicht meiner Kehle. Mein Mann nimmt meine Hand und drückt sie. Dabei hält er den Kopf gesenkt. Auch ihm laufen Tränen über die Wangen.

»Bitte«, schluchzt er. »Wir tun alles, was Sie wollen.«

»Hör gefälligst zu, wenn ich mit dir rede!« Die Stimme der Fremden zittert vor Wut. Oder ist sie unsicher, jetzt, da ihr Partner den Raum verlassen hat?

»Hast du das Klebeband dabei? Und die Masken?«, fragt der Mandant, als er eine Minute später zurück ins Büro kommt.

Die Frau nickt. »Auch die Kamera. Ist alles in der Tasche.«

Der Mandant läuft zum Fenster und zieht die Vorhänge zu. »Ich habe Schilder an Haus- und Kanzleieingang angebracht.« Er öffnet die Tasche und wirft seiner Begleitung eine Skimaske zu. Dann zieht er sich selbst eine über und reißt mehrere Streifen Klebeband von der Rolle.

Es klingelt an der Haustür.

»Keinen Mucks!«, zischt die Rothaarige und drückt mir den Lauf der Pistole an die Stirn.

Vor Schreck beiße ich mir auf die Zunge und schmecke Blut.

»Bitte lassen Sie wenigstens meine Frau gehen«, bettelt mein Mann, bevor der Maskierte ihm den Mund zuklebt und seine Hände und Füße an den Stuhl bindet.

»Ein wenig zu spät, um den Beschützer zu spielen«, spottet der Mandant. Dann wendet er sich an mich. »Stellen Sie Folgendes als Meldung auf Ihre Webseite und richten Sie in Ihrem Mailaccount eine entsprechende Abwesenheitsnotiz ein.« Er legt einen Zettel auf den Schreibtisch.

Schluchzend komme ich der Aufforderung nach. Jemand klingelt erneut. Bitte, ruf doch die Polizei oder trete die Tür ein! Tu irgendetwas, um uns zu retten.

Der Mandant fesselt auch mich an den Stuhl und verklebt mir den Mund. Die Frau, jetzt maskiert, setzt sich auf den Schreibtisch, lässt aber die Pistole sinken. Offenbar hat sie entschieden, dass von uns keine Gefahr mehr ausgeht, mundtot und bewegungslos gemacht, wie wir jetzt sind.

Der Mandant stellt vor dem Schreibtisch eine Kamera auf. »Du kannst loslegen«, sagt er dann.

Die Rothaarige springt vom Schreibtisch, stellt sich hinter mich und meinen Mann und hält eine Rede.

Was genau sie sagt, weiß ich nicht. Ich nehme nichts mehr wahr außer der Kamera, und auch die verschwimmt mir langsam vor den Augen. Ich schließe die Lider, und als ich sie wieder öffne, sehe ich zu meiner großen Liebe hinüber. Mein Mann begegnet dem Blick. Sein Oberkörper bebt. Stumm fleht er mich um Verzeihung an. Ich denke an das Kind in meinem Bauch, und mein einziger Trost ist, dass mein Mann sterben wird, ohne von ihm zu wissen.

DANIEL

Was hältst du von den Münchnern?« Victoria manövrierte ihren Wagen auf einen frei gewordenen Parkplatz hinter dem Dom. Ihr Tonfall ließ keinen Zweifel daran, dass sie die Kollegen am liebsten in den nächsten Zug nach Hause gesetzt hätte.

Es war Viertel nach acht, und er fragte sich, warum sie nicht wie die meisten Kollegen den Feierabend genossen. Er fühlte sich, als hätte er hundert Jahre nicht geschlafen. Außerdem sorgte er sich um Susanne. Er hatte ihr versprochen, heute nicht zu lange zu arbeiten, doch Victoria brannte darauf, den Fall vor den Münchnern zu lösen.

»Die Kollegen haben mehr Erfahrung mit Serienmördern. Sie wissen am besten, wie man weiter vorgeht.«

Daniel erntete eine entrüstete Grimasse seiner Partnerin.

»Natürlich gefällt es mir nicht, dass sie uns den Fall wegnehmen.«

Immerhin blieben sie wie die meisten seines Teams an den Ermittlungen beteiligt.

Trotzdem hatte er sich wie ein Versager gefühlt, als er den Münchnern heute alle Akten zu den Wächtern übergeben hatte. Seinen ersten Fall als Leiter der Mordkommission hatte er nicht gelöst. Stundenlang brieften er, Victoria und Haller die Kollegen, rechtfertigten viele ihrer Ermittlungsschritte. Was bei Daniel zu Resignation führte, löste in seiner Partnerin den unbedingten Willen aus, es den »Besserwissern« aus der bayerischen Hauptstadt zu zeigen.

»Die nehmen jeden einzelnen Mord Schritt für Schritt auseinander. Wir verlieren dadurch Zeit. Das Tonband ist für sie nur ein Hinweis von vielen. Du und ich wissen, es ist die entscheidende Spur zum nächsten Mord.«

Oder eine geniale Ablenkung der Wächter.

Auf dem Tonband hatten die Täter ein einstündiges Manifest hinterlassen. Natürlich mit verzerrter Stimme, was eine Stimmenanalyse nahezu unmöglich machte. Die Erklärung der Wächter war eine krude Rechtfertigungsrede für ihre abscheulichen Verbrechen und enthielt die Ankündigung aller weiteren Morde – leider ohne Erwähnung des jeweiligen Tatortes und der Tatzeit:

Die Wächter sorgen für Gerechtigkeit, wo der Staat versagt. Wir zeigen auf, was schiefläuft in unserer Gesellschaft, und fordern Aufmerksamkeit und Verbesserungen.
Wir lassen uns nicht schnappen. Lieber sterben wir für die Sache.
Es gibt viele Probleme. In Deutschland, Europa, aber auch in der Welt.
Wir sind nur die ersten Wächter. Andere werden uns folgen.
Zwölf Menschen sterben – so viele, wie aus Stein auf der Alten Mainbrücke stehen.
Dies ist die Reihenfolge der Opfer zu Ehren unserer Heiligen:

1. Ein Datenschützer für den heiligen Nepomuk, weil Persönliches besser bewahrt bleiben soll und Verstöße Strafe erfordern.
2. Ein Pharmavertreter und Frauenschänder für den heiligen Borromäus, damit die Zweiklassengesellschaft im Gesundheitssystem beendet wird.
3. Ein DJ und Schläger für den heiligen Karl den Großen als Symbol für das Scheitern der Integration und die Idee eines geeinten Europas.
4. Ein Medienunternehmer für den heiligen Burkard, um euch die Verkommenheit und Oberflächlichkeit der heutigen Medienwelt vor Augen zu führen.
5. und 6. Zwei berüchtigte Scheidungsanwälte für die heiligen Maria und Josef, denn die Familie ist das Schützenswerteste in unserer Gesellschaft.

7. Ein Immobilienunternehmer für den heiligen Friedrich; beide sind Förderer von Bauwerken, doch gilt es, denjenigen zu strafen, der seine Mieter ausbeutet.
8. Ein Salafist für den heiligen Kolonat, weil radikale Strömungen im Islam unterbunden werden müssen.
9. Ein geweihter Amtsträger für den heiligen Bruno und als Stellvertreter für das Unrecht innerhalb der katholischen Kirche.
10. Ein Verfassungsgegner für den heiligen Pippin als Warnung an all diejenigen, die das Grundgesetz sowie die BRD und ihre Rechtsordnung infrage stellen.
11. und 12. Ein Polizist und seine Partnerin für die heiligen Kilian und Totnan als Mahnmal dafür, dass die Aufrechterhaltung von Recht und Ordnung größere Opfer verlangt, als die Polizei zu bringen bereit ist.

Ein Polizist und seine Partnerin. Ob er und Victoria gemeint waren? Aber er leitete den Fall ja nicht mehr. Was die Täter jedoch nicht wissen konnten. Dass die Wächter ein oder zwei Polizisten auf ihrer Liste hatten, schockierte die gesamte Polizeiinspektion. Doch sie würden es nicht dazu kommen lassen, dass einer von ihnen starb.

»Du musst zugeben, die letzte Mail der Täter hat das LKA clever analysiert.« *Walders Tochter hat immerhin noch eine Mutter, die sie liebt. Damit hat sie mehr Glück als andere.*

»Diese Mail hat deine Freundin uns erst heute gebracht. Wir wären schon allein darauf gekommen, dass ein oder mehrere Täter vermutlich Waisen sind.«

»Warum fahren wir dann nicht zu den Eltern von Sophie Kaiser und fragen, ob sie ihre Tochter adoptiert haben?« *Statt hinter dem Rücken der Münchner Kollegen zu ermitteln.*

Victoria stoppte vor einem Altbau mit barocker Fassade. »Hier ist es, im Erdgeschoss. Weil ich sicher bin, dass die Wächter es auf diese Anwälte abgesehen haben.«

Er deutete auf ein Schild am Hauseingang. »Wegen eines Todesfalls in der Familie bleibt die Kanzlei vorübergehend geschlossen.«

Seine Partnerin seufzte und drückte auf die Klingel. »Komisch. Ich bin sicher, eben jemanden am Fenster gesehen zu haben. Da waren die Vorhänge noch offen.«

»Warum die zwei? Es gibt Hunderte Anwälte in Würzburg. Wir können unmöglich alle persönlich kontaktieren.«

»Maria und Josef waren ein Paar, und es gibt unter den Anwälten in der Stadt nur wenige Ehepaare, die zusammenarbeiten. Zudem sind diese hier recht bekannt und umstritten.«

»Die sind sicher zu Hause«, meinte Daniel. *Im Feierabend wie die meisten Normalsterblichen.*

»Die wohnen hier«, antwortete Victoria. »In der Wohnung über der Kanzlei.« Sie drückte auf den entsprechenden Klingelknopf und wartete. Nach einer Weile klingelte sie erneut bei der Kanzlei. »Die sind bestimmt noch im Büro.«

»Selbst wenn. Das Schild hängt nicht umsonst da. Die haben andere Sorgen.«

»Ich habe ein mieses Gefühl, Daniel.«

Er zweifelte nicht an ihrer Intuition, trotzdem waren sie beide überzeugt, dass die Wächter beim Open-Air-Kino auf der Festung zuschlugen. Die Münchner auch. Und das lief erst am Montag an.

»Glaub mir, diese Tür kriege ich nicht mit ein paar Kicks auf.« Sein Scherz entlockte der Kollegin nur ein müdes Lächeln. »Lass uns morgen früh wieder herkommen.«

»Wenn das LKA uns lässt«, jammerte Victoria. »Ich höre Stimmen.« Sie hämmerte gegen die massive Haustür.

Beide fuhren erschrocken zurück, als sie von innen geöffnet wurde.

»Was soll der Lärm?«, schnauzte ein grauhaariger Mann sie an. »Sind Sie das, die die ganze Zeit Sturm klingeln?«

»Entschuldigen Sie die Störung«, antwortete Daniel. »Wir möchten in die Kanzlei.«

Der Mann ließ sie in den Hausflur treten und deutete mürrisch auf ein weiteres Schild, das am Eingang zur Kanzlei hing. »Todesfall. Ich denke, heute bekommen Sie keinen Termin mehr.«

Daniel drückte ein Ohr an die Tür und lauschte. Auch er glaubte jetzt, Stimmen zu vernehmen. »Aufmachen, Polizei.« Er hämmerte gegen die Tür.

Die Stimmen im Inneren verstummten. Niemand öffnete.

»Haben Sie in den letzten Minuten jemanden rein- oder rausgehen sehen?«, fragte Daniel den Mann, der ihre Aktion beobachtete. Seit das Wort Polizei gefallen war, schaute er eher neugierig als wütend drein.

»Kurz nach acht ist die Chefin mit dem Auto gekommen. Da habe ich gerade aus dem Fenster geguckt. Ihn habe ich zuletzt heute Morgen gesehen, aber er hält sich ohnehin fast nur in der Kanzlei auf.«

»Sonst niemanden?«

Er verneinte. »Da gehen Mandanten ein und aus. Wie in einem Taubenschlag. Ich habe Besseres zu tun, als den Nachbarn nachzuspionieren.«

Kein Hinweis auf einen Notfall oder eine Gefahr. Die Trauernden hatten wohl schlicht nicht den Nerv, sich mit der Polizei auseinanderzusetzen.

»Lass uns gehen«, sagte Daniel zu Victoria. Doch auch er hatte ein mieses Gefühl.

Montag, 26. Juni 2017

VICTORIA

Sie kontrollierten die Ausweise aller weiblichen Kinogäste. Selbst mit gefärbten Haaren und Kontaktlinsen würde Sophie Kaiser nicht auf die Festung gelangen, es sei denn, sie hatte einen gefälschten Personalausweis. Ihr Komplize war weiterhin unbekannt. Wie die Psychologin waren auch die Fallanalytiker davon überzeugt, dass es sich um zwei Wächter handelte, einer von ihnen männlich.

Sophies Eltern hatten die Adoption am Freitag eingeräumt. Seitdem konzentrierten sich die Ermittlungen auf die Vergangenheit der Wächterin, um ihren Komplizen identifizieren zu können, der ihr wahrscheinlich Unterschlupf gewährte. Eine Sisyphusarbeit, denn viele Kinder aus Sophies zweijährigem Heimaufenthalt kamen infrage. Einige waren in Pflege- oder Adoptivfamilien vermittelt worden, nicht nur nach Würzburg. Andere hatte man von Unterkunft zu Unterkunft weitergeschoben, ohne Chance auf neue Eltern. Auch die Heimleitung und die Erzieher hatten oft gewechselt.

Eine Band junger Musiker aus der Stadt unterhielt die Gäste mit seichtem Poprock. Die Kinobesucher hatten es sich auf Picknickdecken gemütlich gemacht, die sie auf der Wiese am Fuß der Festungsmauern ausgebreitet hatten. In wenigen Minuten würde der Premierenfilm über die riesige aufblasbare Leinwand flimmern. Kopfhörer, über die der Ton eingespielt wurde, verhinderten, dass die Anwohner gestört wurden.

»Du hattest übrigens recht«, sagte Victoria zu Daniel, der zwei Studentinnen überprüfte, offenbar die letzten Besucherinnen für den Musicalfilm *La La Land*. Frauen waren heute Abend eindeutig in der Überzahl. Nur mit Mühe hatte sie es geschafft, ihrer Tochter den Film auszureden. Es war zu gefährlich, solange sie davon ausgehen mussten, dass es sich um einen möglichen Tatort handelte.

»Womit?«

»Mit Marie. Das Problem hat sich von allein gelöst.«

»Hat sie Schluss gemacht?«

»Nein, aber er. Nachdem er ihr gebeichtet hat, dass er bereits eine Freundin hat – in seinem Alter.«

»Die Arme.«

»Ja, war ein Schock für sie. Ich könnte diesem Arschloch die Eier abschneiden. Er …« Victoria stockte, als sie Daniels Gesichtsausdruck sah. Gebannt fixierte er die Leinwand.

Sie folgte seinem Blick. »Verfluchte Scheiße!«

Das Video, das seit ein paar Sekunden lief, hatte nichts von einem Liebesfilm. Es zeigte drei Personen. Zwei von ihnen, ein Mann und eine Frau, saßen auf Stühlen gefesselt vor einem Schreibtisch. Hinter ihnen stand eine maskierte Frau und sprach in die Kamera. Ohne Kopfhörer verstand Victoria nicht, was sie sagte, aber den Reaktionen des Kinopublikums nach zu urteilen, verkündete sie keine frohe Botschaft.

Daniel war wie versteinert. Sie ließ ihn stehen und rannte zum Organisationszelt.

»Schalten Sie das sofort ab!«, fuhr sie den jungen Mann am Laptop an.

Dieser glotzte hilflos auf den Bildschirm. »Ich versuche ja, den richtigen Film zu starten, aber egal, welches Video ich anklicke, der Player zeigt immer dieses hier.« Die ersten Pfiffe aus dem Publikum waren zu hören. »Jemand muss einen Virus oder so draufgespielt haben.«

Einer der Besucher?

»Spielt den richtigen Film ab!«, war von ein paar Zuschauern zu vernehmen.

Eine zweite maskierte Person, offenbar ein Mann, erschien auf der Bildfläche. Er hatte ein Messer in der Hand, das er der Frau auf dem Stuhl von hinten an die Kehle setzte.

Ein Raunen ging durchs Publikum, einige Besucher schrien auf. Die Ersten schienen zu begreifen, dass hier kein Kinostreifen lief, sondern eher ein Snuff-Film.

Victoria drückte den Power-Button des Laptops genau in dem Moment, als der Mann das Messer durchzog.

Dienstag, 27. Juni 2017

DANIEL

Die Fotos vom Tatort waren grauenhaft. Boden und Schreibtisch voller Blut, das auch an Wände und Vorhänge gespritzt war. Er senkte den Blick.

Das ganze Wochenende über saßen die beiden Toten in ihrer Kanzlei, und keiner hat etwas bemerkt. Wir auch nicht. Wir haben versagt.

Zwar hatten Victoria und er am Freitag noch einmal versucht, das Paar zu erreichen, aus Zeitgründen jedoch nur telefonisch.

Warum sind wir nicht noch mal hingefahren?

»Die Spusi hat alle Hände voll zu tun in der Kanzlei. Es gibt jede Menge Fingerabdrücke, aber wie wir im Video gesehen haben, trugen die Täter Handschuhe.« Der neue Teamleiter vom LKA sah betreten in die Runde. »Die Kleidung der Täter muss einiges an Blut abbekommen haben. Wir glauben daher, dass sie erst spät in der Nacht die Kanzlei verließen, um nicht gesehen zu werden. Genug Zeit, die Termine im Onlinekalender der Anwälte zu löschen.«

Die Wächter hatten mehrere Stunden mit den Toten in einem Raum verbracht. Daniel wurde übel.

»Laut Rechtsmedizin lautet die Todesursache in beiden Fällen Verbluten durch Durchtrennung der Halsschlagader. Wir haben auf dem Kinogelände einen USB-Stick gefunden, mit dem der Laptop manipuliert wurde. Keine Fingerabdrücke.« Der Münchner LKA-Beamte war nicht viel älter als Daniel. Offensichtlich aber erfolgreicher. »Und noch etwas. Die Frau war schwanger.«

Daniel hielt die Luft an. *Bitte nicht auch das noch.*

»Wir gehen davon aus, dass die Täter dies nicht wussten. Möglicherweise hatte das Opfer selbst keine Ahnung. Es ist selbstverständlich, dass die Medien nichts davon erfahren dürfen. Die Kripo steht ohnehin schon stark in der Kritik.«

Kam es ihm nur so vor, oder sah der Münchner speziell ihn dabei an? Wegen Susanne? Dass er noch an dem Fall mitarbeitete, verdankte er offenbar der Tatsache, dass sie auf niemanden verzichten konnten.

Victoria stieß die Tür zu ihrem gemeinsamen Büro auf. Auf dem Schreibtisch warteten Akten aus Waisenhäusern auf eine Bearbeitung. »Die sind genauso hilflos wie wir.«

»Wir waren da, Vickie. Wir hätten es verhindern können.« Der Kosename war ihm rausgerutscht. Verlegen sah er zu ihr hinüber. Sie schien es entweder nicht bemerkt zu haben, oder es war ihr egal. Beides war ungewöhnlich.

»Das weißt du nicht.« Ihre Stimme klang nicht so sicher wie sonst. »Verflucht!« Sie hieb mit der Faust auf den Tisch. »Sie sind uns immer einen Schritt voraus. Alles, was wir tun können, ist, auf jede beschissene Veranstaltung in der Stadt zu rennen und zu hoffen, sie zu erwischen.«

Sie hatte recht. Mit Beginn von Hofgartenweinfest und Kiliani wurde ihre Arbeit in dieser Woche noch härter. Auch standen Wahlkampfveranstaltungen auf dem Marktplatz an. Der Film der Wächter spukte in seinem Kopf herum. Die Verhöhnung der Polizei.

Die Kripo weiß, dass diese beiden sterben. Aber sie ist zu langsam. Wie immer. Deswegen braucht es Menschen wie uns, die für Gerechtigkeit sorgen.

»Was war gestern Abend mit dir los?« Victoria sah Daniel prüfend an. »Du warst wie erstarrt, als der Film losging, und dann bist du auf einmal verschwunden.«

Er nahm eine der Akten und öffnete sie an einer beliebigen Stelle.

Ein weiteres Mal war er nicht in der Lage gewesen, die Panikattacke zu kontrollieren. Heftiger als je zuvor war sie über ihn gekommen, da er die Gesichter der Anwälte im Video wiedererkannte. Nachdem sie das Haus, in der sich die Kanzlei befand, verlassen hatten, hatte er im Internet über die beiden Anwälte recherchiert. Den Aufruhr während des Films nutzend, war er unbemerkt dem Asphaltweg, der hoch zur Festung führte, gefolgt, bis er sich nach nur wenigen Metern übergab.

»Weiß nicht, was du meinst. Ich brauchte nur kurz, um mich zu fangen.« Was eine Lüge war. Nachdem er sich vergewissert hatte, dass die Kollegen vom LKA die Räumung der Veranstaltung und die Tatortsicherung übernahmen, hatte er sich aus dem Dienst verabschiedet, ohne seiner Partnerin Bescheid zu geben. In dem Zustand wollte er nicht mit ihr sprechen. Susanne machte er zu Hause allerdings nichts mehr vor. Zu tief saß der Schock. Sie ließ so lange nicht locker, bis er ihr von den Panikattacken und seinen Albträumen erzählte. Schließlich auch von der Ursache dafür.

Zwar fühlte er sich seitdem seltsam befreit, aber nicht bereit, Victoria davon zu erzählen. Wie würde sie auf die Wahrheit reagieren? Sie war die ehrgeizigste und perfektionistischste Person, die er kannte. Würde sie da mit einem Partner zusammenarbeiten wollen, der sich mit Versagensängsten herumplagte? Keinem der Kollegen war zuzumuten, sich auf jemanden zu verlassen, der zuweilen an seinen Fähigkeiten zweifelte. Er war ein Risiko für andere.

Ich muss das in den Griff kriegen. So schnell wie möglich.

Daniel vertiefte sich weiter in die Akte, bis Victoria endlich den Blick von ihm abwandte. Eine der Informationen fiel ihm ins Auge.

»Mit diesem Erzieher aus dem Heim von Sophie Kaiser sollten wir sprechen.« Er schob ihr die Akte rüber. »Laut Lebenslauf hat er vor seiner Ausbildung studiert und nebenbei als Stadtführer in Würzburg gejobbt. Also kennt er sich mit den Brückenheiligen aus.«

SUSANNE

Die Augen ihres Chefs glänzten, und er rieb sich das Kinn. Wie immer, wenn er meinte, eine brillante Idee zu haben.

Sie suchte nach einem Weg, ihm die Story über ihre Entführung auszureden. »Mit dem Mord an den Anwälten und dem Tonband haben wir genug Stoff, um die nächsten Tage zu füllen.«

Sie bereute, ihm von ihrer Entführung erzählt zu haben. Er hatte gestern die ganze Zeit nachgebohrt, da er ihr die Geschichte von einem krankheitsbedingten Ausfall nicht glaubte. Vielleicht las er auch heimlich ihre Mails und hatte so von ihrem Treffen mit den Wächtern erfahren.

»In den Händen der Killer … oder: Ausgeliefert«, sinnierte Lauer über die Headline. »Diese Story wäre das Sahnehäubchen auf deinem Erfolgskuchen.«

Sie wich seinem Blick aus. *Wegen mir ist ein Mensch tot.*

Über die Entführung zu schreiben, bedeutete, jedes Detail erneut zu erleben. Bei der Vorstellung drehte sich ihr der Magen um.

»Hör mal, ich weiß, du hast Schreckliches durchgemacht. Aber es ist ja nichts passiert, und du hast jetzt die Chance, den Wächtern zu zeigen, dass du dich nicht kleinkriegen lässt.«

Bilder von dem dunklen Kellerraum und der Wächterin tauchten vor ihrem inneren Auge auf. Von dem hinterhältigen Angriff des Unbekannten. Sie erinnerte sich an die höllischen Schmerzen in der Schulter und an den gefesselten Handgelenken. Am schlimmsten aber war die Ungewissheit darüber gewesen, was die Wächter mit ihr vorhatten. Was wusste Lauer schon. Hoffentlich schnappte die Polizei die beiden endlich.

Hauptsache, der Horror ist bald vorbei.

Das Video auf der Festung hatte für einen neuen Höhepunkt des Entsetzens in der Stadt gesorgt. Die Brutalität der Hinrichtung steigerte die Angst der Menschen. Alle fragten sich, was als Nächstes kam, und beklagten sich über das Versagen der Polizei.

Susanne war erleichtert, dass Daniel ihr die Verabredung mit den Wächtern nicht vorwarf. Er war glücklich, dass sie lebte, und kümmerte sich rührend um sie.

Endlich hatte er ihr erzählt, was ihn schon die ganze Zeit belastete. Ihr war zwar aufgefallen, wie sehr ihn der Fall mitnahm. Doch nie hätte sie vermutet, wie lange er schon an Panikattacken litt und dass er mit sich haderte, ob er seinem Job noch gewachsen war.

»Polizist ist dein Traumjob, Daniel«, hatte Susanne gesagt, »und du bist echt gut. Du musst dich nur wieder auf deine Stärken besinnen und dich nicht von der Angst leiten lassen, jemanden nicht retten zu können.« Sie hatte ihm geraten, sich psychologische Hilfe zu holen, was er ablehnte. Zu groß war die Sorge, dass sein Arbeitgeber von seinem Problem erfuhr, zu unsicher die Folgen für seine Karriere.

»Sie bekommen auch eine Gehaltserhöhung.« Lauer riss Susanne aus ihren Gedanken.

Eine Weile schwieg sie, dann stand sie langsam auf und öffnete Lauers Bürotür. »Ich fürchte, ich erinnere mich leider an gar nichts mehr.«

Sie las Enttäuschung im Gesicht ihres Chefs.

»Die Gehaltserhöhung habe ich mir trotzdem verdient.«

VICTORIA

Kommen Sie rein.« Der Erzieher führte sie durch Flur und Küche auf seine kleine Terrasse. »Sie haben Glück. Ich bin seit gestern Abend aus meinem Kurzurlaub zurück.« Der Mittvierziger zog ein Taschentuch aus der Hosentasche und schnäuzte sich kräftig.

»Allergie?« Victoria und Daniel nahmen auf den Gartenmöbeln Platz.

Der Erzieher schüttelte den Kopf. »Der Beginn einer Sommergrippe. Kaum bin ich zurück in Deutschland, muss ich mich krankmelden. Mein Arbeitgeber ist nicht begeistert.«

Das glaubte Victoria sofort. Auch einige Kollegen hatte offenbar die Grippe erwischt. Neben Miriam fehlten seit heute auch Kilian und Benedikt. Und das an einem Tag, an dem Volks- und Hofgartenweinfest parallel starteten und sie jede Unterstützung brauchten.

»Sie haben von 2002 bis 2005 in dem Kinderheim gearbeitet, in dem Sophie Kaiser untergebracht war. Erinnern Sie sich an sie?«

Er nickte und setzte sich zu ihnen. »Ich kann nicht glauben, dass sie eine Serienmörderin ist.«

»Wir gehen davon aus, dass ihr Helfer auch ein Waise ist«, sagte Daniel. »Können Sie sich erinnern, mit wem Sophie im Heim Kontakt hatte?«

Victoria fand immer noch, dass die Reaktion ihres Kollegen auf der Festung alles andere als harmlos gewesen war. Von wegen, er hatte sich nur fangen müssen. Sie erkannte eine Panikattacke, wenn sie sie sah, und es wurmte sie, dass er partout nicht darüber reden wollte. Schließlich war er es, der die ganze Zeit von Vertrauen sprach und schon bei ihrem Kosenamen angelangt war. Dass er sie »Vickie« genannt hatte, war ihr natürlich aufgefallen, und es wunderte sie, dass es sie nicht störte. Nur Tom, ihre Schwester, die Neffen und Klaus nannten sie so. Aber in letzter Zeit stand sie Daniel näher als den meisten von ihnen.

»Da war ein Junge, ein paar Jahre älter als sie. Die beiden waren wie Pech und Schwefel. Ich glaube, sie waren füreinander wie die Geschwister, die sie nie hatten.«

Daniel lächelte Victoria an. Sie erwiderte das Lächeln. Die Spur war heiß.

Ich werde diesen verfluchten Fall lösen.

»Wie ist sein Name?«, fragte Victoria.

Der Erzieher kniff die Augen zusammen. »Da muss ich überlegen. Auf jeden Fall war er im Heim, weil seine Mutter den Vater erschlagen hat. Notwehr, glaube ich. Er war damals elf oder zwölf. Cleveres Bürschchen. Ein richtiger Technikfreak. Leider auch recht aggressiv, aber das ist nicht ungewöhnlich bei Jungs, die über Jahre hinweg häuslicher Gewalt ausgesetzt sind. Ein Blick in die Akten des Heims, und ich kann Ihnen den Namen nennen.«

»Haben Sie eine Idee, wo sich Sophie Kaiser verstecken könnte? Hatten Sie in letzter Zeit Kontakt zu ihr?«

»Nein. Nicht mehr, seit sie damals adoptiert wurde. Ab dann kümmert sich das Jugendamt.«

»Wir bringen Ihnen schnellstmöglich die Akten«, sagte Daniel und erhob sich. »Da sind allerdings einige Namen zusammengekommen in zwei Jahren.«

»Kein Problem. Hauptsache, ich kann helfen.«

Victoria folgte den Männern zur Tür.

Der Erzieher griff zur Klinke und hielt mitten in der Bewegung inne. Dann drehte er sich um. »Andreas«, sagte er. »Der Junge hieß Andreas.«

DANIEL

»Mal sehen, wie viele mit dem Vornamen Andreas wir in den Akten finden.« Er brannte darauf, ins Büro zu fahren und endlich den Namen des Wächters herauszufinden.

»Dazu kommen wir heute leider nicht mehr«, erwiderte Victoria frustriert. »Wir müssen zur Residenz und sind spät dran.«

Sie waren beide für das Hofgartenweinfest eingeteilt und konnten froh sein, dass man sie nicht getrennt und einen von ihnen zum Kiliani beordert hatte. Nach der Krankmeldung der Kollegen hatte das LKA die Einsatzplanung komplett über den Haufen geworfen. Zwar rechneten sie mit weniger Festbesuchern, da der Wächter-Film viele Würzburger verschreckt hatte, die nun lieber zu Hause blieben, doch die Veranstaltungen fanden wie geplant statt.

Victoria fand einen Parkplatz vor der Residenz. »Gott sei Dank«, sagte sie. »Parken in dieser Stadt ist eine Katastrophe.«

Daniel sah auf seine Armbanduhr. Kurz vor fünf. Sie waren fast eine Stunde zu spät. Das gab Ärger. »Vielleicht ist wenig los. Das Video der Wächter kann einem die Lust auf Wein schon vermiesen.«

Sie passierten den imposanten, vor der Residenz aufragenden Frankoniabrunnen und die Hofkirche. Vor dem schwarzen Metalltor zum Südgarten grüßten sie die Männer von der Security und zwei Kollegen in Zivil.

»Bin zum ersten Mal in den Gärten«, gestand Daniel und schämte sich ein bisschen, dass er bislang so wenig von der Kultur in seiner neuen Heimatstadt mitbekommen hatte.

»Viel Zeit für Sightseeing dürftest du in den vergangenen Wochen auch nicht gehabt haben.« Victoria grinste ihn an.

Die Weinfestbesucher, darunter einige Kollegen in Zivil, tummelten sich auf Holzbänken unter den Laubbäumen. Das Ambiente erinnerte an einen Biergarten. Blickfang des Gartens war ein rundes Bassin, auf das mehrere Schotterwege sternförmig zuliefen. Kegelförmige Eiben umgaben das Becken, aus dessen Mitte sich eine Wasserfontäne über einen Monolithen ergoss. Eine Gruppe von Skulpturen rekelte sich auf einer der ausgetrockneten Rasenflächen.

Der Team- und Einsatzleiter vom LKA kam mit grimmiger Miene auf sie zu. »Ihr seid beide zu spät. Geht umgehend auf eure Posten.«

»Wir haben den Vornamen eines möglichen Komplizen«, versuchte Daniel, ihre Verspätung zu rechtfertigen. »Wir sollten schnellstmöglich seine vollständige Identität ermitteln.«

»Ich kann hier auf niemanden verzichten.«

Daniel spürte die Blicke des Münchners im Rücken, bis sie in den außer Sichtweite gelegenen Ostgarten einbogen, der seine Pracht über drei Ebenen verteilt entfaltete. Auf der ersten bildete ein Springbrunnen das Zentrum. Die Rasenflächen um ihn herum zierten symmetrisch angelegte Bäumchen, Hecken und farbenprächtige Blumen. Die zweite Ebene bildete eine Art Terrasse mit Holzbänken, und auf der höchsten Stufe zog sich eine Promenade an der mit Steinfiguren verzierten Mauer entlang.

»Ich kann nicht glauben, dass sie uns hierher verdonnern«, maulte Victoria. »Wenn was passiert, dann drüben beim Weinfest. Hier ist nichts los.«

Daniel hingegen war erleichtert darüber, dass es hier eher ruhig zuging. Keine Menschenmassen. Die meisten Besucher, die am Zugangstor von den Sicherheitsleuten kontrolliert wurden, strömten zielstrebig zum Weinfest. Nur wenige spazierten in diesen Bereich des Hofgartens.

Er lief die Stufen hinauf bis zur Promenade. Victoria blieb auf der unteren Ebene.

Mehr als fünf Stunden lang war es friedlich. Dann erhielt Daniel einen ungewöhnlichen Funkspruch seiner Kollegin.

FRIEDRICH

Mit einem Stofftaschentuch muss ich mir den Schweiß von der Stirn wischen.

Seit einer Stunde warte ich schon am vereinbarten Treffpunkt. An jedem anderen Tag hätte ich den Ausblick von der Promenade aus auf den Garten und die Residenz genossen. Heute aber bin ich nicht zum Vergnügen hier. Im Gegenteil. Man hat mich angerufen und um ein Treffen gebeten. Dem Mieterverein liegen angeblich Anschuldigungen gegen mich wegen ungerechtfertigter Mieterhöhungen vor. Der Verein droht, mich vor Gericht zu zerren.

Pah, immer diese Probleme mit den Mietern! Der Neid zerfrisst die Leute. Sie missgönnen einem den Erfolg und den Lebensstil.

Ich werfe einen Blick auf meine Rolex. Bald halb elf. Kein Wunder, dass niemand mehr im Garten ist. Warum wollen sie mich ausgerechnet hier treffen? Noch zehn Minuten, dann gehe ich. Ich lasse mich doch nicht zum Narren halten.

Ein dunkelhäutiger Mann läuft an meiner Bank vorbei und grüßt mit einem Nicken.

Sicher einer dieser Flüchtlinge, die man vor zwei Jahren in unser Land gelassen hat. Hoffentlich überfällt er mich nicht. Ich senke die Augen und verdecke mit einer Hand die Armbanduhr.

Der Dunkelhäutige bleibt seitlich vor mir stehen. Ist er etwa der Anrufer, der mich hierherbestellt hat? Der Fremde hebt jetzt eine Hand zum Ohr. Er hat einen Schallschlauch hinter der Ohrleiste und ein Mikro am Kragen seines Poloshirts. Security oder Polizei.

Der Fremde wirft einen Blick über die Mauer hinunter in den Garten. Dann dreht er sich zu mir um, die Augen vor Schreck weit aufgerissen.

KOLONAT

Langsam nähere ich mich den drei minderjährigen Flüchtlingen, die vor dem Riesenrad des Kiliani-Volksfestes stehen.

Nur noch wenige Schritte trennen mich von den jungen Leuten, als ein bekanntes Gesicht vor mir auftaucht.

»Na, wieder auf der Jagd nach Rekruten?« Breitbeinig stellt sich mir der Mann in den Weg.

»Ich habe es dir schon mal gesagt: Was geht es dich an? Das sind Muslime. Wir kümmern uns um sie.« Ich stoße den Mann mit beiden Armen von mir. »Zieh Leine!«

Der andere weicht kaum von der Stelle und sieht mich streng an. »Letzte Chance. Verlass mein Revier und verteile deinen Koran woanders. Gleiches gilt für deine salafistischen Freunde.«

»Wo der Staat versagt, helfen wir.« Wir geben den jungen Menschen eine Heimat. Und eine Aufgabe. Ich versuche, mich an dem anderen vorbeizudrängen.

Dieser öffnet den Reißverschluss seiner Lederjacke und gewährt mir einen Blick auf die Pistole in der Innentasche. »Es ist Zeit für ein klärendes Gespräch. Vom Kettenkarussell aus hat man einen fantastischen Ausblick auf das Eröffnungsfeuerwerk. Wir drehen eine Runde.«

Es bleibt mir nichts anderes übrig, als zu tun, was er verlangt.

VICTORIA

Sie vermutete, dass außer ihr und Daniel niemand mehr im Ostgarten war. Sie hatte schon seit einer ganzen Weile keinen Menschen mehr gesehen. Auch das Weinfest verlief bislang ohne Zwischenfälle.

Noch eine knappe Stunde, dann ist Feierabend.

Sie blinzelte. War da ein rot leuchtendes Blinken über dem Zugangstor? Gleichzeitig vernahm sie ein Summen wie von Dutzenden Hornissen. Etwas kam auf sie zugeflogen. War das ein Modellhubschrauber? In der Dämmerung konnte sie keine Details erkennen. Erst als es sich ihr näherte, erkannte sie das Flugobjekt.

»Verfluchte Scheiße!« Sie drückte die Sendetaste ihres Lautsprechermikrofons. »Main für 10/76. Wir haben eine Drohne im Ostgarten. Hat gerade das Zugangstor passiert und fliegt in etwa acht Metern Höhe. Biegt jetzt ab Richtung Osten. Daniel, ist noch jemand da oben?«

»Eine Person, männlich«, erwiderte Daniel. »Ich kann von hier aus nichts erkennen. Ein Baum versperrt mir die Sicht.«

»Ich versuche, das Ding herunterzuholen.« Sie zog ihre Dienstwaffe und stieß einen Fluch aus. Bei den dürftigen Lichtverhältnissen zweifelte selbst sie an ihren Schießkünsten.

»Nicht schießen!«, rief Daniel aufgeregt. »Sie könnte Sprengstoff tragen.«

»Was soll ich dann tun?«

Es dauerte einen Moment, bis der Kollege antwortete. »Bei billigen Modellen ist die Reichweite nur auf wenige Hundert Meter begrenzt. Versuche, die Person zu finden, die die Drohne steuert. Ich bringe den Mann in Sicherheit.«

Sie zögerte. Was, wenn Daniel wieder einen Panikanfall bekam? »Bist du sicher? Ich kann auch zu dir raufkommen.«

»Vickie. Das ist kein Zufall, sondern ein Anschlagsversuch. Schnapp dir den Piloten!«

DER WÄCHTER

Da die meisten Kiliani-Besucher aufs Feuerwerk warteten, gab es keine Schlange vor dem Kettenkarussell. Er kaufte jeweils zwei Tickets für sich und den anderen. *Vorsichtshalber. Wer weiß, wie lange es dauert.*

»Vergiss es, da geh ich nicht rein!« Der Gesichtsausdruck des anderen erinnerte an ein bockiges Kind. Aber er war auch kaum älter als zwanzig Jahre. »Die Sitze sind voll unbequem, und mir wird schwindlig in dem Ding.«

»Willst du das jetzt echt diskutieren?« Er fuhr demonstrativ mit der Hand über das Leder seiner Jacke. Genau auf Höhe der Waffe. Es fühlte sich großartig an.

Wie oft war er diesem Salafisten schon begegnet und hatte nichts unternehmen können? Hatte zugesehen, wie er junge Menschen für einen Islam begeisterte, der alles andere als friedlich war. Dabei war dieser Kerl Deutscher. Und Antisemit. Er hatte sich den Platz auf ihrer Liste redlich verdient.

Ein falscher Missionar für einen fränkischen Apostel.

Die nächste Runde wurde freigegeben.

»Rein da«, befahl er. »Ich nehme den Sitz hinter dir.«

Der Salafist beäugte ihn misstrauisch. »Hey, Mann, du hast gewonnen. Ich mach die Fliege.«

»Wenn du nicht willst, dass ich dir deine Eier abknalle, steigst du jetzt ein«, zischte er ihm ins Ohr.

Endlich setzte der andere sich in Bewegung, und Sekunden später saßen sie in den ungemütlichen Metallsitzen. Sie hoben ab, als der erste Feuerwerkskörper den Nachthimmel erhellte.

DANIEL

Er bemerkte das Zaudern seiner Partnerin. »Vickie, wir dürfen keine Zeit verlieren.«

»Wie du meinst. Aber eines noch, Daniel. Wir haben nicht immer die Macht, etwas zu verhindern. Doch die Kontrolle über deine Angst hast allein du.«

Daniel spürte einen Stich in der Brust. Warum sagte sie das? Wusste sie etwas von seinen Panikattacken? Hatten noch andere Kollegen die Anfälle mitbekommen?

Er schluckte und erwiderte nichts. Dann sah er Victoria am Gartensaal vorbeihetzen. Das Tor zum Garten war um diese Uhrzeit geschlossen. Falls die Person, die die Drohne steuerte, sich außerhalb der Anlage befand, hatte sie keine andere Wahl, als fast komplett um die Residenz herumzulaufen.

Als Erstes hörte er ein Brummen. Dann sah er sie. Unterhalb seiner Position, auf Höhe der Terrasse. Sie war etwa einen Meter lang und schmal. Vier Propeller, die ihn an Mini-Kreissägen erinnerten, trieben die Drohne an. Er wandte sich zu dem Mann um, der von der Bank aufgestanden war.

»Anschlag? Drohne?« Das Entsetzen war dem Mann ins Gesicht geschrieben. »Was geht hier vor?«

»Beruhigen Sie sich.« Daniel sah sich um. Außer ein paar Bäumen und den schlichten Holzbänken bot die Promenade keinerlei Schutzmöglichkeit. Und selbst deren Lehne war so schmal, dass sie nicht ausreichend Deckung bot.

Denk nach, Daniel, denk nach.

Seine Kenntnisse über Drohnen beschränkten sich auf das, was er gelesen oder im Fernsehen gesehen hatte. Demnach musste jede

Abwehr sorgfältig geplant sein. Modell, Geschwindigkeit und Funkfrequenz entschieden über die Methode der Gegenmaßnahme. Experten konnten mithilfe von Störsignalen die Drohne zur Landung zwingen. Aber nur vielleicht. Meist hatten sie keine Zeit für Analysen. Und die hatte er auch nicht. Eine Doku über Versuche mit Adlern kam ihn in den Sinn. Einige Länder trainierten die Raubvögel, damit sie die unbemannten Flugobjekte zu Boden brachten. Doch das half ihm jetzt nicht weiter.

Er beugte sich erneut über die Mauer und stellte fest, dass die Drohne senkrecht in die Höhe stieg. Genau in seine Richtung.

»Laufen Sie!«, rief Daniel dem Mann zu, weil ihm nichts anderes einfiel. »Die Treppe hinunter.« Hauptsache, sie gewannen Zeit.

Der Akku der meisten handelsüblichen Drohnen hielt dreißig Minuten. Daniel lief los, um dem Mann zu folgen. Dann sah er etwas, das ihn mitten in der Bewegung stoppen ließ.

Das gibt es nicht.

Die Drohne blieb wenige Zentimeter vor ihm in der Luft stehen. Er starrte in ein rundes Kameraauge – und darüber in den Lauf einer Glock 17, Kaliber 9 mm.

VICTORIA

Schon nach hundert Metern war sie außer Atem.

Ich sollte mehr Sport treiben.

Gleichzeitig dachte sie, dass sie sich zusammenreißen musste. Sie durfte keine Zeit verlieren. Daniel kämpfte um das Leben eines Mannes. Womöglich auch um sein eigenes.

Bevor sie das Tor zum Südgarten erreichte, bremste der Einsatzleiter sie aus. »Was geht im Ostgarten vor? Muss ich die Leute hier evakuieren?«

Sie keuchte und stützte die Hände auf den Oberschenkeln ab. »Es sieht eher so aus, als wäre das Ziel der Drohne eine bestimmte Person. Daniel braucht dringend Verstärkung.«

»Es könnte ein Ablenkungsmanöver sein«, antwortete der Münchner, den sie am liebsten aus dem Weg geschubst hätte. »Das eigentliche Anschlagsziel ist vielleicht immer noch das Weinfest.«

Sie richtete sich auf. »Möglich. Du solltest trotzdem ein paar Männer rüberschicken.«

Er nickte. »Nimm auch du ein oder zwei Leute mit.«

Sie zögerte – doch nur kurz. Je mehr Kollegen mitkamen, umso schneller fanden sie vielleicht den Piloten.

Zu dritt liefen sie vor zum Residenzplatz und teilten sich auf. Victoria übernahm den Bereich Klein-Nizza des Ringparks, der sich hinter der Hofgartenmauer anschloss.

Sie hetzte den Rennweg hinauf und bog rechts in die grüne Lunge der Stadt. Dabei rammte sie fast einen Radfahrer, der ihr entgegenkam.

»Verflucht noch mal, warum fahren Sie ohne Licht?! Das kostet zwanzig Euro.«

Der junge Mann grinste nur und fuhr, ohne zu stoppen, weiter.

Unfassbar!

Sie lief in den Park hinein. Die Dichte der dunklen Bäume gab dem Mondlicht nur an wenigen Stellen die Chance, den Weg zu erhellen. Sie begegnete niemandem. Bald kam sie an eine Gabelung und blieb stehen.

Links? Rechts? Geradeaus?

Links würde sie tiefer in den Park hineingelangen. In einen Teil, der eher schwach beleuchtet war. Der Weg in der Mitte wurde gleich zu Beginn von einer Laterne erhellt. Ein langer Teich, der sich durch eine Wiese zog, trennte diesen Pfad vom Schotterweg zu ihrer Rechten.

Sie entschied sich für geradeaus. Über Funk teilten ihr die Kollegen mit, dass sie bis jetzt niemand Verdächtigen gesehen hatten.

Oh, Daniel. Ich hoffe, du bist in Sicherheit.

Sie erhöhte das Tempo. Wenigstens spendeten die Laternen ausreichend Licht. Nach wenigen Schritten vernahm sie Laute von der anderen Seite des Teichs. Jemand fluchte.

Sie blieb stehen. Ihr gegenüber, unter einer Laterne am Wegrand, stand eine rothaarige Frau. Statur, Haarfarbe und -länge entsprachen der Beschreibung des Barkeepers vom Medienball. Die Frau starrte auf etwas in ihrer Hand, möglicherweise ein Tablet.

Victoria zog ihre Dienstwaffe und entsicherte sie. »Polizei. Stehen bleiben. Lassen Sie das Gerät fallen, oder ich schieße.«

DANIEL

Daniel warf sich zu Boden. Über ihm knallte es. Eine Millisekunde später vernahm er ein Knacken, das ihn an zersplitterndes Holz erinnerte. Möglicherweise hatte die Kugel eine Bank getroffen.

Er drehte sich auf den Rücken und zog seine Waffe. Entsetzt und gleichermaßen fasziniert starrte er auf die Drohne über ihm, die an Höhe gewann. *Was für eine krasse Konstruktion! Der Pilot muss den Abzug der Pistole über die Fernsteuerung kontrollieren.*

Immerhin hatte er erkennen können, dass die Drohne keinen Sprengstoff trug. Er schoss.

Im Halbdunkel verfehlte die Kugel ihr Ziel. Die Drohne wendete. Schwerfällig, was ihn angesichts des Gewichts von Pistole und Kamera an Bord nicht wunderte.

Er steckte seine Waffe ein und sprang auf. In der Dämmerung erkannte er nur die Umrisse des Mannes, der am Fuße der Treppe verharrte und sich nicht rührte.

Warum steht er noch da?

Die Drohne flog direkt auf den Mann zu. Das Brummen des Motors war kaum zu ertragen.

»Hinlegen!«, schrie Daniel. »Legen Sie sich flach auf den Boden.«

Der Mann schien ihn nicht zu hören. Wie festgewachsen stand er da und starrte auf die fliegende Killermaschine.

Daniel lief los. Der Schotter unter seinen Schuhen knirschte. »Verdammt noch mal. Legen Sie sich endlich hin!«

Ein Schuss übertönte seine letzten Worte. Der Mann fiel mit einem Aufschrei zu Boden.

Als wäre er gegen eine unsichtbare Wand geprallt, blieb Daniel abrupt stehen. *Scheiße. Er ist getroffen.*

Er fröstelte, als hätte jemand einen Kübel Eiswasser über ihn geschüttet. Sein Mund war trocken. In seinen Ohren knackte es. Ihm wurde schwindelig.

Bitte nicht.

Er hockte sich hin, weil er befürchtete umzukippen.

Victorias Worte kamen ihm in den Sinn. *Die Kontrolle über deine Angst hast allein du.*

Dann die seiner Freundin. *Du musst dich wieder auf deine Stärken besinnen.*

Er schloss die Augen, atmete tief durch. Langsam löste sich das Schwindelgefühl auf. *Ich kriege das hin.*

»Hilfe. Bitte helfen Sie mir.« Das Wimmern des Mannes riss ihn aus seiner Schockstarre.

Er stand auf und rannte los. Die Drohne schwebte einige Meter nach oben und entfernte sich von ihrer Zielperson. Offenbar hatte der Rückstoß des Schusses die Kontrolle über das Flugobjekt erschwert.

Daniel kniete sich neben den Mann. »Sind Sie verletzt?«

Stöhnend hob dieser den Kopf. Daniel folgte seinem Blick. Erst jetzt sah er, dass der Mann sich eine Hand auf den unteren Bauch drückte.

»Lassen Sie mich mal sehen.« Vorsichtig hob Daniel die Hand des anderen hoch. Das Gefühl von Nässe verriet ihm, dass sie voller Blut war. Er zog das Hemd ein Stück nach oben. So gut es ihm das Zwielicht erlaubte, nahm er die Wunde in Augenschein. Anhand der Form glaubte er, einen Streifschuss zu erkennen. Erleichtert stieß er die Luft aus. Bei schneller medizinischer Versorgung würde der Mann überleben.

Er drückte die Sendetaste seines Mikros, um einen Notarzt zu rufen, ließ dann aber los. Das nervtötende Brummen schien gefährlich nahe. Er sah nach oben. Die schwarze Drohne schillerte im Mondlicht wie eine überdimensionale Kunststofflibelle. Sie war im

Sinkflug und stoppte einen knappen Meter über dem Boden. Keine drei Armlängen entfernt.

Er hörte das Zischen der Kugel, die an seiner Wange vorbeisauste, und warf sich zur Seite. Das Pfeifen in seinem Ohr war so laut, dass es kurz den Lärm der Drohne übertönte.

Erneut wurde der Quadrokopter durch den Rückstoß des Schusses nach hinten gerissen. Diesmal gelang es dem Piloten ein wenig schneller, die Kontrolle über die Drohne wiederzuerlangen. Im Anflug neigte sie sich angriffslustig nach vorn. Wie ein Bussard, kurz bevor er seine Beute packte. Der Lauf der Pistole suchte den Boden nach dem Opfer ab.

Daniel zog erneut seine Dienstwaffe und zielte auf einen der Propeller. Doch er erwischte den Körper der Drohne, die durch den Aufprall der Kugel von ihrem Kurs abkam. Trotzdem feuerte sie zurück.

Schnell packte Daniel den Verletzten an beiden Armen und warf sich auf den Rücken. Dabei verlor er seine Waffe. Mit aller Kraft zog er den Mann über sich hinüber und rollte ihn von der Treppe weg, raus aus der Schusslinie. Gerade rechtzeitig. Der Schuss verfehlte knapp den Kopf seines Schützlings.

»Alles okay mit Ihnen?«, fragte Daniel.

Der Mann antwortete nicht. Er war ohnmächtig.

Mir läuft die Zeit davon. Möglicherweise hatte er sich geirrt, und die Reichweite dieser Drohne war größer. Dann war der Pilot weiter entfernt als gedacht. Er konnte nicht auf Victoria warten.

Ich muss selbst angreifen. Auf meine Stärken setzen und die Schwäche des Gegners nutzen.

Die Drohne bewegte sich keine zwei Meter über dem Boden. Der Pilot versuchte, sie im Sinkflug um neunzig Grad zu wenden, um die beiden Männer wieder ins Visier zu nehmen.

Daniel erhob sich schnell, machte mit dem linken Fuß einen großen Schritt nach vorn und atmete tief ein. Er hob die Unterarme leicht an, die Ellbogen angewinkelt, seine Muskeln waren angespannt.

Die Drohne war nicht mehr weit von ihm entfernt. Der Zeitpunkt war entscheidend. Er musste sie nahe genug herankommen lassen, um ihre Körpermitte mit maximaler Kraft zu treffen. Gleichzeitig galt es, sie auszuschalten, bevor ihn die Glock erwischte.

Jetzt!

Mit einem lauten Schrei stieß er die Luft aus und vollzog mit dem rechten Bein einen Roundhousekick gegen die Drohne.

Laut knirschend landete das Biest auf dem Schotter. Die Propeller schrappten erbärmlich gegen den Boden.

Daniel schaute auf und begegnete den verblüfften Gesichtern von drei Kollegen.

VICTORIA

Der Kopf der Frau schnellte nach oben. Sie warf das Tablet auf den Boden, drehte sich um und floh.

Victoria gab einen Warnschuss ab. Da das nicht half, schoss sie auf das Bein der Frau, um sie an der Flucht zu hindern. Die Kugel verfehlte ihr Ziel. Die Rothaarige war zu weit weg.

»Verflucht!« Victoria steckte die Waffe gesichert zurück ins Holster und nahm die Verfolgung auf. Sie wusste, dass die beiden Wege früher oder später wieder zusammenliefen, nur nicht mehr genau, wann. Die Rothaarige hatte zehn Meter Vorsprung. Außerdem war sie jünger und fitter.

Sollte sie stehen bleiben und einen zweiten Schuss wagen? Sie entschied sich dagegen. Bei der Entfernung, der Geschwindigkeit der Frau und der jetzt schwächeren Beleuchtung war das Risiko, sie erneut zu verfehlen, zu hoch. Die Rothaarige würde ihren Vorsprung nur ausbauen.

Victoria keuchte. Das Hemd klebte ihr unangenehm auf der Haut. Immer wieder verlor sie die Rothaarige wegen der Breite des Teichs aus den Augen.

Endlich. Wenige Meter vor ihr trafen die Wege wieder aufeinander.

»Bleiben Sie stehen, oder ich schieße.«

Die beiden Frauen rannten auf demselben Pfad weiter. Die Rothaarige drehte sich kurz nach ihr um und legte dann einen Zahn zu. Der Abstand wurde immer größer. *Keine Chance.*

Nach dem Teich hatte der Pfad sie in eine sanfte Linkskurve geführt, jetzt in eine Rechtskurve. Das Zirpen der Grillen begleitete das Keuchen der Frauen.

Victoria ignorierte das heftige Seitenstechen. »Bleiben Sie endlich stehen!«

Erneut sah sich die Rothaarige um. Plötzlich knackte es – sie musste auf einen Ast getreten sein. Sie strauchelte und stürzte.

Victoria gewann einige Meter, bevor sich die Frau wieder aufgerappelt hatte. Auf einer kleinen Lichtung, vom Mond beleuchtet. *Jetzt oder nie.*

Victoria blieb stehen und zog ihre Waffe. Entsicherte. Zielte und schoss.

Ein gellender Schrei aus Schmerz und Wut unterbrach das harmonische Sommerkonzert der Grillen.

Hab ich dich!

Die Rothaarige humpelte nach links und schleppte sich den Hügel am Wegrand hoch.

Scheiß Adrenalin!

Victoria steckte die Waffe ein, folgte der Frau und packte sie von hinten am Arm. Nicht schnell genug. Die andere drehte sich um und schlug zu. Die Wucht warf Victoria fast um. Sie taumelte. Stechender Schmerz breitete sich in ihrem Jochbein aus. Schwärze umhüllte sie.

Als Victoria wieder zu sich kam, bemerkte sie, dass die andere Frau sich ein ganzes Stück von ihr entfernt hatte. Sie sah sie kaum noch. Victoria musste sie aufhalten, bevor sie hinter einem der dichten Sträucher oder dickstämmigen Bäume verschwand.

Du entkommst mir nicht noch einmal.

Mit einem Wutgeheul rannte sie der Humpelnden nach und warf sich mit ihrem vollen Gewicht auf sie. Beide stürzten ins Gras. Victoria griff nach dem Arm der Frau, um ihr Handfesseln anzulegen.

Diese wehrte sich, bäumte sich auf. Victoria fiel zur Seite. Die Rothaarige kroch, das Bein mit dem blutenden Oberschenkel nachziehend, von ihr weg. Victoria griff nach dem Bein. Sie grinste, als die andere Frau aufschrie.

Blitzschnell kniete Victoria sich hin und zog ihre Gegnerin am Jeansgürtel zu sich heran. Rechtzeitig sah sie den Arm mit dem dicken Ast auf sich zukommen und wehrte ihn mit dem Unterarm ab.

Im Gerangel um die hölzerne Waffe rollten sie über die Wiese und übersahen den Abhang. Victoria rutschte bäuchlings nach unten. Ihre Gegnerin hinter ihr her. Beide schrien auf, als sie in etwas Nassem landeten.

Victoria prustete und stand auf. Ihre Klamotten waren pitschnass. Sie erkannte den hohen, beleuchteten Felsen am Rande des teichähnlichen Beckens. Sie waren im Schönbornbrunnen gelandet.

Die Rothaarige saß im Bassin und umklammerte stöhnend das verletzte Bein.

Victoria näherte sich und studierte deren Gesicht. Es war eindeutig das der Gesuchten, und diesmal wehrte sich diese nicht gegen die Handfesseln.

Victoria benachrichtigte über Funk die Kollegen und bestellte einen Rettungswagen. Bevor sie der Wächterin ihre Rechte erklären konnte, kam diese ihr zuvor: »Was meinen Sie? Ist er gesprungen?«

Mittwoch, 28. Juni 2017

DANIEL

Victoria holte sich einen Kaffee am Automaten. Ihre Grimasse nach dem ersten Schluck verriet, dass er ihr nicht schmeckte.

»Furchtbares Gebräu«, brummelte Victoria. »Da lobe ich mir doch den Kaffee in der Inspektion.«

Daniel setzte sich neben sie auf einen der Besucherplätze im Krankenhausflur.

Eine Schwester hatte sie aufgefordert, die Befragung wegen des Verbandswechsels zu unterbrechen. Anschließend würden sie die Verletzte mitnehmen und den Kollegen vom LKA zur offiziellen Vernehmung übergeben.

»Du bist eine gute Schützin«, lobte Daniel, er meinte es ernst. »Glatter Durchschuss, ohne wichtige Sehnen oder Nerven zu treffen. Bei einer flüchtigen Person aus mehreren Metern Entfernung und bei Nacht.« Er pfiff anerkennend. Deshalb hatte keine Kugel entfernt werden müssen. Eine Operation hätte die Vernehmung der Wächterin nur weiter verzögert.

»Sie stand mitten im Mondlicht. So schwer war es auch wieder nicht«, wiegelte Victoria ab. Gleichwohl verrieten ihm die geröteten Wangen unterhalb des Veilchens, wie sehr sie sich über das Kompliment freute. »Deine Martial-Arts-Einlage gegen die Drohne war auch nicht von schlechten Eltern, wie ich gehört habe.«

Daniel grinste. Es machte ihn glücklich, ein Menschenleben gerettet zu haben. Obwohl die letzte Nacht kurz gewesen war, fühlte er sich voller Energie und Tatendrang.

»Sie wird ihren Komplizen nicht verraten«, sagte Victoria.

Sein Grinsen erlosch. Der Mann, den er gerettet hatte, stand noch unter Schock und konnte ihre Frage, wer ihn zur Residenz bestellt hatte, nicht beantworten.

Sophie Kaiser hatte angekündigt, ein volles Geständnis bezüglich der Entführung des Mädchens, der Morde an Stichler, dem DJ und dem Medienunternehmer sowie des versuchten Mordes mit einer Drohne abzulegen. Der Tod der Anwälte, so behauptete sie, ging auf das Konto ihres Komplizen. Zwar prahlte sie mit ihren Taten, konnte jedoch ihre Angst vor dem Gefängnis nicht verbergen. Tatsächlich schien sie auch ein wenig erleichtert darüber zu sein, die Wahrheit aussprechen zu können. Als Victoria sie nach ihrem Komplizen fragte, lächelte sie. »Ihr werdet ihn nicht kriegen. Niemals.«

Am Nachmittag würde sie dem Haftrichter vorgeführt werden, und dieser würde wegen Fluchtgefahr wahrscheinlich die Untersuchungshaft anordnen. Die Beweislage war erdrückend, auch ohne Geständnis. So stimmten die Fingerabdrücke an den als Mordwaffe missbrauchten Stilettos mit denen von Sophie Kaiser überein. Auch der Abgleich der Hundehaare hatte einen Treffer ergeben. Mit etwas Glück würde die Untersuchung von Tablet und Drohne Hinweise auf den zweiten Täter liefern.

»Sie behauptet, das Arsen und das Isofluran im Darknet besorgt zu haben. Ich traue ihr das nicht zu.« Daniel stand auf, um nachzusehen, ob der Automat Schokoriegel ausspuckte. Zu seinem Bedauern bot er nur heiße Getränke. »Auch nicht die Verschlüsselung der E-Mails und den Umbau der Drohne. Das geht alles auf das Konto ihres Komplizen, dieses Technikfreaks.«

Die Tür zum Krankenzimmer öffnete sich, und die Schwester kam heraus. »Sie können die Patientin jetzt mitnehmen. Sie muss ihr Bein aber schonen.«

Keine Sorge. Viel Bewegungsfreiheit wird sie in nächster Zeit nicht bekommen.

Zusammen mit seiner Kollegin betrat Daniel das Einbettzimmer. Die Wächterin stand vor ihrem Bett, ganz so, als wartete sie auf ihre Festnahme.

Victoria zückte die Handfesseln.

»Ist das echt nötig?« Sophie Kaiser deutete auf ihr Bein.

Victoria legte ihr trotzdem die Handfesseln an. Daniel verstand, dass sie nach der nächtlichen Verfolgungsjagd kein Risiko eingehen wollte.

Auf dem Weg zum Wagen schien Victoria etwas einzufallen. Abrupt blieb sie stehen. »Sie haben mich gestern gefragt, ob ich glaube, dass er gesprungen sei. Meinten Sie den Mann, der sich gestern vom Kettenkarussell herabgestürzt hat?«

Daniel war überrascht. Von dieser Äußerung hatte ihm seine Partnerin nichts erzählt. Der Mann lag schwer verletzt im Krankenhaus, kam aber wahrscheinlich durch. Was hatte der Selbstmordversuch auf dem Kiliani mit ihrem Fall zu tun?

Auf dem Gesicht der Wächterin zeichnete sich ein müdes Lächeln ab. »Habe ich mir gedacht, dass der Feigling springt. Ein Schuss in den Hinterkopf wäre auf jeden Fall tödlich gewesen.«

DER WÄCHTER

Es war nicht schwierig gewesen, sich unbemerkt vom Kettenkarussell davonzustehlen. Nach dem Sprung des Islamisten hatten sie es sofort gestoppt. Fahrgeschäftsleiter und Kassiererin liefen zu dem Verletzten. Er selbst verschwand im wenige Meter entfernten Festzelt, vorbei an den vielen Menschen, die zu dem laut knallenden Finale des Feuerwerks hinaufschauten.

Es hätte ihn gewundert, wäre der Islamist nicht gesprungen. Die Überlebenschance war höher als bei einem Kopfschuss. Trotzdem sah der Sprung aus wie ein Selbstmordversuch, und Suizid galt auch im Islam als Sünde.

Scheinheiliger! Geht es um das eigene Leben, ist es mit dem Glauben nicht mehr weit her.

Starb der junge Mann, würde er nach Aussage des Propheten Mohammed zur Strafe in der Hölle bis in alle Ewigkeit aus der Höhe herabspringen müssen. Der Gedanke befriedigte ihn zutiefst.

Er hätte niemals geschossen. Die Kugel verriet zu viel über seine Identität, und noch brauchten sie ein wenig Zeit, um ihre Mission zu beenden.

Die *Würzburger Nachrichten* brachten an diesem Morgen Auszüge aus ihrem Manifest. Auf allen Kanälen. Sie wurden erhört. Hoffentlich endlich verstanden. Leider las er auch etwas, das er bereits befürchtet hatte: Sie hatten Sophie geschnappt. Die Kripo verkündete schon das Ende der Wächter. Nicht mehr lange, und sie würden auch den Komplizen fassen.

Freut euch nicht zu früh. Er war sicher, Sophie würde ihn nie verraten. Trotzdem verkomplizierte die Festnahme ihr großes Finale. Ihnen blieb wenig Spielraum. Sie mussten es heute beenden.

VICTORIA

Sie brachten die Wächterin in das Vernehmungszimmer.

»Gib gut auf sie acht«, sagte Victoria zu einem Uniformierten, der vor dem Raum postiert worden war. »Die Münchner übernehmen gleich.«

Der Kollege nickte, und sie folgte Daniel ins gemeinsame Büro.

»Dann mal ran an die Akten«, sagte Daniel. »Bin gespannt, wie viele Personen mit dem Vornamen Andreas wir haben.« Der Name, den der Erzieher ihnen genannt hatte.

»Etwas ist eigenartig.« Victoria ließ sich auf ihren Stuhl plumpsen.

Daniel sah sie fragend an.

»Der junge Mann, der gestern vom Karussell gesprungen ist, ist der Kripo als Salafist und möglicher Gefährder bekannt, nicht aber der Öffentlichkeit.«

Daniel lehnte sich auf seinem Bürostuhl zurück. »Du meinst, der Täter muss die Info von einem von uns haben? Einem Maulwurf?«

Schlimmer.

»Daniel, ich denke, der Täter *ist* vielleicht einer von uns.« Sie sah, wie es in ihrem Kollegen arbeitete.

»Scheiße«, murmelte Daniel, »du hast recht. Die meisten der anderen Opfer waren aus den Medien bekannt.« Er grübelte, dann stöhnte er auf.

»Was?!« Sie hatte sich gewünscht, er möge ihr widersprechen, eine Erklärung liefern, die ihren Verdacht widerlegte. Sie wollte nicht glauben, dass der Komplize der Wächterin ein Kollege war. Das durfte nicht sein.

»Die Frau des DJs«, antwortete Daniel.

»Was ist mit ihr?«

»Ihre Freundin hat Anzeige wegen häuslicher Gewalt erstattet. Die Kripo war vor Ort zur Vernehmung, aber die Ehefrau hat alles geleugnet.«

Der Groschen fiel. »Natürlich! Außer den Krankenschwestern wussten nur die Kollegen und wir, dass der DJ seine Frau schlug.«

Victoria ging in Gedanken die Namen der Kollegen bei der Kripo durch. Sie kannte die meisten, da sie seit ihrer Ausbildung bei der Würzburger Polizei war. »Ich kenne nur einen Kollegen, der Andreas heißt. Den Sohn des Polizeidirektors, und der sieht seinem Vater so ähnlich, dass ich bezweifle, dass er adoptiert worden ist.«

Daniel schnappte sich die oberste Akte. »Wenn wir Pech haben, nennt er sich heute nicht mehr Andreas. Den Rufnamen kann man anpassen. Ich bin dafür das beste Beispiel.« Wie wild blätterte er durch die Akte.

Victoria gesellte sich zu ihm.

Er strich alle relevanten Namen an.

»Andreas Endres … da, ein weiterer, Andreas Schmitt.«

Als Daniel den dritten Andreas markierte, wurde ihr schwarz vor Augen.

DANIEL

Seine Partnerin stützte sich auf dem Schreibtisch ab. Sie war leichenblass. »Mir wird schlecht.«

Auch er starrte auf den Namen in der Akte.

Ein Klopfen an der Tür ließ sie zusammenzucken. Der Teamleiter vom LKA stand da.

»Wo ist Sophie Kaiser?« Er klang erbost.

»Im Vernehmungsraum«, antwortete Daniel. Victoria schien ihre Sprache noch nicht wiedergefunden zu haben. Was angesichts ihrer Entdeckung nicht verwunderte.

»Ist sie nicht.«

Das darf nicht wahr sein. »Wir haben sie beim Kollegen abgeliefert. Das ist keine halbe Stunde her.«

»Welcher Kollege?« Der Münchner schnaubte. »Da ist niemand. Weder im Raum noch davor.«

Jetzt reagierte Victoria. Sie lief an dem Teamleiter vorbei in den Flur. Zusammen mit dem Münchner folgte Daniel ihr. Sie waren fast am Vernehmungsraum eingetroffen, als ihnen der Kollege entgegenkam.

»Wo ist die Festgenommene?«, keifte Victoria den Uniformierten an. Sie sah aus, als würde sie sich jeden Moment auf ihn stürzen. »Sie sollten gefälligst auf sie aufpassen.«

»Habe ich doch«, verteidigte der Mann sich. »Der Kollege hat sie mitgenommen. Er brauchte sie für eine Tatortbegehung.«

»Welcher Kollege?«, fragten Daniel und Victoria gleichzeitig.

»Der Kollege May.«

Daniel sah Victoria an. *Andreas Kilian May.*

Widerwillig zog Daniel sein Hemd über die schusssichere Weste. Obwohl die Schutzwesten immer leichter wurden, störte ihn das mehr als zwei Kilogramm schwere Zusatzgewicht. Diese Westen beeinträchtigten Bewegungsfreiheit und Schnelligkeit, seine größten Stärken im Einsatz. Zudem schwitzte man in den Dingern, und draußen hatte es über zwanzig Grad. Victoria hingegen strich so zärtlich über das Material, als probierte sie ein neues Kleid an. Vielen Kollegen vermittelte das Tragen der Weste ein Gefühl der Sicherheit. Dabei lernten sie schon in der Ausbildung, dass die Ausrüstung keineswegs kugelsicher war, sondern nur die tödliche Wirkung von Geschossen hemmte und die Träger oft innere Verletzungen erlitten.

Trotzdem brauchen wir die Westen. Kilian hat mindestens seine Dienstwaffe bei sich.

»Dieses Arschloch! Ich wette, der kann nicht mal den Salsa-Grundschritt.« Victoria klang verbittert. Ihre natürliche Gesichtsfarbe war immer noch nicht zurückgekehrt.

»Kilian? Glaube ich auch nicht. Es war schon sehr geschickt von ihm, uns die Verfolgung am Strand vorzugaukeln.« Für seine Tarnung hatte er sogar eine Stichwunde in Kauf genommen.

»Ich kann nicht glauben, dass ich nichts bemerkt habe«, sagte Victoria. Es war nicht zu übersehen, dass sie sich Vorwürfe machte. »Ich meine, ich kenne Kilian wie lange? Fünf, sechs Jahre?« Sie schüttelte den Kopf.

»Wir sind alle auf ihn reingefallen, Vickie.«

Der Teamleiter stürzte in ihr Büro. »Seid ihr fertig? May hat keinen Dienstwagen genommen. Ich habe die Fahndung nach seinem Privatwagen eingeleitet und ein paar Männer zu seinem Haus in Höchberg geschickt.«

Ich wette, sie entdecken dort den Keller, in dem er Susanne und Walders Tochter festgehalten hat. Daniel spürte, wie Wut in ihm aufstieg. Am liebsten hätte er Kilian eigenhändig erwürgt für das, was er seiner Freundin angetan hatte.

»Da werdet ihr sie nicht finden.« Der Einwand kam von Victoria, die ihre Dienstwaffe einsteckte.

Der Münchner nickte. »Das ist uns klar. Aber vielleicht finden wir heraus, was sie vorhaben. Sie wollen es sicher zu Ende bringen. Welche Heiligen fehlen noch?«

»Sophie Kaiser hat ausgesagt, dass der Drohnenangriff auf den Immobilienunternehmer dem heiligen Friedrich gewidmet war«, erklärte Victoria.

»Das Opfer vom Volksfest steht für die Kritik am radikalen Islam«, ergänzte Daniel. »Zu Ehren des heiligen Kolonat wurde er zum Sprung genötigt.«

»Wenn sie ihre Mission erfüllen möchten, müssen sie heute noch vier Menschen töten.« Victoria sah Daniel besorgt an. »Straffes Programm. Ist die Frage, ob sie sich unter diesem Zeitdruck noch an die Reihenfolge im Manifest halten.«

Ein Vertreter der Kirche, ein Verfassungsgegner, ein Polizist und seine Partnerin. »Ich denke schon, denn sonst hätte Kilian doch ganz einfach einen Kollegen hier erschießen können.«

Wobei nicht klar war, wer mit der Partnerin gemeint war. Eine Kollegin? Oder die Lebensgefährtin eines Polizisten? Zum Verfassungsgegner hingegen fiel Daniel etwas ein. »Seit heute läuft auf dem Unteren Marktplatz der Wahlkampf. Der Infostand der Rechtspopulisten ist ein mögliches Ziel.«

Victoria gab ein zustimmendes Brummen von sich.

Der Kollege aus München funkte die Einsatzkräfte an und forderte sie auf, ins Zentrum zu fahren. »Klärt ihr mich auf? Was haben die Rechten mit einem der Brückenheiligen zu tun?«, fragte er auf dem Weg in die Tiefgarage.

»Die rechte Partei gilt als verfassungsfeindlich. Pippin war auch so etwas wie ein Verfassungsgegner, denn er war nicht der legitime Nachfolger des Frankenreiches«, erklärte Victoria. Sie hatte sichtlich Spaß daran, dem Oberbayern eine Nachhilfestunde in fränkischer

Geschichte zu geben. »Vom Geblütsrecht her war der Merowinger Childerich König. Pippin schickte Childerich ins Kloster und krönte sich selbst zum König. Allerdings gehörte Pippin zu den karolingischen Hausmeiern, die ohnehin schon lange die faktische Macht im Reich ausübten.«

»Der heilige Bruno war Bischof von Würzburg, oder?«

»Genau. Er hat den Sankt-Kilians-Dom erbauen lassen. Außerdem hat er sich für eine verbesserte Bildung des Priesternachwuchses eingesetzt.« Victoria riss die Fahrertür eines Dienstwagens auf. »Ich fahre.«

»Schon klar«, antwortete Daniel, während er sich auf den Beifahrersitz schwang.

Der Kollege nahm einen anderen Wagen.

Daniel schnallte sich an und rief die Webseite des Sankt-Kilians-Doms auf. »Um neun Uhr ist im Dom ein Pontifikalgottesdienst für Ehejubilare.«

Victoria fluchte und schoss – Blaulicht und Sirene eingeschaltet – aus der Tiefgarage. »Dem Bischof wurde vor Jahren vorgeworfen, sexuelle Übergriffe eines Priesters auf einen jungen Ministranten vertuscht zu haben. Vielleicht ist er das Ziel.«

VICTORIA

Ihr Magen knurrte. Vor lauter Aufregung hatte sie vergessen, etwas zu frühstücken. Trotzdem erstaunte es sie, dass sie überhaupt ans Essen dachte.

»Du hast nicht zufällig einen deiner Schokoriegel dabei?«

Daniel sah sie an, als hätte sie ihn um einen Quickie auf dem Rücksitz gebeten.

»Was denn? Ich habe Hunger.«

»Die sind alle in deinem Wagen … das heißt, nein, halt, warte mal.« Er steckte die Hände in die Hosentaschen seiner Jeans. Es raschelte, und ein Grinsen zeichnete sich auf seinem Gesicht ab. »Den hatte ich ganz vergessen.«

Ich will lieber nicht wissen, wie lange der bereits in deiner Hose steckt. Sie wunderte sich, dass der Riegel nicht schon längst geschmolzen war.

»Bitterschokolade. Fünfundachtzig Prozent«, sagte Daniel, als hätte er ihre Gedanken gelesen. »Die schmilzt nicht so leicht.«

»Nun gib schon her. Ich bin total unterzuckert.« Tatsächlich war ihr ein wenig übel, jedoch eher von dem ganzen Wirbel. Und vom Schock. Immer wieder tauchten Bilder von Gesprächen mit Kilian vor ihrem inneren Auge auf. Hätte ihr nicht irgendetwas auffallen müssen? Wieso wurde jemand, der Polizist war, zum Mörder? Klar, der Job war hart, vor allem, wenn man miterleben musste, wie manche Kriminelle davonkamen. Aber das war kein Grund, selbst zum Verbrecher zu werden. Oder war es die fehlende Anerkennung der Kollegen, die ihn dazu trieb, auf diese Weise ihre Aufmerksamkeit zu gewinnen? Auch dass Kilian im Waisenhaus aufgewachsen war, hatte sie nicht gewusst.

Ich hätte ihn mehr einbeziehen müssen. Ihm mehr Verantwortung geben sollen. Vielleicht wäre es dann nicht so weit gekommen.

»Ich könnte auch was zwischen die Kiemen vertragen. Teilen wir?«

»Na gut. Weil du es bist«, antwortete Victoria.

Ihr Partner reichte ihr die Süßigkeit und beobachtete ihre Reaktion.

»Ist lecker«, bestätigte Victoria und vernahm ein zufriedenes Schnauben.

Ein paar Sekunden schwiegen sie.

»Woher weißt du von meinen Panikattacken? Wissen es die Kollegen auch?«

Seine Fragen überraschten Victoria. Es war nicht zu überhören, wie viel Mühe sie ihn kosteten.

»Keine Sorge, ich glaube nicht, dass die anderen Bescheid wissen.«

Daniel stieß die Luft aus. Ihr wurde erst jetzt bewusst, dass den Kollegen nicht nur die Versagensängste an sich gequält hatten, sondern mehr noch die Angst, diese würden auffliegen.

Verständlich. Nicht gerade förderlich für eine Karriere bei der Kripo.

»Wie hast du es herausgefunden?«

»Deine Reaktion während des Marienbergkinos. Hat Erinnerungen an meine Jugend geweckt.« Sie konnte seinen bohrenden Blick mehr spüren als sehen. Ihre Konzentration galt der Straße. Sie waren fast im Zentrum angelangt.

Victoria seufzte. *Wo wir schon bei unangenehmen Wahrheiten sind.* »Nach der Scheidung meiner Eltern habe ich selbst ein paar Jahre lang unter Panikattacken gelitten. Das kommt häufig vor, wie mir meine Therapeutin damals erklärt hat. Oft geben die Kinder sich die Schuld für die Probleme der Eltern. Nachdem mein Vater uns verlassen hat, habe ich gedacht, ich hätte ihn enttäuscht, seine Erwartungen nicht erfüllt.« Sie lachte bitter auf. »Wahrscheinlich hat meine Schwester recht. Die Panikattacken habe ich zwar überwunden, doch ich stelle immer noch übertrieben hohe Erwartungen an mich selbst.«

Daniel antwortete nicht, wofür sie ihm dankbar war. Es reichte, dass ihre Schwester und ihre Tochter behaupteten, sie sei ein Workaholic.

Sie parkte den Wagen hinter dem Sankt-Kilians-Dom, neben zwei weiteren Einsatzfahrzeugen. Der Team- und Einsatzleiter vom LKA hatte die Kollegen aufgeteilt. Die meisten sollten sich um die Sicherheit am Marktplatz kümmern, der Rest um den Dom. Es war damit zu rechnen, dass Kilian und Sophie zur gleichen Zeit an unterschiedlichen Orten zuschlugen. Hoffentlich lagen sie richtig, was die Ziele der Wächter anging.

Victoria erinnerte sich nicht, wann sie das letzte Mal den Dom betreten hatte. Wie die Mehrheit der Würzburger war sie katholisch. Aber schon ihre Eltern hatten nicht viel mit Gott und der Kirche am Hut gehabt.

Sie selbst hatte mit »dem da oben« als Teenager abgeschlossen, weil er ihre Gebete nach der Trennung ihrer Eltern ignorierte und die Scheidung nicht verhinderte.

Daher hatte Victoria es Marie überlassen, ob sie sich taufen ließ. Diese hatte sich im letzten Jahr für eine Tauffeier in Verbindung mit der Erstkommunion entschieden, angeblich, weil all ihre Freunde auch getauft waren. Victoria vermutete, dass die Geldgeschenke die größere Rolle spielten.

Sie hastete die Stufen zum Hauptportal hinauf und stieß die schwere, metallene Tür auf.

Die angenehme Kühle des Innenraums empfing sie.

Daniel folgte dicht hinter ihr. Seinem Gesichtsausdruck nach zu urteilen, erging es ihm wie den meisten Besuchern, die den Sankt-Kilians-Dom zum ersten Mal betraten. Sie staunten über die Dimensionen der viertgrößten romanischen Kirche Deutschlands. Von außen betrachtet, erweckte die Westfassade des Gebäudes mit ihren beiden eng nebeneinanderstehenden Türmen den Eindruck eines kleinen Gotteshauses. Tatsächlich maß der Dom in seiner Gesamtlänge mehr als hundert Meter.

Der Gottesdienst lief bereits. Etwa zwei Drittel der dunkelbraunen Holzbänke waren besetzt, die meisten von älteren Menschen. Sie standen alle und sprachen gemeinsam das Schuldbekenntnis.

Sie legte ihre Hand ans Holster ihrer Dienstwaffe und fühlte sich auf einmal vollkommen fehl am Platz. Würde sie hier eine Waffe ziehen?

Wir sollten das Gebäude räumen.

Sie konnte weder Kilian noch Sophie Kaiser entdecken. Auch der Einsatzleiter war entweder noch unterwegs oder auf dem Marktplatz.

Daniel gab ihr mit einer Kopfbewegung zu verstehen, dass er zwei Kollegen gesehen hatte, die durch den Mittelgang liefen und die Gläubigen in den Bankreihen überprüften. Gerade passierten sie das bronzene Taufbecken auf halbem Weg zum Altar.

Victoria bedeutete ihrem Partner, dass sie das nördliche Seitenschiff übernahm.

»Nachlass, Vergebung und Verzeihung unserer Sünden gewähre uns der allmächtige und barmherzige Herr«, hallte die Stimme des Bischofs durch den Dom.

»Amen«, schloss die Glaubensgemeinschaft ihr Bekenntnis.

Dann ertönte ein Knall.

DANIEL

Der Schall des Schusses hallte mehrfach an den glatten Oberflächen der Rundbögen wider und betäubte die Ohren. Es folgten Schreie aus den Reihen der Kirchenbesucher. In Panik liefen sie zum Ausgang. Diejenigen, die flott zu Fuß waren, an den Gebrechlichen vorbei. Rücksichtslos. Eine ältere Dame wurde von der Welle der Flüchtenden umgestoßen. Die Kollegen versuchten zu helfen, wiesen die Gläubigen an, Ruhe zu bewahren und zügig, aber geordnet den Dom zu verlassen.

Victoria war nach vorn gestürzt, wo sie sich über den vor dem Altar liegenden Bischof beugte. Sie sprach in das Funkmikrofon, forderte Notarzt und Verstärkung an.

Daniel nahm all dies in wenigen Sekunden wahr. Dann erblickte er Kilian. Das Chaos nutzend, huschte dieser aus der ersten Bankreihe ins nördliche Seitenschiff. Dorthin, wo Victoria ihn aufgehalten hätte, wäre sie nicht mit der Rettung des Bischofs beschäftigt.

Daniel zückte die Dienstwaffe. Überlegte es sich dann anders. Solange der Dom nicht vollständig evakuiert war, würde er nicht schießen.

»Bleib stehen, Kilian!«, rief Daniel und preschte, so schnell es ging, durch eine der engen, bereits geräumten Bankreihen.

Der Wächter drehte sich um. Als er Daniel erkannte, rammte er einem Mann, der ihm im Weg stand, den Ellbogen in den Unterleib.

Daniel blieb im Mittelgang stehen. Die Menschen drängelten sich an ihm vorbei, versperrten ihm die Sicht.

»Lassen Sie mich durch.«

Die beiden Kollegen erkannten seine Absicht und forderten die Flüchtenden auf, den Kollegen durchzulassen. Kilian war trotzdem schneller und verschwand vor Daniel durch das Hauptportal.

Ich kriege dich noch.

Daniel rannte die Stufen vor dem Dom hinunter. Verfluchte seine Schutzweste, die er am liebsten abgelegt hätte. Er sah, wie Kilian über den Vorplatz hetzte. Zwei Tauben flatterten auf. Einige Touristen sprangen erschrocken zur Seite. Kilian rannte weiter, am Domcafé vorbei. Lief er zum Marktplatz?

Lautes Gebimmel bremste Kilians Lauf. Fast wäre er in die Straßenbahn gerannt. Er ruderte wild mit den Armen.

Daniel grinste. *Hab ich dich!*

Der Wächter drehte sich zu ihm um. Stand breitbeinig da wie ein Ringer, der auf den Angriff seines Gegners wartet.

»Bleib stehen, Kilian. Du hast keine Chance, zu entkommen.«

Fast gleichzeitig zogen die beiden Männer ihre Dienstwaffen. Daniel hörte Schreie um sich herum. Aber er sah nur Kilian. Feuerte. Warf sich zur Seite, um der Kugel des Wächters auszuweichen.

»Runter, gehen Sie alle in Deckung!«, rief Daniel den Touristen und Schaulustigen zu. Ein paar von ihnen lagen bereits auf dem Boden oder hatten sich ins Café oder in die Dom-Informationsstelle geflüchtet.

Er gab einen weiteren Schuss ab. Verfehlte erneut. Kilian rannte um die Straßenecke und außer Sichtweite.

»Hinterher«, brüllte eine Stimme hinter ihm. Victoria fegte an ihm vorbei.

Daniel schloss zu ihr auf. »Der Bischof?«

»Bauchschuss. Der Rettungswagen ist unterwegs«, antwortete Victoria keuchend.

Daniel überholte sie und registrierte als Erster die neue Situation.

Mindestens vier Kollegen und der Einsatzleiter zielten von der gegenüberliegenden Straßenseite aus auf Kilian. Dieser stand an der

Balustrade am Ende der Freitreppe, die zum Eingang des Stifts Neumünster führte. Seine Pistole hielt er an die Schläfe eines Mädchens, nicht viel älter als zehn Jahre, das er mit einem Arm zu sich herangezogen hatte. Ihr Schluchzen war herzzerreißend.

»Scheiße!« Daniel wandte sich zu seiner Partnerin um. Ihre Augen waren schmal vor Wut.

»Lass die Kleine gehen!«, rief Victoria.

»Falsch!« Kilian drückte das Mädchen demonstrativ noch mehr an sich. »Ihr zieht alle sofort ab, oder ich erschieße die Kleine.«

Wir müssen Zeit gewinnen.

»Sie ist unschuldig, Kilian«, wagte Daniel einen Versuch. »Ich dachte, die Wächter bestrafen nur Schuldige.«

»Ihr lasst mir keine Wahl. Wenn das Mädchen stirbt, geht das auf euer Konto.«

»Legen Sie die Waffe weg, May!«, forderte der Einsatzleiter. »Das Spezialeinsatzkommando ist unterwegs. Es ist vorbei.«

»Es ist erst vorbei, wenn die Mission beendet ist. Ziehen Sie Ihre Leute ab.«

»Wo ist Ihre Komplizin?«, fragte der Münchner. Mittlerweile waren weitere Beamte eingetroffen. Immer mehr Waffen zielten auf Kilian. Ein paar Uniformierte stoppten die Straßenbahnen und wiesen Passanten an, sich vom Einsatzort zu entfernen. Das Aufheulen mehrerer Martinshörner kündigte den Rettungswagen für den Bischof an.

Daniel lief den Gehweg vor der Treppe entlang, sodass der Wächter ihn besser im Blick hatte.

»Bringen Sie mir Christian Bock.« Kilian ignorierte die Frage des Münchners. Daniel hatte den Namen gelesen. Auf einem Wahlplakat der Rechtspopulisten. »Im Austausch lasse ich das Mädchen gehen.«

Der ist vollkommen irre! Glaubt er im Ernst, damit durchzukommen?

»Eure Mission ist gescheitert.« Daniel sah Zorn in den Augen des Wächters aufblitzen und fügte hinzu: »Es sind sechs Tote, keine zwölf.«

»Wir sind noch nicht fertig«, schrie Kilian. Aus dem Augenwinkel nahm Daniel wahr, dass Victoria seine Taktik verstanden und die ersten Stufen der Freitreppe erklommen hatte. Er musste Kilian weiter ablenken.

»Euer Angriff mit der Drohne ist misslungen, und auch das Opfer von Kiliani lebt.« *Ich hoffe, der Bischof schafft es ebenfalls.*

Während Daniel sprach, schlich Victoria weitere Stufen hinauf.

»Es ist die Botschaft, die zählt«, rief Kilian zurück.

»Warum der Drohnenangriff? Was hat der Mann euch getan?« Daniel stellte erleichtert fest, dass Kilian sich auf das Gespräch mit ihm konzentrierte.

Victoria zog ihre Waffe.

»Es ist nicht wichtig, was er *uns* getan hat.« Der Wächter sprach, als belehrte er ein kleines Kind. »Ihr habt das Manifest doch gehört. Er ist ein reicher Sack und ein Abzocker! Einer von vielen, die ein Vermögen anhäufen, während die meisten in diesem Land immer ärmer werden und Probleme haben, ihre Miete zu zahlen.«

Victoria zielte.

Kilian schnellte herum. Hielt das Mädchen vor sich wie ein Schutzschild und drückte ab. Victoria fiel zu Boden. War sie getroffen, oder hatte sie sich fallen lassen, um aus der Schusslinie zu kommen?

Sofort wurden weitere Schüsse abgegeben.

»Stopp! Aufhören zu schießen!«, schrie der Einsatzleiter seine Leute an. »Er hat immer noch das Mädchen.« Dessen Schreie erfüllten die Stille. Sie gingen Daniel durch Mark und Bein. Doch wenigstens lebte das Kind noch.

Daniel sprintete zurück zum Treppenaufgang und die ersten Stufen hinauf. Seine Partnerin kauerte auf dem Treppenabsatz, die Waffe gesenkt.

»Bist du okay?« Er kniete sich neben sie.

Sie nickte. Ihre hasserfüllten Augen fixierten Kilian, der zusammen mit dem Mädchen – die Pistole an dessen Schläfe gedrückt – langsam die Stufen zu ihnen herabstieg. Wie es aussah, war die Kleine von den Kugeln verschont geblieben.

»Rührt euch nicht vom Fleck!«, bellte Kilian.

Daniel überlegte, den Wächter mit einem Kick außer Gefecht zu setzen. Doch das Risiko, dass sich ein Schuss löste und die Geisel tötete, war zu hoch.

Wo bleiben die Spezialisten vom SEK?

Er hatte keine Erfahrung mit Geiselnahmen. Victoria bestimmt auch nicht.

»Lass die Kleine laufen. Nimm stattdessen mich.«

Daniel traute seinen Ohren nicht. Was sagte Victoria denn da? Sein Blick wanderte zwischen ihr und Kilian hin und her. Der Wächter blieb stehen. Seine Augen blitzten wie die eines Kindes beim Auspacken der Weihnachtsgeschenke.

»Ich habe in meinem Job etliche Regeln gebrochen«, fuhr Victoria fort. Daniel hätte sich am liebsten auf sie gestürzt und ihr den Mund zugehalten. »Ich habe nicht nur Anweisungen von Vorgesetzten missachtet und meine Partner vergrault. Ich habe dich angestiftet, mir die Personalakte von dem da zu besorgen.« Victoria deutete auf ihn. »Wenn Haller das erfährt, führt das auf jeden Fall zu einem Disziplinarverfahren.«

Kilian zögerte.

»Du bist wahrlich keine Heilige«, sagte er und schaffte es, verächtlich und bewundernd zugleich zu klingen. »Der Politiker wäre mir trotzdem lieber. Aber wir müssen die Mission heute beenden.« Er wirkte nachdenklich.

Hoffentlich geht er nicht darauf ein.

»In Ordnung. Eigentlich warst du immer mein Vorbild, weißt du? Du hast so viele Fälle gelöst, so viele Dreckskerle aus dem Verkehr gezogen. Alles, was ich wollte, war, von dir zu lernen. Mehr Verantwortung. Anerkennung. Aber du hast mich unterschätzt. Wie alle anderen.« Kilian spuckte auf den Boden. »Ich war dir nicht mal gut genug für ein Date. Ehrlich, als könntest du dir die Kerle aussuchen.«

Daniel bemerkte, dass die Kollegen mittlerweile die Position geändert hatten, um Kilian und das Mädchen besser im Visier zu haben. Er zählte zehn Waffen, alle auf Kilians Kopf gerichtet. Das SEK ließ sich weiterhin Zeit.

»Worauf wartest du dann?« Victoria legte ihre Waffe und ihr Funkmikro ab, hob die Hände und stand langsam auf. »Hier hast du mich. Du musst nur das Mädchen laufen lassen.« Sie trat ein paar Schritte auf ihn zu.

Er bringt dich um.

»Vickie, nicht! Wir finden eine andere Lösung.« Daniel sprang nach vorn, hielt aber inne, als Kilian der kleinen Geisel die Pistole noch stärker gegen die Schläfe presste.

Der Einsatzleiter, der hinter Daniel stand, forderte Victoria auf, »den Blödsinn« zu lassen. Er untersagte ihr einen Tausch mit der Geisel.

Seine Partnerin lächelte ihn an. »Vertrau mir«, gab Victoria ihm stumm zu verstehen.

Was hast du vor?

»Was ist nun?«, blaffte Kilian. »Komm langsam rüber. Und keine Dummheiten, oder die Kleine ist tot.«

Victoria nickte. Ihre Hände waren immer noch erhoben. Langsam näherte sie sich Kilian.

»Du musst keine Angst mehr haben«, sagte sie, an das Mädchen gewandt. »Gleich ist alles vorbei, und du bist frei.«

Sie war noch eine Armlänge von Kilian entfernt, da forderte dieser sie auf, sich umzudrehen. »Die letzten Schritte läufst du rückwärts. Ich lasse die Kleine erst los, wenn du direkt bei mir bist.«

Victoria gehorchte.

Erst im letzten Moment stieß Kilian das Mädchen von sich weg und packte Victoria. Jetzt hatte sie die Pistole an der Schläfe.

»Wenn mir einer folgt, erschieße ich die Kollegin«, brüllte Kilian und schob Victoria vor sich her.

»Was haben Sie denn vor?« Der Einsatzleiter gab seinen Leuten das Zeichen, sich zurückzuziehen. »Sie kommen hier nur lebend raus, wenn Sie sich ergeben.«

Daniel trug das Mädchen die Treppe hinunter und übergab es einer Kollegin, die es wegbrachte.

Kilian war inzwischen vom Bordstein zu den Gleisen der Straßenbahn hinabgestiegen. Während er – Victoria mit einem Arm umklammernd – Richtung Dom zurücklief, drehte er sich immer wieder nach allen Seiten um und brachte Victoria mehrmals ins Straucheln. Er schien nervös zu sein.

Hoffentlich drückt der nicht aus Versehen ab. Verdammt, Vickie, was musst du auch die Heldin spielen?

Der Einsatzleiter bedeutete den Kollegen, Kilian zunächst nur in einem großen Abstand zu folgen. Am Ende der Straße wandte Kilian sich nach rechts.

»Wo, zum Teufel, will der hin?« Der Münchner funkte die verbliebenen Kollegen auf dem Marktplatz an. Gab ihnen den Auftrag, Kilian am Rathaus den Weg abzuschneiden und ihn auszuschalten.

»Die Brücke«, rief Daniel. »Er bringt sie zur Alten Mainbrücke.«

VICTORIA

Ihr Plan war nicht aufgegangen. Sie wollte Kilian einen Tritt zwischen die Beine verpassen, sobald er das Kind losgelassen hatte. Mit der Forderung, die letzten Meter rückwärts zu gehen, hätte sie rechnen müssen.

Mir wird schon was einfallen. Hauptsache, das Mädchen ist in Sicherheit.

Allerdings fiel ihr das Denken schwer. Ihr rechter Knöchel schmerzte, da sie beim Schritt vom Bordstein auf die Straßenbahngleise umgeknickt war. Kilian schob und zog sie über die Gleise. Sie roch seinen Angstschweiß, so nahe war sie ihm. Oder war es ihre eigene Angst? Der Lauf der Pistole stieß immer wieder an ihre Schläfe. Wie ein Specht, der ein Loch in ihren Schädel hämmerte.

Die Waffe war entsichert. Kilian brauchte nur zu stolpern oder seine Nervosität nicht mehr kontrollieren zu können, und sie hätte ein Loch im Kopf. Sie versuchte, den Gedanken an die Kugel, die durch ihren Schädel jagen würde, zu verdrängen. Sie benötigte ihre Konzentration für einen neuen Plan, um Kilian zu überwältigen.

Einen Arm um ihren Oberkörper geschlungen, in der anderen Hand die Pistole, schleppte Kilian sie die Domstraße hinab. Sie liefen nun rückwärts in Richtung Mainbrücke. Niemand schien ihnen zu folgen.

Ein Funke Hoffnung schlich sich in ihre Gedanken. Von den Einheiten am Marktplatz wusste Kilian nichts. Bestimmt würde der Einsatzleiter diese zum Rathaus abkommandieren, um Kilian den Weg abzuschneiden.

Jedenfalls würde ich es so machen.

Sie waren nur wenige Schritte vom Vierröhrenbrunnen vor dem Rathaus entfernt.

Hoffentlich nutzen die Kollegen das Überraschungsmoment.

Es musste schnell gehen. Ein gezielter Schuss in Kilians Hinterkopf, und alles wäre vorbei.

Sie spürte seinen heißen Atem im Nacken.

»Fühlt sich gut an, dich im Arm zu halten«, flüsterte Kilian. »Schade, dass du sterben musst.«

»Du widerst mich …«

»Scheiße!«, fluchte Kilian plötzlich.

Sie wurde nach links geschleudert und zu Boden gerissen. Gleichzeitig ertönte ein Schuss. Zwei Kollegen stürmten aus der engen Gasse neben dem Ratskeller.

Ein stechender Schmerz schoss ihr in die linke Schulter, doch sie war frei! Kilian hatte sie nach dem Sturz losgelassen, war aufgestanden und feuerte zurück.

Ein Kollege fiel getroffen zu Boden. Der andere lief hinter Kilian her, der die Flucht Richtung Brücke ergriffen hatte. Die wenigen Spaziergänger, die noch nicht in Deckung gegangen waren, stoben auseinander.

Victoria war wie gelähmt, beobachtete die Szene, als würde sie im Kino sitzen und sich einen Actionstreifen anschauen. Nur, dass sie immer noch auf dem Pflaster lag. Ihr Schädel dröhnte.

Sie rollte sich auf die Seite und stemmte sich hoch. Schrie auf, als sie den rechten Fuß belastete. Ihren schmerzenden Knöchel hatte sie ganz vergessen. Sie humpelte hinter den beiden Männern her. Von der Alten Mainbrücke waren weitere Schüsse zu hören.

»Bleib besser hier.« Erschrocken drehte sie sich um. Vor ihr stand Daniel. Er sah besorgt aus. »Bist du verletzt?«

»Es geht schon«, sagte Victoria. »Wir müssen auf die Brücke.«

Daniel hielt sie am Arm fest. »Du bist unbewaffnet. Ich gehe.«

DANIEL

Seine Partnerin hinkte und presste eine Hand auf die Schulter. Wie befürchtet, ließ sie sich trotzdem nicht davon abbringen, auf die Brücke zu gehen. Auch nicht vom Einsatzleiter, der mit seinen Leuten und den Kollegen vom SEK, die endlich eingetroffen waren, auf die Mainbrücke zurannte.

Auch Daniel hatte zuvor die Anweisungen des Einsatzleiters ignoriert, als er nach dem ersten Schuss Victoria gefolgt war.

»Warum hat er nur zwei Männer zum Rathaus geschickt?« Victorias Fassungslosigkeit über die Entscheidung des Münchners war nicht zu überhören.

Daniel passte sich an ihr Lauftempo an, obwohl er am liebsten mit den anderen Kollegen auf die Brücke gestürmt wäre. »Er wollte die Sicherheit der Menschen auf dem Marktplatz nicht gefährden, solange wir nicht wissen, wo Sophie Kaiser steckt.«

Eine Minute später beantwortete die Szene auf der Alten Mainbrücke diese Frage. Sophie Kaiser saß zusammen mit ihrem Komplizen auf der Mauer zwischen den fränkischen Schutzheiligen Totnan und Kilian. Beide Wächter fixierten mit erhobenen Händen die Männer des SEK mit ihren Sturmgewehren.

Seine Waffe hatte Kilian weggeworfen. Sie lag in sicherer Entfernung auf dem unebenen Pflaster neben der Leiche des Kollegen, der ihn verfolgt und um dessen Kopf sich eine rote Pfütze aus Blut gebildet hatte.

»Wir sind unbewaffnet und ergeben uns«, rief Kilian.

Der Einsatzleiter wies zwei seiner Männer an, die beiden festzunehmen.

Kaum hatte er den Befehl ausgesprochen, stiegen die Wächter auf die Mauer. »Stehen bleiben, oder wir springen.«

Die Kollegen traten zurück.

Daniel verstand. *Die beiden gehen nicht ins Gefängnis.*

»Sie selbst sind die letzten Opfer«, murmelte Victoria neben ihm.

»Zwei auf unserer Liste fehlen noch. Die Heiligen Totnan und Kilian«, sagte der Wächter wie zur Bestätigung und griff nach der Hand seiner Komplizin.

Ein Polizist und seine Partnerin.

»Kilian, warte!« Victoria drängte sich an zwei SEK-Männern vorbei. Daniel folgte ihr.

»Victoria! Wie schön, dass du zu uns stößt.« Der Wächter lachte spöttisch. »Das große Finale sollst du nicht verpassen.« Er pfiff, als er Daniel erblickte. »Und dein Schoßhund ist auch endlich da. Ich muss schon sagen, Kollege, ich war erstaunt über deine Stimme auf der Handymailbox der Journalistin. Grüß sie von mir. Deine Freundin ist wirklich süß.« Kilian fuhr sich mit der Zunge über die Lippen.

»Du Schwein!« Hätte Victoria ihn nicht festgehalten, Daniel hätte Kilian eigenhändig die Mauer hinuntergestoßen.

»Was wird das? Tretet zurück!«, befahl der Einsatzleiter ihnen barsch.

Daniel hörte nicht mehr zu. Er hatte nur Augen für Kilian, der ihn hämisch angrinste.

Auch Victoria schien den Münchner zu ignorieren. Sie wagte einen Schritt in Richtung Mauer. Stand nun auf dem Bordstein. Eine Armlänge trennte sie von der Wächterin. »Sophie. Wir wissen, dass Kilian Sie angestiftet hat. Dass es seine Idee war.«

Die Wächterin reagierte nicht, sah stattdessen Kilian an. Der drückte ihre Hand fester und flüsterte ihr etwas ins Ohr.

»Sie müssen nicht sterben«, versuchte Victoria es erneut. »Wir können Ihnen helfen. Es gibt Ärzte …«

»Halt die Fresse, Victoria!« Kilian zog seine Komplizin näher zu sich heran. »Wir gehen nicht in den Knast. Wir sterben als Würzburgs Schutzheilige. Gemeinsam.«

Wie Märtyrer? Das werden wir nicht zulassen.

Victoria hatte Kilians Aufmerksamkeit auf sich gezogen. Daniel bewegte sich vorsichtig zwei Schritte auf den Wächter zu.

Noch ein kleines Stück, und ich kann ihn am Bein packen und zurück auf die Brücke ziehen.

»Wussten Sie, dass die Anwältin schwanger war, Sophie?«

Die Wächterin zuckte zusammen. Zwar wandte sie ihren Blick nicht von Kilian ab, doch ihr Gesichtsausdruck änderte sich. An die Stelle von Zuneigung und Verehrung traten Überraschung und Irritation.

»Ihr habt ein unschuldiges Kind auf dem Gewissen«, fügte Victoria hinzu.

Die Wächterin trat einen Schritt von ihrem Partner weg. »Ist das wahr, Kilian?« Sie klang verletzt. Wie ein Teenager, der seinen Freund fragt, ob er eine andere hat.

»Natürlich nicht. Sie lügt!«, erwiderte Kilian wütend.

»Es ist wahr«, sagte Victoria. »Sie war in der zehnten Woche.«

Sophie entfernte sich einen weiteren Schritt von ihrem Komplizen. »Du hast gesagt, wir töten nur die, die es verdient haben. Keine Kinder.«

»Ich wusste das nicht. Ich schwöre es.«

Die Wächterin schien nachzudenken.

»Vorhin hätte er, ohne zu zögern, einem kleinen Mädchen in den Kopf geschossen.« Victoria spielte ihre letzte Karte aus. »Das hätten Sie niemals getan, Sophie, oder?«

Die Wächterin las die Wahrheit in Kilians Gesicht und riss sich von ihm los.

»Jeder Kampf fordert unschuldige Opfer.« Wütend streckte Kilian die Hand nach ihr aus, doch sie entzog sich ihm. »Sophie, wir ziehen das jetzt durch!« Er klang wie ein Vater, der seiner Tochter befahl, ihr Zimmer aufzuräumen.

»Sophie, nehmen Sie meine Hand.« Victoria streckte ihren Arm aus.

Kilian sah sie hasserfüllt an und wollte sich auf seine Komplizin stürzen.

In diesem Moment packte Victoria Sophie am Arm.

»In Deckung!«, schrie der Einsatzleiter.

Daniel warf sich zu Boden und hielt sich die Ohren zu. Über ihm donnerten die Schüsse.

Nachdem sie verklungen waren, hob Daniel den Kopf. Seine Augen trafen die seiner Partnerin. Sie lag auf der Wächterin. Beide waren in Sicherheit.

Zwei Wochen später

VICTORIA

Es fühlte sich merkwürdig an, wieder im Büro zu sein. Sie erinnerte sich nicht daran, wann sie zuletzt zwei Wochen am Stück Urlaub genommen hatte. Ihr Chef hatte sie und Daniel quasi gezwungen, sich mindestens für diese Zeit aus dem Dienst zu verabschieden.

»Was macht dein Knöchel?« Daniel saß entspannt auf seinem Bürostuhl. Er sah erholt aus.

»Viel besser. Es wird allerdings noch eine Weile dauern, bis ich ihn voll belasten kann.«

Die ersten Tage hatte sie den Fuß schonen müssen. Es war nie ihr Ding gewesen, die ganze Zeit auf dem Sofa rumzuhängen, aber Marta und Marie hatten sich liebevoll um sie gekümmert und sie mit Brett- und Kartenspielen unterhalten. Ihre Schwester hatte es sogar geschafft, nicht mit ihr zu streiten. Leider wohnte Marie weiterhin bei Tom, und es kostete Victoria einige Mühe, sie nicht zu drängen, nach Hause zu kommen.

»Der Bischof wird übrigens durchkommen«, berichtete Daniel. »Das Kiliani-Opfer liegt leider im Koma.«

Victoria dachte an die Wächter. Daran, wie sie Kilian aus dem Main gefischt hatten, von Kugeln durchsiebt. Das Bild würde sie nie wieder loswerden. Wenigstens würde sich die Wächterin vor Gericht verantworten müssen.

Auf dem Weg ins Büro war Victoria Kilians Ex aus der Personalabteilung über den Weg gelaufen. Diese hatte ihr erzählt, dass Kilian sich Anfang 2016 bei der Zentralstelle Cybercrime in Bamberg beworben hatte, jedoch abgelehnt worden war. Diese Absage war sicher einer der Auslöser für seine Radikalisierung. Die Psychologin, die mit Sophie Kaiser gesprochen hatte, vermutete, dass vor allem das Wiedersehen der beiden Wächter Erinnerungen an ihre Kindheit, die Eltern und das Heim wachgerufen hatte.

Daniel bot Victoria einen Schokoriegel an. Dankend griff sie zu. Das durfte nicht zur Gewohnheit werden.

»Susanne fragt, wann du denn mal zum Abendessen vorbeikommst.«

Sie musste lächeln. Die war echt hartnäckig. Vielleicht lohnte es sich doch, die Freundin ihres Partners besser kennenzulernen.

»Ich habe diese Woche nichts vor.«

Daniel strahlte.

»Wie geht es ihr?«

»Super. Sie hat ein Jobangebot in Frankfurt, weiß aber noch nicht, ob sie es annimmt. Es gefällt uns in Würzburg.«

Na klar, wie kann es einem hier nicht gefallen?

»Ich schulde dir eine Erklärung«, fuhr Daniel fort. Victoria sah ihn fragend an. »Meine Narbe.« Er deutete auf sein Kinn. »Wie du sicher meiner Akte entnommen hast« – er grinste –, »habe ich sie mir beim Einsatz in der Silvesternacht 2015 zugezogen.«

Die Silvesternacht in Köln. Ja, sie hatte von seinem Einsatz gelesen und bereits vermutet, dass die Narbe von dort stammte.

»Ein junger Kerl ist mit einer zerbrochenen Sektflasche auf mich losgegangen. Der Schnitt war recht tief, wurde genäht.« Er senkte den Blick und berührte die Narbe. Es war offensichtlich, dass ihn die Erinnerung an die Nacht schmerzte. Er atmete tief durch, bevor er weitersprach: »Ich war für den Einsatz am Hauptbahnhof eingeteilt.«

Jetzt war sie es, die die Luft einsog.

»Wir waren viel zu wenige. Die Einsatzleitung war komplett überfordert. Die Stimmung dort … du kannst es dir nicht vorstellen. Es hat gebrodelt. Respekt vor der Polizei? Fehlanzeige. Es war wie im

Krieg. Das Einzige, was zählte, war das Recht des Stärkeren.« Er schüttelte den Kopf. »Wie auch immer. Ich habe mit meinem Partner versucht, zu Hilferufenden vorzudringen. Die Täter haben ihre Opfer umzingelt. Wir kamen nicht dagegen an.« Er schluckte. »Das Schlimmste war, dass mein Partner irgendwann sagte, wir sollten es lassen, dass wir keine Chance hätten. Dass sie uns umbringen, wenn wir nicht verschwinden.«

»Durchaus verständlich, wenn man bedenkt, wie viele Polizisten verletzt wurden.«

»Trotzdem, Vickie. Er hat mich einfach stehen lassen. Ich habe eine Frau schreien hören, bin in ihre Richtung gelaufen. Sah durch den Menschenring, wie zwei Typen sie festhielten. Ein Dritter zog ihr den Slip aus. Ich habe versucht, ihr zu helfen, aber dann kam der Kerl mit der Flasche, ein anderer hat mich zu Boden geworfen … Nie habe ich mich so hilflos gefühlt.«

Sie nickte verständnisvoll. *Daher die Versagensängste.*

»Du hast alles versucht. Im Gegensatz zu deinem Partner. Du hast keinen Grund, dir etwas vorzuwerfen.«

»Danach wurde es nicht besser. Ein paar Kollegen haben mir wegen meiner Hautfarbe vorgeworfen, dass ich nicht ernsthaft genug gegen die Angreifer vorgegangen wäre.«

»Was für Arschlöcher!« *Kein Wunder, dass er aus Köln weg ist. Ich wusste, es steckt mehr dahinter.*

»Mein Vorgesetzter hat mich verdächtigt, das Dienstgeheimnis verletzt und mit einem Reporter über die Nacht gesprochen zu haben. Nur weil ich mit einer Journalistin zusammen bin.«

»O Mann, Daniel, das tut mir echt leid.«

Daniel zuckte mit den Schultern. »Na ja, jedenfalls bin ich froh, jetzt hier zu sein. Trotz allem, was passiert ist. Du bist echt eine klasse Partnerin, Vickie.«

Sie spürte, dass ihre Wangen brannten. »Das Kompliment gebe ich gern zurück.« Sie zögerte. *Eigentlich nicht der richtige Zeitpunkt, um es ihm zu sagen.* »Ich werde eine Auszeit nehmen. Mich für ein halbes Jahr aus dem Dienst schreiben lassen.«

»Wie meinst du das?«

»Ich hätte nie gedacht, dass ich das einmal sage, aber ich bin die letzten Wochen an meine Grenzen gekommen.«

Neun Tote, wenn man den Kollegen vom LKA und das Ungeborene dazurechnet. Zwei Entführungen und zwei Geiselnahmen, eine davon mit eigener Hauptrolle.

»Meiner Mutter geht's immer schlechter. Ich stehe kurz vor der Scheidung, und Marie ist ausgezogen, weil ich keine Zeit für sie habe. Ich brauche eine Pause.«

Daniel nickte verständnisvoll. »Hast du schon mit Haller gesprochen?«

»Ja. Begeistert ist er nicht, aber was soll er machen?«

Dabei konnte er es vor ein paar Wochen gar nicht erwarten, mich loszuwerden.

»Was hast du vor?«

»Bald sind Sommerferien. Ich werde mit Marie verreisen. Mutter-Tochter-Zeit. Danach – mal sehen.«

»Und was mache ich dann ohne dich?«, fragte Daniel, wohl nur halb im Scherz.

»Du kommst schon klar. Außerdem braucht Benedikt einen neuen Partner.«

»Pfff. Nur so lange, bis du zurück bist.«

Seine Worte lösten Freude in ihr aus.

»Bevor du verschwindest, muss ich dich aber noch was fragen.« Daniel öffnete seine Schreibtischschublade und holte eine kleine Schatulle hervor.

»Ich bin schon verheiratet. Leider.« Victoria lachte. Natürlich war der Ring nicht für sie gedacht.

Daniel reichte ihr das kleine Kästchen. »Meinst du, der gefällt Susanne?«

Sie öffnete die Box. »Ich kenne sie kaum.«

»Aber du bist eine Frau. Wie findest du ihn?«

Sie betrachtete den Ring, der sich nach oben hin in zwei Teilringe aufgliederte: einen rotgoldenen und einen weißgoldenen. Verbunden wurden sie durch drei Diamanten.

»Sehr besonders. Er wird ihr gefallen.«

Daniel grinste zufrieden.

Sie gab ihm den Verlobungsring zurück. »Tu mir aber bitte einen Gefallen.«

»Der wäre?«

»Mach ihr den Antrag bloß nicht auf der Alten Mainbrücke.«

NACHWORT UND DANKSAGUNG

Das erste Dankeschön ist für Sie, liebe Leserin, lieber Leser. Danke, dass Sie sich die Zeit für die Lektüre meines ersten Kriminalromans genommen haben. Ich hoffe, er hat Ihnen gefallen und Sie gut unterhalten, denn das ist mein primäres Ziel beim Schreiben.

Dann danke ich Yvonne Quasdorf, meiner »Schreibkumpanin«, die jeden Monat den Fortschritt dieses Romans begleitet und mich motiviert hat, weiterzuschreiben. Es war zudem eine tolle Erfahrung, gleichzeitig die Entstehung ihres Romans mitzuerleben.

Einen großen Dank möchte ich meinen Testleser*innen Nadine Schimmer, Carlos und Marion Nähle, Katharina und Philipp Gehling, Verena van Aaken, Frank Henkhus und Manuela Wegmann aussprechen. Sie alle haben den Roman vorab gelesen und mir wertvolles Feedback gegeben. Es hat das Ergebnis auf jeden Fall verbessert!

Meiner wunderbaren Literaturagentin Anna Mechler möchte ich für das Vertrauen in mein Krimidebüt, ihre starke Unterstützung und unsere tolle Zusammenarbeit danken. Ich bin unendlich dankbar dafür, dass sie an mein Werk geglaubt und es an den richtigen Verlag gebracht hat. Ich staune immer noch jedes Mal darüber, in welcher Rekordzeit sie auf E-Mails antwortet.

Für die ebenso tolle Zusammenarbeit danke ich den Lektorinnen Frederike Labahn, Ilse Wagner und Hannah Paxian. Ihre inhaltlichen und sprachlichen Verbesserungsvorschläge waren großartig. Ich habe viel gelernt und bin froh, dass sie mit ihrer Kompetenz und Erfahrung den Weg dieses Romans bis zu seiner Veröffentlichung begleitet haben. Dank auch allen anderen bei der Verlagsgruppe Droemer Knaur, die daran gearbeitet haben, dass dieses Buch möglichst viele Leser erreicht.

Herrn Univ.-Prof. Dr. med. Michael Bohnert, Vorstand des Instituts für Rechtsmedizin der Universität Würzburg, danke ich für seine ausführlichen Antworten auf meine Fragen zu Folgen und Obduktionsbefunden beim Ertrinken und bei einer Vergiftung mit Arsen. Hilfreich und äußerst interessant war auch seine Vorlesung zum Thema »Ersticken, Strangulation, Tod im Wasser«. Etwaige Fehler und Ungenauigkeiten hier gehen allein auf meine Kappe.

Mein Mann verdient mehr als einen dicken Dankeskuss für seine Geduld und Unterstützung, zum Beispiel bei technischen Fragen. Er hatte auch sonst immer einen Tipp parat, wenn es beim Schreiben mal hakte, und ich konnte ihn mit allen Fragen löchern.

Die Handlung dieses Romans sowie die darin vorkommenden Personen sind natürlich allesamt frei erfunden. Eventuelle Ähnlichkeiten mit realen Begebenheiten und tatsächlich lebenden oder bereits verstorbenen Personen wären rein zufällig. Außerdem habe ich mir, was Veranstaltungen und Örtlichkeiten in der Stadt Würzburg sowie das Wetter angeht, an der einen oder der anderen Stelle künstlerische Freiheiten erlaubt.

Über Rezensionen sowie anderweitige Kritik und Feedback freue ich mich. Gerne können Sie mir jederzeit schreiben an: kirsten.naehle@t-online.de

Auf meiner Webseite www.kirstennaehle.de sowie auf Instagram und Facebook finden Sie weitere Informationen über mich.